水属性の魔法使い

第一部
中央諸国編
Ⅰ

久宝忠 著

TOブックス

デブヒ帝国
Debuhi Empire
ハンダルー諸国連合
Federated States of Hundaru
レッドポスト
Redpost
インベリー公国
Principality of Inverey
王都
Royal Capital
レイ王国
Knightley Kingdom
カイラディー
Khayradi
HELL's MOUNTAINS
魔の山

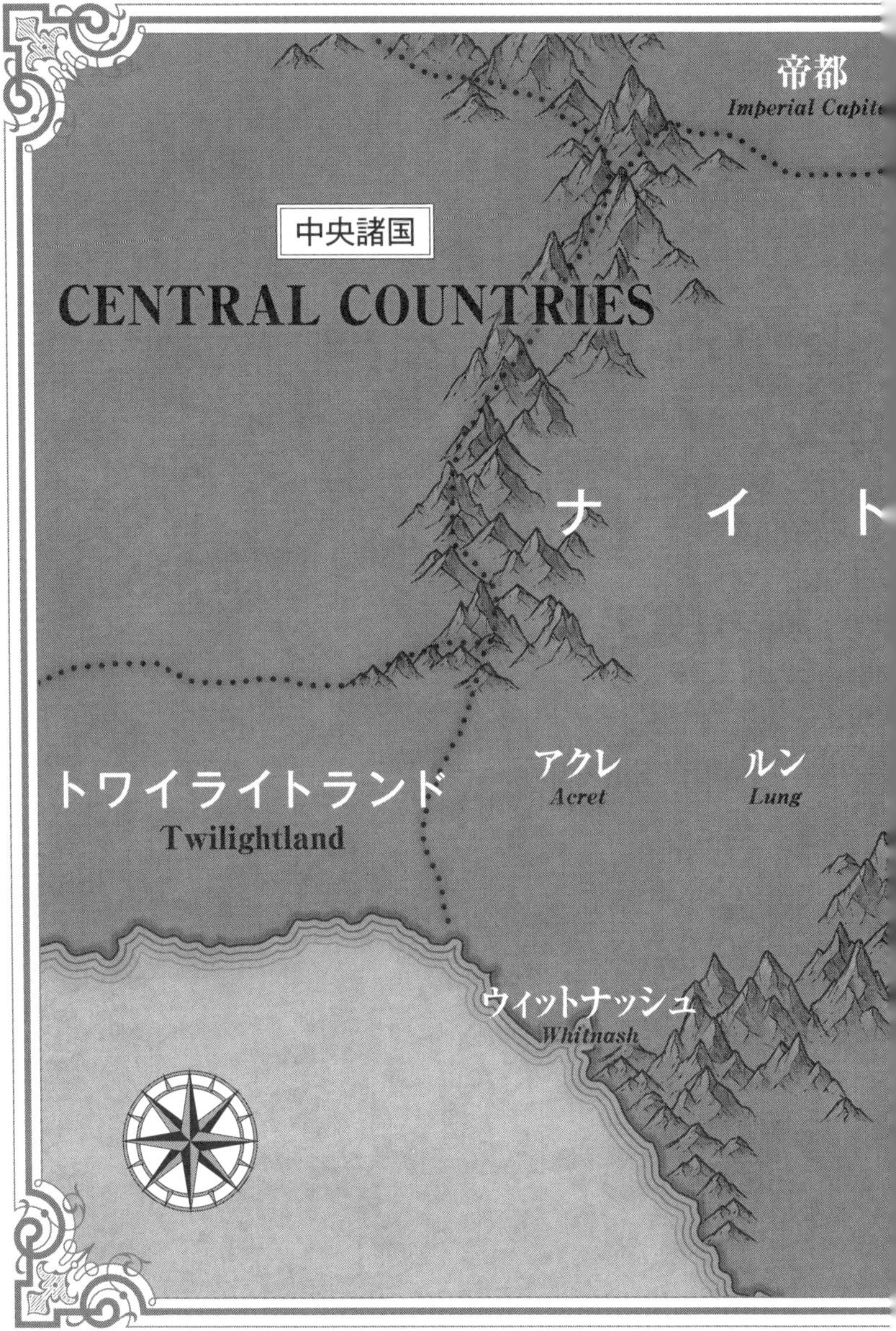

帝都
Imperial Capit
中央諸国
CENTRAL COUNTRIES
ナ イ ト
トワイライトランド
Twilightland
アクレ
Acret
ルン
Lung
ウィットナッシュ
Whitnash

第一部　中央諸国編Ⅰ

イラスト――ノキト
デザイン――伊波光司+ベイブリッジ・スタジオ

第一部　中央諸国編Ⅰ

プロローグ

「涼《りょう》さん、落ち着いて聞いてください」

それは両親の死を告げる電話だった。


二年生になったばかりの大学を休学し、涼は地元に戻り、家業を継いだ。

とはいえ、右も左も分からないため、専務であったシゲさんが社長になり、涼は副社長に。

社員は、全員、涼が小さい頃からいつも遊んでくれていた人たちばかりである。

……副社長とはいえ、給与は一番下……特に周りの反感を買うこともなく、少しずつ仕事を覚えていった。

十一カ月が過ぎ、三月。

「涼さん、手伝いましょうか？」

遅くなってもパソコンで作業をしている涼を見かねてであろう、社長であるシゲさんが声をかけた。

「いえ……青年部のやつなので……」

商工会議所の青年部……若い経営者だけの、涼にとってはいろいろと難しい部分の多いものである。

地方ならどこにでもある組織で、多くの中小企業が所属している……もちろん、所属しなくとも問題ないし、特に涼の会社の場合、所属するメリットはほとんどない。

ただ、先代、つまり涼の父が、どうしてもと頼まれて所属していた関係上、シゲさんの代になってもそのまま所属している。

涼は、はっきり言って、自社の事に関しては苦労していなかったが、外部との関係に時間を割かれていた。

「シゲさん、こうやって見ると、本当にうちの会社は書類が少ないですね」

青年部関連で、書類、プレゼン資料、イベント用原稿などを作成している涼は、それに比べると、自社内の書類の少なさに感心していた。

「そうなんですよ。先代が仰《おっしゃ》っていました。書類の報告なんていらないと。報告書を作成する時間がもったいない。書類を書いてもお金は入ってこない。売り上げは増えない。書類を書く時間の多さが、生産性を低くしている。その時間が、一日八時間の労働時間の内、何時間も占めるような状態は、正常な会社の形じゃないだろうと。その時間を、営業先の一つでも開拓、自分の技術を磨く、アイデアの一つでも出す……そういう事に使ってほしいと。ですから、うちは、報告したい場合には口頭ですよね。上司が、何かについて知りたいと思ったなら、上司が現場の人間に聞きに行く。これが基本ですからね」

もちろん、巨大組織になれば、そういうわけにはいかないのであろう。あるいは、テレワークで仕事を行う会社であれば、そもそも口頭で話すこと自体が無いかもしれない。だが、自社は製造業であるためテレワークは現実的ではない。そのうえ、従業員数は経営陣まで入れても九十七人しかいない。

「現場の事は、現場の人間が一番よくわかっている。だから、多くの権限を現場の人間が持っていますよね」

「簡単ではないのですけどね。何か起きた時、責任を取るのは現場の人間だけではなく、上司もですからね……もちろん、我々経営陣も」

シゲさんは、苦笑しながらそう言った。

「経営陣に必要なのは、その覚悟。だからこそ、人事部など置かずに、人事は経営陣の専権事項。人を配置するということは、その人が失敗した時に、一緒に責任を持つということです」

シゲさんは笑って言った。

「さて、ここで私は、頑張りすぎている涼さんに、先代のこの言葉を伝えなければなりません」

「疲れるほどには働くな」

涼とシゲさんの声が重なる。

そして、二人とも笑った。

もちろん、怠惰《たいだ》や怯懦《きょうだ》、社員を甘やかして言っていたわけではない。

純粋に、経営の面から言っていたのだ。

失敗、間違い、やり直し……どれほど注意深く仕事をしていても起きてしまう問題。だが、これらが起きるケースの多くに、共通した理由が存在する。

それは、疲労や余裕の無さ。

やり直しとなれば……今まで費やしてきた時間、労力、資材がすべて無駄になる。しかも、元の状態に戻すためにも、更に時間と労力が必要になる。それら無駄なものを一切省けるとしたら……会社としてはありがたいのだ。

もちろん、失敗から学んでもらう、という社員の成長の側面もあるので、ケースバイケースの場合もあるが。

経営者として「疲れるほどには働くな」と社員に堂々と言っていた涼の父親……同じ経営者として、改めて凄いとは思ったが、それ以上に、社員を疲れさせずに会社を回していたという点に、今では、より凄《すさ》まじさを感じる涼であった。

「ふぅ……」

ため息を一つついて、涼はシゲさんに言った。

「そうですね、疲れるほどに働いたら、父さんに怒られますね」

「そうですよ、涼さん」

シゲさんはにっこり微笑《ほほえ》んだ。

努力は大切だが、疲れると努力するは似て非なるものでもあるのだ。

「家に帰って寝ます」

涼は、会社を後にした。

疲労から、少し、足元はふらついていたかもしれない。

それでも信号は、ちゃんと青だった。それは確認していた。

きちんと横断歩道を渡っていた。それも確かなことだ。

左右は……確かに確認した記憶はない。

左右確認までしていれば、居眠り運転のトラックに、もしかしたら気付けたかもしれない。

はねられ、激しく地面に打ち付けられる涼。

痛みは、もう感じなかった。

少しずつ遠くなる意識。

（ああ、これはまずい……）

最初、涼が感じたのは、死への恐怖ではなかった。

安堵《あんど》でもなかった。

何に対してかはわからない、ほんのわずかな後悔と、明日には二十歳になったのにという、ほんのわずかな無念さであった。

◆

「ここは、死後の世界？」

涼は気が付くと、白一色の世界にいた。

「三原涼さんですね？」

白一色の世界から、一人の男性が浮き上がってくるように現れた。

見た目は二十代半ばほど。

落ち着いた雰囲気の、金髪長髪のヨーロッパ系イケメンとでもいうのだろうか。

左手にはタブレットのようなものを持っている。

「はい、そうです」

涼がそう答えると、男性は微笑んだ。

「ああ、よかった。実に久しぶりの訪問者なのですよ、あなたは」

そして、少し悲しい顔になって言葉を続けた。

「三原涼さん、あなたは事故に遭《あ》って亡くなりました」

（やっぱり……）

そう、涼は少し思い出した。

事故に遭って死んだことを。

「ええ、覚えています」

涼は頷いて答えた。

男性は悲しげな顔から、少しまた微笑みを浮かべながら話し始めた。だが内容は、涼にはよく理解できない部分が多く含まれているものであった。

「ここは、あなた方の世界で言うところの、輪廻転《りんねてん》生《しょう》のシステムの一部です。あなたの地球がある七七七〇七七七世界線であなたは亡くなったのですが、たまに世界線を超えて転生、または転移してもらう場合があるのですね。今回、三原涼さんがそれに選ばれました」

「……はい？」

「そうですよね、よくわかりませんよね。まあ簡単に言うと、地球とは違う世界に、今までの記憶を持ったまま転生してもらえませんか？　というオファーです」

これで通じるでしょう、と笑顔を浮かべながら告げる男性。

「ああ、異世界転生……。まるで小説……」

「ええ、ええ、それです。最近は地球でも流行っているみたいで……そういう説明はしやすくなりましたね」

涼としては、もう一度生きるチャンスが与えられるのならそれはありがたいことだ。

とはいえ、一つの疑問が頭に浮かんでいた。

そもそも転生させて何をさせたいのだろう、この人（？）は。

「いくつか質問があります」

「ええ、いくつでもどうぞ」

男性はニコニコしながら涼の質問を待っている。

「あなたは神ですか？」

「いいえ、私は神ではありません。あなた方の知識に近い形で答えると、天使、が近いでしょうか」

（なるほど。天使。天使と言えば……ミカエル（仮名）とでも認識しておこう）

涼が、そう心の中で考えると、ほんのわずかにミカエル（仮名）の眉根《まゆね》が動いた気がした。見間違いかと思えるほどごくわずかな動き……。

（ん？　心の中が読めるのかな？　まあいいや）

ミカエル（仮名）は、ニコニコと笑顔を浮かべたまま、涼の次の質問を待っているようである。

「私を転生させる目的はなんですか」

「すみません、その質問には答えられません」

笑顔から一転、申し訳なさそうにミカエル（仮名）は答えた。

「あなたを転生させる決定をしたのは、我々ではありません。先ほど涼さんが言った『神』にあたる者たちが決めたことなのです。そのため、目的は知らされていません」

「しかし、そうなると、私は転生先で何をすればいいのでしょうか？」

ミカエル（仮名）は再び笑顔を浮かべて答えた。

「好きなように生きてください。特に何かをしてもらうとか、使命が与えられるとか、そういう話は聞いておりませんので」

好きなように生きろ。素晴らしい言葉だ！

うん、それならスローライフを送ろう。

「わかりました。転生のオファーを受け入れます」

涼のその答えに、ミカエル（仮名）は花が咲くかのような笑顔を浮かべた。その笑顔だけで世の多くの女性を虜《とりこ》にしてしまうであろう……そんな笑顔である。

「おお、それは良かったです。では、転生先の世界について説明をしますね」

そう言うと、ミカエル（仮名）は説明を始めた。

ミカエル（仮名）の説明によると、転生先は剣と魔法の世界。

火薬の類《たぐい》はまだ一般的ではない。

転生先の惑星の大きさは、地球と同じで、分子組成《そせい》も同じ。物理現象に関しても、ほぼ同じであるという。

「でも、魔法がある世界なんですよね？」

魔法があるということは、地球の物理現象とは違いがあるのではないだろうか。

「はい、魔法はあります。でも、地球だって以前は魔法があったんですよ。まあいろいろあって、現在は使われていないみたいですけど」

それは涼にとって、けっこう衝撃的なことであった。

（地球にも魔法があった？　なにそれ。それはオーパーツとかそういうの？　でもあれって宇宙人とか古代人とかじゃなくても説明つくらしいし……。確かに地球の伝説とか昔話にも、魔法使いや魔法はたくさん出てくるけど……）

「ああ、すいませんね。混乱させてしまったみたいですね。でも、こう言っては何ですが、もう三原涼さんは転生されることが決まったのですから、地球の過去のことにこだわっても精神衛生上よくないと思いますが」

「ああ、はい、確かに、そうですね」

考えても仕方のないことは考えない。

割り切るという事は、人が精神の平衡《へいこう》をとるうえで、有効な手法なのだ。

「それで、涼さんが転生する魔法のある世界、便宜的にですが、我々はその世界のことを『ファイ』と呼んでいます。『ファイ』においては、だいたい五分の一の人間が魔法を使えます。涼さんが持っている適性は水属性です」

「水……」

転生ものや転移ものでは、魔法が使えるのは定番ともいえる。

（でも定番というなら……やっぱり攻撃力の高いと思われる火魔法とか……。あるいは使い勝手のよさそうな土魔法……そう、泥沼とか作って敵の動きを止めたり、一瞬で砦を作って戦況を変えたりとか、そういうのがやってみたい……。いやいやそもそも、転生ものなら、全属性に適性が！　とかあってもいいと思うのだけど）

「あの、できれば、火とか土とかに変更は……」

今日、何度目かの申し訳なさそうな顔をしながらミカエル（仮名）は告げる。

「申し訳ありません、変更はできないのですよ。涼さんの魔法適性は創造の範囲内なので、いわゆる『神』たちの領分《りょうぶん》なのです。我々が担当する管理の範囲外なのです。それから、『ファイ』においては、魔法適性は生まれた時に付与されるもので、後天的に手に入れることはできません」

「つまり僕は、ずっと水属性だけで生きていけと？」

涼の顔があまりにも絶望的だったためだろう。ミカエル（仮名）は慌てて付け加えた。

「確かにそうですが、水属性の適性があるというのは、人間の場合はとてもいいことですよ？　例えば、どこで生きていくにしても水は必要です。その水の調達に困ることが無いのですから。それに『ファイ』の人間の八割は魔法そのものが使えないのです。その点からも三原涼さんはかなり恵まれているのですから」

（確かに。人が生きていくのに、水と塩は絶対に必要か。剣と魔法の世界といえば、都市ですら上下水道など通っていないのが定番。そんな中で、水の心配をしなくていいのは大きいかもしれない）

三原涼は基本的に前向きだった。

「もしかして、水魔法は回復魔法も兼ねているとか、回復系の特質も持っているとかそういうことは……」

「『ファイ』においては、回復は光属性魔法の領分です」

「あ、はい……」

その後もミカエル（仮名）の説明は続く。『ファイ』における魔法は六属性。火、水、風、土、光、闇。それと、それらに含まれない無属性。

「六つの属性に含まれない無属性の魔法なら、新たに覚える可能性はあるのかもしれませんが……でも確率はゼロではない、という程度です。正直期待はできません。それよりも、適性のある水属性を伸ばしていくことを、お勧めします」

手元のタブレットを見ながらミカエル（仮名）は話を続ける。

「涼さんの体力は、だいたい中の上くらいですね。『ファイ』は、いわゆるレベル制やスキル制ではないので、地道な努力が一番大切ですよ」

（やはり平均が中の中だよね。となると平均よりちょっといいくらい？　これはものすごく努力しないと、すぐ死んじゃうんじゃ……）

「体力とか魔法とか、どうやって伸ばせばいいんですか？」

「人間そのものは、『ファイ』の人間も地球の人間も変わりません。そのために、能力を伸ばす方法も同じです。地球においても、人間の体というのは、使えば使っただけ鍛えられるでしょう？　筋トレをすれば筋肉がつくし、走り続ければ心肺能力が向上しますよね。あるいは、アフリカで小さな頃から遠くのものを見続ける種族の人たちは、全員視力が五・〇以上になりますし、逆に目が見えなくなり、情報収集を聴力だけに頼らざるを得なくなった人たちは、皆、耳が良くなりますよね？　同じです。ひたすら使えばいいのです。それで成長します」

その他にもいくつかの説明を受けた。

そして、最後に涼の希望を聞く段階となった。

「私は人の来ない場所で、スローライフを送りたいです！」

ミカエル（仮名）はそれを聞いて一つ大きくうなず

くと、タブレットを操作した。

「それでしたら、ロンドの森を転生先にしましょう。家と、とりあえず二カ月分の食料は準備しておきます。その間に、水属性魔法を使って、狩りができるようになってください。家の周りは魔物などは寄ってこないようにしてあります。結界、みたいなものですね。地球の単位で半径百メートルほどです。それと、家の南西五百メートルほどの場所に海がありますので、水属性魔法に慣れたら、海水から塩の採取ができるようになるでしょう。頑張ってください」

「わかりました。あ、最後に。魔法ってどうやったら使えるのでしょうか」

最後の最後で、一番大切なことを尋ねる涼。

せっかく魔法のある世界で、水属性とはいえ、魔法の適性を持って転生できるのである。

聞けることは聞いておかねば！

「魔法のキモはイメージです。明確なイメージを描く。そして経験を積んでいく。何でもそうですが、いきなりは上手くいかなくとも、何度かトライすれば上手くいくようになりますよね。魔法も同じです」

「やってみます。いろいろありがとうございました」

言い終わると、涼の体は光に包まれて、消えた。

その場にはミカエル（仮名）だけが残された。

「スローライフですか……いいですね。私もいつか受肉《じゅにく》して、どこかの世界でスローライフを送りますかね」

最後にタブレットに目を落として……見落としがあったことに気づいた。

「ああ……魔力量はすでに『ファイ』の中でも結構あるほうです、って伝えるのを忘れていました。まあ、生きていれば気付きますね」

しかし、まだ何かがある。

「隠し特性？　そんなものがなぜ？　隠し特性なんて、私が初めて転生に関わった彼女以来……一万年ぶりですね。いったいどんな特性でしょうか」

特性：不老。

異世界『ファイ』へ

「初めての天井……」

　転生先での最初の一言……その中の定番に近い言葉であろう……ちょっと違うけど。

　豪奢《ごうしゃ》な天蓋《てんがい》付きのベッド……などではない。天蓋がついていたら、そもそも天井が見えないわけで……。

　現代日本の基準からすれば、当然みすぼらしいベッドではある。

　板張りに藁《わら》を敷き詰め、その上に布が一枚敷いてあるだけ。

　とはいえ、ルネサンス前のヨーロッパ辺りの文化レベルであると考えれば、上等な部類とも言えるだろう。貴族のお屋敷ではないのだから。

　着ているものは、地球で死んだ時のまま。靴も同じ。他に持ち物は無し。

　涼はベッドから降りると、まずは家の中を散策した。

　寝室、居間、厨房、そして浴室。

「お風呂!?」

　ルネサンス前のヨーロッパにお風呂、など聞いたこともなかったが。

「まあ、ローマ時代には大浴場もあったし、ありと言えばありなのかな。日本人としてはすごくありがたい……。ああ、僕が日本人だから、ミカエル（仮名）は作ってくれたのかな。ミカエル（仮名）……できる男ですね！」

　ミカエル（仮名）が男性かどうかは不明である。

　もっとも、涼の知識も大きく間違っており、中世ヨーロッパにも公衆浴場は存在している。ただし衛生観念が希薄であったのは事実で、その公衆浴場が伝染病の温床となっていたのは皮肉としか言えないが。

　涼は浴室に満足した後、居間に移動した。

　居間の机の上には、本が二冊とナイフが一本置いてあった。その横には、紙が一枚。

『食料は、外の貯蔵庫の中にあります。冷凍室になっていますので、保存が効きます。byミカエル(仮名)』

「やっぱり心が読まれていた……」

できる男は敵にはまわしたくないものである。

本は、大学図書館の貴重書庫に保管されているような重厚な本……ではなく、ごく普通の……そう、地球で言えば活版印刷が発達した後に作られたような本。

「本？　羊皮紙じゃなくて紙？　紙のある世界？」

『魔物大全　初級編』

『植物大全　初級編』

机の上にある二冊の本の表紙には、それぞれそう書いてある。

「これは……」

つまり転生ものの定番ともいえる鑑定スキルのようなものは無い、ということだ。

「確かにレベル制、スキル制じゃない、とは言っていたけど……」

どちらの本も、なかなかわかりやすい挿絵《さしえ》付き。その点は非常にありがたい。

机の上に置いてあるもう一つのもの。ナイフは、刃渡りが二十センチほどの、かなりしっかりしたつくりのものだ。

無人島に一つだけ持っていくなら何を持っていく？

その質問への定番の答え、それがナイフ。涼は、とりあえずナイフを腰に差した。

机の周り、部屋の中を見回しても、他には特になさそうだ。

ついに、涼は、外へと続く扉を開けた。

目に入ってきたのは燦々《さんさん》と降り注ぐ太陽。

家の周りに広がる草の絨毯《じゅうたん》。

そしてその先に見える林。

鬱蒼《うっそう》としたという表現がちょうどいい、奥など全く見通せない林。

反対の方向にも同じような林。

ただ、その先に……恐らく距離はかなりあるのだろうが、天まで届くような山が見える。この転移先は、温暖な気候だと思える場所だが、その山の頂上付近は雪をかぶっているのが見える。

「ああいう所にドラゴンとかいたりするんでしょうねえ……。うん、近寄らないようにしよう」

わざわざ声に出して、固く誓う涼であった。

まだお腹は空いていない。

となれば、やっておかなければならないことがある。

いや、この剣と魔法の世界に来たのだから、ぜひやってみたいことがある。

そう、魔法を実際に使ってみるのだ。

「水属性しか使えない。そして魔法はイメージが大切」

なんとなく、右手を前に出す。

右手の先から水が出るイメージを頭の中に描きながら、唱えてみる。

「〈水よ来たれ!〉」

チョロッ。

右手からコップ一杯ほどの水の塊《かたまり》が出て、そのまま地面に落ちた。

魔法初体験!

客観的に見れば非常にしょぼいことこのうえないのだが、それはそれ。

初めての魔法に成功し、感動に打《う》ち震《ふる》える涼。


「本当に魔法が存在する世界……」

嬉《うれ》しすぎて何度も連発する……。

「〈水よ来たれ〉」

「〈水よ来たれ〉」

「〈水よ来たれ〉」

……。

「ミカエル(仮名)はイメージが大切って言ってました。もしかして……」

右手の先から水が出るイメージは先ほどと同様に。

「〈水〉」

今までと同じように、右手からコップ一杯ほどの水の塊が出て、地面に落ちた。

「〈ウォーター〉」

これも同じように、右手からコップ一杯ほどの水の塊が出て、地面に落ちた。

次は、口には出さず、頭の中で唱える。

(〈水〉)

すると、同じように右手からコップ一杯ほどの水の塊が出て、地面に落ちた。

「口に出す必要はないんですね。かっこいい詠唱《えいしょう》とかちょっと憧れたのに……」

男は、いくつになっても中二病。

「あ、これ浴槽に溜めれば良かった……。水、もったいなかった……」

急いで風呂場に移動し、水魔法の練習を続ける。

「水、で出てくるのはコップ一杯くらい。もっと持続的に出続けてほしいんですよね。浴槽いっぱいになるくらいに」

浴槽は、石造りのかなり立派なものだ。

高級温泉旅館の客室露天風呂、というのが一番近いイメージだろうか。

これに〈水〉だけで水を溜めるのが大変なのは、確かである。

「水が持続的に出続けるといえば、やっぱり水道の蛇口。いや、待て待て、これはお風呂ですよ。お風呂といえば水じゃなくてお湯。そう、お湯を出してみましょう」

頭の中にお湯をイメージする。

はっきりイメージするために声に出して唱える。

「〈お湯〉」

すると、右手からコップ一杯ほどの水の塊が出て、浴槽に落ちた。

そう、お湯ではなく、水が出た。

「あれ？　もっとちゃんとイメージしないとダメなのかな」

お風呂のお湯をイメージして唱える。

「〈お湯〉」

すると、右手からコップ一杯ほどの水の塊が出て、浴槽に落ちた。

そう、やっぱりお湯ではなく、水が出た。

「……うん、今日はお湯は諦めよう。このロンドの森ってけっこう暑いし、水風呂でもいいよね」

涼は、努力することが嫌いではない。でも、諦めることの有用性も知る男であった。

そう、最初からうまくいくことなんてないのだ。

ひとつ気を取り直して。

「〈水道〉」

右手を蛇口に見立てたかのように、手の先から途切れることなく水が出続ける。

「よしよし、いい感じです」

確かにお湯の調達には失敗したが、初日から持続的に水を出し続けられるのであれば、かなり成功の部類に入るのではないだろうか。

少なくともこれで、飲料水と水風呂は確保できたわけだから。


生活するうえで毎日直面する問題のうち、残る大物は……。

「やっぱり、火ですよね……」

そう、料理をするにも暖をとるにも、もしかしたら水風呂からお風呂にランクアップするためにも、火をどうにかしないといけない。

火属性魔法が使えればいいのだろうけど……それはこの世界では無いものねだりらしい。

涼は一生、水属性魔法だけでやっていかねばならないのだ。


「火をどうやって手に入れるか……」

人類最初の火は、落雷で燃える木であったとかなかったとか……あるいはプロメテウスが与えてくれたとかくれなかったとか……どちらも現状、望むべくもない。

「火打石《ひうちいし》があれば、一番楽なんでしょうけど」

ざっと見た感じ、この家には火打石は準備されていないようだ。

ナイフの鋼部分と火打石を打ち合わせれば火花は飛ぶはず。

いずれは近くの崖なり川辺なりから探してこようとは思うが……それはある程度生活に慣れてからになるだろう。

家の周り半径百メートル以内には魔物は寄ってこない、とミカエル（仮名）は言っていた。

ということは、その外には魔物がいるということでもあるのだから。それなりの準備を整えてから、結界（仮称）の外には出るべきだろう。水魔法で多少なりとも戦える目処《めど》が立たなければ、外には行けない。

とりあえず、今のところは、別の方法で火を手に入れなければならないようだ。

火打石以外で火を手に入れる方法としては、やはり硬い木と柔らかい木をこすり合わせて摩擦熱から火を熾《おこ》す方法だろう。

「成功するイメージが全然湧かない……」

ようやく、浴槽に水を溜め終えて、涼は一旦外に出た。

結界の外に出ないように注意しながら、薪《まき》を集める。一緒に火口《ほくち》となりそうなものも拾っていく。

火口とは、熾した火を最初に着火させる燃えやすい材料のことである。枯れた草などでも、細かく砕けば、火口として問題なく使える……多分。

そんななか、シュロの木とは少し違うようだが、ヤシ系統の木があり、そこから黒いシュロ皮に似たものを手に入れることができたのはラッキーだったのかもしれない。

「うん、動画で見た記憶がありますよ」

涼のサバイバル知識など、そんなものである。


ミカエル（仮名）が準備してくれた家には、竈《かまど》がある。そこで使う分の薪を考えても、それなりの量の薪を手に入れることができた。

摩擦熱を起こす木は、松のような木の枝と、樫《かし》のような木の枝。

「いざ！」

煙すら出ない。

涼は頑張った。

一時間が過ぎ……二時間が過ぎ……そして諦めた。

「とりあえず、食料の在庫の確認しないとね」

割り切ることが必要な場合もある。

そう、最初からうまくいくことなんて……以下略。

火を熾すことを諦めた涼は、家の外にある貯蔵庫に向かった。

貯蔵庫は見た目、普通の小屋。扉を開けると、中はひんやりとしていた。

「これは水属性魔法？　氷で作られた壁？　これがいわゆる氷室《ひむろ》なのかな」

ミカエル（仮名）が準備したものなのだろう。将来的には涼もこんな魔法が使える……ようになるかもしれない。

『ファイ』に来て二日目、太陽が昇るとともに涼は起きだした。

火を手に入れるアイデアは、既に思いついていた。

だが、それを実現するためには、水属性魔法をもっと使えるようにならなければならない。

地球と『ファイ』では基本的な物理法則はほぼ同じ、分子組成も同じだとミカエル（仮名）は言っていた。

確かに、『ファイ』には魔法があり、地球には魔法がない。だが、かつては地球にも魔法があったらしいし。

地球において水を構成する分子はH_2Oだ。これはおそらく、『ファイ』においても同じであろう。

涼は風呂場にあった手桶《ておけ》を持ってきた。

「〈水道〉」

手桶に、深さ十センチほどの水を溜める。

この水を固めて氷を作ろうというのだ。

頭の中に描くイメージは水がぎゅーっと縮まっていくイメージ。

「凍れ！」

だが、うまくいかない。

「うーん難しいなあ。でも、氷は作れるようになっておかないと……多分これが武器になるはず。氷の槍、みたいな魔法、使ってみたいしね」

水を縮めるだけではダメなのかな。同時に熱を奪っていくようなイメージもいるかな。など、いろいろと試行錯誤を繰り返す。

何度目かの挑戦の末、ようやく水の表面に氷の膜が張りだした。

だが、なかなか固まらない。

今度はもっと細かく、水の中心であるH_2O分子そのものを頭の中にイメージする。

氷が熱を蓄える仕組みは二つある。

一つは分子振動。

もう一つは配置エンタルピー。水分子同士の結合の強さを変えることで熱を蓄えている。

魔法のキモは、イメージだ。

人のイメージは、無限だ。

広大な宇宙の深淵から、微小なミクロの世界まで、あらゆることを描き出すことができる。

真の意味で、万能。

人の視覚では、原子や分子を視ることはできない……だが、イメージとして描くことは可能だ、その知識さえあれば！

H_2O分子同士を結合させる。

こっちのH_2Oの酸素原子Oと、隣のH_2Oの水素原子Hを結びつける。

水素結合と呼ばれる現象をイメージの中で行っていく。

氷の形は一つではない。

一般的な六方晶《ろっぽうしょう》氷《こおり》以外にも、自然界には立方晶《りっぽうしょう》氷《こおり》も存在する。

他にも、高圧下であれば十五種類もの氷が存在することが知られている。

綺麗《きれい》な格子状に水素結合し隙間が多い氷から、くしゃっと潰れたように見える氷までさまざまな形の氷。

地球の科学においても、未だ解明されていないことの多い氷や水。これだけ、人の生活に深く関わり、それなしでは人は生きていけない物なのに、これほどまでに謎に満ちた物質。

水属性の魔法使いになった涼は、ふとそんなことを思ったのだ。

さて、とりあえずは綺麗な格子状に、水素結合によって水分子同士を結合していく。

同時に、分子の振動を停止させる。

そもそも物質の温度とは、その物質を構成する分子の振動の、振幅《しんぷく》の大きさに比例する。

というより、『温度』というのが、分子の振動の激しさの度合いを表す指標とさえ言えるのだ。

振動が大きくなれば大きくなるほど物質の温度は上がっていき、振動が小さくなれば小さくなるほど、物質の温度は下がっていく。

あらゆる原子・分子の振動がほぼゼロになった状態が、いわゆる絶対零度、マイナス二七三・一五度である。

だからこそ、原理上、絶対零度よりも低い温度というものは存在しないのだ。

頭の中のイメージで、H_2Oの振動がだんだんと小さくなる。

それに従って、手桶の中の水が固まり……完全に氷となった。

「よし成功！　……成功なんだけど、手桶から氷が取り出せない」

氷の形を少し変形させないといけない。

両手を氷にかざしながら、頭の中でイメージする。

少しずつ、氷の周りを削るように。

手桶をひっくり返すと、氷を取り出すことができた。

直径二十五センチ、厚さ十センチほどの氷の塊。それを両手に持って頭の中で変形をイメージしていく。

中央部を分厚く、周囲を薄くし、凸レンズの形に。

三十分ほどかけてようやく満足いく形になった。

「フフフ、勝ちましたね。勝因は、ずばり水素結合です！」

涼はいったい何と戦っていたのか……それは、誰にも分からない。

水素結合は、水分子同士の結合であるが、例えばDNAの二重螺旋《らせん》、これを結び付けているのも水素結合である。

理科の授業で習う、アデニンとチミン、グアニンとシトシンが水素結合によって結びつき、二本鎖となっているのだ。

水素結合、すごい！

さて、作った〈氷レンズ〉で太陽の光を集め、黒いシュロ皮を燃やす。

氷を使って火を熾す。なんとも背徳的な感じだ。

氷が融けないかが心配ではあったが、魔力を注ぎ込み続ければ、融けないようだ。

その辺りは、自然の氷と魔法によって作られた氷の違いなのかもしれない。

燦々と降り注ぐ太陽の光。かなり大きめの氷レンズ。

これらを使い、二分もせずにシュロ皮に火がついた。

ようやく涼は火の熾し方を手に入れたのだった。

「それにしても、魔法って便利ですねぇ」

サバイバルにおける三要素、火、水、食料、そのうち火と水を魔法で手に入れたのである。まあ、火は魔法を使ったとはいえ、かなり原始的な手法も併用しているが……。

「この水って、どこから来てるんだろう。やっぱり、空気中に含まれている水分から……かなぁ」

ロンドの森は温暖な気候、というより、もしかしたら亜熱帯気候かと思えるほどに気温が高い。そして湿度も高い。それは当然、空気中に含まれる水分量が多いということでもある。

だからこそ、水属性魔法の初心者である涼でも、いきなり水を出すことができたのではないか。

涼はそう思った。

地球では、砂漠においてすら数%の湿度が示される。

つまり、砂漠の乾燥した空気中にすら、水分が含まれているということになる。

それを取り出すことができるのであれば……やはり魔法はかなり便利だと言えるだろう。

しかし……もし、それだけではないのだとしたら？

空気中から水を取り出しているだけではなく、無から有を生じさせているのだとしたら？

もちろん、無から有は生じない。

正確には、無とは言っても、それは物質が無いだけであって、エネルギーは存在する状態だ。

ミカエル（仮名）は、物理現象は、地球も『ファイ』も基本的にほぼ同じものだと言っていた。

だから、地球で有効だった物理の公式は『ファイ』においても有効なのではないかと涼は思っている。

最近では地球の一般人でも知っている、有名なアインシュタインの公式がある。

$E=mc^2$

E：エネルギー　m：質量　c：光の速度
「エネルギーは、質量と光速の二乗の積に等しい」

もっと簡単に言うと、物質からエネルギーを発生させることが可能ですよ、ということである。

その端的な例が、原子力発電であり、原子爆弾であろう。

しかし、ここで注目すべきは、『＝』だ。

中学校の数学で習ったとおり、『＝』で結ばれた右と左は等しい。それは等価だ。

つまり、物質からエネルギーが取り出せるならば、エネルギーから物質を生成することもできる、ということである。

もちろん、二十一世紀に入った地球においてすら、エネルギーからの物質生成は技術として確立していない。せいぜい、対生成で電子などを発生させている程度だ。

そもそも、たった一グラムの物質からでも膨大なエネルギーが発生する。

ということは、膨大なエネルギーをコントロールできても、ようやく一グラム程度の物質しか生成できないということでもある。

どれくらい膨大なのか？

広島に落ちた原子爆弾。実際にエネルギーに転換された質量は〇・七グラム程度であったといわれている。

つまり、あれだけのエネルギーを全て質量に転換できたとしても……たった〇・七グラムの物質しか生成されない。

とはいえ、この『ファイ』には魔法という便利なものがある。

もしかしたら、魔法の深淵には、エネルギーから物質を生成する技術もあったりするのではないだろうか。

それは、言うまでもなく『無から有が生じた』、エネルギーから物質が生成された宇宙創成の謎にも繋《つな》がるものだ。

夢が広がるね！


水素結合によって、何に対してかはわからないが勝利を収めた涼が、次に目指す高みは、お湯だ。

だが、これは簡単であろう。涼には勝算があった。

水分子H_2Oの振動を止めることによって氷を作りだした、その反対の過程を行えばいい。

つまり、水分子の振動を増やす。

涼は昔、夏休みの自由研究でやったことがある。もちろん、魔法を使ってではないが……。

魔法瓶に水を入れ、蓋《ふた》をして、ひたすら振る！

二千回ほど振ると、一度近く水の温度が上がった。

強制的に水分子の振動を増やすことによって、温度を上げる。

つまり、これはすでに成功が約束されているのだ。

まずは、使用頻度の高い手桶。これでやってみる。

〈水道〉

無詠唱で唱えた。詠唱、無詠唱、どちらでもできるように……常に練習！

氷レンズを作った時同様に、十センチほどの深さの水を準備する。

そして、そこに両手をかざして、頭の中にH_2Oの水分子をイメージする。

そして、振動させる！

……。

「あれ？」

特に、手桶の水に変化は無い。湯気が出てお湯になった感じもしない。

水に手を入れてみても、温度の変化は感じられない。

「どうして？」

H_2Oのイメージが足りていないのか？

もっと明確にイメージしてから……振動！

結果は……。

「やっぱり、温かくなっていない」

水を氷にしたのと全く逆のプロセスを行えばいいはずなのに。

「あの時は他に何をしたっけ……」

自分の行動を思い出す。

「……あ、水分子の振動を止める前に、分子同士を結合させた。そこも逆にしないといけないか」

もう一度手桶の水に両手をかざし、頭の中でイメージする。

水分子同士の水素結合を解き、自由に動き回るイメージ。

そして、分子一つ一つも振動するイメージ。

ドシュッ。

突然、手桶から間歇泉《かんけつせん》が噴き出すかのようにお湯が吹き上がった。

「熱《あつ》っっっ」

落ちてくる間歇泉を何とか回避した涼。

火傷したら大変。水魔法には、回復系の効能は無いのだから……。

とはいえ、お湯を作ることには成功したようであった。

しかし、現実的な問題として、この不安定な『お湯沸かし技法』（涼定義）をいきなり浴槽で試すのは怖い。

石造りの浴槽が割れたりしたら一大事だ。

さて、どうするか。

こういう時にやることは決まっている。

「練習あるのみ！」

習熟度を上げる。

成功と失敗を何度も経験する。少しずつでも、成功の回数が増えてくる。成功体験を何度も経験することが、自信に繋がっていくのだ。

お昼御飯も、昨晩同様の貯蔵庫にあった、なぜか凍っていない干し肉……貯蔵庫内にあるものの中で、なぜか干し肉だけは凍っていない……をかじりながら、ひたすら水の生成とお湯沸かしを繰り返す。

太陽が傾いて地球時間で三時過ぎくらいだろうか。

涼は突然頭がくらくらし、立っていられなくなった。

「意識が飛ぶ……」

初の魔力切れである。

生成したばかりの水を手桶から少し飲み、なんとか寝室までたどり着くと、倒れてそのまま意識を手放した。


『ファイ』に来て三日目。

「昨日の反省。お風呂に入った後で、魔力は使い切りましょう」

あえて声に出して、反省を口にする涼。

お風呂に入らないままで眠ったのが、どうも気持ち悪かったらしい。さすが元日本人。

そこで気付いたことがあった。

「服って、今着てるやつしかないんですが……」

そう、このミカエル（仮名）が準備してくれた家には、予備の服は存在しないのだ。ミカエル（仮名）は、着る物にはこだわらない人物（?）なのかもしれない。

「そういえばミカエル（仮名）って、何着てたっけ?」

古代ローマ貴族のトーガのようなやつ……?

確かにそれなら、大きな布が一枚あれば、それを折って身に纏《まと》えばいい。

だが……この家には、大きな布が無い。いや、一枚だけある。ベッドで藁の上に敷いて、敷布として使っているあれである。

だがあれは、寝るのに必要だ!

「まあ、見てる人がいるわけではないし、最悪、何も着ない、という選択もありですね」

しかし、アダムとイブの絵ですら股間は葉っぱで隠している……。

「いずれ動物を狩ったら、その皮を腰巻にでもすればいいかな?」

涼は昔から、着るものにはこだわらない男であった。

さて、服の目処も立った（立ったのか?）。

火、水、食料もある。


そうなると、ついに、あれである。

そう、水魔法を使った攻撃手段!

貯蔵庫の食料が尽きるまで二カ月。

それまでには、結界の外に出て食料を調達できるようにならねばならない。

武器は、今のところミカエル（仮名）が置いてくれたナイフしかない。

地球でナイフ使いとして名を馳《は》せた……わけではない涼としては、襲ってきた動物や魔物をナイフで狩る自信は全くない。

だいたい地球においても、普通のイノシシですらナイフ一本で倒すとか、まず不可能なのだから……。魔物すらいるこの『ファイ』の森を、ナイフ一本で渡って行こうなど、どこからどう見ても狂気の沙汰《さた》であろう。

となると、涼が使える武器は、水属性魔法だけとなる。

「弓矢を作って射る技術とかあればよかったんでしょうけど、そんなのあるわけないしね」

昨日、〈氷レンズ〉を作る際に、「いずれは氷の槍な

ど で」と考えてはいた。

だが、まだまだ無理である。

目の前にある水を氷にするだけでも数分かかるのだ……獲物の前で槍を作って飛ばすなど……とても現実的ではない。

……というか、飛ばせるのか？

〈水〉も〈水道〉も、手から出たらそのまま自由落下していくのだけど……。

まずはウォーターボールみたいなものが使えるようになれないだろうか。

アニメや動画で見たことがある……その記憶を頼りに。右手を前に出し、頭の中でイメージする。

頭の大きさくらいの水のボール、それが右手から発射されて飛んでいくイメージ。

「〈ウォーターボール〉」

ボシュッ。

イメージどおり、頭の大きさほどの水のボールが、右手から発射されて飛んでいく。

バスケットボールのパスくらいのスピードだろうか。

十メートルほど飛んで、地面に落ちた。

「おぉ～！」

初の攻撃魔法（？）の成功に小躍りする涼。

続けて、今度は七メートルくらい先の木の幹に向けて発射！

ボシュッ……ビシャッ。

幹は、水で濡れた。以上。

「うん、攻撃力は無さそう、ってのは最初の時に思いましたよ……」

そう言って、涼は両手両膝を地面についてうなだれた。そう、それは絶望のポーズ。

「だが、僕には切札がある！」

すぐに立ち上がり、高らかに宣言する涼。

「〈ウォーターボール〉がダメなら、〈ウォータージェット〉を出せばいいじゃない」

地球において、切れないものは無い、とすら言われるウォータージェット。

しかし原理としては、切るのではなく、水で削るが正しい。

以前、会社の業務に関連してウォータージェットについて調べたことがある涼は、これこそが水属性攻撃の本命、そう確信していた。

右手を前に出して、頭の中でイメージする。

右手の先から、細い高速の水が発射されるイメージ。周りから圧力をかけ、できるだけ細くした水。

「〈ウォータージェット〉」

チョロチョロ。

〈水道〉の少し勢いのある、細い水流バージョン。

これでは、きっと……何も切れない。

再び両手両膝を大地につけ、再び絶望に打ちひしがれる涼。

「負けた……」

何かに負けたらしい……。

「少し落ち着こう」

昨日のお昼同様に、貯蔵庫の中にあった干し肉をかじる。

〈焦る必要はない。お湯沸かし技法も、半日練習してかなり使いこなせるようになった。ということは、この〈ウォータージェット〉も、今はまだこんな水流であっても、練習を重ねれば強力な武器になるんじゃないかな？　それに、氷の生成もできるようになった。これも、来たるべき魔物との戦闘では使えるはず……まだどう使えばいいかはわからないけど〉

決然とした表情で顔を上げ、涼は言い切った。

「やはり練習しかない。努力は裏切らない！」

ひたすら〈ウォータージェット〉の練習に没頭した。

地球時間で昼二時を過ぎる頃には、水道の少し勢いのあるバージョンは超えることができた。だがそれ以降は、よく言っても洗車ホースの水、くらいの勢いまでしか集束しない。

ここで涼はふと気付いた。

「今日こそはお風呂に入らないと」

そして浴室へ。昨日半日の修行の成果を出す時だ。

「〈水いっぱい〉」

ほんの十秒ほどで、浴槽いっぱいの水が入った。水の生成量コントロールができるようになったのである。

半日修行し、魔力切れで倒れた末に手に入れた魔法制御の結果であった。

次はいよいよ、この水をお湯に変える。

だが、涼は心配はしていなかった。昨日の修行によって、自信を手に入れたのだ。

右手を浴槽にかざし、頭の中にイメージする。

水の分子それぞれが自由に動き回り、なおかつ、その一つ一つが振動するそのイメージ。それを浴槽の水の半分ほどに行う。あまりに熱くなりすぎても困るから。その都度《つど》手をお湯に入れ、微調整を繰り返しながら温度を上げていく。

十回ほどの微調整の結果……ついに、ちょうどいい湯加減になる。

「やった～」

思わず万歳。

涼の努力はこうして報われたのだった。

「疲れは失敗の元。疲れるほどには働くな」

涼の父親が、口癖のように言っていた言葉だ。事実なのだが……実践することの、なんと難しい言葉か。

ゆっくりとお湯に身を沈めて、現状を整理する。

〈ウォータージェット〉は、まだ攻撃には使えない。

氷の生成は数分かかる。そもそも、空気中から直接氷を作れるかどうかを確認しておかねばならない。

（でもやっぱり「アイシクルランス！」とか言って、氷の槍が飛んでいくのとかやってみたいよね）

男は誰しも、かっこいいものが好きなのだ。

（まずは、氷を使った水属性魔法について、もう少し詳しく知らないといけません。あと、氷の生成がもっと早くできるようになると、魔物と対決する場合にも使えるかもしれないし）

涼はお風呂から上がると、さっそく庭に出て実践する。

「空気中から、直接、氷の生成！〈氷レンズ〉」

両手の間に、火を熾す時に使ったものと同じ〈氷レンズ〉ができていく。完成するのに約五分。

「空気中からの氷の直接生成は可能、と。でもけっこう時間がかかるねえ」

昨日と違って、手桶無しで作れているのだ……実はかなりの進歩なのだが、その点には涼は気付いていない……。

〈氷レンズ〉は、魔力を送っている間は融けない。魔力を送るのをやめると、普通の氷同様に融けていく。

「このレンズ、飛ばせないかな」

涼は、手元の〈氷レンズ〉を見て呟いた。そして投げる。

ヒュン、ボト。

腕力で投げられたレンズは、放物線を描きながら落下した。

「うん、飛ばないことは分かった。氷レンズとして作ったんだもんね、飛ばないのは当然！」

心の中で落ち込んでいたのは、もちろん内緒である。

では、次はいよいよ……氷の槍、〈アイシクルランス〉。

「これぞ、氷を使った攻撃魔法の本命！」

まずはイメージが大切。

頭の中で、長さ三十センチほどのつららをイメージする。

「〈アイシクルランス〉」

手元に、少しずつつららが生成されていく。だが、二度目だった氷レンズの生成に比べて、格段に時間がかかる。

十分を過ぎ、十五分を過ぎて、ようやく形になった。

「よし、イメージどおり。では、飛んでいけ！」

ヒュン、ボト。

「あ……」

腕力で投げられた氷の槍は、放物線を描きながら落下した。

「飛んでいくイメージ、思い浮かべたんだけど……足りないのかな」

〈ウォーターボール〉は手から発射され、十メートルほどは飛んで行った。それなのに、〈アイシクルランス〉はなぜ飛んで行かないのか？

「〈アイシクルランス〉の方が重い？　いや、〈ウォーターボール〉も頭くらいの大きさだから、多分重さはどちらも一緒くらいのはず。う～ん、わからない。何度か試して、その中で何かわかるかな」

そして、ひたすら繰り返される魔法。

「〈ウォーターボール〉」

唱えてから発射までの時間も、反復練習のおかげか、だいぶ速くなる。

初めて唱えた時には、発射まで五秒ほどかかっていたのが、この数十回の練習によって一秒ほどで発射することができるようになった。飛距離も、当初の十メートルよりは延びているようだ。

威力は……最初と何も変わらないが。

「ふぅ。だいぶこなれてきましたよ。まあ、〈ウォーターボール〉は最初から上手くいってたけど。さて、それを踏まえての、〈アイシクルランス〉です。〈ウォーターボール〉みたいに、右手から発射するイメージでやってみましょう」

一度呼吸を整えてから、唱える。

「〈アイシクルランス〉」

ヒュン、ボト。

右手から発射された瞬間、地面に落ちた。

「〈アイシクルランス〉」

ヒュン、ボト。

何度やっても同じ。

「槍の生成時間はだいぶ短くなったけど……どうして飛んでいかないんだろう？」

何十発の〈アイシクルランス〉を放ったであろうか。生成から発射までの時間は一分ほどにまで縮まった。

そして、その時は来た。

「あ、意識が飛びそう」

昨日に引き続いての魔力切れ。

ふらつきながらもベッドにたどり着き、涼は再び、意識を手放した。

『ファイ』に来て四日目。

朝起きても、〈アイシクルランス〉の謎は解けなかった。

とはいえ、今朝はそれ以上に喫緊《きっきん》の問題がある。

それは、空腹……。

思えば転生してきてからこっちでは、干し肉しか口にしていない。それも、基本お昼しか食べていない気がする。涼は、決して大食漢というわけではないが、健全な十九歳である。食べる量が少なければ、空腹を覚える。

ミカエル（仮名）が二カ月分の食料を用意してくれているというのに、食べ損ねて餓死したりしたら……もし、また転生した時にミカエル（仮名）に会ったら、その時どんな顔をすればいいのか。

まず貯蔵庫へ。

扉の中は、冷凍庫のように冷えている。内壁が氷でできているからであろう。

おそらく水属性魔法を使っているのだろうが……涼が作った氷は、魔力を送るのをやめたら融け始めた。だが、この貯蔵庫の内壁氷は融けるそぶりなど全くない。

ミカエル（仮名）の魔力がここまで通ってきているのか？

それとも、涼の未だ見ぬ水属性魔法の高みを体現しているのか？

どちらにしても興味深い。

いずれは、この謎も解きたいものである……とはいえ、まずは空腹を満たさねば！

干し肉なら、すぐに食べられるのだが、さすがに転移四日目ともなると、別の物が食べたくなる。

そう、きちんと焼いた肉！

貯蔵庫内には、凍った獣や魔物の肉が並んでいた。

ウサギ、イノシシ、鶏らしきものなど……さらに、それぞれを解体したらしき肉も並んでいる。

「これは、それぞれを解体した肉だよね……。ミカエル（仮名）が準備してくれたのだと思うけど。つまり、こうやって解体すれば食用の肉が取り出せるぞ、ということなのかな。さすがミカエル（仮名）、できる男です」

その準備の良さに感謝しつつ、とりあえずウサギのモモ肉らしきものを、二つ手に取る。

「二つともカチンコチンに凍ってるんだけど、これって融けるの？　貯蔵庫から出せば勝手に融けてくれる……とかだといいのですが」

両手に肉を持ち、涼は貯蔵庫を出た。そして手桶に肉を入れる。手桶大活躍！

昇り始めた太陽の光に照らされる二つの肉。だが、融ける様子は全くない。

「これは、水属性の魔法使いとして、自分で解凍しなきゃいけないってことですか……」

片方の冷凍肉に右手をかざし、頭の中でイメージする。肉を覆っている氷の、水分子の結合を外していくイメージだ。

「あれ？　なんか弾かれる」

水分子同士の結合が外れない。そして、外れないということが、明確に、涼の頭の中にフィードバックされてくる。

「これは、自分が作った氷ではないからということなのかな。ミカエル（仮名）が作った氷だから弾かれるのかな？」

だがそれで諦めるという法はない。食べなければ生きていけないのだ。

そもそもミカエル（仮名）が準備したものなのだから、融かせなくて食べることができない、なんてことはないはずだ。そう、なぜならミカエル（仮名）はできる男なのだから。ならば融かせるはず！　涼の中での、ミカエル（仮名）に対する信頼は絶大である。

「焦らずにやろう」

一気に全部を融かすのではなく、まず一箇所だけ。そこにだけ魔力を集中するイメージで、分子の結合を外す。次にその隣の結合を外す。さらにその隣。さらにその隣……。結合の外れた箇所から氷が水に変わっていく。

ようやく、十五分ほどかけて、ウサギのモモ肉一個が解凍し終わった。

それだけ時間をかけた後でも、もう一つの冷凍肉は、融ける素振《そぶ》りすら見せずに鎮座している。

「ミカエル魔法すごい！　凍ったやつはこのままにして、実験をしてみましょう。ミカエルの氷のままで焼いたらどうなるのか」

庭に薪と黒いシュロ皮を準備する。

そして、ミカエル（仮名）が準備しておいてくれたらしい塩を厨房から持ってくる。ちなみに、ミカエル

（仮名）が準備してくれている調味料は、大量の塩のみである。枝に、解凍したモモ肉を刺し、塩を振りかける。

そして、いつもの氷レンズを作る。何度か作ってきたからか、最初は水を凍らせるだけでも十五分ほどかかったはずだが、直接氷レンズを作っても二分ほどで作れるようになった。

「けっこう慣れてきましたよ」

進歩が目に見える形で表れるのは、やはり嬉しいものだ。

その氷レンズを使って、太陽の光を黒いシュロ皮に集束し、火をつける。できた種火に息を吹きかけて大きくし、薪へと火を移す。

枝に刺したモモ肉を火の側の地面に突き刺す。そして、冷凍されたままのモモ肉は、手に持って火にかざした。冷凍肉は、火にかざしても融ける気配も見せない。

「なかなかにシュールな絵……」

結論：ミカエル（仮名）が凍らせた肉は、火で炙《あぶ》っても融けない。

そんな結論を出している間に、きちんと融かしたモモ肉は、いい感じに焼きあがった。

「いただきます」

実に四日ぶりのまともな食事。

涙が出るほど美味かった。

というか、涼は泣きながら食べた。生まれて初めて、泣きながら食べた……。

もう一つの、冷凍モモ肉も、同様の手順で解凍、炙って食べて人心地《ひとごこち》ついた涼。

今日やるべきことを考える。

まず〈アイシクルランス〉……なぜ飛んでいかないのかは、全く分からない。

答えが閃かないのは、情報が揃っていないからである。たいてい、長々と考えても答えは出てこない。ならば別のことを試しながら、解答に必要な情報が揃うのを待つべきだろう。時間は有限なのだから。

氷の生成、これは相当に慣れてきた。

だが、例えば魔物との戦闘で使えるかと言われると、多分まだ難しい。

〈アイシクルランス〉の生成から発射まで一分。飛んで行かないが。氷レンズの生成は二分。どちらも、最初に生成した時に比べれば格段の時間短縮である。

だがもっとだ。もっと短縮しなければ。

魔物との戦闘は、自分の命が懸かっている。そこに妥協の余地などない。

生成完了まで一秒、そういったレベルにまで習熟しなければならない。

そう結論付けると、涼は行動を起こした。

さまざまな氷を生成してみる。

〈アイシクルランス〉のようなつらら状。それこそ、槍のような二メートルほどの長さの氷槍。氷の板、氷の柱、氷の壁などなど……。

その際に気を付けていることがあった。それは硬い氷を作る、ということである。

地球においても、硬い氷、融けにくい氷というものがあった。氷は、水の中に含まれる空気を取り除けば融けにくくなるのだ。そのために、例えば凍らせる前に一度沸騰《ふっとう》させて、水に含まれる空気を外に追い出したりする。

さて、では涼が氷を生成する場合、どうすれば比較的硬い氷が生成できるのか。

凍る際に、空気を含まなければ硬くなる。であるならば、中心から外に向かって凍らせるようにしてみればいい。

普通、水が凍る場合、外側から中心に向かって凍っていく。そのため、水中に含まれる空気が氷の中心に固まっていき、気泡となる。

だが、そこは魔法による氷の生成。中心から凍らせればいいじゃない！　たったそれだけのことではあるが、多分、何も考えずに生成された氷よりは、硬いはず。

そう、涼は信じている。

お昼は、いつもの干し肉をかじりながら、ひたすら氷の生成を繰り返す。右手からの生成、左手からの生成、あるいは足元からの生成……考えられる限りの状況を想定しながら。

ひたすら没頭し、ふと気づいたのは日も陰った夕方であった。

「お風呂に入らなきゃ」

食事を摂り、お風呂に入り、また魔法の修行を繰り返す。

なんて文化的な生活なのだろう。

涼は幸せだった。


『ファイ』に来て五日目。

今日は、今までやってきたことの復習をしてみる。

朝は、昨日同様に貯蔵庫からウサギのモモ肉を持ってきて、焼いて食べる。肉の解凍、火の点火、焼く、食べる……全てスムーズに行える。

そして昨日の続き、氷の生成。昨日一日の修行によって、〈アイシクルランス〉の生成は二十秒、氷レンズの生成も二十秒にまで短縮された。

だが、まだまだ実用レベルではない。

もちろん、〈アイシクルランス〉は飛ばせない以上、戦闘では使えないわけだが、どこでどんな技術が自分を守ってくれるかはわからない。

それに氷の生成そのものは、おそらく、この先、一生使っていく技術であろう。それこそ、最終的には呼吸するように生成できる、そんなレベルにまで高めたい技術。

涼はそう考えていた。

氷槍、氷板、氷柱、氷壁などなど……。作っては融かし、融かしては作り、ひたすら繰り返していく。一心不乱に。

お昼もいつもと同じように干し肉をかじって済ませた涼。

午後もひたすら氷の生成に明け暮れた。

ふと、空を見上げたのは、頬に何かが落ちてきたからであった。

「雨……?」

この地に転生してきて、初めての雨。

「ふぅ、きりもいいしお風呂に入りましょうか」

転生してきてから、間違いなく独り言の増えた涼……。

このミカエル（仮名）が準備してくれた家には、窓ガラスなどというものは無い。窓はあるが、壁をくりぬいた形で、雨の時は木の板をかぶせて雨が入り込んでくるのを防ぐ。そして部屋にはランプも無い。火も無い。

そう、真っ暗。

昨日までは特に問題無かった。お風呂の後は、外で魔力切れを起こすまで魔法を使っていたから。ベッドに戻ったらそのまま意識を手放すだけだったから。窓は開けっぱなしで、月明かりに部屋は照らされていたが、それを認識する余裕すらなかった。

今日は雨が降り、窓を閉めているため、月明かりも無い。

「魔法の練習には関係無いですね」

風呂から上がり、ベッドに横になり、先ほどまで外でやっていた氷の生成を繰り返す。生成後は融かすのではなく、そのまま空気中に水蒸気として含ませる形にする。

これなら、融けてベッドが水浸し、などということは避けられる。昨日、今日と繰り返してきた氷の生成だが、形によっては五秒を切るようになってきた。

それを認識したところで、今夜もやってきた魔力切れ。〈アイシクルランス〉を消し去ったところで、涼は意識を手放した。

その後の一週間、涼は氷の生成に明け暮れたのだった。

結界の外へ

『ファイ』に来て十二日目。

ついに、〈アイシクルランス〉の生成をほぼ一瞬で、つまり一秒を切るスピードで生成できるようになったのだ。ただし、未だに〈アイシクルランス〉は飛んでいってはくれないが。

とはいえ、これでようやく目処が立った。何の目処か？

もちろん、結界外に出る目処である。

目処は立ったが準備は完了していない。早急にやらなければならないのは、回復手段の確保だ。

異世界転生の定番としては、やはりポーションであろう。ポーションの材料となる植物については『植物大全　初級編』に書いてあった。書いてあったのだが、植物以外の材料を揃える自信が涼には無かった。

だが、回復手段無しで結界外に、というのは無謀を通り越して、あまりにも愚かと言うしかない。

ポーションほどの回復効果は無くとも、すり潰して傷口に貼れば、怪我の回復を助けてくれる植物はある。まずは結界内で、それらの植物を確保しなければならない。

確保できれば、明日結界外へ出ることができる。

『植物大全　初級編』によると、怪我の回復で最も使えそうなのは、キズグチ草といういかにもそのままの名前がついているものだ。

ポーションを手に入れるのが困難な、市井《しせい》の住民たちがよく使うらしい。

キズグチ草は家のすぐ裏に生えていた。群生している、と言ってもいいレベル。

「素晴らしい。たまにはこういうイージーモードもいいよね！〈アイシクルランス〉も、これくらい簡単に問題解決してくれるといいのに……」

魔法の使えない『ファイ』の八十％の住民たちが聞いたら激怒しそうなセリフを吐く涼。

もう一つ手に入れたかった、解毒草という、煎《せん》じて飲めば解毒効果のある草は残念ながら結界の内側には無かった。結界の外に出た時に、手に入れなければならない。

火打石と解毒草、この二つを結界の外で確保するのが、最初の目標になりそうだ。あとは、実際に狩りをして食料を手に入れることができるかどうか、その見極め。

物理的な攻撃手段は、ミカエル（仮名）が準備してくれたナイフしかない。

刃渡り二十センチというのは、ナイフにしては大きい方ではあるが、攻撃に使う武器として考えた場合には、かなり相手の近くにまで寄らねばならない。

はっきり言って、現状の涼にそんなことができるとは思えない。

間合いは広い方がいい。

「槍の長さは、兵に安心感を与える」

第六天魔王、織田某《なにがし》さんもそんなことを言っていた……多分。

ナイフを槍にする。とはいえ、水属性魔法を使って、ではない。物理的に槍を作るのだ。

見た目、竹のような……というかどこからどう見ても竹を、ちょうどいい長さに切りだしてくる。これだけで、竹槍、として使ってもいいのだが、せっかくナイフもあるので、竹の先端を割り、そこにナイフを入れ込む。取ってきた蔦《つた》を巻き付け、ナイフが落ちないようにしっかり縛る。

最後に、結界の外に出る時に、その部分を氷で補強すれば大丈夫だろう。

さすがに尾張《おわり》兵のような六メートルもの槍ではなく、二メートル半程の取り回しのよさそうな感じにしてみた。


天下三名槍と言われる三本の槍。日本号《にほんごう》は三・二メートル、御手杵《おてぎね》も三・八メートル、蜻蛉切《とんぼぎり》に至っては二丈余、つまり六メートルもあったらしいが……そんな長さ、素人の涼に扱えるわけがない。

氷の槍を物理攻撃武器として使ってもいいのだが、戦闘では何が起こるかわからない。命のかかった場面、冷静に氷の生成ができない可能性も無いとは言えないのだから。

「とりあえず今日はゆっくりして、明日の結界の外への出発に備えよう」

涼は、ほぼ毎日、魔力切れを起こすまで魔法を使いまくってから眠っている。

それはミカエル（仮名）が「使えば使っただけ鍛えられる」と言ったことも理由の一つである。もちろん別の理由としては、経験を積んで、呼吸するかのように魔法を使えるようになるためだ。しかし、実際のところ、朝起きた時点で、魔力がどれほど回復しているかはわかっていない。残存魔力量といったような、数値化されたものが見えるわけではないからだ。

そういう点もあって、明日結界の外に出る時には、体内の魔力量も満タンに近い状態にしておきたい、だから今日は少し余裕をもって休もうと思ったのだ。

日が暮れるまで『魔物大全　初級編』を読み、焼き肉を食べ、お風呂に入って寝る。

そうして、決戦の朝を迎えるのだった。


『ファイ』に来て十三日目。

いよいよ決戦の日。

慣れた手付で火を熾し、肉を食べる。ゆっくりと、これまで準備してきたことを頭の中で反芻《はんすう》しながら……。

食べ終わると、次は持っていく物の確認。

キズグチ草はすでに磨り潰し、水魔法で冷凍パックしてある。解凍すればすぐに傷口に当てることができるように。先端にナイフを付けた竹槍。ナイフと竹槍の接合部分を、生成した氷で補強する。

以上。

実際、結界の外に持っていくものはあまり無かった。

目的は火打石と解毒草を手に入れること。それと、弱い魔物との戦闘……できればスライム希望！

あまり遠くまで行くつもりはない。何かあった時に、すぐに結界内に逃げ込めるような距離でなければ困るからだ。

少しだけ目を瞑《つむ》り、呼吸を整える。

「よし、出発」

目指す方角は南西方向。五百メートルほど先には海岸があるとミカエル（仮名）が教えてくれた方角である。


火打石として使える石はいくつもあるのだが、涼はそれほど詳しくない。そんな詳しくない涼でも見分けることができ、火打石として使われてきた実績のある石が「石英《せきえい》」。

石英の中でも無色透明なものを水晶と呼ぶが、そこまでいかない、はっきり言って不透明な白い石英なら、けっこうよく落ちている。

そんな石を見つけるのにいい場所は、河原。

川があるのなら、それは海に繋がっているはずである。ならば、家から海にいたるどこか途中で、川に出くわしたりしないだろうか……。

「まあ、なければ、次回は反対側とか行ってみればいいし。ある意味、冒険。何が起こるかわからないのが、冒険ですね」

結界を出る時、ほんのわずかな抵抗を涼は感じた。

「今の感触が結界の外縁……」

森の中ということもあり、視界はあまりよくない。耳を澄まし、聴覚情報に頼りながらゆっくり歩いていく。遠くで鳥が羽ばたく音が聞こえたりする。

結界を出てから百メートルも進んでいないのだが、突然森が途切れた。目の前には、対岸まで数百メートルはあろうかという川があった。

「ビンゴ！」

だが、涼が出たのは崖の上。河原に下りて火打石を探すのは難しそうな場所だ。

（このまま上流に歩いて行こう）

川は東から西へ流れており、涼は崖の上を慎重に上流へと歩いて行く。

「家から百メートルも行かない場所に、こんな大河があったなんて……。この景色はちょっと感動的……」

とはいえ、景色をゆっくり眺めている時間的余裕は、今の涼には無い。

少し歩いていくと、河原に降りることができた。石英はすぐに見つかった。

試しにちょっと火打ちをしてみる。竹槍の先端につけたままのナイフ、その背の部分に拾った石英を打ち付けてみる。

カチッ、カチッ。

「お、火花が飛んだ。これで、太陽が出ていなくても火を熾せる」

そうとわかれば長居は無用。川は獣の水飲み場。何がやってくるかわからない。

急いで元来た崖の上に戻り、北東の方角に向かってみる。

（このまま北に行けば、家の結界の南端に出て……北東に向かえば、左手に家を感じながら、という感じで動けるはず）

何か起きた時に、すぐに家の結界に逃げ込める。何度も言うが、これは、今の涼にとって何より大切なことである。

そもそも、この『ファイ』の魔物がどんな強さなのかも知らないのだから。動きが遅いスライムならきっと倒せる……そう思ってはいても、スライムが出てきてくれるとは限らない。そして、スライムならきっと倒せると思っているのも、現状、涼の勝手なただの思い込みなわけであるし。

火打石はすぐに見つかったが、解毒草はなかなか見つからなかった。

家の位置を常に意識しながら移動したために、結界からそれほど離れてはいない。

「これは……なかなかに大変だ……さて、どうしたものでしょう」

植物大全に、何かヒントがなかったかと解毒草のページを思い浮かべていたからか……少なくとも意識が周りへの注意から逸れていたのは確かであろう。

ふと気付くと、イノシシに似た生き物がこちらを見ていた。

「しまった。あれは、レッサーボア」

レッサーボアは涼に向かって、一直線に向かってきた。

あれはレッサーボアである。

こちらに向かってきている。

迎撃しないといけない。

涼の意識は、それらを認識していた。認識していながら、体が動かない。

初めて、正面から魔物の殺意にさらされたのだ。これまで生きてきて、初めて経験する明確な殺意。蛇《へび》に睨《にら》まれた蛙《かえる》が動けないのと同じ原理なのかもしれない。

「やばい、動け、動け、動け～～～！」

ようやく、身体が左に跳んだ。跳んだというよりも、倒れた、という表現の方が近いかもしれない。

ザシュッ。

「うぐ……」

レッサーボアの突進をかわした際、レッサーボアの牙がわずかに涼の右足をかすり、傷を負った。だが、倒れたままではどうにもならない。

通り過ぎたレッサーボアは、速度を落として止まり、振り返って涼を見た。その目に浮かんでいるのは明確な殺意か。それとも突進をよけられた怒りか。

「落ち着け」

と言って落ち着くことができたら、誰も苦労はしない。涼も例外ではない。

心臓は早鐘《はやがね》のように脈打っている。頭の中は真っ白……というわけではない。そうではないのだが、体が思ったとおりに動かないのだ。

再び突進してくるレッサーボア。

相変わらず、身体は動かず、思うように動けない涼。

だが、身体は動かなくとも涼には魔法があった。繰り返し繰り返し、何度も何度も、修練に修練を重ねた水属性魔法。

努力は裏切らない。

「〈アイスバーン〉」

涼の前からレッサーボアの前まで、幅二メートルほどの氷の道路が出来上がる。

勢いのついたレッサーボアは、その勢いのまま〈アイスバーン〉の上をかなりの速度で、涼に向かって滑ってくる。氷の上だ、止まりたくとも止まれない。

「〈アイシクルランス16〉」

未だ飛ばせない〈アイシクルランス〉だが、〈アイスバーン〉から生やすことはできる。槍衾《やりぶすま》のように、涼の前に生まれた。その数十六本、氷の床から生えた角度は三十度。

止まることのできないレッサーボアは、正面から〈アイシクルランス〉の山に突っ込んだ。

「ギョォォォォォォ」

突き刺さる〈アイシクルランス〉。激痛から叫び声をあげるレッサーボア。

まだ、レッサーボアは死んでいない。

だが、涼を縛っていた死への恐怖は解けた。涼の体は、ようやく動くようになった。

ナイフ付き竹槍を構える。涼は剣道はやっていたが、槍の動かし方などは当然知らない。だが、難しいことは考えない。突き刺すだけ。

顔、首、足の付け根、何度も何度も突き刺す。体は動くようになったが、決して冷静というわけではない。

一心不乱に竹槍を突く。何度も、何度も、何度も……。

何十回突き刺しただろうか。もしかしたら何百回か。

いつの間にか、レッサーボアが動かなくなっていたことに、ようやく涼は気付いた。

「勝った……」

この日、涼は初めて、魔物を倒した。


「早くこの場を動かなきゃ」

血の匂いに惹《ひ》かれて、何が集まってくるかわかったものではない。

気力を振り絞《しぼ》って涼は立ち上がる。問題は、レッサーボアの死体。見るからに重そうだ。

「さて、どうやって運ぼう……」

もちろん、ここに置いていく、などという選択肢は無い。初めての獲物だ。今夜はこのレッサーボアの肉を食べる、涼はそう決めている。

結界までの距離はそれほどないはず。せいぜい百メートル。


そこでふと目に入ったのは、レッサーボアを滑らせた〈アイスバーン〉であった。

「レッサーボアの下に氷を敷けば……引っ張れる？」

結界まで全部〈アイスバーン〉を敷いてしまうと、引っ張る自分まで大変なことになる。少し調節しながら、レッサーボアの下にだけ氷の道を生成しながら引っ張っていく。

「おお、これはちょ～らくちん」

おそらく二百キロ近い重さのあるレッサーボアだが、片手で簡単に引っ張っていける。

そして……結界をくぐり、家の前にたどりついた。

「やっと……たどりついた……」

精も根も尽き果てた一人の青年が、そこにはいた。

解毒草こそ入手できなかったが、火打石と初戦闘勝利とレッサーボア一体。

十分な戦果であった。

『ファイ』に来て十四日目。

昨夜は、レッサーボアのモモ肉を堪能《たんのう》した。それ以外の部分は氷漬けにして貯蔵庫に放り込んである。

一晩経って、昨日の戦闘を冷静に振り返ってみると、冷や汗ものであった。

レッサーボアはいいい、レッサーの名前がついているとおり、ボア系つまりイノシシの魔物の中では最弱な種類である。もちろん、スライムやレッサーラビットに比べれば厄介であり、その突進の凶悪さによって、普通の農民や狩猟民程度では、ソロで倒すことは不可能であろう。

だがそれでも、『魔物大全　初級編』によれば最弱ランクだ。

「でも、最初の敵がレッサーボアで良かった。もっと強敵に出会っていた可能性もあるんだから、運はいい」

涼は前向きにとらえていた。

飛ばせない〈アイシクルランス〉であっても、槍衾のように使うことができる。使うことはできるが、どうしてもそれは自分の身を囮《おとり》にして、敵を引き寄せたうえで放つことになる。それは、もしも失敗した時に計り知れないダメージを受ける。

涼の想定を超えるスピードであったら？

氷の上を滑らない相手であったら？

そもそも空から襲われたら使えなさそうである……。

やはり、せっかく魔法が使えるのだから遠距離から安全に狩る方法を確立しておきたい。いつもギリギリでは精神的にもたなさそうであるし。

〈ウォーターボール〉は飛ぶのに、〈アイシクルランス〉は飛ばない。いろいろ試してみると、水は飛ぶのに氷は飛ばない、ということに行きついた。どちらも水属性魔法で生成したものだ。

〈ウォーターボール〉は、（多分）空気中から水分子を集め、飛ばす。

〈アイシクルランス〉は、（多分）空気中から水分子を集め、凍らせて、飛ばす。

「ん？　〈アイシクルランス〉の方が、一工程多い？　まさか今の僕には二工程分しか使えないとかそういうことじゃ……」

二工程で飛ばすために先に水を準備しておいて、凍らせて、飛ばすの部分だけを試してみることにした。

手桶に何かあってはまずいので、氷の器を作り、そこに水を溜める。

右手を氷の器にかざし、頭の中でイメージする。水が凍り、器ごと飛んでいくイメージ。

「〈アイシクルランス〉」

ボシュッ。

槍ではないが、凍った水がくっついた器ごと十メートルほど飛んでいった。

「よし、成功！」

これまで何十日も上手くいかなかったが、スコンと解決した。

「そういうもんだよね。必要な情報さえ揃えば、答えは閃くのです」

今回の涼の場合は、必要な情報が揃ったというよりは、火打石の獲得、結界外での戦闘などを終えて精神的なストレスが軽減されたから、というのが理由かもしれない……が、問題解決したのは事実なのだから、それはそれでいいのだろう。

「理由は分かりました。とりあえず、現状ではまだ三工程を一気にやることはできなさそう、と。もっと水魔法に習熟していけばできるようになるのかな。できるようになるといいなぁ」

まだしばらくは、氷を飛ばすことはできなさそう……となると、遠距離攻撃手段として使えるのは、水ということになる。

「〈ウォータージェット〉、そういえば、最近は試していなかったですね」

『ファイ』に来て三日目に一生懸命練習して、それでも洗車ホース程度までしか集束できず、攻撃には使えないと結論付けた〈ウォータージェット〉。

それ以来、一度も使っていない。

「水の生成でそれなりに水属性魔法の扱いは分かってきたし、あの頃よりは、きっと……」

右手を前に出し、頭の中に〈ウォータージェット〉をイメージする。そして唱える。

「〈ウォータージェット〉」

シュッ。

以前に比べれば格段に細く、勢いのある水流が発射される。

「進歩してる！」

次は、結界ギリギリにある木に向けて発射してみる。

シュッ……ボッ。

まだ木は切れない……それでも当たった個所は少しえぐれていた。

「これは練習次第で、いけるんじゃ……」

こうして、涼は再び〈ウォータージェット〉の練習に取り掛かった。


それから四日間、涼は〈ウォータージェット〉の練習に明け暮れた。

もちろん、朝食はしっかり食べ、お風呂にもきちんと入った。朝食は肉を焼いて食べる。そう、朝から焼肉。朝食は大事だからいいのだ！　お昼はたいてい干し肉。そして夕方にお風呂に入る。

晩御飯は……準備をする前にちょっと〈ウォータージェット〉の練習を……と思ってやっていると、いつも魔力切れとなり、そのままベッドに入る……晩御飯抜き。そのためだろうか、翌日の朝食をしっかり食べたくなるのだ。

四日間、〈ウォータージェット〉の練習を続けた結果……威力は確かに上がった。上がったが、地球での〈ウォータージェット〉のイメージと比べると……さすがに、そのレベルには達していない……。

木の幹をえぐる深さは深くなったし、集束もさらに細くなった。しかしまだ、切るというイメージには程遠い。

だが、狙った個所にピンポイントで当てる技術は身についた。それこそ、止まっている目標なら、十メートル先を一ミリの誤差もなく。

「何が自分を助けるかわからないしね。そうだ、一本だけじゃなくて、複数本同時に打ち出せるようにもならないと」

涼はそう言いながら、さらに練習を続けた。

ポジティブは自分を救う。

目標としては、安全に狩りができるようになること。

日々の食料を命がけで手に入れる……そんな生活はスローライフではない！

安全に狩りができるようになり、結界の外に出ていくのも生活の一部……それくらいになったら、食生活の幅を広げたいと涼は思っていた。

現状、魔物肉を塩で味付けして炙ったものか、干し肉しか食べていない。何か別の味付けや……そう、いずれは果物も欲しい。

『植物大全　初級編』によると、コショウがそのままコショウという名前で、この『ファイ』にはあるらしい。

涼は、現在いる場所は、地球で言うところの、北回帰線から赤道の間くらいなのではないかと思っている。水を流した時の渦の発生方向から北半球。太陽の高さと気温、湿度から赤道にそれなりに近い場所。

であるならば、香辛料はあるはず！

何百種類とある香辛料であるが、涼にわかるのはコショウと唐辛子、山椒や生姜などほんのわずかしかない。元々、それほど料理に詳しかったわけでもないのだから、それは仕方のないことだろう。その中でも、コショウは、実際に生《な》っているのを見たことがあった。ブドウのように房に生っていたのだ。

（あれなら、この森の中でも見分けられる！）

まあそれを手に入れるのは、もっと余裕をもって結界の外を出歩けるようになってからであろうが。

『ファイ』に来て二十一日目。

涼は、結界の外で狩りをしていた。

対するは、レッサーラビット。ウサギのような魔物。不規則に飛び跳ねながら対象に近づき、喉元に噛《か》みつく。それがレッサーラビットの動き方である。

涼の狙いは、レッサーラビットの飛び跳ねる瞬間。

その瞬間に、後ろ脚を、左右同時に〈ウォータージェット〉で狙撃する。脚を貫くほどの威力はまだないが、着地後はバランスを崩し、次回以降の飛び跳ねを阻止できる。そして近づきながら、今度は両目を〈ウォータージェット〉で狙撃する。

ここまでいけば、ナイフ付き竹槍で突き刺して、息の根を止める。

「ふぅ」

そう、涼は、ついに安全な狩りの方法を確立したのだ。レッサーラビットに対して。

もう一つの敵、結界外に初めて出た日に出会ったレッサーボア。その後も何度かレッサーボアと対峙《たいじ》したが、レッサーボアにはこの方法は通用しなかった。

理由は簡単。

飛び跳ねるレッサーラビットは、その瞬間に後ろ足が露《あら》わになり狙撃できるが、前傾姿勢で突っ込んでくるレッサーボアは後ろ足を狙撃できないからだ。

ならばと前足をウォータージェットで狙撃したが、ラスト三メートルを後ろ足だけで飛びかかってきた。とっさに横に跳んでかわしたが、初めてレッサーボアに会った時の、あの悪夢が蘇った。

その後、何度も何度も竹槍を突き刺してようやく冷静になったのは、苦い思い出である。

それ以来、レッサーボアは最初の時同様に、〈アイスバーン〉＋〈アイシクルランス〉、とどめにナイフ付き竹槍で狩ることにしている。猪突猛進《ちょとつもうしん》という言葉どおり、レッサーボアは必ずこちらに向かって一直線に突っ込んでくるから、この方法が一番嵌《は》まるのだ。


何はともあれ、家の周りによく出るレッサーラビットとレッサーボアは、比較的安全に狩ることができるようになった。

最近の涼のスケジュールは、午前中は結界の外で狩りをし、午後は結界の中で魔法の練習、という感じだ。

未だに〈アイシクルランス〉は飛ばないし、〈ウォータージェット〉も対象を貫くほどの威力は無い。

それでも、毎日の狩りの成功は、涼の心に、ある種の平穏さをもたらしていた。

「平穏は、次なるステップへの踏切り台である　by三原涼」


一般に、衣食住が生活の基盤といわれる。

そのうち『住』は、ミカエル（仮名）が準備してくれた家と結界があるために、盤石。

次に『衣』であるが……すでに『ファイ』に転移してきた時に身に着けていた服は着ていない。

涼が今、身に着けているのは……レッサーボアの皮をなめして革にしたもの。真皮を剥ぎ取り、葉や草を燃やして発生した煙で燻煙鞣《くんえんなめ》しを行い、最後に〈氷ローラー〉で薄く均一に伸ばす。

そうして出来上がったレッサーボアの革をナイフで切り出して……。

レッサーボアの革、腰布装備。

レッサーボアの革、サンダル装備。

新たな涼の服であった。

それ以外は何も着ていない。日本であれば、即通報されそうである。

「本当は胸当てとかも作った方がいいのかもしれないけど……やっぱり本職の人が作ったやつじゃないからこの革、耐久力なさそうだもんね」

レッサーボアの革を手でペチペチと叩きながら涼は呟いた。

「ん？　耐久力なら水属性魔法で、革の表面に氷を張ればいい？　いやいや、それならそもそも革の胸当てとかしないで、直接氷の鎧みたいなのを纏えばいいのでは？　いや、それは冷たくて心臓が止まっちゃうかもしれないから危険？　いつかは、攻撃されたら自動で氷の盾が発生して防御……ふふふ、その程度の攻撃が我に届くとでも思ったのか、愚か者が！　とか言ってみたいなぁ……」

誰しも、妄想するのは自由だ……。

衣食住の『衣』と『住』が揃えば、当然最後に『食』の充実を図ることになる。

目的は、果物や新たな味の獲得。問題はどの方角に行くかだ。

家から見て、南西の方角には五百メートルほど先に海がある。ミカエル（仮名）はそう言った。

南の方角には川が流れている。対岸まで数百メートルはあろうかという川。火打石を見つけた川だ。

東の方角は初めてレッサーボアと戦い、その後もレッサーラビットの主要な狩場として使っている。ただし、結界からあまり離れたことは無い。

そう考えると、北の方角がまだ全然足を踏み入れていないことになる。

「近場でも見つかる可能性があるのは、北……行って持ち物は、腰布とサンダルを除けば、いつものナイフ付き竹槍と麻袋。この麻袋は本当に麻なのかどうかはわからないが、ミカエル（仮名）が干し肉を入れて貯蔵庫に置いていた二つの袋のうちの一つだ。

果物を見つけても、持って帰る鞄《かばん》や袋などないのだ。あるものを使うしかない。

入っていた干し肉は、とりあえず全部貯蔵庫に置いてきた。

この麻袋、コーヒー豆を運ぶ時に使うような麻袋である。

「北回帰線と赤道の間ということは、もしやコーヒーの木もある？」

『植物大全　初級編』にはコーヒーの木は載っていなかった気がする。コーヒー豆を採集したとしても、どうやって淹れるのかという問題はあるのだが……とりあえず飲み物においても食の充実を図るのは、悪いことではないはずだ。

準備は、すべて整った。

「では、出発！」

北の方角だからといって、別段、東や南と植生が変わるということはなかった。

まあ、北に出た途端、寒風吹きすさぶ極寒の地、とかであったら、困るのは確かだろう。とってもファンタジーではあるのだけれども。

出てすぐに、イチジクのようなものを見つけた。

「確か植物大全にイチズクって書いてあったやつ。食用って書いてあった」

とりあえず一個もぎ取って食べてみる。

「酸味と甘味がいいバランス！」

異世界に来て以来、初めて口の中に広がる果物の味。熟れている『イチズク』を十個ほど麻袋に入れた。

「こんな感じで、いろいろ見つかるといいんだけどなぁ」

この後、一時間ほど周辺を散策したが、他の果物は見つからなかった。

「仕方ない、もう少し北の方まで足を伸ばしてみよう」

現在、体感で、結界から二百メートルほどの地点である。全ての方角で、これ以上結界から離れた経験はない。しかし、いずれは、もっと遠くまで出ていくことになるだろう。それが少し早くなっただけだ。

だが、涼はその先に進むことはできなかった。

それは、考えての行動ではなかった。

考えるな、感じるんだ。

それを地でいった。

とっさにしゃがんだ涼の頭の上を、目に見えない何かが通り過ぎた。その、見えない何かが来たと思われる方角には、何かが羽ばたいている。

「鳥？」

その鳥は、大きく羽ばたいた。すると、わずかな空気の歪みが近付いてくるのが見える。

とっさに、横にかわした。

「これって風魔法？　風魔法を操る魔物……しかも鳥形態」

いわゆるエアスラッシュとかソニック何とかというような、不可視の風属性遠距離攻撃魔法。

「うん、これは勝てない」

判断は迅速に。

「〈アイスウォール　コの字〉」

涼が防御用に編み出した氷の壁である。前左右の三方に、幅一メートル高さ二メートルの壁を発生させる。後方への退避用防壁。

家の方に走り始めると、〈アイスウォール〉も涼のすぐ後ろをついてくる。実際には、涼が魔法を込めながら自分の移動速度に合わせて動かしているのだが、傍から見れば壁がついてきているように見える。

（結界まで二百メートル、なんとか走り切らないと）

パリンッ。

だが百メートルほど走ったところで、〈アイスウォール〉が砕け散った。

「なに⁉」

不可視の風属性攻撃魔法を三発まで受けたところで、耐え切れず砕け散ったのだ。

背中を見せたまま残り百メートルを走り切って逃げるのは無理。涼としては、振り返って対峙せざるを得ない。

　鳥は、先ほどよりもはっきり見えた。

「アサシンホーク……不可視の風属性遠距離攻撃魔法エアスラッシュと、音速にも迫る突貫《とっかん》からの嘴《くちばし》や爪での攻撃が主武器」

『魔物大全　初級編』を読んで覚えていた内容が思わず口から出てきたが、対処の方法は全く思い浮かばない。

　レッサーボアにやった、〈アイスバーン〉＋〈アイシクルランス〉は使えない。

　レッサーラビットにやった、〈ウォータージェット〉は使える……多分。

　翼の付け根を狙撃すれば、貫けなくとも、多少は動きを阻害できるか？

　善は急げだ。

　相手は魔法を操る知恵のある魔物だ。無詠唱の方がいい。

（〈ウォータージェット〉）

　発射された〈ウォータージェット〉は、正確に狙いを貫いた。そう、貫いた……空間を。アサシンホークの体には当たらなかったのだ。

　音速を超えるスピードは、直進だけではなく敵の攻撃をかわすのにも活かされているらしい。

「ならば、数で制圧する！」

（〈ウォータージェット32〉）

　涼の左手から、三十二本の〈ウォータージェット〉が同時に発射され、アサシンホークに向かう。

　だが、〈ウォータージェット〉がアサシンホークのいた空間を貫いたとき、アサシンホークはすでにそこにはいなかった。

　大きく横に移動し、涼の右斜め前方に移動していたのだ。

「まずい！」

　涼はよくわからないまま左へ倒れ込むように跳んだ。

　その瞬間、涼のいた地面が爆《は》ぜた。

　アサシンホークの突貫である。

　なんとかかわしたことで、涼のすぐそばにアサシンホークがいるという状況になる。ほとんど無意識のうちに、右手に持ったままだったナイフ付き竹槍をアサ

シンホークに向けて突き出す。

ザシュッ。

「ギィェェェ」

何かを切りつけた手ごたえを感じた。同時に、アサシンホークの叫びが耳をつんざく。

その瞬間、間違いなくアサシンホークと目が合った。右目は血が流れ、開いていなかった。ナイフ付き竹槍は、右目を傷つけたようだ。

残った左目……そこには憎悪が満ちていた。

本来、鳥の目はガラス細工のような、それほど感情を読み取れるような目ではないのだが、その時のアサシンホークの目には、間違いなく憎悪が満ちていた。

「〈アイスウォールパッケージ〉」

目の前のアサシンホークに対して、上から箱をかぶせる形で〈アイスウォール〉が形成される。

だが、さすがアサシンホーク。傷ついても、その俊敏さは、まだ死んでいなかった。〈アイスウォール〉が形成されるより早く、涼の前から距離をとる。

そして涼の方を一瞥《いちべつ》し、去って行った。


次は殺す、涼にはそんな声が聞こえた気がした。

アサシンホークがいなくなっても、涼はしばらく動けなかった。

「今回は、やばかった」

しっかりと、怪我など自分の状態を確認しながら結界に向かう。

「あれは……いったいどう対処すればいいのか……」

次から次へと難問が降り注ぐ……スローライフｉｎロンドの森、なかなか大変である。


魔法には、効果範囲というものがあるようだ。現在の涼では、自分を中心に最大半径十五メートルほど。それを超えると自分の魔力を伝えられない。

例えば〈ウォーターボール〉を放っても、十五メートルを過ぎると浮力を失い地面に落ちていく。十五メートルに到達するまでなら、魔力の糸がついているかのように、ある程度自由にコントロールすることもできる……ようになった。

最初は十メートルほどで落下していたことを考えると、効果範囲が延びてきているのは確かだ。

まあ、〈ウォーターボール〉のスピードは速くないし、威力も弱いので、涼が攻撃魔法として使うことはないのだが……。

レッサーボアを狩るときに使う〈アイスバーン〉も、涼の目の前から十五メートル先までしか発生させることはできない。そう、涼を起点にして、発生させることしかできないのだ。

十五メートル先のレッサーボアの足元だけに〈アイスバーン〉を生み出すことはできない。

十五メートル先の空間に〈ウォーターボール〉を突然発生させることもできない。

ならば……もしできるようになったら……？

十メートル先のレッサーボアの足元に、半径三メートル程度の〈アイスバーン〉が発生したら……滑って移動できなくなるレッサーボアは、それだけで行動不能になるだろう。

現状、涼の最大の攻撃手段である〈ウォータージェット〉。これも、涼から相手までの一直線の攻撃方法である。それはある意味、避けやすいということでもある。攻撃の軌道が自分に向かってくる一直線のみだから。

確かに、〈ウォータージェット〉のスピードを回避するのは、相当に困難ではある……だが、あのアサシンホークはかわした。

しかも、涼の奥の手ともいえる〈ウォータージェット32〉を。

〈ウォータージェット〉の三十二本同時発射……面制圧用に、僅《わず》かずつ角度をつけて発射したにもかかわらず、その効果範囲外に移動してみせたのだ。

まだまだ改良の余地がある。

食の充実、それは確かに魅力的ではあるが……結界の外には今回のような、まだ涼では勝てない魔物がいる。しかも、すぐそばに。

もっと強くなっておかねばならない。

死んだら、そこでおしまいなのだから。

◆

東の森への狩りは二日に一度、午前中に。レッサーラビットかレッサーボアを一頭狩る。

狩りに行かない日や、雨の日の午前中は、『魔物大全　初級編』をしっかり読み込む。いつ、どこでどんな魔物に遭遇するかわからないのだから。

読んでいなくて対処できませんでした、では、あまりに情けない。

それ以外は、魔法の練習。自分から離れた場所に、水や氷を発生させる練習だ。

いきなり十メートル離れた場所に発生させる、などということはやはりできなかった。

右手を伸ばす。その先に、例えば〈ウォーターボール〉を発生させる場合、掌《てのひら》から十センチ先の空間に〈ウォーターボール〉は生成される。それを最終的に十五メートル、あるいはその先にまで延ばしたいのだが……だが、これもまた先が長そうだ。

しかし、先が長そうだからといって、やらなくていい理由にはならない。

外で練習できる時には、自分から離れた場所から〈ウォータージェット〉を発射する練習を必ず盛り込んでみた。これなら、離れた場所に発生させる練習と、〈ウォータージェット〉の威力向上の両方を兼ねているだろうからだ。

成長は、ほんの僅かずつ。

それでも成長している。その結果が見えるのは、涼には嬉しかった。

生きるか死ぬかに直結することなのだ、嬉しかろうが嬉しくなかろうが関係なくやらねばならない。

それはそのとおりなのだが、人はそこまで強くない。努力した成果が目に見えるか見えないか、これはモチベーションに大きく影響する。

理屈ではない、感情の問題なのである。

人の半分は感情でできている。その、半分の部分を動かせるかどうか、それは良い成果を得るためには、とても大切なことなのだ。

涼は理屈によらずにそのことを知っていた。

涼は天才ではない。

秀才、というわけでもない。

だが努力する大切さは知っている。それは理屈によらず、感情の部分で知っていた。そういう人間にとっては、努力することは全く苦にならない。


変化は突然訪れた。

二日に一度の狩りの日。東の森にレッサーラビットかレッサーボアを狩りに行く。

もちろん、その二種類以外の魔物が出る可能性はあるのだが、北の森でアサシンホークに出会った以外、これまで経験したことは無かった。北の森も東の森も繋がっているし、たいして距離も離れていないのだから、例えばアサシンホークが東の森に出る可能性は当然考えていた。

だが、今日出会った魔物は別の物。

「グレーターボア……」

レッサーボアの上位種ノーマルボアの、更に上位種だ。上属性の遠距離攻撃魔法である石礫《いしつぶて》を放ってくる。そして、突進のスピードは音速に迫る。風と土、空と地上という違いこそあれ、アサシンホークに特徴が似ている。

ただ、大きい……。

全長は七メートルほどであろうか。頭のある位置も地上から三メートルほど。

これが、亜音速で突進してくる。まさに悪夢。

「はねられたら死ぬ。地球で死んだときはトラックにはねられたけど、速い分あれよりまずいよね……」

運動エネルギーが、質量と速度で決まる以上、亜音速の速度で突っ込んでくるグレーターボアは、地球のトラックなど比にならないほどの破壊力を生む。

見た目、ダンプカーと同じくらいの大きさである。

涼からグレーターボアまで二十メートルほどあるのだが、イノシシの外見だからか、遠近感がおかしくなりそうなほどの巨大さだ。

〈アイシクルランス16〉

まず本体の突進迎撃用にアイシクルランスを地面か

ら三十度の角度で十六本生成。これで亜音速の突進を防ぐ。

グレーターボアは、ゆっくりと近づいて来ながら、石礫を二発発射した。

〈〈アイスシールド2〉〉

氷でできたテニスのラケット程度の大きさの盾が涼の前に発生し、飛んできた石礫とぶつかり、両方とも消えた。

「グオォォォォォォ」

それは威嚇《いかく》かイラつきか。グレーターボアが叫ぶ。

直後に、グレーターボアの周囲に二十個余りの石礫が生成される。

「それ多すぎでしょ。〈アイスウォール〉」

涼は前面からの攻撃を全て防ぐために、盾ではなく壁を選択。

その直後、グレーターボアの石礫が発射された。

涼に向かって飛んでくる石礫が〈アイスウォール〉に当たる直前、〈アイシクルランス〉が砕け、〈アイスウォール〉が割れた。

とっさに左に跳ぶ涼。

石礫の着弾とほぼ同時に、グレーターボア自身も突進してきたのだ。

「技と同時に自分も突っ込んでくるって……どこかの騎士の剣聖技か！」

涼の好きなコミックに出てきた技である。

「僕が風属性魔法使いなら、三体分身からソニックブレードを放ち、跡を追う形で突進攻撃できるのに！」

いや、人には無理。

石礫で〈アイシクルランス〉を砕き、自身の突進で〈アイスウォール〉を砕いて見せたグレーターボア。

砕いた勢いのまま涼の横を通り過ぎ、十五メートルほど先でこちらに向き直った。

しかし、そこは……。

「そこで止まった君がいけないんだ。〈アイスバーン〉」
グ、い、い、い、い、い、い、レーターボアを中心に氷の床が形成される。
グレーターボアの周りは半径三メートルほどが氷の床に、そして涼との間も全て氷の床になった。

グレーターボアは氷の上で立っていられないらしく、

何度も転んでいる。生まれてこの方、氷の上を歩く経験をしたことがないのであろう。ロンドの森は暖かいから。

「〈アイシクルランス16〉」

あれだけ練習しても、未だに〈アイシクルランス〉を飛ばすことはできない。だが、自分から離れた場所に生成することはできるようになったために、別の使い方が生まれた。

グレーターボアの上空十八メートルの位置に、先端近くに重心が置かれた十六本の〈アイシクルランス〉が生成される。

そして、落下。

「ギィャァァァァァァ」

グレーターボアの首から後ろ、頭以外の場所に次々と〈アイシクルランス〉が突き刺さる。

グレーターボアは突進の特性上、鼻を含めた頭全体が極めて頑丈である。普通の剣ではとても突き刺さらない。だからこそ涼の〈アイスウォール〉すらも突き破ったのだ。

だが、首から後ろ、体の部分はそれほどでもない。一番弱いレッサーボアと変わらないくらいであり、普通のイノシシよりは少し硬いという程度。

涼はそこを狙ったのだ。

「『魔物大全　初級編』きちんと読み込んでおいてよかった。でも穴だらけになったこの皮は、もう使えそうにないけど……」

◆

「さあ、やってきました、北の森探検隊第二陣！」

誰に対しての宣言なのかはわからないが、涼は決意していた。

「今回こそ、食の充実を図ります！」

前回、北の森に食の充実を目的に出かけた時は、アサシンホークに行く手を阻まれた。

アサシンホークは、暗殺者《アサシン》の名を冠するとおり、対象が気付かないうちに命を落とすことの多い魔物である。空中という死角から、不可視の風魔法エアスラッシュを放ってくる。前回、アサシンホークの一撃目を涼がかわすことができたのも、偶然に近い。

そのアサシンホークに対して、準備万端整ったのか？

「まだ勝てないから、出会ったら即撤退」

前回の遭遇から進歩していない気もするが、決してそんなことは無い。今なら、前回に比べて余裕をもった撤退戦を展開することができる……はずだから。

倒すことができないのは、いわば相性の問題なのだ。

グレーターボアは、強さ的には、決してアサシンホークに劣る魔物ではない。だが、涼が、グレーターボアには勝ててもアサシンホークには勝てない、と思っているのは、敵の動きを止めることができるかどうかの違いだ。

グレーターボアは、涼の魔法の効果範囲にさえ入ってくれれば、〈アイスバーン〉で動きを止めることができる。しかし、空中に浮かぶアサシンホークはそういうわけにはいかない。〈アイスウォールパッケージ〉でアサシンホークの周囲を囲もうとしても、前回は逃げられた。

涼の狩りの基本は、敵の動きを阻害し、そこに攻撃を加えるというものである。現状、動きを阻害できないアサシンホークは、相性最悪の敵なのだ。

そういうわけで、出会ったら即撤退するしかない。

「アサシンホークはともかく、前回はイチズクを手に入れた。前回の場所には、これから熟れそうなイチズクがまだあったからあれの回収と、何か別の味付けになるもの……コショウみたいなのがあると最高なんですけどねえ」

装備品は、レッサーボア革の腰布とサンダル、ナイフ付き竹槍、そして麻袋。いつもの遠征道具一式。

結界を北に出てすぐのところ、前回イチズクを手に入れた場所には、新たに熟れたイチズクが生っていた。

「うん、大漁大漁」

十個のイチズクを麻袋に入れ、さらに北を目指す。

そして、前回アサシンホークに襲撃された場所に着いた。結界から二百メートルほどの場所だ。

「前回はここで襲われたんだよね。でも、今回はいなさそうだ」

よく見まわしてみると、そこはほんのわずかに鬱蒼とした森が途切れ、木々の重なりがあまりない場所であった。つまり、空中から攻撃をするのに適した場所と言える。

「あの時は全然気付かなかった。それだけいっぱいいっぱいだったのかな」

周囲を警戒しながらも、さらに北へ進む。

結界から五百メートルほど離れた場所で、ついにそれを手に入れることができた。

「ホントにあった……この緑の房……コショウだよね……」

ブドウのデラウェア、種無しにするために何とか液に浸す時くらいの大きさの、緑色の房……。

ブドウ農家やコショウ農家に言わせれば、「全然似てないわ！」と大目玉をくらいそうな涼の認識である。

一粒とって噛んでみる。

ピリッとした辛みと共に、口と鼻腔に拡がる香り。

一般的には、この緑の状態で収穫し、時間をかけて黒くなるまで乾燥させたブラックペッパーが有名である。だが、地球の東南アジアには、この緑のままのコショウを、鶏肉などと炒めて食べたりする地域もある。

とはいえ、涼も、この緑のままのコショウを味わったのは初めてであった。

「よし、採取！」

イチズクと合わせると麻袋の半分くらいまで詰め込まれたコショウ。大航海時代なら、これだけで一財産に違いない。

「当初の目的はほぼ達成したけど、もうちょっとだけ進んでみよう」

さらに三百メートルほど進んだだろうか。視界が開けた先には湿地帯が広がっていた。

「湿地帯といえば、リザードマン……」

あいにく、その湿地帯にはリザードマンはいなかった。

「いや、まあ、いたら全力で逃げるしかないんですけどね。多分、今の僕以上に水属性魔法の扱い、上手そうだし」

リザードマンは種族特性として、水属性魔法との相性が非常に高い魔物である。『ファイ』におけるリザードマンは、人間との意思の疎通をとることはできず、『知恵のある魔物』とは思われていない。リザードマンのいる湿地帯に人間が近づいたら、問答無用で攻撃されるのだとか。

「この湿地帯をよけてさらに北に行くのは、ちょっと大変かな」

右手に竹槍、左手に麻袋。麻袋の中には大切なコショウが入っている。もしもこれが、湿地の中に落ちたり、泥で汚れたりしてしまったら……。

「今日のところは、これくらいにしておいてやろう」

どこかのお笑いの人か、道を極めた人のようなセリフを吐き、家に戻ることを決めた涼。だが、その時、ふと湿地帯に生えている植物が目に入った。

一度視線を外し、そしてもう一度、今度は驚愕の表情で先ほどの植物を見る涼。

そう、これが二度見。

「似ている……」

もちろん、涼の記憶している植物よりも丈は高い。それに、横にもバラッと広がっている。

そして実も、手で触れたらバラバラとすぐに落ちそうである。色も少し濃い。

だが、それでも、多分これは……。

「稲……だよね……」

誰かが栽培しているわけではない、自生している稲。野生稲《やせいとう》というのを涼も聞いたことはあった。現代地球でも、東南アジアやインドには、野生稲が自生している地域がけっこうあるのだと。

だが、そんなに都合のいいことがあるだろうか。

稲、あるいは米というのは、転生ものでは相当生活に慣れた後に、苦労して探して探して世界の半分ほどを歩いて、ようやく巡り合うことができるものだ。

そう、それが定番。

まず出合うのは黒く堅いパン。そして次が白く柔らかいパン。そして最後に、ようやく米に出合うのだ。

それなのに……。

「いや、考えるのは後にしよう。とりあえずこれを確保して家に持って帰る」

よく見ると、湿地帯中に、かなり広範囲に野生稲と思われるものが自生している。

　竹槍から取り外したナイフで、穂の部分を切り取り麻袋に入れていく。最終的に、麻袋がほぼ満杯になるまで刈り取り、何かに襲われて今日の大戦果が失われるようなことが無いように、走って家まで帰った。


　家に着いた涼は、まず氷の箱を作った。

　涼の水属性魔法で作る氷は、無意識の状態でも涼から魔力が流れ込むようになったらしく、普通では融けることはなくなった。意識して、魔力を流れ込ませているその魔力線とでも言えるようなものを切断すると、普通の氷のように融けてしまう。なので、家の中には涼が作った氷の箱がけっこうあるのだ。

　維持するのに使われる魔力も微々たる量らしく、それで生活に何らかの支障をきたしたことは無い。

　今回の氷の箱も、大きめのスーツケースほどの大きさで、その中に採ってきたコショウを入れた。さらに麻袋に入っていたイチズクも台所のテーブルの上に置く。

　これで麻袋の中に残っているのは、野生稲だけとなった。

「まず、この稲……お米として食べられるのか……？」

　一般的にお米というのは、稲穂《いなほ》を脱穀《だっこく》して籾《もみ》だけの状態にする。この籾をよく乾燥する。そして、食べる前にこの籾を籾摺《もみす》り機にかけて、皮をむく。

　そうしてようやく、日本人がお米と呼んでいるものが手に入るのだ。

　そして現在、涼の手元に、それらの道具は一切無い。全く無い。

　お米が手に入ってイージーモードとか、心の奥底でちょっと思った涼であったが、手に入ってからが大変なのだ。

　これが定番の転生ものなら、すでにどこかの地方や国でお米を作って食べる文化があるために、こういった部分での困難はない。だが、この『ファイ』のロンドの森には、そんな文化は無い。というか、ミカエル（仮名）の言い方からすると、涼以外の人間は住んでいない。

とはいえ、まずは方針を決める必要がある。

「明日にでも湿地に行って、もう少し野生稲を確保してこよう。ある程度は、根から丸ごと確保して、家の周りに作る水田に移植しよう」

すでに水田を作ることは確定しているらしい。

「今日とって来たものは、なんとかしてお米を取り出し炊く！」

まずは脱穀だ。稲穂から籾を扱《こ》いで手に入れる……江戸時代から大正時代まで千歯扱《せんばこ》きなどでやっていた作業だが……これは必要なかった。麻袋の中で、勝手に稲穂から落ちていたから。

これは野生稲の特性の一つで、少し触れただけで実が落ちる。そのために、収穫する際に困難が生じる場合があるのだが、今は気にする必要はない。

「おぉ、勝手に外れてる。ラッキー」

涼の認識などその程度だ。

手に入った籾、本来はこれをよく乾燥させる。最近の日本なら、大型の乾燥機で十時間以上乾燥して水分をかなり飛ばしたものである。

「とりあえず今日食べる分は、乾燥は無しで」

そして籾摺り……つまり籾の表面を覆っている皮を剥ぐ。

一粒だけ手に取ってみる。大きさ的には、日本のお米とほとんど変わらない。

「ジャポニカ米、っていうやつだよね。なんとなくインディカ米かと思ってたけど、ジャポニカ米に近ければ、日本のお米の炊き方でいいよね」

未だに籾摺りもできていないのに気が早いことである。

現在の地球においては、そもそもの稲作の起源は一万年以上前、中国の長江流域だったというのが定説となりつつある。もちろん、いわゆるジャポニカ米だ。そこから西方に流れ、インディカ米が生じたとされており、栽培米としてはジャポニカ米の方が先なのだ。

とはいえ、そんな地球の稲の歴史など、白いご飯を手に入れることに心血を注ぎ始めた涼には、全く関係ない……。

手に取った籾、爪を使って皮を剥いてみる。

「案外簡単に剝ける。最悪、一個ずつ剝くしかないかな」

籾摺りにいったい何時間かけるつもりなのか……。

それともこれが日本人の米に対するこだわりなのだろうか。

いちおう何か皮を剝くのにいい方法は無いか……考える涼。

涼が使える方法は、水属性魔法しかない。そのなかでもここで使うとしたら氷であろう。

そこで思い出したのが、レッサーボアの皮をなめした際に使った〈氷ローラー〉。あの時は、なめした革をプレスして柔らかくした。今回は、プレスの為ではなく、剝くために使う。

二つの氷ローラーで挟み込むのだが、回転数を上げ、ローラーの間から弾き出すようにしてみれば、勢いで剝けるのではないか？ 〈氷ローラー〉の生成も、空中での回転も水魔法で行う。魔法制御を上手くやればいけるはず！

ローラーの準備は完了。剝いた米を飛ばす先には氷の箱を設置。

まず五粒ほどローラーを通してみる。

ガリッ。

皮は剝けた。剝けたのだが……お米も割れた。

「ま、まあ、割れても味に問題は無い」

その後もローラーに通し続ける。

籾の大きさにかなりばらつきがあるらしく、小さいのに合わせると大きい米が割れ、大きいのに合わせると小さい米が飛ばされることなく下に落ちていく。

妥協と、見て見ぬふりを組み合わせながら、なんとか二合ほどのお米の籾摺りを終えた。

「ふぅ、アサシンホーク以上に困難な戦いだった……」

後はこれを炊く。炊飯《すいはん》、というやつである。

ミカエル（仮名）が準備してくれた家には、竈《かまど》がある。そして、その竈で使う用であろう、木の蓋つきの鍋が二つある。涼は、これを使って米を炊くつもりであった。

まず鍋を綺麗に洗う。

そして、氷のボウルに入れた米も洗う。洗う際に、この野生稲から採取した米からも米ぬかが出るのが見てとれた。

鍋に入れた米の上に手を置き、手の甲が隠れるくらいまで水を入れる。正直、この野生稲の米が、どれくらいの水量で炊くのがちょうどいいのか、涼には全くわからなかったのだ。そのため、地球の知識そのままを使ってみた。

鍋に氷の蓋をする。これは圧力がかかっても飛ばないように、少し重めの蓋にしてみた。

ここまではいいが最大の問題がある。それは、どれほどの火力が必要なのか、涼には知識がないのだ。

だが！　世界には美味しくご飯を炊く常識がある！

「初めちょろちょろ、中ぱっぱ、赤子《あかご》泣いてもふた取るな」

とはいえ、具体的に何分で、中ぱっぱにすればいいのかは、涼は知らない……。

「とりあえず三百秒くらい？　五分くらい経ったら火力を上げてみよう」

火の扱いは、もうお手の物である。火の扱いがお手の物な、水属性魔法使い。器用貧乏な印象しか与えないが……。

全体で二十分かけて炊き上げた。

火を落として、しばらく待つ。蒸《む》らし、である。

蒸らしを十五分ほど終えて……ついに。

「ご飯よ、いらっしゃ～い！」

大量の湯気《ゆげ》の後に出てきたのは、白米……ではなく、少し黄色いお米。

「ま、まあ……多少の違和感は、ね」

左手に氷の茶碗、右手に氷のしゃもじ。心を落ち着けながらゆっくりと茶碗によそう。

そして、しゃもじを消して、二本の氷のお箸を右手に生み出す。

「では、いただきます」

……。

「日本のお米とは少し粘りとか違うし、口の中での味の拡がりも違うけど……でも、これは間違いなくご飯だ！」

歓喜《かんき》に打ち震え、また、ただひたすらにご飯を口に運ぶ涼。

そこには、泣きながらご飯を食べる水属性魔法使いの姿があった。

「ご飯が手に入ったから、次は味噌汁が欲しくなるけど……これは多分無理だろうなあ」

涼は以前、さまざまな条件から、この家が赤道と北回帰線の間辺りであろうと推測した。実際それを裏付けるように、コショウや野生稲が手に入った。

さて、味噌汁を作るにはどうしても必要なものがある。それはもちろん、味噌。その味噌を作るのに必要なのは、大豆。だが大豆の原産地は、日本などの東アジア。

このロンドの森では暑すぎる。しかも湿度も高い。

大豆は、水はけのよい土地で生育しやすい……だから畑に大豆をまくときも、高い畝《うね》を作って水はけがよい状態で育てる。

それらの条件から、ロンドの森には、おそらく自生はしていないであろうと、涼は思っていた。

「まあ、それは仕方ない。お米が手に入っただけでも僥倖《ぎょうこう》」

普通に生活する分には、家から半径百メートルの結界というのは十分な広さである。だが、ここに水田を作るとしたら……かなり手狭となる。

「どうしても結界外に作ることになるよなあ。しかもそうなると、木を切り倒して開墾とかすることになる……のかな……?」

魔法や剣で高速の開墾……。

「うん、〈ウォータージェット〉、まだ木の切断とかできないよ」

地球だと、チェーンソーで木を切り出す。そういえば、製材所では、巨大な回転ノコで木を切る。

「もしかして、〈ウォータージェット〉じゃなくて、水で作った回転ノコなら遠距離攻撃として使えるんじゃないかな」

頭の中にイメージする。右掌の上に半径十センチほどの丸ノコが生じ、回転を始めるイメージ。

「〈水ノコ〉」

イメージどおりの水でできた回転ノコが生まれる。

「さあ、飛んでいけ！」

バシャ。

手から離れた瞬間、地面に落ちた。

「あぁ……」

膝から崩れ落ち、跪《ひざまず》き首を垂れる。その姿勢のまま、涼は十秒ほど固まった。

その姿勢のまま言葉を発する。

「プロセスを洗い出そう」

水を発生させる。

発生させた水を回転させる。

飛ばす。

「うん、三工程。やっぱり三工程目は、まだダメなんだね」

俯いたままで確認する。だが、おもむろに涼は立ち上がった。

「まだだ。まだ終わらんよ」

どこかの赤い彗星のようなセリフを吐き、涼は結界の外にある木に近付いていった。


そして、再び唱える。

「〈水ノコ〉」

しかし今回は飛ばさず、掌で回転する水ノコを保持したまま、木の幹に当てる。

キュィィィィン。

ちょうど、チェーンソーで切るのと同じくらいの甲高い音が鳴り響く。そして、チェーンソーで切るのと比べればかなりゆっくりではあったが、幹を切ることに成功した。

「木材の加工には使えるね」

とはいえ、現状、何かを切り出したとしても、接着剤や釘が無いわけで……。

「寄木《よせぎ》細工なら……うん、無理」

工作は、難しそうである。

「回転運動か……」

そこで涼は固まった。

「あれ？　何かおかしくないかい？」

涼の頭に浮かんだのは、レッサーボアの革を鞣した時に使った〈氷ローラー〉であった。

「〈氷ローラー〉の工程って……」

空気中から水の分子を集める。

集めた水の分子を凍らせる。

凍らせたローラーを回転させる。

「三工程……だよね……できてるよね、なんで……？」

何かが大きく間違っている。

「〈アイシクルランス〉」

右手に〈アイシクルランス〉が生成される。

「この場で回転」

飛んでいく弾丸のように、自転した。

「発射」

シュッ、ボト。

いつものとおり、地面に落ちた。

だが、今日の涼は崩れ落ちない。

開いた両掌をじっくり見る。そして、再びイメージする。左手に細長い氷の器を生成。その中に水を満たす。

そして満たした水に対して、

「〈アイシクルランス〉」

氷の器とくっついた状態で、氷の槍が生成される。


「発射」

氷の器ごと、かなりの速度で前方に飛んでいった。

ここで一呼吸。呼吸を整える。

「大丈夫、飛ばせる。昔の僕とは違う」

自己暗示に近い……だがとても大切なこと。

これまで、涼のイメージの中で凝り固まってしまったものを、打ち砕かなければならないのだから。

頭の中で、ゆっくりイメージする。
一、〈アイシクルランス〉の生成。
二、その槍が右手から飛んで行くイメージ。
その二つを、頭の中で何度も繰り返す。そして、今度は目を開けて、目の前に幻として見えるほどに、明確にイメージする。

「〈アイシクルランス〉」

右手の先に、〈アイシクルランス〉が生成される。

「発射」

氷の槍は、素晴らしい速度で、前方に飛んで行った。

「これは……いつのタイミングかはわからないけど、少なくとも革を鞣した時よりは前の段階で、飛ばすだけの技能は身についていた、ということかな」

魔法で大切なのはイメージ。それは、良きにつけ悪しきにつけ。

『〈アイシクルランス〉は飛ばせない』というイメージが涼の頭にこびりついていた、ということなのだろう。

確かに、転生して数日の段階ではまだ飛ばせなかったのだろう。だが、その後の修行の成果でいつしか飛ばす技術は身についていた。それにもかかわらず、『飛ばせない』というイメージが邪魔をしていたのだ……。

メンタルブロックというやつだろうか。

「僕のこれまでの苦労はいったい……。とはいえ、これはかなり大きな力を手に入れたと言えるよね。これは、勝ったな！」

◆

次の日、涼は絶体絶命の状況に追い込まれていた。

〈アイシクルランス〉を飛ばすことに成功した翌日、涼はいつものように東の森に狩りに出かけた。

〈アイシクルランス〉を飛ばせるようになったのだ。正直なところ、グレーターボアが相手であっても完勝できる。

そう思っていた。

自信に満ち溢れていた。

かつてないほどに気が大きくなっていた。

だが、涼を襲ったのはグレーターボアではなかった。

前後から飛んでくる不可視の風属性攻撃魔法エアスラッシュ。

「一つでも厄介なのに！〈アイスウォール全方位〉」

涼の前後左右を、幅一メートル、高さ二メートルの氷の壁が覆い、エアスラッシュの直撃を防ぐ。

涼の右手には、半ばから折れたナイフ付き竹槍の前方部分が握られている。半ばから後方、いわゆる石突までの部分は、すでにどこかに飛ばされていた。

〈アイスウォール〉は透明である。そのため、壁の向こう側を見ることができる。前方の〈アイスウォール〉の先には、一羽のアサシンホークが飛んでいた。

右目の塞がったアサシンホーク。

そう、かつて涼が死を覚悟した、あのアサシンホークだ。

しかも涼の後方には、もう一羽アサシンホークが飛んでいるのだ。

二羽とも、涼との距離を保ったまま、エアスラッシュのみで攻撃してくる。しかも嫌らしいことに、片方は必ず涼の死角に回り込んで攻撃してくる。そしてほとんどの場合、涼の正面が片目のアサシンホーク、死角が、今日参戦した新人アサシンホークという役割分担だ。

三発目のエアスラッシュを受けて、前方の〈アイスウォール〉が割れる。

その瞬間、涼の左手から片目に向けて、無数の水の線が走った。

〈〈ウォータージェット32〉〉

だがそれを、どんな空力特性なのか、瞬間横移動といった感じで、効果範囲外に移動してかわす。

その瞬間……涼の後ろを守っていた〈アイスウォール〉も、後ろからの三発目のエアスラッシュを受けて割れた。

正直、まだ涼の息は上がったままだ。前後からのエアスラッシュをよけ、反撃するために走り回っていたからである。だが、相手の攻撃をよけるのはともかく、涼による攻撃は例によって例のごとく、全て回避されていた。

避け損ねたエアスラッシュを防ぐために竹槍が犠牲になり、〈アイスウォール〉で亀の甲羅のごとく引きこもって息を整えていたのだが、〈アイスウォール〉はエアスラッシュ三発で割れてしまう。〈アイスウォール〉が割れるたびに一度だけ反撃して、〈アイスウォール〉の再生成を行っていた。

「逃げたいけど……前後挟まれていると、逃げ道が無い……」

新人の方は、正確に涼の真後ろ、つまり死角に回り込んで攻撃しつつ、退路も断っているのだ。

涼の魔力がどれほどもつのか、正直わからない。今のペースで、〈アイスウォール〉と〈ウォータージェット〉を繰り返す程度なら、二十四時間くらい粘れそうな気もするが……だが、疲労は溜まってきている。

疲労はミスを生む。

避けようのない疲労との戦い。

そしてミスをすれば死ぬ。

それが余計に疲労を蓄積させる。

「さてどうするか」

〈アイスウォール〉を再び生成し、状況の整理を行う。

涼が今まで見せた手札は、〈アイスウォール〉と手元からの〈ウォータージェット〉のみ。そして、ウォータージェットは三二本同時斉射でも避けられるというのは分かっている。

今回の勝利条件は、敵を倒すことではなく、結界内に逃げ込むこと。そのためには、致命打とまでいかなくとも、前回のようなダメージを与えて撤退させるのがいいのかもしれない。

「誘うか」

涼が呟いた瞬間、前後の〈アイスウォール〉が同時に割れた。

間髪を容れずに、涼は〈ウォータージェット16〉を片目に向けて斉射。

そして駆けだした。

当然、片目のアサシンホークは〈ウォータージェット〉をかわす。涼は、走りながら左手を前に突き出して、魔法を放とうとする。

だが、その瞬間、こけた。

こけた涼に向けて、新人アサシンホークが突貫してくる。

さすがに〈アイスウォール〉とエアスラッシュの放ち合いばかりで焦れていたのだろう。「もらった！」と言わんばかりの様子で突っ込む。

だがこれは、涼の狙いどおり。

こけた後、そのまま左に転がって、後方からの新人の突貫をかわす。そして、突貫したために涼のすぐそばに来ている新人に向けて、半分の長さになったナイフ付き竹槍を突き出した。

いや、突き出そうとして、槍を止め、もう一度さらに左へ転がる。

間一髪。

片目のアサシンホークが、涼が居た場所に突貫してきたのだ。涼の罠を読んでいたかのように。しかも突貫後も止まらず、そのまま後方へ飛び抜ける。

前回の経験から学んだのかもしれない。

その間に、今日参戦した新人アサシンホークも空中に戻っていた。

「ギィエィィィエェィギィギュエ」

片目の方が新人に説教でもしているかのようだ。油断するな、とでも言っているのかもしれない。

そして再び、片目が涼の正面、新人が涼の死角、後方の位置をとった。

距離はどちらも、涼から二十メートルほど。

涼は、片目のアサシンホークから視線を切らずに、ゆっくりと立ち上がり、唱えた。

「〈アイスウォールパッケージ〉」

それを見て、新人アサシンホークがニヤリとした気がした。もちろん、涼の後ろにいるので、目で見えはしないのだが……さっきは危なかったが、またそれか、と言った感じに。

（新人君、お前は既に死んでいる、って声に出して言ってやりたかったんだけど、片目の奴、勘がいいから、やめておくよ。……僕を中心に、必ずその場所に移動するよね、君）

涼がそう思った瞬間。

新人の頭上に〈アイシクルランス〉の雨が降ってきた。

その数、実に二百五十六本。

新人アサシンホークを中心に、半径三十メートルの範囲に降り注ぐ、光る氷の雨。

「ギィィアァァァァァァア」

新人は、移動してかわそうとしたが、さすがに範囲が広すぎた。何本かが翼を傷つけ、地面に叩き落とされる。全て、上空に発生させて、自由落下で落ちてきた〈アイシクルランス〉である。

〈アイシクルランス〉を飛ばせるようになったとはいっても、意識して飛ばせるのは未だ一本だけ。その一本はすでに〈アイスウォール〉の外に生成済み。

「発射」

狙い違わず、叩き落とされていた新人アサシンホークの首を貫いた。

「グァアアアァァァァァァ」

叫んだのは片目のアサシンホーク。

涼を見る目には、あの時と同じ、いやあの時以上の憎悪が宿っていた。

見合っていた時間は、ほんの数瞬。

片目のアサシンホークは、身を翻《ひるがえ》し去って行った。

「ふぅ……何とか生き残った。でも、この空中からの〈アイシクルランス〉、降り注ぐ光の槍、って感じでかっこいいかも。うん、決め技の一つにしよう」

死を覚悟するほど苦戦したが、終わりよければ全て良し。

因縁のアサシンホークとの戦いには何とか生き残った涼だったが、課題が浮き彫りになった。それは、物理面というか肉体面の強化だ。

戦闘序盤、走り回ったために息が上がり、呼吸が整うまで相当の時間を必要とした。今回は、片目が遠距離からの攻撃にこだわっていたために、〈アイスウォール〉で時間を稼ぐことに成功したが、いつもそうなるとは限らない。

「スタミナは大切」

涼は、はっきりと声に出して言った。


次の日から、涼の一日の流れが少し変わった。

まず朝起きたら、柔軟体操。三十分間みっちり行う。柔らかい筋肉は怪我を防ぐ。涼は、決して身体が柔らかい方ではないが、柔軟は、毎日行えば誰にでも効果が出るということは知っていた。

その後、朝食。朝食は大切。一日の基本。しっかり食べる。食べ終えたら、胃が落ち着くまで読書、または魔法の練習。

だいたい三十分ほど経ったら、結界の外縁を走る。歩く。ひたすら……歩く。氷や水を手に発生させたりしながら……魔法を使いながら、走る……疲れたら、歩く。とにかく動き続ける。

午後は、二日に一度、結界の外、東の森か北の森へ狩りに出る。

あれから、片目のアサシンホークとは一度も遭遇していない。だが、いずれは決着をつけることになるだろうということは、涼にはわかっていた。

理屈ではない。そういうものなのだ。

狩りをして、食料を調達して戻ってきたら、魔法の練習である。狩りに出ない日も、魔法の練習である。

そしてお風呂に入る前に、素振り千本。

野球のバットではない。切り出した竹を竹刀《しない》に見立てて、氷で重さを調整して、素振りをする。

涼は、小学一年生から中学三年の冬まで、剣道の道場に通っていた。なんとなく遊び感覚で。別段、大会などに出たことも無い。中学の時の友達は、学校の部活動に参加していたが、涼は帰宅部、そして月水金で地区の武道館でやっている剣道に通う。そういう生活だった。

武道館での指導は中学生まで。

高校生になる時、これ以降は県警本部での練習に参加することを勧められたが断った。剣道は嫌いではなかったが、そこまで真剣に打ち込む気も無かったからだ。

運動神経が悪いわけではない。野球もサッカーもバスケも、見るのもやるのも好きである。だが、のめり込むことができなかった。

涼が本気でのめり込んだものは、これまで生きてきたなかに無かったのだ。

努力することは嫌いではない。その価値もわかっている。だから、やってみたいと思ったものはやってみる。努力して取り組む。そしてできるようになる。その後は、興味を無くす、とまではいかなくとも、限界まで突き詰めてみたことはない。

涼は決して天才ではない。

それでも、たいていのことは、ある程度本気で取り組めば満足いく程度にはできるようになった。

だが、この『ファイ』に来て、それも少し変化していた。

涼を変化させたもの、それが魔法。師がいなかったのが、かえってよかったのかもしれない。何らかの魔法書みたいなものが無かったのも、よかったのかもしれない。

魔法を使うことに、涼は生まれて初めて、のめり込んだ。

簡単には上手くいかない。分からないことも山のようにある。

だが、それがいい。

そして、その魔法を活かすためには、実は必要なものがたくさんあったのだ。

スタミナが無いせいで死にかけた。

竹槍は半ばから折られ、技術の無さを痛感した。

スタミナは走れば身に付く。誰しもが走るだけで身に付けることができるものだ。方法論は、既に地球において確立されている。

だが、気を付けなければいけないことがある。それは、疲労骨折。膝から下の骨が、折れてしまう可能性がある……カルシウムの摂取は必要なのだが……最も吸収率のいい牛乳は手元には無い。となると、小魚を骨ごと……いずれはこれが主流になるに違いない。

食べ物以外で、疲労骨折を防ぐ方法はないのか？

もちろん、ある。

それは、柔軟体操……ストレッチ。

柔軟のなんという万能性！

だから、今はまだ、走り……疲れたら歩く。でも止まらない。歩き続ける。心肺機能強化のために、動き続けるのだ。

ストレッチ、走る、そして歩く。

これを続けるだけで、スタミナは、誰でもつけることができるものなのだ。

スタミナ以外の問題……それは、竹槍の技術。

だが、それは諦めよう。そもそもナイフ付き竹槍も、遠い間合いから止めを刺すために持つことにしたものだ。槍の扱いなど、動画ですら見たことがない。

ならばどうするか？

剣道ならやってきた。

ここ五年、竹刀を握ることすら一度もなかったが……それまでの九年間やってきたことは、体がまだ覚えていた。

剣術と剣道は別物。

そう、多分そのとおりなのだろう。

だが剣道は、何もないところから生じたわけではない。その源流には、間違いなく『剣術』があったのだ。ならば涼がやることは難しいことではない。剣術から剣道に変化してきた流れを、逆に遡上《そじょう》してみればいいだけだ。簡単ではないだろうけど、きっとできる。

まあ、できなくとも問題はない。基本的に、魔法を活かすための剣なのだから。

メインは水属性魔法であり、涼は水属性の魔法使いなのだから。


涼は、今日も走っている。あるいは、今日も歩いている。

太陽が出るのが早いため、午前中だけであっても、かなりの時間を動き続けることになる。そう、だいたい地球の時間にして五時間ほど。とはいえ、マラソンのように常に一定の速度で走るわけではなく、時々インターバル走が入ったり、逆に歩いたり。


結界外縁は全周六百メートル程度だが、それを二周急走で、次の一周を緩走で、その次の二周を歩行で、みたいな。

そうやって、歩きも入れながら、だが、少なくとも五時間、止まることは無い。そして、動き続けながら、魔法の練習も行う。

そして、毎日の柔軟体操、歩行・走行と共に必ず行うように始めたのが、素振りである。長さ約一メートル、氷でコーティングし、重さの調節をした竹製竹刀での素振り。

日本の剣道、あるいは剣術は、かなり特徴的な部分がある。

竹刀にしろ日本刀にしろ、それは握り方だ。

左手で柄の端近くを握り、右手で鍔《つば》の辺りを握る。両拳同士はくっつけない。拳の間に、もう一個拳が入るくらい空いている。

二十四センチの柄の長さというのは、そのために存在する。

持ち、支えるのは左手。刃の軌道を決めるのが右手。

そして、振る。振る。振る。

一本一本、最初はゆっくり、体の記憶を呼び覚まさせるかの如く。

一本一本、少しずつ剣速を上げて。

一本一本、最後は、無心で振れるように。


午前の訓練が終わると、もう涼の体は疲労のピーク。

だが、ここで倒れてはいけない。まずはアイシング。高くなっている筋肉の温度をクールダウンするのだ。

それはまさに、水属性魔法使いの面目躍如《めんもくやくじょ》。

氷をちりばめた水の膜を体に貼り、筋肉を冷ましていく。十五分ほどのアイシングで血管が収縮。アイシングが終了すると、リバウンドで血管が拡張し、疲労物質がいつもより多い血流によって、効率よく流されていく。

そして、整理運動としての柔軟体操。これで、怪我の予防にもなっている……はず。

お昼は、朝ごはんの残りを食べる。朝ごはんを作る段階で、二食分作っておく。一食分作ろうが二食分作ろうが手間は変わらないから。

そしていよいよ狩りである。狩りであるのだが……最近は、ほとんどルーチンワークと化していた。

レッサーラビットやレッサーボアが相手では、当然ピンチに陥ることは無い。

ノーマルラビットやノーマルボアでも、ほとんど変わらない。

もちろん、だからといって油断することは無い。もしアサシンホークと遭遇すれば、何が起こるかわからないからだ。そう考えると、本当にアサシンホークというのは、人間にとって厄介な敵だと言えるだろう。

今はまだ午前の訓練メニューに四苦八苦している状態なので、それが午後にまで影響しているが、もう少し慣れてきたら、行動範囲を広げてみたいと涼は思っていた。

とりあえず東か北へ。

そしていずれは、南西……海へ！

そう、いずれは海にも行かねばならない。それは、塩を調達する必要があるからだ。

人が生きていくのに絶対に必要なもの、水と塩。水はそれこそ無尽蔵に生み出せるが、塩はそういうわけにはいかない。

創世記に出てくるような、ロトの妻を塩に変えてしまうような神の奇跡……はさすがに涼にはできない。というか、できたら怖い。

素直に、海に行って塩田なり別の方法なりで塩を手に入れるのが無難であろう。

ミカエル（仮名）が準備してくれている塩は、今のペースで使っても、優に一年以上もつほどの量がある。だが、塩田などやったことのない涼としては、塩を手に入れるのがどれほど手間のかかることなのかを知っておきたい、というのがまずある。無くなる直前になって、焦ったりするのは嫌なのだ。

それに、海の幸も久しぶりに食べてみたい……などと思う可能性もある。お肉大好きな涼ではあるが、魚が嫌いというわけでは決してないのだから。

◆

持久力をつけるための訓練メニューに取り組んで二カ月ほど経っただろうか。ようやく、午前のメニューをこなしても、午後の行動には響かなくなってきていた。

「よし、今日は少し先まで行こう。まず目印が必要」

そう言うと、涼は結界内に氷の塔を建て始めた。外観は塔というよりは、かなり太めな旗の掲揚台というべきだろう。高さは百メートルほどあるが。少し離れたところから見ると、太陽の光が反射して綺麗だ。

「この高さなら、大抵の場所から見えるはず」

ロンドの森は鬱蒼とした森ではあるが、それでも森の切れ間とも言える場所はけっこうある。これだけの高さであれば、二キロ先からでも視認可能……なはず。

とりあえず、これを目印にすれば、帰る方向を間違うことはないであろう。

百メートルという高さではあるが、スピード重視で造ったために、いろいろかなり適当だ。塔の太さは直径三メートル程、いちおう円柱である。

よく倒れないものだが……涼の魔力が通じている間は倒れない、なぜかそのことが分かる。

「こういうのは、僕が知っている物理法則とは違うと思うんですよねえ」

涼の魔法技術が上がってきて、地球との違いを感じるようになってきたのかもしれない。いや、地球では起こせない現象を起こせるようになってきた、という表現が正しいのかもしれない。とはいえ、涼にはそのあたりの自覚はまだ希薄である。

遠征道具はいつもどおり。

いつもの腰布とサンダル。いつものナイフ付き竹槍と麻袋。

毎日竹刀みたいな竹を素振りしてはいるが、剣として使える武器は無い。しばらくは、物理武器としては、ちょっと新調したこのナイフ付き竹槍となるであろう。何度折られても、ナイフ部分さえ無事なら付け替えが利く！

とってもエコ！

「よし、進む方角としては北東にしましょうか」

北には、かなり広い湿原地帯がある。その湿原の東端がどのあたりかわからないので、なんとなく北東辺りに向かってみることにしたのだ。進んでみて、まだ湿原があれば、まあそれはそれでよし。かなり東西に拡がっている湿原であることが確認できるわけだし。

出発しても結界から一キロほどの間は、特に変化は無かった。

遭遇した魔物も、レッサーボアが一頭だけ。そして回収できた果物は、イチズク十個ほどと、リンゴに似たリンドーと呼ばれる赤い果物であった。

「見た目も味もリンゴ！　これでアップルパイが作れる……もちろん僕は作り方を知らないけどね！」

一人ノリツッコミ……転生して、明らかに独り言が多くなった涼。

リンドーも十個ほど確保し、さらに北東へ進む。

家から、二キロ近く離れたあたりだろうか。

パリン。

後方の〈アイスウォール〉が一撃で割れた。

涼は、ロンドの森の奥まで入る今回の遠征、何があるかわからないということで、薄い〈アイスウォール〉を自分の周りに常時配置しながら移動していた。

薄いとはいっても、アサシンホークの不可視の風属性攻撃魔法エアスラッシュなら、二発は耐えられるくらいの強度があるはずなのだ。

それが一撃で割れた。

考えるより先に体が動く。

右斜め前方に飛び込み、肩から地面に落ち、受け身をとりながら一回転。起き上がって後ろを見ながらとりあえず唱える。

「〈アイスアーマー〉」

胸部、腰部、手甲、脚甲が氷で作られ装備される。

当たると即死、を回避するにはフルプレートメイルとまではいかなくとも、簡易的な鎧はあったほうがいい。

「巨大なコブラみたい……カイトスネークか。尾を鞭《むち》のように振るってダメージを与える直接攻撃。その尾の動きから発生するエアスラッシュ。そして極めつけは口から飛ばす毒液。なんて厄介な」

見た目は、涼が呟いたとおり、コブラだ。そしてコブラのように鎌首をもたげている。だがその大きさが尋常ではない。

全長は……ちょっとわからない……何せとぐろを巻いているから。鎌首の位置は地上から三メートルほどの位置。相当、仰ぎ見なければならない。

恐らく〈アイスウォール〉を一撃で破壊したのは、尾による直接攻撃であろう。エアスラッシュはアサシンホーク戦で何度も経験している。不可視というだけで相当に厄介な攻撃であるが、さすがに一撃で〈アイスウォール〉を壊せはしないはず……。

つまり、尾の攻撃がこちらに届いたということは、すでにここはカイトスネークの間合い。なんとか仕切り直して、先手を奪い返さねばならない。

（〈アイスウォール　コの字〉）

〈アイスウォール〉が、カイトスネークの前左右と、カイトスネークをコの字で囲い込む。本来、撤退用の〈アイスウォール　コの字〉であるが、こういう使い方もできるのだ。

心の中で唱え、〈アイスウォール〉が生成されると同時に涼は後方へ跳ぶ。少なくとも〈アイスウォール〉は、尾の攻撃を一撃はしのいでくれる。その間に後方に下がり、カイトスネークの間合いから出る。

だが、カイトスネークの軌道は涼の予想を超えていた。〈アイスウォール〉を割るのではなく、自分で移動して〈アイスウォール〉を迂回し、後退する涼に迫ってきたのだ。

「さすが蛇。草の上での移動速度が速すぎる、けど！」

〈〈アイスバーン〉〉

草ごと地面を凍らせて、氷の道路を敷く。移動の勢いがついたまま〈アイスバーン〉の上に乗ってきたカイトスネークは、もう自分では止まれない。

〈〈アイシクルランス16〉〉

もはや涼の十八番ともいえる、〈アイスバーン〉＋〈アイシクルランス〉である。〈アイスバーン〉から三十度の角度で生えた〈アイシクルランス〉十六本が、滑ってくるカイトスネークを迎え撃った。

バキン。

「何っ!?」

ボアなら突き刺さるのに、カイトスネークは〈アイシクルランス〉を割ったのだ。そう、最初に〈アイスウォール〉を割った、あの尾の攻撃で。

「〈アイスウォール〉」

滑る勢いは止まっていない……つまり刻一刻と涼との距離が縮まる。まずはそれを止めるための〈アイスウォール〉。だが……。

バリン。

再び、尾の攻撃で割る。

「でしょうね。〈アイスウォール5層〉」

常時展開していた薄い〈アイスウォール〉ではなく、幅三メートル、高さ三メートル、厚さ通常の二倍の〈アイスウォール〉を五層生成する。

これは完全防御用に編んだ魔法だ。

ガキッ、ドゴッ。

今までどおり尾で割ろうとしたが、さすがに一撃では割れず、一層目にひびが入っただけであった。そして滑ってきた体も〈アイスウォール〉に当たって止まった。

だが、涼には一息つく間もない。

滑って涼を捕らえることができなくなったとわかるやいなや、カイトスネークは自慢の尾を〈アイスウォール〉の外側に回して涼に迫った。しかもエアスラッシュを放ちながら。

「〈アイスシールド〉」

テニスのラケットほどのシールドが空中に生成され、エアスラッシュを防ぐ。だが、その間にカイトスネークの尾の接近を許してしまう。

致命的な選択ミスだった。

「〈アイスウォール5層〉」

〈アイスウォール5層〉は、涼の防御の中でも最も堅《けん》牢《ろう》である。

しかし、普通の〈アイスウォール〉の生成がゼロコンマ一秒程度であるのに対して〈アイスウォール5層〉は一秒近くかかる。普段なら十分なスピードだと言えるのだろうが、これだけクロスレンジでの戦闘となると、一秒というのは決して速くない。

それが今回露わとなる。

〈アイスウォール5層〉を唱えはしたが、生成が完全には間に合わなかったのだ。カイトスネークの尾は勢いを減じはしたものの、ギリギリ涼に届いてしまう。

「クハッ」

涼の胸部装甲が砕け散る。

自ら後方に跳び、ダメージの軽減を図ったおかげで、胸に穴は空かないで済んだようだ。ひどい打撲、あるいはあばらにヒビが入っているかもしれないが。

だが、涼は痛みを感じなかった。バトルジャンキーな感じで、脳内にアドレナリンがドバドバ出ているらしい。

間髪を容れずに、左手を上に掲げ唱える。

「〈アイシクルランス2〉」

左手から発射されたアイシクルランスが弾道を描いて、〈アイスウォール〉を超えカイトスネークの頭に向かう。それを迎撃するために、カイトスネークは尾を急いで引き戻す。

そして迎撃。

涼は、ようやく仕切りなおすことに成功した。

「〈アイスアーマー〉」

割られた胸部装甲を再生成する。これが無かったら、間違いなく死んでいた。

状況は、涼とカイトスネークの距離は十五メートルほど。カイトスネークの前には〈アイスウォール5層〉がある。高さ幅共に三メートル。カイトスネークの下はアイスバーン状態。ただし、半径二メートルほど。カイトスネークは鎌首をもたげている。高さは三メートルほどで、アイスウォールぎりぎりの高さにある。

「仕切り直したけど、もう近接戦はしたくないんだよね」

カイトスネークの尾は凶悪すぎる。遠距離からはエアスラッシュを放ってくるし、近付けば一撃でアイスウォールを破壊する物理攻撃が来る。

だが、次に先手をとったのはまたもやカイトスネークであった。鎌首をもたげた状態から、跳ねたのだ。

「なにそれ!?」

跳ね上がり、〈アイスウォール5層〉を飛び越え、涼に迫ってきた。

「〈アイスバーン〉」

だが、〈アイスバーン〉がカイトスネークに届く前に、すでにその技は見た、と言わんばかりにカイトスネークは横に移動する。直線的な攻撃から曲線的な攻撃に変化したのだ。さらに、移動しながらエアスラッシュを連続で放つ。

「〈アイスシールド4〉」

涼が四つの〈アイスシールド〉を浮かべて迎撃している間にも、フェイントでも入れるかのように左右に移動しながら近づいてくるカイトスネーク。

そしてついに、その口から放たれる毒。

それは、涼が想像した以上の、遙かに広範囲な毒攻撃であった。とても逃げられる範囲ではない。普通ならこれで詰みだ。

だが、涼は普通ではなかった。そして、水属性の魔法使いだった。

「〈スコール〉」

唱えた瞬間、東南アジアでよく起こるような豪雨が局地的に発生した。涼の前からカイトスネークの所まで。その豪雨は、空気中に漂った毒液を地面に叩き落とし、下流に流し去る。

さすがにそんな返し方をされたのは初めてだったのだろう。種族が違っても、驚いているのが涼にも分かった。

「〈お湯沸騰〉」

スコールでびっしょり濡れたカイトスネークに向けて唱える。

沸騰させるのは、カイトスネークに付着した〈スコール〉の水、そしてカイトスネークの下に水溜りとなっている水。以前は数分かかったお湯沸かし技法であるが、今では他の魔法同様に一秒かからずにできる。

つまり一瞬で、カイトスネークは全身に沸騰したお湯を浴びる羽目になった。

「ギョエゥエェエエエエエ」

叫び声を上げ、大きく開いた口に……、

「〈アイシクルランス〉」

極太の氷の槍が飛び込む。

〈アイシクルランス〉が口腔《こうこう》内を貫き……カイトスネークは絶命した。

思わず尻餅をついて、そのまま座り込む。

「ふぅ……。お風呂のおかげで助かった……。お湯沸かし技法、お風呂が無かったら身に付けなかった技だもんね。お風呂を準備してくれたミカエル（仮名）に感謝」

ズキン。

安心したら、カイトスネークにやられたあばらが痛くなってきた涼であった。

なんとか家に戻ってきた涼。

カイトスネークの死体は、凍らせて貯蔵庫に入れた。

蛇を食べたいとは思わない。たとえ、「淡白でけっこう美味しいんだよ～」と東南アジア帰りの大学の友人に言われたとしても、食べたくはない。

ただ、何らかの素材としては使える可能性があるし……そう、蛇皮の財布とかバッグとか、地球でも見たことがあるし……。鞣しの技術を身につけた涼なら、いろいろと使えるかもしれない。

「鞄……まあ、麻袋でもあんまり問題ないんだけど……何より、糸とか紐《ひも》が無いし。紐の代わりは蔦でやれるけど、服に蔦を使うのもねぇ」

『衣』に関しては、未だ非常に難しいスローライフinロンドの森。

『食』は、イチズクだけではなく、まるでリンゴなリンドーも今回の遠征で手に入った。念願の、新たな果物だ。

スローライフを送るには、食の充実は大切！

「それにしてもカイトスネークに出くわすとは……あれはヤバかった」

毒を使う魔物に遭遇したのは、涼は初めてだった。『魔物大全　初級編』には「毒液を吐く」としか書いてなかったのだが、まさかあれほど広範囲の、言わば毒霧《どくぎり》を吐いてきたのは完全に想定外であった。

「散水用に作っておいた〈スコール〉が戦闘に役立った……ホント、何がどこで役に立つかわからないね」

空中に散布されたカイトスネークの毒を地面に落とし、流し去った水属性魔法〈スコール〉は、ジョウロでの水やりが元々のイメージだ。まあ、ちょっと水の勢いと量が多くて、範囲が広いけれども。

その散水の対象は、以前とって来たイチズクを移植したものだ。森に入っていけば実が生っているのだが、ふと夜に食べたくなったりしたときに、庭に生っていたらいいよねぇ……そんな軽い気持ちで植えてみたのだ。

もちろん農薬も、化学肥料も、そして有機肥料も使わない自然栽培！　だって、その方が美味しいから。決して、それらどれもが手に入らないからではない！　ないったらない！

生産量を追求するのならば、大量の施肥《せひ》というのは良い方法なのかもしれない。だが、スローライフなら……そこまでの必要はないのだ。

しかし、遅々として進まない『食』の分野もあった。稲である。

蒔いたり食べたりするための籾状態のお米は、かなり大量に保管してある。全て、北の森の湿地帯で手に入れてきたものだ。だが、涼が行いたいのは稲の改良。

そのためには、水田を作る必要がある。

必要があるのだが……例えば土属性魔法が使えれば、耕すというのを魔法でできるのかもしれない。それが無くとも、鍬《くわ》を作り、自力で耕すということはできるであろう。

しかし、涼には水属性魔法しかない。

「土属性魔法も無く、鍬のような農具も無く、農耕馬なども無い状態からの開墾……」

成功する絵が全く浮かばない。

とりあえず、なんとなく、水田候補地に〈アイシクルランス〉を撃ち込んでみる。

「〈アイシクルランス2〉」

ズサ。

微妙。

「空から落とそう。〈アイシクルランス128〉」

二十メートル上空に発生させた百二十八本の〈アイシクルランス〉を、自由落下で水田候補地に落とす。

ズサズサズサ。

突き刺さった。

「あ、うん……突き刺さる……だけだよね……。突き刺さった後に、破裂したりしないかな……」

突き刺さったうちの一本に対して爆発するイメージを……。

「その前にガードしておかないと」

結界内の、言わば庭ということもあり、〈アイスアーマー〉すら身に纏っていない。

「〈アイスウォール5層〉」

最も堅牢なもので、爆発（予定）物と自分の体とを隔てる。元々〈アイスウォール〉自体は透明なために、作業に支障はない。

改めて……突き刺さった〈アイシクルランス〉の一本に対して爆発するイメージを頭の中に浮かべる。

バキン。

爆発……というより、氷が砕けて周囲に飛び散った。

「これじゃあ耕せない……」

二本目の〈アイシクルランス〉には、もっと細かい氷の結晶に分かれて爆発するイメージを頭の中に浮かべる。

トシュン。

再び氷は砕けて周囲に飛び散ったが……先ほどよりも砕け散った氷の粒一つ一つは小さかった。

「やっぱり耕せそうにない……」

氷を破裂させる、というのがダメなのだろうか。破裂というより、やはり欲しいのは爆発なのだ。

「水の爆発といえば、水にナトリウムを入れると爆発するあの実験だよねぇ。でも、それはこの場合現実的じゃないし。そうなると、水蒸気爆発……？」

水蒸気爆発とは、マグマのように高温な物質と、地下水などの低温な物質が接触すると、一瞬で水が水蒸気となり爆発する現象である。水は水蒸気になると体積が約千七百倍に膨れ上がることから爆発的な現象が起こる。

「でも高温な物質が無いよねぇ。いや、むしろ、〈アイシクルランス〉そのものを瞬間的に水蒸気にしてしまえば水蒸気爆発と同じような現象になるんじゃ……」

最初に水をお湯にした時のように、水分子H_2Oそのものの振動数を増やすイメージだ。

振動数を増やしていけば物資の温度は上がる。百度を超えると水蒸気に……。

水蒸気にさらに熱を加えると、百度を超える水蒸気、過熱蒸気と呼ばれる状態になる。地球では過熱蒸気オーブンレンジなども市販されている。そういう意味では、ごく一般的な現象なのだろう。

刺さった〈アイシクルランス〉百二十六本全てで試してみたが、全然爆発などしなかった。

一見、涼の水蒸気爆発は上手くいきそうな気がするが、残念ながら根本の認識も間違っているために、水蒸気爆発みたいなことは絶対に起きない。

涼の化学的知識など、その程度のものなのだ。

そもそも、爆発という現象そのものが、圧力が急激に発生あるいは、圧力が急激に解放される結果、起きる現象だ。

氷だと……う～ん。

「失敗は成功のもと」

こんなことでは、涼はめげたりしない。

「とりあえず、水田を作るのは後回しにしよう」

そう、めげずに問題の先送りをするだけで大丈夫！

カイトスネークとの戦闘、近接戦では全く歯が立たなかった。正確には、カイトスネークの尾との近接戦では。

つまり、相手の攻撃を防ぐ、あるいはかわす、そういうのは現状の涼には難しいということだ。まあ、それが嫌で、遠距離から安全に狩りできるようになりましょう、というコンセプトでやってきたわけだから、当然と言えば当然であるのだが。

距離がある場合の攻撃手段は、今までどおり鍛えていこう。発動時間、魔法制御の精密さなど、まだまだやるべきことは多い。

「だいたい、〈アイスウォール5層〉の生成に一秒かかったのが、ダメージを受けた理由の一つなのだから。もっと早く生成できるようにならないといけません！」

それから〈アイスアーマー〉である。

なんとなく適当に鎧いるかなぁ、程度に涼が準備しておいた防御魔法だが、かなり役に立った。というか、無かったら涼は死んでいた。

「見た目、どこかの聖騎士な感じだけど、持ち運びが大変というわけでもないし、もしものために戦闘開始前にすぐ身に纏えるように練習しよう。あ、これを重くしたやつを身に纏って走ってもいいかな。いい訓練になるかも」

思考が完全に脳筋傾向になっているのだが、本人は全く気付いていない。脳筋……つまり、脳まで筋肉。

とはいえ、持久力がついたのは事実であり、それがベースとなって戦闘中もスタミナ切れは全く起こさなかった。

どれほど素晴らしい技術を持っていても、スタミナが切れれば活かせないのだから。

◆

「たまには魚が食べたい」

午前の訓練を終えたところで、涼はぼそりと呟いた。

「そう、焼き魚がいい、塩焼きで食べたい。本当はお醤油《しょうゆ》をちょっと垂らして、ってのが理想だけどお醤油無いし、そこは妥協しよう。うん、今日の晩御飯は塩焼きだ！」

そうと決まれば善は急げ。ここは海ではなく、川魚がいいだろう。塩焼きの段階で涼の頭に浮かんだのは、鮎やニジマスの焼けた姿だったのだから。

魚を手に入れる道具として選択したのは、いつものナイフ付き竹槍である。

「本当は先端に銛《もり》みたいな返しがついてるといいんだけど……そこは仕方ないよね」

魚釣りを、などという選択肢は涼の中には無い。

「今回は麻袋は、いらない」

ナイフ付き竹槍片手に、涼は家の南にある川へと向かった。

決して浮かれていたわけではない。そう、断じて、ない。多分……ない。

たまたま、川べりにワニがいただけのこと。

『魔物大全　初級編』には記載は無かった。そのため、おそらく魔物ではなく動物なのであろう。

もちろん『ファイ』にも、魔物ではない、いわゆる普通の動物が何百万種類と存在している。

魔物と動物の違い。それは、魔物は心臓の近くに魔石と呼ばれる小さな石がある点だ。また、種類によっては魔法を使うことができる。そして多くの場合、動物よりも凶暴で、強い。

そのため、ロンドの森では、強力な魔物たちにより、普通の動物の類はかなり駆逐されてしまっているのだ。

それが、これまで涼がロンドの森で動物を見かけなかった理由だ。だが、今、目の前に動物がいる。たとえそれが、体長五メートルを超える、巨大なクロコダイル系のワニであったとしても、動物は動物である。

地球の日本には、一般書で、ワニの捕まえ方を詳細に書いてある有名な書籍があった。かの本によると、ワニを捕まえる時は、後ろから近付いて行くのだとか。

昔、小学生の頃に、友人が涼にその本を見せてくれた。

「そんなの役に立たないだろう」……そう思い、涼はしっかり読まなかった。

今は、とても後悔している。本当に、ほんっとうに、何がどこで役に立つかわからないものなのだ！

「いや、別に捕まえる必要はないのでした」

そう、ワニを捕まえに来たわけではない。まだ気付かれていないようなので、こっそり見つからないように、上流に向かう。

「ジィイイッァァァァァァァ」

「グゥモォォォォン」

ワニから五十メートルほど離れたあたりで、涼の元に獣の咆哮《ほうこう》が聞こえた。

どうやら、先ほどのワニと何かが戦っているらしい。ようやく離れたのではあるが、何があのワニと戦っているのかは気になる。こっそり見てみよう。

見つからないように近付いた涼の目には、ワニを角に突き刺し、頭の上に掲げ上げた牛の姿が飛び込んできた。

すでにワニの息の根は止まっている。

「ホーンバイソン……名前どおり角に注意。川、沼地によく現れる。風属性魔法を身に纏っての突貫に注意、と。そうだ、新しい技を試してみましょう」

涼は左手を頭上に掲げて唱えた。

「〈ギロチン〉」

ザシュッ。

左手から、アイシクルランスの先端がギロチン状になった氷の槍が上空に飛び上がり、十分な加速を得て真上からホーンバイソンの首を斬り落とした。

「よし、成功」

にっこり微笑む涼。一撃で斬り落とされたホーンバイソンの頭は水面に落ち、切断された首からは血が噴き出している。

「牛革を鞣す練習に使おうかなぁ」

そんなことを呟きながら、ホーンバイソンとワニの死体の元へゆっくりと近付いて行った。

だが、そこで涼の見た光景は……。

バシャバシャバシャ。

水面に落ちたホーンバイソンの頭とワニの体が、少しずつ小さくなっていっているように見える。

「ん？　ん？　何が起きているの……」

急いでホーンバイソンの胴体を掴み、陸に投げ上げる。そこには数匹の魚が齧《かじ》りついていた。

「ピラニアみたいなやつ……魔物大全には載ってなかったけど……肉食……やっぱりピラニアの仲間だよね、これ」

体長四十センチを超える、凶暴な歯を持ったピラニアもどき。

とりあえず、ホーンバイソンに噛みついているのを、ナイフ付き竹槍で刺していく。そしてホーンバイソンの胴体と、まとめて冷凍保存。その間にも、水中にあるホーンバイソンの頭とワニの体は見る見るうちに小さくなり……やがて消滅した。

血に惹かれてやってきたと思われるピラニアたちも消え、川は元の静けさを取り戻す。

「ここでの水遊びとか、絶対できない」

背中を落ちる冷や汗を感じながら、涼は言った。

狩り自体は一時間もせずに終了したわけだが、ピラニアの光景はかなり衝撃的であった。やはり血の匂いというのは、さまざまなものを引き寄せるのだ。心しておかねば。

ホーンバイソンとピラニアは、冷凍状態のまま貯蔵庫行きとなった。

さて、今回の狩りで魚を手に入れた。本来想定していた鮎《あゆ》やニジマスみたいな魚とは、ちょっとだけ違うが、まあ川魚である。

晩御飯は、ピラニアの塩焼きにするとして、ここに一つの大きな可能性が生まれたのである。

魚がある。

塩もある。

この二つが揃えば、日本人の心ともいえる、あの黒い液体……『醤油』と呼ばれるものを手に入れられる可能性が生じる。

だが、大豆は無い。

本来醤油とは、大豆を基にした麹《こうじ》から生み出されるものだ。

そう、大豆は無い。

大豆は無いのだが、大豆無しで醤油を手に入れる方法が、地球にはあった。それが『魚醤《ぎょしょう》』だ。読んで字のごとく、魚を基に生み出される醤油だ。

一般の日本人が馴染んでいる醤油に比べると、香りが強すぎるし、味も濃くなる場合が多い。だが、日本全国で郷土料理に利用されていた。

ということは、やはり日本食には合うはず！

今夜のピラニアの塩焼きにはもちろん間に合わないだろうが、いずれは、ちょっとお醤油を垂らして、といった楽しみができるかもしれない。

「うん、これはやらなければ！」

魚醤の作り方は極めて簡単。

魚を塩と共に漬け込む。

以上。

あとは数カ月自然発酵されるのを待つだけ。

「問題は、それらを発酵させる樽《たる》、だよねぇ」

水属性魔法で作る樽なら、一瞬で生成できる。形も大きさも自由自在。だが、氷の樽なので、どうしても冷たい……。大抵の保管には、その冷たさは問題にならない、それどころかメリットが大きい。

だが、魚醤は発酵させる必要がある。魚醤のための発酵が起こるには、ある程度の温度が必要なのだ。少なくとも、氷の器の中では冷たすぎて発酵は起きない……最低でも常温以上。

というわけで、木製の樽を作るのが一番。

もちろん、涼は生まれてこの方、そんなものを作ったことは無い。おそらく頑張って作っても、底が抜けたり中身が漏れ出てきたりするはず。

とりあえずは、木で樽みたいな感じのものがあればいい。

「候補は既に見つけてある！」

そう、ここはロンドの森。中には、地球では考えられないほど太くなった木もある。それも、家の結界のすぐそばに。

幹の直径二メートル。高さ十メートル。杉や檜《ひのき》のような針葉樹。

地球のように重機があればともかく……いや、重機があってもこのサイズの木を切り出すのは、かなり厄介なのかもしれない。しかも、涼の手元には重機などない。

だが、重機の代わりに魔法はある。

ここで〈ウォータージェット〉で切り出し……はまだ無理。この『ファイ』に来た当初から、ずっとこだわって練習している〈ウォータージェット〉であるが、まだ木を切断するほどの威力は無い。

しかし、涼には別の手段があった。ホーンバイソンの首を一撃のもとに斬り落とした『〈ギロチン〉』である。

「〈ギロチン〉」

ザシュッ。

〈ギロチン〉は、幹に一メートルほど食い込んで止まった。

「ま、まあ、一撃で倒せるとは思ってなかったし！」

あえて声に出してそう言うと、さらに続けて唱えた。

「〈ギロチン〉」

連続のギロチン連射。

ようやく切断され、轟音《ごうおん》を轟《とどろ》かせながら倒れ行く針葉樹。巻き込まれた周囲では、なかなかの森林破壊が起きていたが涼は気にしない。

倒れた針葉樹から、高さ一メートルほどの樽になるように切り出していく。

「〈ギロチン〉」

「〈ギロチン〉」

ここでも行われる〈ギロチン〉の連射。

その結果直径二メートル、高さ一メートル、見た目ちょっと大きい立派なテーブルが削り出された。

あとは、中をくり抜いて樽状にする。そこで使うのは、〈水ノコ〉だ。かつては攻撃魔法として飛ばそうとして失敗した、あの〈水ノコ〉。おそらく今なら〈アイシクルランス〉同様に、遠距離攻撃魔法として使えるのであろうが、ここではそんな効果は必要ない。

「〈水ノコ〉」

右掌に、水でできた回転するノコギリが発生する。

そして切り出された針葉樹を削っていく。地球でのチェーンソーに比べると少し遅いが、実用レベルの速度ではある。

ほぼ抵抗なく、そしてストレスもなく。

ようやく満足いく形に切り出しが終わったのは、一時間後であった。見た目、高級温泉旅館の檜造りの個室露天風呂。

発酵樽の下に〈アイスバーン〉を生成しながら家まで運ぶ。本当に便利な魔法である。中身がくり抜いてあるとはいえ、相応の大きさ……それなりの重さもあるはずなのだが。

そして、家まで持ってきて涼は気づいた。

「この樽……どこに置こう」

そう、大きすぎてドアをくぐらなかったのだ。

計画性……なんて素晴らしく、そして恐ろしい言葉なのでしょう。

魚醤樽は、とりあえず大きな樹の下に設置された。

「地球なら、屋外に壺を並べてその中で発酵させる、というのはよくあることだし……うん、きっと大丈夫」

無理やり自分を納得させる涼。

まず樽の底にたっぷりの塩を敷く。その上に、適当に切り刻んだ解凍ピラニアを四匹分敷く。ピラニアを全部覆うようにさらに塩を敷く。その上には、バナナの葉っぱのような広い葉っぱを、乾燥を防ぐために並べてみた。そして、蓋として、樽に使った木の残りを上にかぶせる。それで終了。

魚醤樽の完成。

これで、上手くいけば数カ月後に魚醤が溜まるはず……多分。

◆

久しぶりに、魚の塩焼きと白いご飯を食べた。

当初は、鮎やニジマスなどを想定していたのだが、諸事情によりピラニアの塩焼きであった。であったのだが、これがびっくりするくらい美味しかったのだ。

基本的にお肉大好きな涼であるが、たまには魚を食べたくなることもある。そんな時、また食べたくなったら、南の川に捕りに行くことが決定した。動物を投げ込めばピラニアが集まってくることは分かったわけだし。

昼間は、衝撃的な光景を目にしたが、最後は大満足の晩御飯で締め括ることができた。終わり良ければすべて良し。

窓から見える夜の森は、昼間とは違って見える。

「夜の森はやっぱり怖く感じる」

いつの時代、どこの世界においても、夜の森は人の生きる世界ではない。それは地球も『ファイ』も、きっと変わらない。

基本的に、人は視覚情報と聴覚情報で周囲の状況を把握する。

夜の闇は、人から視覚情報を奪う。聴覚情報だけで状況を理解するのは、普通の人間には不可能だ。

魔物にしろ動物にしろ、人よりも耳がいい生き物は多い。その上、蛇や蝙蝠《こうもり》のように、人には無い器官によって情報を得ることが可能な生き物もいる。

そういうものがいる夜の闇は……やはり人が入っていくべき場所ではない、涼はそう思っている。少なくとも今は。

「そういえば、気配とかがわかる人がいるらしいけど……あれは何だろうねえ」

第六感ならまだわかる。

それまで経験してきた経験、記憶されている情報、それらを無意識のうちに脳が判断してくれるのであろう。涼はそんな認識をしている。直感、あるいは違和感と同系統のものだろうと。

だが、気配は……見えないはずの視線を感じたりするわけだし……やっぱりよくわからない。

「もし風属性魔法使いだったら、気配とか見えない相手を感じる魔法とかを作れそうだけど」

パッシブソナーの原理だ。

自分からピンガーを放って、反射して返ってくる情報から相手の位置や周囲の状況を探る〈アクティブソナー〉とは違って、自分からは何もせずに相手が動く際に生じる周囲の何らかの変化から情報を得るのが〈パッシブソナー〉である。

こちらは何も発しないので、相手にはこちらの存在を気取られない。

能動的《アクティブ》か受動的《パッシブ》か。

以上は水中での、潜水艦におけるお話であるが、それを地上で、海の水の代わりに空気の流れを使って、相手の情報を知ることができるのではないか。

風属性魔法使いなら、やれそうな気がする！

もちろん涼は、水属性魔法使いだが！

「ブレイクダウン突貫といい、風属性魔法使い、ちょっと憧れます」

ブレイクダウン突貫……『三体分身からソニックブレードを放ち、跡を追う形で突撃攻撃を行う技』のことらしい……。

普通、風属性魔法使いでもそんなことはできないのだが。


ピラニアの塩焼きを食べて数日後。

今日は、午後狩りに出かける日だ。場所はいつもの東の森。レッサーラビットかレッサーボアが多い。たまに、ノーマルボアが出てくることもあるが、今の涼の敵ではなかった。

アサシンホークには、未だに勝てる絵が描けないが、地上戦ならまず負けることは無いだろう。

「これは決してうぬぼれではない」

そう口に出して言った直後、目の前にグレーターボアが現れた。

だが、今の涼にとってはグレーターボアですら敵では……カサリと、後ろからも何か音が聞こえた。首だけ振り返って後方を見ると……もう一頭グレーターボアがいた……。

「〈アイスアーマー〉」

その瞬間、前後両方のグレーターボアの姿を見失う。

「〈アイスウォール5層〉」

前後に〈アイスウォール5層〉を生成する。生成スピードは、ゼロコンマ一秒程度。日々、生成速度は上がっている。

だが、それでもギリギリであった。

〈アイスウォール〉が生成されるのとほぼ同時に、前後からグレーターボアが突っ込んできた。

片方は涼の足を狩りに低い姿勢で。もう片方は涼の上半身めがけて高い位置に。

明らかに連携した動きだ。

グレーターボアの突貫により、〈アイスウォール5層〉は前後とも三層目まで破壊されている。なんとも恐ろしい突貫である。

　涼は、前後の〈アイスウォール〉の間から横に飛び出し、同時に唱える。

「〈アイスバーン〉」

　二頭とも、涼が元いた場所付近にいるのだ。まとめて足元を滑りやすくして動きを封じる。だが動きを封じられても、グレーターボアには攻撃手段がある……そう、遠距離からの攻撃手段はあるのだ。

　その辺り、レッサーボアなどとは全く違う！

　二頭のグレーターボアの周りに無数の、本当に数えきれないほどの石礫が生成される。

「何、その数……。〈アイスウォール5層〉〈アイスウォール5層〉〈アイスウォール5層〉」

　数には数で勝負、そう言わんばかりに〈アイスウォール5層〉の縦深多重展開。

　ついに発射される石礫。

〈アイスウォール〉に衝突し、水煙なのか土煙なのかが生じ、視界が悪くなる。

　その時……。

　ヒュン。

　涼の右わき腹に石礫が衝突した。

「ぐはっ」

　さらに左肩にも。

「うぐっ。〈アイスウォール全方位〉」

　視界が通らなくなったのを利用して、グレーターボアは石礫を『曲げて』きたのだ。〈アイスウォール5層〉の横を抜けて、曲げて涼に直撃させたのだ。

「まさか曲げることができるとは……」

　戦闘経験の少なさゆえのダメージであった。腰部装甲も左肩装甲も、石礫の衝撃で砕かれている。

「〈アイスアーマー〉」

　とりあえず装甲を再生成。

　だが、あまり余裕はない。全方位を守っているのは、ただの〈アイスウォール〉だ。〈アイスウォール5層〉のような耐久力は無い。

　しかし、グレーターボアの足元には〈アイスバーン〉が敷いてある。移動はできないはずだ。

　はずだ、が……。

「本当に移動できないのか？」

グレーターボアには、音速に迫る突貫を生み出す足がある。それは当然、地面を抉るほどの力とスピードだ。もしや時間をかければ、氷に爪を立てて走れるんじゃ……。

以前狩ったグレーターボアは、確かにアイスバーンの上で何度も転んでいた。だが、あの個体が転んでいたからといって、他の個体も同様だと考えるのは早計だ。人間だって、アイススケートで転げまくる人もいれば、ジャンプまでやってしまう人だっているのだから。

ならばどうする？

まず、二頭同時に相手にするのは厄介だ。一頭ずつ倒そう。

どちらを狙うか……。

やつらは前後から襲ってきた。片目のアサシンホークもそうだったが、前から襲ってきたやつの方がリーダー、あるいは経験が豊富なのではないか。ならば、まずは後ろから襲ってきたやつから倒す。

敵が複数の場合、先に敵の頭を叩いて混乱させる、というのは確かに戦の常道の一つではある。だが、弱い敵から叩いて敵の勢力を削いでいって、最後に難敵を叩く、というのもまた戦の常道の一つである。

今回は後者を選択。

経験が少なければ、氷の上を移動することにも対応が遅れるかもしれない。

〈アイスウォール全方位　解除〉〈アイスウォール不透明化〉

この後の展開を考えて、磨りガラスのように向こう側が見えなくなった縦深多重展開した〈アイスウォール5層〉だけを残す。

そして、涼は走り出す。

縦深多重展開した〈アイスウォール5層〉を、左側から回り込む。視線の先には、〈アイスバーン〉の上に一頭だけ、氷の上で何度もこけているグレーターボアがいた。

もう一頭はいない。

恐らく、縦深多重展開した〈アイスウォール5層〉の反対側から回り込んだのであろう。

「まずは君からだ。〈アイシクルランス16〉」

転げるグレーターボアの上空に十六本の〈アイシクルランス〉が生成される。

「そして反対から回り込んだということは、出てくる場所は〈アイスウォール5層〉の向こう側だろう？」

涼はそう呟くと、素早く唱えた。

「〈アイスウォール5層〉〈アイシクルランス2〉」

〈アイシクルランス〉二本を〈アイスウォール5層〉の向こう側に生成し、発射をスタンバイ。

その瞬間、上空からの〈アイシクルランス〉十六本に貫かれたグレーターボアの叫び声が響き渡る。

「ギィイアァァァァアアア」

その声に驚いて、涼の狙いどおりの場所に出てくるもう一頭のグレーターボア。

「発射」

だが、飛んできた二本の〈アイシクルランス〉を、その硬い鼻で叩き折る。グレーターボアが〈アイシクルランス〉を叩き折った瞬間、氷が飛び散り、視界が煙る。

「〈ウォータージェット64〉」

涼の手元からではなく、グレーターボアの顔の周りに生み出される六十四本の〈ウォータージェット〉。

狙いは、グレーターボアの目、耳、口腔など耐久力の低いと思われる場所。

飛び散った氷で視界が悪い状態で、さらに至近距離で発生する〈ウォータージェット〉。目の前三十センチの距離に発生した極細の水の線など、どうやって避けられようか。

避けようのない距離、避けた先にも発生している水の線……防げるはずがない。

視覚、聴覚を奪われ、パニックに陥ったところで止めを刺す……という手順を涼は頭に描いていた……だが、手順は狂った。

パニックに陥ることなく、グレーターボアの命は絶たれた。

目、耳、口腔に入った〈ウォータージェット〉が、そのまま脳まで貫いたのだ。さすがに何十回も脳が貫かれれば、助かりようもない。

「あら……倒せちゃった……？」

グレーターボアと雖《いえど》も、耳や目からなら、脳まで攻撃が届きやすいらしい。とは言っても、とどめの必要が無かったというのは、涼にとって相当に意外であった。

「もしかして、〈ウォータージェット〉の威力が上がってきている？」


結界内に戻った涼は、さっそく試してみることにした。

使うのは、先ほど狩ってきたグレーターボアの死体。グレーターボアは、首より上と、首より下で皮膚その他の硬さが全く違う。突進を主要攻撃の一つとしているだけに、鼻を含め頭部は非常に硬い。だがそれに比べて、首から下はそれほど硬くない。足も硬くない。

グレーターボアの右足に狙いをつける。

「〈ウォータージェット〉」

一閃。

グレーターボアの右足を斬り落とした。

「おぉ～！」

この『ファイ』に転生して数カ月。

転生してきた当初から、水属性攻撃魔法の本命と勝手に思っていた〈ウォータージェット〉が、ついにその真価を発揮したのだ。

「ちょっと木に対しても……」

ジュウォン。

一瞬、とまではいかないが、切断に成功。

最近まで、木に向けて放っても、削れる、あるいは抉《えぐ》れる程度で切断などまだまだ無理、というイメージだったと思うのだが……壁を超えた、とかそういうことなのだろうか。

「もしかしたら、〈水ノコ〉で木を切断してたけど、あの時には、もうそれなりの威力になっていたのでは……」

とはいえ、今さら考えても仕方がない。大切なのは、現在、これほどの威力にまで到達できたということ！

さて、そもそも、ウォータージェットというものは、普通の水を、超高圧・超高速で噴き出した水流である。そのため、噴き出された水は、もちろん物理的に普通の水である。

そんなウォータージェットは、地球においては、さまざまな素材の加工を行う方法として、かなりメジャーになっていた。

まず、水なので熱が発生しない。つまり熱変性も起きない。いわゆる、プラスチックなどが、ドロッと融けてしまうような、ああいう現象が起きないのだ。そのため、有毒ガスなどの発生も起きない。

柔らかい素材や薄い素材も、割れることなく加工できる。複合材や積層材の加工もできる。

涼の会社にも、五軸制御のウォータージェットマシンが入っていた。そのために、涼も多少は知っていたからだ……もちろん使ったことは無い……。社員たちから使用の許可を出してもらえなかったからだ。そのあたり、副社長と雖も現場の判断には従わざるを得ないのだ。

そんな涼は、地球のウォータージェットは使えなかったが、魔法で生み出した〈ウォータージェット〉は好きなように使える。

しかもついに、目に見える効果を出し始めた！　自力で飛ばせるようになった〈アイシクルランス〉、あの時以上に涼は興奮していた。

だが、同時に冷静でもあった。

涼は知っている。〈ウォータージェット〉には、さらに次の次元があるということを。


確認しておこう。

グレーターボアの足は切断できた。

木の幹も切断できた。

では、岩はどうか。

一般にウォータージェットは、ほとんど全ての物を切断できると認識されている。それは正しい。その中には、岩や石といったものも入っている。石の中でも硬い方である花崗岩《かこうがん》の墓石を切り出したりする動画は、けっこう昔からあった。

涼は、庭に鎮座する岩に向けて発射する。

「〈ウォータージェット〉」

いちおう、少しずつ削れていっては、いる。一時間もやり続ければ、切れるのかもしれない。だが、それは地球でのウォータージェットによる切断のイメージとは程遠い。

そう、『この〈ウォータージェット〉』では石は切れない。『この〈ウォータージェット〉』は、柔らかいものの切断には向くが、硬いもの、硬質材の切断には向かない。

石や金属、コンクリートやガラスの切断には向かないのだ。

だが涼は落ち込んだりはしない。これは想定内の出来事だから。

『この〈ウォータージェット〉』は軟質材の切断向け。動物、魔物や木、食品など用である。そして『これではない〈ウォータージェット〉』が存在し、そちらが硬質材の切断向けだ。

『これではない〈ウォータージェット〉』とは何か?

それは、『水だけではない〈ウォータージェット〉』である。

一般的にそれは、『アブレシブジェット』と呼ばれることが多い。


地球において、硬質材を切断する場合には、水だけで切断したりはしない。水の噴き出し口から極小の研磨材を混ぜて、水と一緒に対象物に噴きつける。マッハ三にも迫る水とその研磨材が、対象を削ることによって、切断するのだ。

そして研磨材に使用される物も決まっていた。

それはガーネットの粉末。

ガーネット……そう、あの宝石のガーネット。宝石とはいえ、使用量は極微量のため、コストもそれほどかからない。そもそも、粉末状のガーネットはよく採掘され、非常に安価だ。さらに一度使用した研磨材ガーネットも、数回までは再使用が可能である。

なぜガーネットが研磨材として使われるのかというと、その理由の多くは硬さにある。それはもちろん、サファイアやルビー、はたまたダイヤモンドの方が硬いのではあるが……そんなものを使っていたのでは採算がとれない。

それから、結晶体の形が理由であろう。ガーネットは菱形十二面体、または偏方多面体である。要は、球体に極めて近いのだ。狙った個所を狙った大きさで削る以上、球体に近い粒を当てたほうが、狙いどおりに削りやすいのは道理であろう。

さて、地球上なら研磨材としてガーネットを使用するというのが確立しているのだが、ここ『ファイ』においては、そんなことはない。

まずガーネットなど手に入らない……少なくとも涼は手に入れる方法が思いつかない。となると、ガーネット以外の研磨材が必要になる。

そこで涼には考えがあった。

氷。

そう、微小の氷を研磨材として使うのだ。

氷は研磨材として使うには、決して硬くない。そう、普通の氷であれば。

だが水属性魔法によって作られた氷は、魔力を込めれば込めるほど硬くなるという特性があることに涼は気づいていた。もっとも、戦闘中はそんなことをしている余裕がないために、バリンバリン割られるのだが……。

問題は、相当な小ささの氷の結晶が必要という点である。それも、小さすぎてもまた使い勝手が悪い。ちょうどいい大きさの氷……。

会社にあったウォータージェット、というよりアブレシブジェット用の研磨材を涼は見せてもらったことがある。その研磨材のガーネットは、ほとんど粉、とも言えるほどの小ささであった。その大きさの氷を大量に生成して、水に混ぜようというのだ。

まずは微小氷結晶の生成。

水のH^2O分子を二個、水素結合してみる。出来上がったものは……小さすぎる。というか全然見えない。

とりあえず、三十個程度繋げてみる。なんとなく見える気がしないでもないけど……いや気のせいだ。全然大きさが足りない。

そんな試行錯誤は、寝るまで繰り返された。

晩御飯の火を熾している時も。晩御飯を食べている時も。お風呂に入っている時でさえも。

いくつの水分子を繋げれば、ちょうどいい大きさになるのか……。

　涼は最適解を求め続けた。だが、最適解が見つかる前に、涼の魔力が尽きようとしていた……。

「おやすみなさい」


　次の日。

　午前中の走り込み訓練中も、涼は最適解を求め続けていた。

「昨日も思ったんだけど、この分子レベルでの魔法制御って、ものすごく魔力を使っている気がする」

　大抵のものがそうだが、細かい作業は神経を使う。魔力の操作も、細かい操作は簡単ではない。

　五時間以上走り続け、ようやく午前中の訓練は終了した。

　だが、未だに研磨材としての微小氷結晶の大きさの最適解は見つからない。現在のところ出ているのは、分子六万個から十六万個の間、という辺り。

　だが、わずか午前中の魔力操作で、涼の魔力は尽きる一歩手前にまで減っていた。数値で表されるわけではないのだが、なんとなく『もうすぐ倒れる』という感覚は身に付いてきているのだ。

「午後はこの魔力操作はやめておこう。よし、素振りと読書ですね」

　体を動かさないと気持ちが悪くなるようになってしまった涼……ほぼ脳筋である。

　ゆっくり、一振り一振り、全身全霊で打ち込む。

　基本的にスローライフなのだから……何も焦る必要はないのだ。

◆

　ミカエル（仮名）が家に準備してくれた『魔物大全　初級編』は、かなり多くの魔物を網羅《もうら》している。もちろん初級編なので、ここに載っていない中級や上級の魔物がいるのだろうが、今のところ涼はそういうものには出会っていない。

　ただ、この『魔物大全　初級編』は、最後の二ページに付録ともいうべきか『特級編』というページがあり、二つの魔物が載せられている。

一つはドラゴン。もう一つは悪魔。
この二種類の『特級編』だけは、それまでの『初級編』の筆跡とは違う。もしかしたら、ここだけミカエル（仮名）あたりが追加したのかもしれない。

ドラゴン：『ファイ』における生物の頂点の一つ
出没地点：世界中
寿命：数千年から数十万年
強さ：ピンからキリまで（キリの方であっても、単体で都市一つを消し飛ばすことなど朝飯前）
備考：出会ったら逃げること　逃げられない可能性は高いが

（うん、すごく強い、というのは伝わった。出会ったら終わりなんだね。『初級編』の魔物の場合は、攻撃方法とか得意技、みたいなのが書いてあるのにドラゴンには書いていない。そんなレベルの話じゃない、ということだよね、きっと）

悪魔：天使が堕天したもの……ではない。どこから来たのか、不明
出没地点：世界中
寿命：不明
強さ：ピンからキリまで（キリの方であっても、単体で都市一つを消し飛ばすことなど朝飯前）
備考：出会わないことを祈る

（多分書いたのミカエル（仮名）だよね……この世界の管理がお仕事って言ってた……それなのに「どこから来たのか、不明」ってどういうこと？　それに最後の「出会わないことを祈る」って……なに？）

涼は小さく首を振って呟いた。
「世界最強を目指している人とか、こういうのと戦ったりするのかなぁ。凄く大変そう。うん、僕には絶対無理だね。異世界転生ものだと世界最強とか目指すのが定番だけど、定番は定番、それはこっちに置いてお

いて、僕には関係ない。目指すのはスローライフ！」

一晩寝たら、涼の魔力は回復した。

今日こそは、アブレシブジェット問題にけりをつける。そう、心に固く誓った。

誓った一時間後……。

「最適解は九万個から十万個！」

ついに解けた。

「フフフ、勝った」

そう、涼は勝利したのだ。

あとは、この九万個の水分子が結合した氷の結晶を、大量に生成するだけだ。本来は、これすらも難しいのだ。だが涼は、自覚は無いのだが、今回の分子操作によって、かなり魔法制御の習熟度が上がっていた。

ほんの十秒程度で、左手に山盛りの氷の研磨材を生成したのである。

そして、頭の中でイメージを浮かべる。

左手にある研磨材を少しずつウォータージェットの中に混ぜながら、岩を切断していくイメージを。


「〈アブレシブジェット〉」

涼が唱えると、伸ばした右手から、細い水の線が一メートル先の岩に当たりほとんど抵抗なく反対側に抜ける。腕を横に一閃。

カラン。

岩が切断されて地面に落ちた。

「成功！」

ついに、岩をも断つ水の剣を、涼は手に入れたのであった。

地球であれば、氷の研磨材にここまでの切断力は無い。その理由は、氷が柔いというのが理由である。ガーネットが研磨材として優秀なのは、その硬さにあるのだ。

かつて、ガーネットや氷、あるいはクルミの殻などを研磨材として利用できないかという研究をした日本人がいた……まだアブレシブジェットが商品化されたばかりの頃の話だ。

だが結論として出されたのは、ガーネット以外は実用に耐えない、というものであった。

その後も、いくつかの実験と論文が出され、研磨材の大きさ、接触部で起きている現象、さまざまな部品の最適硬度など、いくつもの検証が行われていった。ウォータージェットあるいはアブレシブジェットは、日々進化してきた機械なのだ。

だが、涼は『魔法によって氷を凄く硬くする』という地球の研究者たちが絶対にできないアプローチによって、氷を研磨材として十分実用可能な材料に昇華させた。魔法が存在する、この『ファイ』ならではと言えるだろう。

魔法によって、地球では不可能であったことがいろいろと可能になる。

地球で、理論上は可能であったが実現はまだまだ不可能、そういう状態にあったものが魔法を使うことによって可能になる……そういう可能性を涼は示したのだ。

もちろん、本人にその自覚はまったくないのだが。

海へGO

涼は、〈ウォータージェット〉ならびに〈アブレシブジェット〉を、完全に自分のものにした。それによって、魔法による狩りは、相当に楽になったと言える。

そうなると、未だ制覇していないものへの飽くなき野望というものが生まれてくる。

そう、それは海！

涼の家から南西に五百メートルほどの場所に、海がある。ミカエル（仮名）はそう言っていた。水属性魔法に慣れたら、海水から塩の採取ができるとも。

塩の備蓄は、魚醤樽でけっこう使ったとはいえ、まだ半年分くらいは問題ない量がある。とはいえ、海の塩がどれほどのものか、確認は必要であろう。

それに、海の幸、というものもある。魚は、確かに川で川魚を手に入れて食べることができた。ピラニアみたいなやつではあったが。だが、海には海魚の良さがある。

あるいは貝、ウニ、イカやタコなども手に入るかもしれない……まあ、手に入れるには潜る必要があるだろうが。

大丈夫、田舎育ちだから泳ぐのは得意な方だったし！


南西に、結界を出て四百メートル、そこには白い砂浜のビーチが広がっていた。プーケット島やバリ島の写真で見たような景色！　もちろん涼はそんなところに行ったことは無い……写真からのイメージだ。

イメージは大切！

しばらく時間を忘れて眺めていたが、ふと我に返る。

「塩、採取してみましょう」

まずは直径一メートルほどの氷の樽と、海水をくみ上げるための氷の桶を生成する。海水を氷の桶で汲んで、氷の樽に入れる。

入れる。

入れる。

入れる。

いっぱいになったところで、氷の樽から水を除去するイメージを頭の中に浮かべる。

「〈脱水〉」

水は除去され、白い粒とちょっとだけ色のついた粒とが残された。

白い粒を舐《な》めてみる。

「うん、しょっぱい。塩だ」

成功。

「この色のついたのは……ああ、これ砂……」

砂浜の海岸近くで海水を採水したために、海水に浮いていた砂も桶に入ってしまったのだ。

「砂浜じゃないところで採水すれば、塩だけ手に入るはず」

とりあえずの実験だったので、氷の樽、桶とその中の塩は海に投棄。北の方に見える岩場を目指すことにした。

「海の幸が手に入るといいなあ」

岩場につくと着ているものを全て脱ぎ捨て躊躇《ちゅうちょ》なく

海に飛び込んだ。

　そこには、想像どおり素晴らしい世界が広がっていた。透明度が高く、海底までのぞき込める。色とりどりの魚やサンゴ、他にも涼にはよくわからない海洋生物。

　そして涼は見つけた。美味しそうな魚！

　一度海面に出て息継ぎをし、再び海面を蹴って海底に向かう。右手にはいつものナイフ付き竹槍。体長五十センチほどの、見た目タイに見える白身の魚が目に入る。

　ナイフ付き竹槍を銛のように一突き。

　見事に突き刺した。


　だが、その瞬間……世界が変わった。

　少なくとも涼にはそう感じられた。今まで天国だった海が、一気に地獄となるような。

　涼は浮かれていたのだ。そして忘れていたのだ。

　ここは地球ではないということを。ここは『ファイ』であるということを。

　そう、魔物の住む海なのだ。


　タイらしきものを海の中で殺した瞬間、涼はこの海の敵となった。色とりどりの魚たちは逃げ去り、世界が変わったのは気のせいではないことを涼は嫌でも認識した。

（これはまずいよね、逃げよう）

　だが遅かった。

　涼が振り向くと、そこにはベイト・ボールと呼ばれる魚型魔物の群れがあった。直径は二十メートルほどであろうか……小さな釣り船が丸々入ってしまいそうなほどに大きい。イワシが、マグロなどに対抗するために球形に群れている、あれがベイト・ボールである。イワシなら、まだかわいいのかもしれないが、涼の前でベイト・ボールを形成しているのは魔物のようだ。

　そう、ようだ、なのだ。

　なんという魔物なのか涼にはわからない。

『魔物大全　初級編』には、海の魔物については一切書かれていない。

　ただ一文、「海に棲む魔物については、『魔物大全　海棲編《かいせい》』を参照のこと」とだけある。海にも魔物がいるのは確かであり、一冊別に設けるほど、かなりの種類がいるということであろう。

この時点で涼の勝てる確率は格段に落ちている。

『敵を知り、己を知れば百戦危うからず』

孫子の一節であるが、今までの戦闘は、必ず敵の情報があった。『魔物大全　初級編』で予習していたからだ。あのアサシンホークに対してすら、いちおう情報をもって戦えていたのだ。

それなのに今回は、敵の情報が全くない。

『敵を知らず、己のみ知れば半ば勝ち半ば負く』

一気に勝率が半分の五割にまで激減……。

戦《いくさ》の世界には、こんな言葉もある。

『天の時　地の利　人の和』

天の時はともかく。

地の利は相手にある。海の中は海の魔物のホームである。呼吸すらままならない涼にとってはアウェー以外の何物でもない。

人の和も、あれほど見事なベイト・ボールを形成しているのだ……意思の疎通は完璧であろう。

そう、どうやっても勝ち目はない。

（三十六計逃げるに如かず）

だが、ここで涼は異変に気付く。

（水を蹴れない……水を手で掻くこともできない……）

体は沈んでいない。だが、水を掴むことができず、動くことができないのだ。

涼は水属性の魔法使いだ。

いくら海の中がアウェーとはいえ、水を掴むことができないという状況が、全く理解できなかった。

半ばパニックに陥った涼に対して、敵は待ってはくれない。ベイト・ボールからミサイルか魚雷のように魔物が涼に向かって突っ込んでくる。

（〈アイスウォール〉）

海の中で〈アイスウォール〉というのも理解しにくい状況だが、とりあえず動けない、つまりかわせない以上、防御するしかない。

しかし、魔物魚雷をいくつか弾いた後、今度は〈アイスウォール〉のコントロールが利かなくなった。氷の壁は、涼の前から剥がされ、途中で消えていった。

（生成した〈アイスウォール〉の制御を奪われた？）

魔物魚雷は間断なく襲ってくる。それを防ぐために連続で〈アイスウォール〉を生成しているのだが、生成して一秒もすると涼の前から剥がされて、海中に消えていくのだ。

（水を掴めないのも、そういうことなんだろう。僕の周りにある水が、彼らの制御下に置かれているからか）

涼は水属性の魔法使いだ。そして魔法制御はかなり修行した。分子制御は、涼の魔法制御の熟練を相当に上げてくれたのである。

だが、今回は相手が悪い。

海の中の魔物……それこそ、遺伝子レベルで水属性の魔法を使う技術を持っているような相手たちなのだ。何世代にもわたって、水属性魔法の魔法制御を生活の一部として使ってきた者たちなのだ。

他の追随を許さないレベルでの修業をしたとはいえ、わずか数カ月前に水属性魔法使いになったばかりの、いわば新人の涼が相手になるわけはないのだ。

しかも敵の数は数千……。

ベイト・ボールを形成しているので、正確な数はわからないが、おそらく千はくだらないであろう。

魔物魚雷と〈アイスウォール〉の生成は、ぎりぎり均衡を保っている。作ったそばから剥がされるとはいえ、衝突直前に生成しているため、用を終えた〈アイスウォール〉が剥がされていっている状況ではある。

防御は大丈夫なのだが、問題は酸素だ。毎日のトレーニングのおかげで、息継ぎ無しで四分ほどは大丈夫である。だがこの状況だと、たった四分でしかない。

どうやって打開すればいいのか。

（とりあえず、手足の周りにある水、これをこっちの制御下に置けないかな）

周りにある海水を、魔力でもって触ろうとすると弾かれる。以前、ミカエル（仮名）が凍らせていた貯蔵庫内の肉を解凍しようとして、弾かれたのと同じような感じだ。

だが、あれよりもかなり激しく弾かれる。

少なくとも今の涼に、敵の制御下にある水を自分の制御下に置くことは、できなさそうである。さすが海の魔物。あるいはその数が原因か。どちらにしろ、魔法制御の奪い合いでは勝ち目がない。

具体的に、敵の制御下に置かれている海水を探ってみる。

〈手と足の周りか。それもかなり薄い。まあ、薄くても掴めないんだから、かなり効率的な方法ではあるけど。ぶっつけ本番だけどやってみるしかない！　原理は〈ウォータージェット〉と同じなんだから、やれるはず！〉

ほとんど無意識に〈アイスウォール〉の生成を続けながら、頭の中にイメージする。

両足の裏から〈ウォータージェット〉が噴き出すイメージ。ただし、今回はいつもの細い水の線ではなく、極太の水。それこそ最初の頃、〈ウォータージェット〉が形にならなかった頃に、洗車ホースの水くらいの太さだったそれくらいの水、それを片足三十二本ずつ。勢いはウォータージェット並みで。

「〈ウォータージェット64〉」

唱えた瞬間、海底に向かって噴き出されるウォータージェットの反発力によって、涼の体は一気に上昇した。

海面まで一瞬。その勢いのまま海面から飛び出る。

だが、それで終わらない。

息継ぎをして、頭から海面に再び飛び込む。狙いは、直上からのベイト・ボールへの奇襲だ。

案の定、涼が突然上昇して消えたために、ベイト・ボールの魔物たちは混乱していた。いくら完璧な意思疎通を行える魔物の群れであっても、これまで経験したことのない事態には対処できない。

その状態の中に、真上から涼は突っ込んだのだ。そして突っ込みざま、ナイフ付き竹槍を何度も突き刺す。さらに辺りかまわず振り回す。

海中のために槍の振り回しは抵抗があるかと思ったが、それほどでもない。

相当の魔物たちにダメージを与えている。魔物たちは、強力な魔法制御を扱えるようだが、物理的な耐久力は普通の魚と変わらなかった。竹槍の一薙《な》ぎで、脱落していく。

ベイト・ボールが割れて、形成していた魔物が逃げ散るまで、ほんの一分足らずであった。

(ふぅ、なんとかなった)

涼は油断した。

敵は一集団だけではない。

涼は、海全体を敵に回したのだ。最善手は、海面に出た時にそのまま陸上に逃げることであった。

とはいえ、もう遅い。

すぐそばの岩の影に、体長一メートルほどのエビがいるのが目に入った。

(右手のハサミだけ異様に大きい……あれは何？　気泡？)

一瞬の後、涼は意識を失った。


涼は目を覚ました。

そう、死ななかったのだ。

気を失っていたのは、ほんの数秒、おそらく一、二秒といったところであろう。それは、気を失ったことによって手放した竹槍が、まだ涼のすぐそばにあったことから推測できる。

なぜ生きているのか。

それはよくわからないが、今考えるべきことではない。先ほどの岩陰にいたエビは、カニと対峙している。すでに涼のことなど眼中にないように見える。

涼は、手を伸ばして竹槍をつかむと、ベイト・ボールから逃れた時に使ったウォータージェット推進で一気に海面まで上がる。そのまま海面から外に飛び出し、陸地へ不時着。

急いでサンダルを履き、腰布を手に取り、そのまま脱兎《だっと》のごとく家に向かって駆け出した。

ようやく一息入れることができたのは、結界の中に入ってからであった。

「今度こそ生き残った……」


「それにしても……僕はなんて弱いんだ……水属性魔法使いが、水の制御を奪われるなんて」

涼はへこんでいた。

そもそも、相手の魔法生成物を乗っ取ることができる、というのは完全に想定外であった。

「同じ属性の魔法が使えるものじゃないと乗っ取れないのだろうけど……もし別の属性の物も制御下に置けるのだとしたらそれは脅威でしょう……」

別の属性の物に関しては置いておくとしても、他者が生成した魔法生成物を自分の制御下に置く、これは身につけなければいけないスキルだということがわかった。そうでなければ、今回のように、いいように魔法生成物を奪われる……次から次へと〈アイスウォール〉を剝がされたように。

もちろん、目標は相手の制御下に置かれないことだが……正直、どうすれば制御を奪われないのか見当がつかない。

そもそも涼は、便宜上、魔法制御と呼んでいるが、その魔法制御が具体的に何なのか、正直まだよくわかっていなかった。

体験としては、ミカエル（仮名）が生成した冷凍肉を解凍する際に、魔法を弾かれたのがまず最初に挙げられる。

そして、今日のベイト・ボールとの海中戦闘だ。魔物が制御下に置いていたと思われる手と足付近にあった海水。これが二つ目の事例として挙げられる。

どちらも、涼が魔法をかけようとすると弾かれた。そして明確に、『弾かれた』というのが涼の頭の中には伝わってきた。

ミカエル（仮名）の冷凍肉を解凍した時はどうやったか。

「そこにだけ魔力を集中する感じで、分子の結合を外す。次にその隣の結合も外す。さらにその隣。さらにその隣。結合の外れた箇所から氷が水に変わっていく。だったっけ」

特に何かをしたわけではなく、多分いつも以上には魔力を込めて、一つ一つ分子レベルでミカエル（仮名）がかけた魔法を解いていった……。ミカエル（仮名）の冷凍肉の場合は、「ミカエル（仮名）が準備してくれたものだから必ず解凍できる」というある種の確信めいたものを抱いていたために、それを信じて集中することができた。

今回の海中戦闘の場合は根本から違う。

まず、そこに集中したとしても解けたかどうかわからない。解けるという確信が無いなかで、一つ一つ、もしかしたら分子レベルで何らかの作業をしなければならない……しかも戦闘中に。

まず無理だ。

まず無理なのであるが……相手の魔法を制御下における魔物がいる、ということはそれに対抗する力を身につけなければならない。それは自分の命の安全に関わることだから。

ではどうやって身に付けるか。おそらく、分子レベルでの結合や振動の変化など、もっと熟練を上げていくのは正しい方法だと思う。

他には無いか……。

魔法制御あるいは、魔力制御と呼ばれるものの訓練における王道がある。土魔法であれば、フィギュアの製造が王道。

「くっ、土魔法め……なぜ水魔法には……」

隣の芝生は、常に青く見えるものである。

「うん、ここは氷を使って東京タワーの製作でしょう」

何かのアニメで見たことがある。スライムがそんなことをしていた！

「他に整理しておくことは……あのエビですか……」

涼はどこかで見たことがあるような気はしたのだが……思い出せなかった。

「うん、わからない。これは保留」

切り替えは大切。

「あとは、死ななかった理由だけど……なんでだろう。エビさん、僕を気絶させただけで満足したのかな？いやいや、それは都合が良すぎる解釈でしょう」

涼はあの時、海全体を敵に回した感覚であった。そしてその感覚は、間違っていないと思われる。ベイト・ボールの後、すぐにエビが涼に攻撃してきたことからも、海に生きるものにとって、涼は敵という共通認識があったと考えるのが一番しっくりくる。

もちろんそれは、考えなしに、海中でタイっぽいものを殺した涼の自業自得なのであるが。

海全体の敵であった涼が、エビの気泡……？　で気を失った。

　気を失う……それは、涼の纏っていた気配や雰囲気、あるいは意識そのものが消えたということでもある。もしかしたら、その瞬間に、『無力化され、もはや敵ではなくなった』存在になったのだろうか。そうであれば、『涼という海全体の敵』がいない、いつもの状態に戻り、いつもどおりの生存競争による戦いが、エビとカニの間で発生したと考えることは確かに可能だろう。

「う～ん、よくわからないけど、そういうことなのかなあ。でも、それこそ本当に運が良かったとしか言えない……次は無いよね」

　もっと、いろいろと鍛えなければいけない部分が多すぎる。グレーターボア二頭を倒し、〈ウォータージェット〉も実用レベルにまで使えるようになって、少し自惚《うぬぼ》れていたのかもしれない。

　この程度では、まだまだだということを、海の魔物には教えてもらった。

　涼は、そう考えることにした。いつまでも、へこんでいても仕方ないのだから。

　次の日から、魔法制御の練習をしながら走った。その辺りは今までとあまり変わらない。

　走りながら行っているのが、掌サイズの東京タワーを氷で造形したり、逆にランニングしているその中心に、巨大な五重塔を氷で構築しながら走ってみたりと。

　それ以外に、涼は狩りの際にちょっとした実験を行った。対象は、その後、美味しくいただくことになるはずのレッサーラビット。

　人間の場合、身体の六十％前後は水分である。それは魔物においても同様だ。魔物の種類によって違いはあるようだが、概ね五十％から七十％程度は水分だと思われる。

　であるならば、水属性魔法使いの涼なら、魔物の体内にあるその水分を直接操作できるのではないのかと考えたのだ。

　頭にイメージする。

　目の前で飛び跳ねているレッサーラビットの体内に

ある水分、具体的には体内を巡る血液を凍らせるのだ。

「〈血液凍結〉」

……。

弾かれた！

ミカエル（仮名）の冷凍肉を解凍しようとした時のように。そして同様に、涼の頭に『弾かれた』ということがフィードバックされた。

「これは訓練として使える」


その後、ラビット系とボア系を狩る時には、必ず血液を凍らせる訓練を行った後で、とどめを刺すことにした。

ただし〈血液凍結〉は、未だに一度も成功していない。身体から流れ落ちた血液に対しても、〈血液凍結〉は成功しない。ただし魔物本体が死ぬと、凍結に成功する。その場合には、魔物の身体全体を凍結することが可能になる。

その実験の延長線上で、生きている状態の魔物を凍らせるのはどうか？　より正確に言うと、魔物の周りにある空気中の水分子を凍らせる、というのは可能か？

結果から言うと、涼にはできなかった。

魔物から十センチ離れた空間なら凍らせることが可能だが、それより近い空間の水分子を凍らせようとすると『弾かれる』。つまり、その辺りまでの空気は魔物の制御下に置かれているのかもしれない。

パーソナルスペースなのか……。

以前、グレーターボアの頭を、近距離から発生させた無数の〈ウォータージェット〉で串刺しにしたことがあったが、あれはグレーターボアから三十センチほど離れた場所からの発射だったから、成功したようだ。

いろいろ試せば試すほど明らかになっていく魔法。

そしてその魔法の制御。

「もっともっと知らなければいけない」

涼は、そう心に誓ったのであった。

首無し騎士

涼が海中で気絶させられてから、おそらく一年ほどが経った。

未だに、〈血液凍結〉は成功しない。わずか一年やそこらで成功するはずがない。それでも、毎日の魔法制御の訓練は欠かしていない。

ちなみに現在では、ミカエル（仮名）が準備した冷凍肉の解凍は、一瞬でできるようになっている。

そんな涼であるが、ここ数カ月、夜な夜な出かけていく場所があった。それは北の森の先、大湿原の中央部にある湖のほとり。

月が中天に差し掛かる頃になると、それは現れる。

首無し馬に跨《また》がった、首無し騎士、デュラハンと呼ばれるものである。しかし、湿原に現れるそのデュラハンは、左手に首を抱えていない。

ロンドの森に、何ゆえに首無し騎士がいるのか。

もしや昔、ロンドの森には国が栄えていたりしたのか。それにしては、人が住んでいた形跡など全くないし、人工物の一つも見たことは無いが。

地球における元々のデュラハンは、アイルランドの妖精なので、決して騎士の亡霊などではない……そう考えれば、昔は人がいたどこかから、このロンドの森に流れてきた妖精か何かなのだと考えてもいいのかもしれないなぁ、と涼は適当に考えていた。

涼にとっての、このデュラハンの存在価値は、剣の師匠としてだ。

もちろん首が無いので、しゃべったりはしない。

だが、こちらが剣……とは言っても切り出した木刀の表面に氷でコーティングして耐久力を上げたものだが……その剣を構えればデュラハンも構える。なんとなく「またか……困った奴だ」といった感じな気がしている。

もちろん首が無いので、全て涼の想像だが。

そして始まる剣戟《けんげき》。

そもそも、デュラハンは『魔物大全　初級編』には載っていない。つまりそれは、『魔物ではない』か『初級編のレベルではない』ということになる。このデュラハン、倒すことができるかどうか、という観点で見た場合、現在の涼ではおそらく不可能だ。

魔法は使ってこない。だから涼も使わない。体を守る〈アイスアーマー〉だけは体に着けているが。

だが、剣技だけでもかなり強い。

しかも上から目線。

「稽古《けいこ》をつけてやる」

そう言われている気がする……もちろん首は無いので無言だが。

このデュラハンは、涼に三度致命的なダメージになると思われる攻撃を成功させると、そっぽを向く。

「出直して来い」

とでも言うかのように。

涼が三度致命的なダメージを与えるとどうなるかは不明である。そもそも、一度もダメージを与えていないのだから……。

それでも、最近は戦闘時間はだいぶ延びてきた。最初の頃など、まさに秒殺だったのだが、この頃は一時間ほどは戦闘が続く。

もちろん、いろいろ不満はある。

そもそも対人戦の向上というのは、武道であろうが武術であろうが、あるいはゲームであってさえも、実際に対人戦闘を何度も繰り返し、経験と知識、そして体の動かし方などを自分の血肉として身に付けていくしか方法は無い。

そういう意味では、いつも一人で素振りをするしかない涼にとっては、極めて貴重な経験になっているのだが、いかんせん相手はデュラハンなのだ。

ある程度、対人戦を理解してくると必ず言われるのが、呼吸は大事ということである。これは自分の呼吸を整えることも大事であるが、相手の呼吸を読むことも大事なために言われる。

だが、デュラハンは呼吸をしない……というか首から上が無い！

そのため、相手の呼吸を読むという経験は、涼は積めていない。

それと足さばき、あるいは足の運びと呼ばれるものだ。

足の運びはどんな戦闘においても大切なものだ。対人戦においては、相手の動きを予測するのに大切な情報となり得る。

そのため、剣道や剣術においては袴《はかま》というものをはいている。

袴をはいていると、足の運びが相手に見えにくくなり、相当に有利な状況を手に入れることができる。だから、袴をはいていないデュラハンからは、そこも涼は学びたいのだが……いかんせん戦闘力に差がありすぎて、デュラハンはほとんどその場から動かない。

全く動かないわけではないが、剣道の師範とかが子どもたちをいなすような感じだ……。そう、涼はまだ子ども扱いされている。

「もっと強くなって動かしてみろ、ということか！」

もちろん良い点もある。

どんな武道、武術であろうとも、一人で練習をしていれば、どうしてもその内容は攻撃に偏ってしまう。

だが、それではダメなのだ。

特に、この『ファイ』のように、生き死にが懸かった状況においては、防御を疎《おろそ》かにするのはあまりにも愚かと言える。そういう意味でも、まずデュラハンの攻撃を防ぐ、あるいはかわして、反撃をするというのはかなり実践的だといえる。

とはいえ、涼はそこまで理解しているわけではないのだが。

今夜は、だがいつもの涼とは違っていた。

体もいつも以上にキレがあり、デュラハンの攻撃に対する先読みも的確であった。

そのためであろうか、デュラハンの連撃を受け、最後の幹竹割《からたけわ》りを半歩だけ動くことでかわし、ついにデュラハンの右腕を斬り飛ばした。

いや、相手が人や普通の魔物なら斬り飛ばしているのだろうが、デュラハンの腕は斬り飛ばなかった。そこへ、幹竹割りで地面すれすれまで行っていたデュラハンの剣が、燕返《つばめがえ》しのように逆袈裟懸《ぎゃくけさ》けに涼の胴を斜め下方から薙いだ。

今夜も三発目の致命打をもらって涼は倒れ臥した。

アイスアーマーをつけているために体へのダメージはほぼ無いのだが、倒れ臥したのは精神的なダメージのためである。

いつもなら、ここでデュラハンは剣を鞘に収め、首無し馬に跨って消えていくのだが、今日は違った。

倒れ臥した涼の元に近寄り、何やら歪《いびつ》な形のナイフを取り出してみせた。

刃は二十センチ程度の長さであり、ヒルトと呼ばれる刃と柄の間にある出っ張り、日本刀なら鍔《つば》に当たる部分も全長十センチほどあり、美しい装飾がされている。そして、グリップというか柄の長さが長い……二十センチ以上はある。

だが涼は気付いた。

その柄の長さは、涼が持っている木刀と同じ長さ、つまり二十四センチほどであると。

デュラハンは、左手でナイフの柄を持ち、刃の根元に右手を当てると、まるでそこに刃があるかのように右手を見えざる刃先に向かって動かした。

すると、手の動きに沿って水の刃が生まれた。

「水の剣……」

さらにデュラハンが魔力を込めると、それは凍りつき、氷の剣となった。

「そのための柄の長さか」

デュラハンは氷の刃を消し、涼にそれを渡してきた。

「これを使いこなせと？」

涼が受け取ると、デュラハンはいつものように首の無い馬に跨り、消えていった。

「なんというファンタジー……」

家に戻る途中でさえも、何度も剣に氷の刃を生じさせた。その剣は、恐ろしいほどに、何のストレスも無く魔法が通るのだ。まるで涼のために拵《こしら》えたかのように。

まさに、水属性魔法使いのための剣だと言えよう。

家の結界に着くと、さっそく氷の刃を生じさせて振ってみる。その際に、日本刀や木刀のように、反りがある片刃にしてみた。なんとなくそんな気分だったから。

その形状から、重心は心配であった。

日本刀にしろ何にしろ、重心の場所次第で操作性に違いが出る。もちろん、どこに重心があるのが正しい、などといったそういうレベルの話ではない。

使う人によって、違うのだ。目的によっても、違うのだ。

基本的に操作が重視される日本刀は手元重心となるが、それとて限度というものがある。ナイフ部分が金属で、刃部分が氷のために重心がどうなるか心配であったのだが、ナイフ部分は想像以上に軽かった。

これに七十センチほどの刃を生成し、少し重心の調整のために刃の太さを調整しただけでちょうどよくなった。

「よし、これならデュラハンに勝て……るとは言わないけど一撃は入れられる！」

涼も相手の力量は把握している。

「これをあの段階で渡したってことは、この剣ならいくらでも打ち込んできていいぞ。自分はいくら打たれても消滅することは無いぞ、安心して打ち込んで来い、ということなんだよね、きっと」

……あまり、力量差は把握していなかった。

次の日も、湖畔《こはん》に、涼とデュラハンの打ち合う姿があったことは言うまでもない。

◆

デュラハンとの剣戟で、剣での戦いの自信はついた

……まだ良くても、一日一回しか打ち込めていないが。

それでも自信はついた。

魔法制御もかなり上達した気がする……未だに〈血液凍結〉は成功していないが。そもそも成功するものなのかどうかも、不明であるが。

どちらにせよ、涼は自身の成長を確かめようと考えていた。

それは絶対に避けては通れない道。

気絶させられたあの時以来、涼は海には入っていない。塩は、陸上から海水を採水して水分を蒸発させて手に入れていたが、海中に入ることはなかった。どうしても魚が食べたい場合は川魚で済ませたのである。

そう、避けては通れない道、それは海中での戦闘。

ベイト・ボールとの魔法制御の奪い合い……これに勝つ必要がある！

確かにあの時、ベイト・ボールを蹴散らした。だが、それは魔法制御において、手も足も出なかったのを奇襲で逃れたに過ぎない。これから先、この『ファイ』で生きていくためには、それではダメなのだ。

自信を手に入れるには、結局は、成功体験を積み重ねるしかない。

涼は岩場に立ち、海中を睨みつける。姿は前回同様、武器は右手に持ったナイフ付き竹槍のみ。腰巻、サンダルと一緒に、デュラハンからもらったナイフ……みたいな氷の剣、通称『村雨《むらさめ》』（涼命名）は置いてある。

前回と同じ装備にこだわったのだ。

「いざ参る！」

飛び込み、そのまま近くにいた魚を竹槍で突き刺す。

前回のような景色を楽しむ気はない。あれから更に鍛え、持久力も上がりそれに伴って肺活量も上がっていたが、それでもせいぜい活動可能時間は五分である。

おそらくそれが人間の限界……。一部、脾臓《ひぞう》が驚異的に発達した人々が、十分を超えての活動が可能らしいが、さすがにそれは望むべくもない。

ならば、できる限り早く、戦闘に持ち込んだ方がいい。

魚を突いた瞬間、前回と同様に、世界が変わった。

前方からやってきたのは、これも前回同様にベイト・ボール。狙いどおりだ。

そして涼は、手でも足でも水を掴めない状況に陥ったことを確認した。

（まずは、手足まわりの海水の制御を奪い返す）

ちょっとイメージしただけでは、弾かれる。

だが、以前とは桁違いの魔法制御力を手に入れた涼にとっては、ほんの少し魔力を多めにしてイメージするだけで、手足が水を掴めるようになった。

（よし！　やり返してやる）

次は涼の番である。

頭の中でイメージする。ベイト・ボールがいる海水を、涼が自由自在にコントロールし、ベイト・ボールを構成している魔物たちが動けなくなる光景を。

〈〈ワールドイズマイン〉〉

心の中で唱えた瞬間、ベイト・ボールが歪み始めた。構成している魔物たちが、自分の姿勢、動きをコントロールできなくなったのだ。

（これは、もしかして凍らせることもできるのでは？

〈氷棺《ひょうかん》〉）

歪んだベイト・ボールが凍り付いた。

構成している魔物そのものが凍ったわけではなく、その周囲の海水が凍ったのだ。地上で、以前は魔物の体から十センチ以内を凍らせることはできなかったが、今では水魔法の制御能力が高いと思われる魔物に対してすら、周囲を凍らせることができるようになった。

涼は、その成果に非常に満足していた。

竹槍を振るうまでもなく、ベイト・ボールを丸ごと無力化することに成功したのだ。これまで訓練してきた魔法制御の威力によって。

そのため、すぐ目の前に巨大なイカが現れるのに気付くのが遅れてしまったのも、仕方なかったのかもしれない。前回も、倒した直後に油断して、エビに気絶させられたが、今回も同じパターンなだけである。そう、もうこれは仕方ないのだ。

巨大イカ……地球では伝説の生き物クラーケンと呼ばれるものだろうか。全長は四十メートル。

だが、気付いた直後の反応は、速くなっている。

〈〈アイスウォール5層〉〉

張った瞬間に、何かが〈アイスウォール〉にぶつかり、〈アイスウォール〉が砕けた。

〈〈アイスウォール5層〉が一撃で⁉〉

さすがにそれは想定外だ。

〈〈アイスウォール5層〉〈アイスウォール5層〉〈アイスウォール5層〉〉

三連で張る。

だが今度は、張ったそばから剝がされ、消えていく。

クラーケンは、訓練に訓練を重ねた魔法制御の元で編んだ〈アイスウォール〉……その制御をいとも簡単に奪い取っていった。

〈〈氷棺〉〉

先ほど、ベイト・ボールを丸々凍りつかせた範囲氷結魔法で、クラーケンの周りを凍りつかせる。

だが、一瞬だけ氷が発生したが、すぐに霧散し元の海水に戻った。クラーケンに制御を奪われたのだ。

（これは無理。逃げよう。〈ウォータージェット32〉）

足の裏から〈ウォータージェット〉を噴き出し、緊急脱出。これは、さすがのクラーケンも想定していなかったのだろう。

脱出に成功した。

急いでサンダルを履き、腰布と村雨を手に取り、そのまま脱兎のごとく家に向かって駆け出す。

ようやく一息入れることができたのは、結界の中に入ってからだった。

「海って怖い……」

「またも、後から現れたクラーケンに負けたけれども、ベイト・ボールには完勝した。そう、間違いなく成長はしている。ただ、ちょっとクラーケンに出会うのが早すぎただけ。あれは、もうちょっと強くなってから出会うべきボスキャラだったに違いない」

魔法制御のレベルが、ベイト・ボールなんかとは全然違う、それは嫌でも感じさせられた。つまり、もっともっと魔法制御を上げることは可能だということだ……多分。

「やはり、もっと訓練しないといけないということ。今までは五重塔だったけど、これからは東京スカイツリーにしよう」

何かを大きく間違っている気もするが、それも含めて、涼なのであった。

◆

涼はいつも戦闘ばかりしているわけではない。

そう、ここにいる目的はスローライフなのだから。

『常に死と隣り合わせの戦闘が起きるスローライフ』

そんなスローガンだったら、誰も田舎でスローなライフを送ろうなどとは考えないであろう。

スローライフといえば、一番に『食』だ。涼の偏見に満ちたスローライフ像では、『食』なのだ。そして、食の中心となっている肉料理を豊かにしてくれるもの

……。

まず香辛料、これは採ってきたコショウを乾燥させ、ついにブラックペッパーを完成させた。

また、コショウを塩漬けやフリーズドライさせたものを青コショウということがある。東南アジアでは炒め物の具材として使われるのだが、涼は塩漬けで青コショウを作った。フリーズドライをしようとして乾燥したら、ただの乾燥物になったのだ。

ドライしかしていなかったのだ……フリーズは無視された、その結果が乾燥物であった。

そんな『食』の中でも、以前に比べて充実したのは果物であろうか。

イチジクに似たイチズク、まるでリンゴなリンドー、そして最近見つけたマンゴーそのもののマンゴー。

ここまでは『植物大全　初級編』に載っていたものだ。

だが載っていない果物もあった。パパイア、ビワ、そしてなんとスイカ！

パパイアやビワが野生で生っているのは分かるが、まさかスイカが野生で実をつけているとは。日本で見たどんな種類よりも小さく、甘味もほぼ無いのだが、そして割る前の外見はスイカというよりウリなのだが……割ると中から例の赤い果肉が出てくるのだ。

割って、赤い果肉が出てきたときには、涼は感動して涙を流したものである。

甘味の無さにも、別の種類の涙を流したのであるが。

だがスローライフを送るうえで、大きな問題が一つだけあった。

今までの所、解毒草を一つも見つけることができていない点である。これだけ探しても見つからないということは、植生が違うのだろうか。寒冷地によく生える、みたいな記述は無かったのだが……。

ロンドの森は暖かすぎる、というか常夏とも言える気候のために生えていないのかもしれない。

そしてそれは、当初懸念していたとおり、大豆にも言えた。大豆も見つからなかった。

醤油は、魚醤で代わりになったのだが。多少、日本で食していた醤油とは違うが、「全国探せばこういう醤油もあるだろう」という程度の差異だ。全く問題ない。

だが、味噌はどうしようもない。大豆が手に入らない以上、味噌はもう……涼の中では諦めていた。


そして最後に、主食である米。

涼の中では、あるプロジェクトが進行していた。

プロジェクト名：水田整備計画ｉｎロンドの森
その名のとおり、水田を整備して、稲を栽培しようというものだ。以前にも、一度水田の開発に着手し、失敗したあの計画。

土属性魔法や、水田を作るための道具が無いために、〈アイシクルランス〉を空から降らせてみたり、それを水蒸気爆発のように爆発させて開墾できないかやってみた、あの計画……。

その時は、完全に失敗し、問題の先送りを行ったわけだが……いずれは正面から向き合わなければならない、そして避けては通れない問題なのである。

そして向き合うのは、今日この時。


まず、結界ギリギリに六十メートル四方の正方形の土地を確保する。

四隅に氷の槍を立て、それぞれを蔦で結んでみる。水糸と呼ばれる、水平線を出すための糸の代わり的な……。そう、この蔦の内側を水田にするのだ。

とりあえずの水田開発手順としては……、土を掘り起こして細かく砕き、畑みたいな状態にする。そして水を供給して畑全体を湿らせる。まだこの時は、土の底に穴が空いたような状態なために、どれだけ水を入れても基本的に溜まることは無い。

水を入れながら、トラクターや牛で、土というより泥と水をかき混ぜることで、穴が空いていた底が詰まっていく、という感じなのだ。

前回の計画時は、この第一段階である、土の掘り起こしで既に手詰まりとなった。

「以前の僕とは違うのです！」

今回、涼の全身にみなぎる闘志。

「〈アイスウォール〉」

蔦の内側を、全面、〈アイスウォール〉で囲う。

そして始まる、水と氷の饗宴《きょうえん》。

「〈アイシクルランス256〉」

「〈アイシクルランス256〉」

「〈アイシクルランス256〉」

「〈アイシクルランス256〉」

「〈アイシクルランス256〉」

上空四十メートルに次々に生成され、そこから水田予定地に自由落下する氷の槍。高密度かつ高速の連続投下。

槍で足りないなら、たくさんの槍を撃ち込めばいいいじゃない！

そんな力技的解決。

もちろんこれだけで解決するとは思っていない。

「〈ウォータージェット128〉」

「〈ウォータージェット128〉」

「〈ウォータージェット128〉」

「〈ウォータージェット128〉」

「〈ウォータージェット128〉」

極太の〈ウォータージェット〉を、これも連続で打ち込み、土の塊を砕き細かくしていく。

空から降り注ぐ氷の槍と、近距離から降り注ぐ水の線。遠くから眺めれば、かなり幻想的な光景に見えるであろう。

だがその実態は……吹き上がる土、土、土……。

吹き上がっては水の線に砕かれる土。

その光景は十分間ほど続いた。

数百回の魔法連続生成は、さすがの涼でもかなりの負担だったようだ。片膝をついて息を整える。魔物にも、これだけの波状攻撃を加えたことは無い。

まあ、動かない地面に対してだからこそあり得る、というのは確かだろうが。

爆撃地点の地面が抉れる、というのは戦場レポートなどでよくある表現だが、涼の水田も元々の地面は残っていない。抉られ、砕かれ、トラクターで上下の土を混ぜ合わせたかのようになっている。

「うん、こんなもんでしょう」

第一段階終了。

次は、水を入れて土全体を湿らせる。

日本のように土地改良された水田であれば、蛇口をひねれば好きなだけ水が入る、という所もある。もちろん数十年にわたって、何世代にもわたって、ほぼ永遠に土地改良区費というお金を払い続ける。当然、それ以外に水利組合費、というお金も払い続ける。

だが、それでも、水の心配をしなくていいというのは農業をするうえではとても有り難いことなのだ。

古今東西、飢饉《ききん》というのは水不足が原因で起きることが多いのだから。

だが、ここに、無料でいつでも水を供給できる男がいる。

なんということであろうか！

間違いなく、水属性魔法使いの天職は農業であろう！

「一気にいこう。〈スコール〉」

カイトスネークの毒霧を一瞬で洗い落とし、庭のイチズクなど植物に水をやるのによく使う〈スコール〉。

それが六十メートル四方の土地に降り注ぐのは、ある種、暴力的な光景であった。

その暴力的な光景は二分間ほど続いた。

それだけで、かなり土はドロドロになっている。ほんの少し、水も溜まっている。

だが、この溜まった水も、放っておけばすぐに地下に流れ込んでいき、また畑状態に戻ってしまう。本来は、ここでトラクターを使って、土や泥をかき混ぜていくのだ。

だが、涼にはそんなものは無い。

もちろん無くとも大丈夫！

「〈アイスウォール二段〉」

通常の〈アイスウォール〉は高さ二メートルであるが、この〈アイスウォール二段〉は倍の高さ四メートル仕様。

もちろんこれは、泥が跳ねても大丈夫なようにだ。

「〈アイシクルランス256〉」

「〈アイシクルランス256〉」

「〈アイシクルランス256〉」

「〈アイシクルランス256〉」

先ほどよりは低い、高さ三十メートル程の場所に、

〈アイシクルランス〉が次々生成され、水田予定地に落下していく。

考え方は一緒であった。

トラクターがないなら、たくさん槍を撃ち込めばいいじゃない！

そして時々〈スコール〉を唱え、水の補充を行いながら、さらに〈アイシクルランス〉を撃ち込むことで泥をかき混ぜていく。

開墾時の撃ち込みに比べれば相当にゆっくりとしたペースで、涼は三十分間にわたって〈アイシクルランス〉を撃ち込み続けた。

これで、どこまで、抜けていた底が詰まっているのか、涼にはわからない。だが、かなり粒の細かい泥にはなったようだ。

最後に、水中の泥面を水平にしなければならない。でこぼこでは困る。

そうしなければ、稲の苗を植えて水を張った際に、場所によっては苗が全部水に隠れてしまったりするからである。


「そう苗のためにも必要……あれ？　苗……？」

涼は愕然《がくぜん》とした。

「苗……準備していない……」

そう、本来水田の準備をする前に、一カ月ほどかけて、水田とは別の場所で、籾から苗を生育させておかなければならないのだ。

だが……涼は苗を準備していなかった。

がっくりと膝をつき、項垂《うなだ》れる。今日の水田の準備は完全に無駄だった……。

「い、いや、水田を準備できる、というのを確認できたのだから、完全に無駄になったわけではないのです。うん、無駄ではなかった……なかったはずだ……なかったと思いたい」

項垂れたまま、涼はしばらく立ちあがることができなかった。

それから、かなりの日数が経過した後……涼は宿命と再び向かい合う。

三度目の、そして最後の……。

いつもの通り、東の森に肉を狩りに行ったところで、それは涼の前に現れた。

「〈アイスシールド〉」

前方から、不可視の風属性攻撃魔法が来るのを涼は感じ、〈アイスシールド〉で迎撃した。相手も、その一撃で殺すつもりなど毛頭なかったのであろう。

それは現れた。

右目が塞がった……。

「あのアサシンホーク？　いや、それにしては色が真っ黒だし、何より、前に見た時より大きくないかい……」

そう、これまで二度、涼と死闘を演じたアサシンホーク。

一度目は、アサシンホークの右目を潰した。

二度目は、アサシンホークが連れていた弟子らしきものを倒した。

涼にとっても、初めて死を意識した相手である。一度ならず二度までも。

お互い、因縁の相手だと感じている。だが、今までとは違う圧迫感。見た目の変化と同様に、存在感というか威厳というか……。そういったものまで、今までとは違うものを身に纏っているように感じられる。

「相当に強くなっているのは間違いない。進化とかそういうのを果たしたのかも？　どちらにしても逃がしてはくれないだろうし、僕も逃げるつもりはない！〈アイスアーマー〉」

それ自体は見えないが、空気の歪みで、片目から涼に向かって何かが飛んでくるのは分かる。

〈強化されたエアスラッシュ？〈アイスウォール5層〉〉

だが、〈アイスウォール5層〉が一撃で砕け散る。

さらに、連続でエアスラッシュが涼を襲う。不可視の攻撃を、涼はかわす。そしてかわしつつも、絶対に片目から意識を外さない。

何度も何度も、しつこく遠距離からの攻撃を繰り返す片目。

そして、その全てをかわす涼。

その均衡は三分ほど続いただろうか。

エアスラッシュを放つと同時に、片目の姿が消える。

〈〈アイスウォール10層〉〉

防御特化〈アイスウォール5層〉のさらに上位版だ。

そこに、エアスラッシュと共に、片目が突貫してきた。

「ブレイクダウン突貫！　風魔法の使い手め、なんて羨ましい技を！」

人間の風属性魔法使いにはちょっとできない技だとは思うのだが……。

〈アイスウォール〉で片目の突貫を受け止めたところで反撃。

〈〈アイシクルランス16〉〉

地面から、片目に向けて〈アイシクルランス〉を撃ち込む。

それを、片目は空気力学など無視するかのように、瞬時の横移動でかわす。そのまま、右の羽を、ボクシングの右フックのように〈アイスウォール10層〉に打ち付ける。

「やばい」

涼はとっさにしゃがんだ。

シャリッ。

鋭い音と共に、羽が氷の壁を切り裂き、そのまましゃがんだ涼の頭の上を薙いでいく。

「近接戦闘もいけるのかい……」

羽の、恐ろしい切れ味に、涼の背中を冷たい汗が伝い落ちる。

そのまま近距離から、エアスラッシュの連射で押しまくる片目。

〈アイスウォール〉の連続生成でしのぐ涼。

もちろん押されたままで、涼が終わるわけがない。

いつの間にか、空中に生成しておいた〈アイシクルランス〉十六本。直上からの垂直落下。遠距離攻撃としての速度に、重力加速も加えた最速の氷の槍。

だが、それすらも片目は回避してみせる。軽くバックステップでもするかのように、後方に跳んで。

「その技は以前見た」とでも言いたげである。

そう、確かに空中からの〈アイシクルランス〉で片目の弟子を仕留めた。だが、あの頃とはスピードの違う槍なのだが……。

いったん仕切り直しだ。

その時、片目の雰囲気が変わった。

同時に、アイスウォールと、纏っていた〈アイスアーマー〉が消失する。

「くっ。〈アイスアーマー〉」

唱えてもアイスアーマーが生成されない。

「制御を奪われたのか！」

急いで魔法制御を奪い返そうとする……だが、何かが違う。そう、こういう場合に必ず返ってくる、『弾かれた』というあの感覚が無い。

思い返してみると、ベイト・ボールやクラーケンに制御を奪われた時も、少なくとも〈アイスウォール〉などの生成はできていた。生成したものを、持っていかれたのだ。

だが今回は、生成そのものができない。

まるで、魔法そのものが存在しないかのように。

あるいは、魔法そのものが無効となっているかのように。

「まさか、魔法無効化……？」

そんなものが存在するかどうかは知らない。

だが、そう考えるのが一番しっくりくる。だとしたら、これは相当にまずい。

〈〈ウォータージェット16〉〉

やはり〈ウォータージェット〉は生成されない。

「進化して、なんて厄介なものを手に入れたんだ……」

少なくとも、『魔法大全　初級編』のアサシンホークの項目には、『魔法無効』などという文字は、ただの一つもない。

そんななか、片目は、何かを溜めている。

（また何か新技……風属性魔法の何かやばいやつだろうが……風属性？　いや、まさか……）

上空を見上げ、とっさに右手に持っていたナイフ付き竹槍を手放したのは偶然であったのか。それとも、毎日のデュラハンとの対人戦で、以前よりも研ぎ澄まされた戦闘勘によるものか。

瞬間、天が光り、雷が落ちた。

雷は逃げた涼ではなく、立ったままだった竹槍に落ちた。もっとも、すぐそばにいた涼は、その衝撃で吹き飛ばされる。

だが、すぐに起き上がる。ほんの少しでも隙を見せれば、片目は突貫してくるからだ。

起き上がった際にふらついたのが見えたのだろう。そして魔法を封じ、武器も無いと判断したのかもしれない。あるいは、倒せずとも武器を奪えるだろうと考えての、雷だったのかもしれない。

片目は突貫してきた。

涼は左に転がって突貫をかわしながら、腰に差していた村雨を引き抜く。

引き抜きざま、氷の刃を生じさせ片目に向かって横に薙いだ。これにはさすがの片目も驚いたのだろう。少し大きめに後ろによけた。驚き、大きめに後ろによけたとしても、それ以上さがりはしない。

近接戦で決着をつける気なのだ。

それは涼にとっても望むところであった。

魔法が封じられている以上、近接戦以外に生き残る道は無い。だが、全ての魔法が封じられたにもかかわらず、なぜか村雨には氷の刃を生じさせることができている。

それがなぜかは不思議だが、今考えるべきことではない。

片目には、〈アイスウォール10層〉すら切断するフックがある。他にも何があるかわからない。

全ての神経を研ぎ澄まさなければならない。

そう、デュラハンと戦う時のように。

だがそう考えたら、気負いは全くなくなった。

いつもやっていることだ。

いつもどおり、正眼に構える。

一瞬の静止の後。

片目は涼の目の前、空中に浮いたまま、右フック、左フックと繰り出してくる。

涼は、それを丁寧に村雨で受ける。かわさない、受けるのだ。

やはり、〈アイスウォール10層〉ですら切り裂く片目のフックを、村雨の氷の刃は受けきることができる。折れるどころか、欠けもしない。

嘴の間から、涼の目に向かって何かが飛ぶ。

涼はそれを、首を振ってかわす。おそらくエアスラッシュの類。

羽だけでなく口からも出せる、そういうことなのだろう。

しかし、深くは考えない。思考が囚われれば、本当に見なければいけないものが見えなくなる。

片目の近接戦は、なかなかに厄介だ。

左右のフックに嘴からのエアスラッシュ、さらに羽一枚一枚が手裏剣のように飛んでくる。羽手裏剣そのもののスピードはそれほどでもないが、何より近接戦闘中に相手の手数が増える……それだけでも厄介だ。

涼が、もし防御に専念していなければ、早々に崩されていたであろう。だが、この羽手裏剣まで含めた攻撃は多彩ではあるが、涼の防御を破るまでには至らない。

片目の攻撃、涼の防御、それが近接戦開始から、ずっと続いていた。

破れない防御にさすがに苛立《いらだ》ったのか、ほんの少しだけ片目の右フックが大振りになる。涼はそこにつけ込んだ。

片目の右フックを、いつもよりわずかに前方で、片目の力が乗りきらない場所で受け、そのまま弾き返す。

体勢を崩した片目の首付近を横に薙ぐ。

大きく後ろによけた片目に、さらに踏み込んで、突く。

さらに、後ろにかわしつつ、苦し紛れに放ってくる嘴からのエアスラッシュを、村雨の剣先で弾きつつ、そのまま二連、三連と連続で突く。

だがこれら全てをかわす片目。

三連突きを片目がすべてかわし切ったところで、涼はあえて一瞬だけ攻撃の手を緩めた。

そこに、まるでそうするのが正しいとでも言うかのように、片目が左フックで涼の頭を狙う。

それを涼は防がない。

後ろに引いている左足を、さらに後ろに半歩だけ動かし、重心をその左足へ。

足さばきと重心移動でかわす。

そして、今度は、左足の重心を右足に移しながら右足を大きく前方に踏み込み、さらに右手を村雨から離し、左手を大きく突き出した。

左手一本突き。

村雨を支える左手に、確かな手ごたえが伝わった。

突きは正確に嘴の下、人間でいうと喉の辺りを貫いた。

完全に致命傷である。

地面に倒れ、嘴からも血を吐き出しながら、それでも片目は涼から目を離さなかった。その目には、未だ消えぬ憎悪が宿っている。

「そうだよね。自分の片目と弟子の命を奪った相手だ。全力を尽くして負けたからといって、それで納得などできないよね」

無造作に近付きつつも、涼は油断してはいなかった。

「少なくとも僕は、お前と出会ったことで成長できた。成長のきっかけとなったお前には感謝している。お前は自分の借りと、弟子の仇をとるために進化までしてみせた。その誇り高き姿に敬意を表して、止めを刺す」

この日、一つの宿命が、尽きた。

竜王

片目との死闘を終えた次の日、涼は、昨日の戦場に来ていた。

特に理由があったわけではなく、なんとなくだ。改めて来て、見て、ようやく勝利を実感した。

だがそこに、歓喜はなかった……。

そんな涼の前に舞い降りた者がいた。

見た瞬間に、涼の頭の中は真っ白になる。

ただ一つの単語を除いて。

それは、

(ドラゴン……)

紅く輝く、全長五十メートルはあろうかというドラゴン。

一度は真っ白になった頭の中だが、数秒後には高速で回り始めた。

(なんでこんなところにドラゴンが。いや、今はそれはどうでもいい。どうにかして逃げないといけない。いや、逃げられるのか。これはどうやっても無理だろう。戦う？　ない、ありえない。世界がひっくり返ったとしても、戦うのだけはあり得ない。生物としての格が違いすぎる。冗談抜きで、小指の先だけで僕は殺される）

そんなことを必死に考えていたために、涼には聞こえていなかったのだ。

《そこの人間》

涼の心の中に直接呼びかける声が。

《むむ？　人間相手の念話のやり方は、こうではなかったか？　久しぶりすぎて覚えておらぬが。人間、聞こえておらぬのか？》

「え？　あれ？　何か聞こえる？」

ようやく我に返る涼。

《なんだ聞こえておるではないか。儂《わし》じゃ、目の前におるドラゴンじゃ》

「これが念話……。あ、はい、すいません、気が動転していました。聞こえています」

《よかったよかった、驚かせてすまぬの。ちとお主に尋ねたいことがあっての。お主、この辺りで、アサシンホークから進化した鳥に心当たりはないかの》

「え……」

心当たりはありすぎる。ありすぎるし、それは涼が昨日殺した、片目のあいつであろう。

かといって、ごまかしなど通じそうにないし、嘘をつくと、ばれた時に大変なことになるのは涼ですら知っている。

「はい、心当たりがあります」

そう言って、涼は全てを正直に話した。

片目のアサシンホークとの因縁から、昨日ここであったことまで全て。

「もし、あなたの眷属《けんぞく》とかであったのなら申し訳ありませんでした。謝ります」

そう言って、涼は頭を下げた。

《ふむ、そうか。お主が殺したのか》

そう言って、ドラゴンは少し考えた後、口を開いた。

いや、念話だが。

《いや、眷属などではないのじゃ。ただ、あれほどの鳥の反応が昨日、突然消えたからの。儂らドラゴン族の誰かが食べたのならわかるのだが、そうではないみたいでな。で、なぜ消えたのか気になったので山から降りてきたのじゃよ》

そう言って、東の山を見上げた。

そう、やはりあの「ドラゴンとかいそう」と涼が思っていた山には、ドラゴンが住んでいるのだ。

「そうだったのですか。あの片目のアサシンホークは、確かに僕が殺しました」

《消えた原因がわかればよいのじゃ。この森でも数百年ぶりの進化じゃったからな。しかしよく倒せたのぉ。あれは魔法を無効化したりせんかったか？》

「はい、されました！　とんでもなかったです！　僕は魔法使いですから、魔法無効化とか反則です」

うんうん、とドラゴンは頷いている。

そしてふと、涼の腰に目を留めた。

《お主が腰に差しているのは……なんともまた珍しいものを差しておるのぉ》

「腰？」

涼が村雨を取り出して見せる。

もうこの頃には、最初の頃に抱いていたドラゴンへの恐怖は無くなっていた。涼の神経は、本人が思っている以上に図太いのかもしれない。

《おお、やはり妖精王の剣じゃな》

「妖精王？　これは北の湿原の湖に毎夜現れるデュラハンにもらったものですが……」

アイルランド民話では、デュラハンは妖精である。

《デュラハンというのは何か知らんが、それをくれたのであれば、そやつが妖精王じゃ。今ここの森におるのは、水の妖精王じゃな、確か》

「ああ、僕は水属性の魔法使いなので、それでいただけたのですね。この剣のおかげで、昨日は助かりました」

《そうか、水の魔法使いか。じゃから妖精王もお主を気に入ったのじゃな。それで、妖精王から水の魔法を教えてもらっておるんじゃな？》

「え？　いえ……教えてもらっているのは剣術で、魔法は一度も見せてもらってすらいないのですが……」

《なに？　水の魔法使いなのに、水の妖精王から剣を習っている？　水の魔法ではなくて？　ま、まあ儂にはよくわからんが、そういう関係もあるのであろう……。あの妖精王も、儂ら同様に数十万年の時を生きておるからな……。いろいろあるのかもしれん。ともかく、剣をもらったのであれば、相当に気に入られておるのは確かよ。悪いことではあるまいよ》

　フフフ、と何が面白いのかわからないが、ドラゴンは笑った。

「あの、いくつかお尋ねしたいことがあるのですが……」

《む？　構わんぞ、何でも聞くがよい》

　ドラゴンは鷹揚《おうよう》に頷いた。

「このロンドの森の大きさと、どういう場所なのかというのを知りたいのです」

《なんともざっくりとした質問じゃの。まあよい、この森、そうロンドか……そういえば昔はそう呼ばれておったな。大きさは何とも言えん。お主らの単位がわからんからな》

「あ、そうですよね、それはそうですね……すいません」

《うむ。とはいえ、だいたいの大きさで言うと、小さめの大陸くらいじゃ。昔は、ロンド亜大陸とも呼ばれておったからな》

「大陸……」

　それは、涼にはちょっと想像できなかった。

　いや、ミカエル（仮名）には「人の来ないところでスローライフを」って希望したけど……まさかそれほどとは。

《亜大陸じゃ。東南西の三方を海で囲まれておる。そして北は、山脈が北西から南東に一つ、これにぶつかるように東西にもう一つ走っておる。ちょうど亜大陸に北から蓋をしている感じじゃ。そのために、それより北にある人間の居住圏から、人間たちがやってくることはない。儂が知る限り、現在このロンド亜大陸にいる人間は、お主一人じゃよ》

　わっははははは、と声に出して大笑いするドラゴン。

「そんなに隔絶《かくぜつ》した世界だったとは……」

《なんじゃ、知らずに生活しておったのか？　そもそ

もお主はどこから来たのじゃ》
　特に隠すようなことでもないので、涼は異世界からの転生であることを話した。
《それはまた珍しいの……たまに異世界から来る者はいるが……》
　その時、東の方より咆哮が轟《とどろ》いた。
《むむ、すまぬな、呼び出されてしまったわい。もう少し話したかったが、また会うこともあろう》
　そう言うと、飛び立とうとする。
「あ、あの、せめてお名前を。僕は涼といいます」
《リョウか。儂はルウィンという。また会おうぞ、リョウ。あ、だが東の山には近づくなよ。ドラゴンには、問答無用で襲ってくるものもおるでな》
　そう言うと、ルウィンは東の空へ飛んでいった。
「ふぅ……ドラゴンってものすごい迫力。あれで、周囲を見て回る門番くらいの地位なんだろうなぁ……それなので、あれほどの存在感って……。あの山のトップとか、ちょっと想像つかないや。うん、絶対近付かないようにしなきゃ」
　改めて、心に強く誓ったのであった。

　一方、東の山に向かった人間であった『竜王』ルウィン。
《それにしても変わった人間なのお。というか、あれは本当に人間なのか？　あんな人間がおるのか？　数十万年生きてきたが初めて見たわい。もしや人間の変異種とか進化種か？　そんなのがおるなど聞いたこともないが……。ククク、何にしても面白い。これだけ長く生きてきても、まだまだ分からぬことがあるのじゃからな……。妖精王が気にかけるのもわかる気がするのお。あれも、この亜大陸に流れてきてから数千年……久しぶりに面白いものに出会って興奮したのであろうな、うむ、その気持ちわかるぞ。とはいえ、いろいろ手を出してはいかんな、もったいないことになりそうじゃ。傍観者として見守るのが一番楽しそうじゃな、ワーハッハッハ》
　次に涼がルウィンと会うのは、相当に後のことである。

そして妖精王であるらしいデュラハンとは、今夜もこれまでどおり、いつもどおりの剣術の稽古を行うのであった。

そう、水の魔法を教えてもらったり……などということは、やっぱりなかったのだった。

二十年後と漂着者

片目との決戦、ルウィンとの邂逅《かいこう》から時は過ぎ……涼の体感で二十年ほど時は過ぎた……多分。

最初の内は、日を数えていた……転生して今日は何日目、といった具合に。だが、夏が過ぎ、秋が来て、冬となり、そして春となった辺りで、数えることを放棄した。実際、数えても意味がない。

そんな周期を、二十回は経験したとは思うのだが……。

今、反射率を少し変えて、涼の姿をかなりはっきりと映した水の姿見が目の前にあるが……映る姿は転生時と変わっていない。

「歳……とってないよね……これ」

髪は時々伸びる、だから時々適当に切る。爪も時々伸びる、だから時々適当に切る。だが……身長は変わっていないし、何より顔は若いまま……。

「永遠の十九歳……恐るべし、ファンタジー」

普通ではないことは理解している。ただ、ファンタジーという一単語でまとめるのもどうかとは思う。だが、涼はあまり深くは考えなかった。

そもそも、異世界転生というもの自体が、普通じゃないのだから。

そして、涼のスローライフに危機が訪れる。

その日、涼は海に向かっていた。塩の調達と、久しぶりに海魚の塩焼きを食べてみたくなったからだ。

以前、海に潜ってクラーケンに殺されかけて以来、クラーケンには出会っていない。まあ、そうは言っても、年に二、三回しか海の方には足を向けないのであるが……。やはり海の中で何度か死にかけたその記憶が、涼に無意識下で働きかけるのかもしれない。水の魔法使いなのに海は苦手なのだ。

「いや、海が苦手なんじゃない。クラーケンが苦手なだけ！　実際にあのエビは食べてやったし！」

そう、一度目に海に潜った時、涼を気絶させた例の気泡を出すエビ、あれは倒してちゃんと食べてやったのだ。

大きい片腕の構造もよく調べた。

一番驚いたのは、あれほど強力な気泡を放つのに、魔物ではなく普通のエビであった点であろう。

日本近海にもいた、テッポウエビというやつの巨大版であることに気づいたのは、テッポウエビの動画を思い出したからであった。

大きく成長したハサミを噛み合わせることによって、気泡が発生、その気泡が破裂する際に衝撃波が発生する。気泡圧壊やキャビテーションと呼ばれる現象であるが、この際にプラズマが発生し、四千四百度もの高温が生じる。日本近海にいるテッポウエビは体長五センチほどだが、その大きさでプラズマを発生させるのだ。

物質の三様態、固体、液体、気体……そのさらに上、四つ目の状態がプラズマである。

それをハサミの形状のみで発生させてしまうのだから、自然の力恐るべし……。

そんなエビへの恐怖は、食べることによって克服した！

だが……クラーケンについては、未だにその恐怖を乗り越えたとは言えない。


さて、そんな涼が海について見た光景は……一言、散らかっていた。

いつも、白く美しい砂浜、その先の青い水平線とのコントラストが、この世の物とは思えない造形を成している海岸なのであるが……そう、散らかっていたのだ。まるで、船が難破してその残骸が海岸に打ち上げられたかのような。

そういった残骸の中に、人も転がっていた。

三人？

実に、地球からこの『ファイ』に転移して二十年ぶり（涼の体感時間）の人間だ。

涼は慎重に近付いていき、首筋に手を当てて脈を確かめる。二人はすでに亡くなっているようだ。

ただ一人だけ生きていた。二十代半ば、くすんだ赤毛に、太くはないがしっかりと筋肉のついた体格、手には剣だこ、何やら存在感のある剣を背負っている。刃はそれなりの長さだが、厚くはない。両手でも片手でも使える、いわゆるバスタードソードと呼ばれるものである。

剣に生きる男なのは、確かであろう。

「このまま放置するのは、さすがに寝覚めが悪いですよね」

けっこう酷《ひど》いことを考える涼。

「〈台車〉」

氷でできた、全長二メートル程の荷車が生成される。いわば自走式の台車で、涼の後をついてくるだけの簡単な動きしかしない。元々は、アイスバーンを発生させて、その上を滑らせるように荷物を引っ張っていたのだが、面倒になったのと、一回の狩りで多くの獲物をとると運ぶのが大変、ということで考え出されたものだ。

本当はゴーレムのような、二足歩行のものを作りたかったのだ。どんな悪路でも移動可能な。だが、ゴーレムは何度やっても上手くいかず、二十年経った現在でも上手くいっていない。

とりあえず、この海岸から家までは、年に数回は行き来するために、石畳の道路を作ってある。そのため、この〈台車〉でも十分に移動可能であった。

その台車に、生きている剣士とおぼしき男性と、その周りに転がっていた使えそうなものを積み込んで家まで帰ろうというのだ。

「塩は……また後で来ればいいか」

だが、剣士を積み込もうとしたところで涼は気付いた。剣士の左腕に、相当深い切り傷があり、血がどくどくと流れ出ていることに。

「鮮紅色の血……動脈が傷ついている？　このままだと失血死だよね……う～ん」

何か使える物が無いかと辺りを見回す。

止血の基本は圧迫止血。

布か何かで出血点を押さえるだけでも効果があるのだが……流れ着いた物は汚れており、さすがに感染症を懸念せざるを得ない。

だがそれ以外となると……ここには布や糸といったものは存在しなかった。

「仕方ない」

涼は一言、そう呟くと、剣士が着ている服の袖を上から押さえて、そのまま圧迫し始めた。だが、あまり効果があるようには見えない。

「成人の身体の六十％は水。三分の二は細胞の中、残りの三分の一は細胞間液と血液。ということは、水属性魔法使いである僕は、人間の血液も操れたりするんじゃ……」

涼はイメージする。

目の前の剣士の腕の中を。添えた手を通して、剣士の腕の中が見える気がする……おそらく体内の水を通して見えている……気がする。

その中でも血管に集中してみる。

「出血点発見！」

出血している血管を、外側から水の膜でコーティング。その際、血管を潰してしまわないように、慎重に、慎重に……。

「できた」

涼のイメージの中では、血管からの出血は止まっているが、実際に止まっているかどうかは圧迫止血を行っている手を外して、見てみるしかない。

ゆっくりと手を離し、しばらく見てみる。

血が滲《にじ》んでくることは……ない！

「ふぅ。なんとかなりましたね」

そうして、慎重に剣士を台車に積み込む。少しだけゆっくりと、剣士が入った台車を引き連れて、涼は帰宅するのであった。

アベルは目を覚ました。そして、周りを見回す。

「助かった……のか」

手足は自由。鎖につながれてもいない。いつも肌身離さず身に着けているネックレスはちゃんとある。相棒の剣と装備一式もベッドのすぐ脇に立てかけてある。

腕、足も問題なく動く。服は……ズボンは穿《は》いたままだが、上の服は着ていない。左腕には深い傷があるが出血はしていない。

状況は概ね良好。

誰かの奴隷になったわけではなさそうだ。

アベルはベッドから下り、立ち上がって、立てかけてあった剣を背負った。

「民家……にしてはやけに広いな。村長の家か？」

居間を抜け、扉を開けて外に出る。

そこには、燦々と降り注ぐ太陽と、広い庭があった。

「村……じゃない？　ここはいったいどこだ」

「あ、起きたんですね。助かって良かったです」

アベルは驚いて振り向いた。全く気配を感じなかったのだ。

だがそれ以上に、声をかけてきた男の格好に驚いた。身長はアベルより頭一つ低い。十代後半、黒髪黒目、肌は日焼けしているのか浅黒い。

それよりなにより着ているものが、サンダルと腰布のみ……それも何かの皮を鞣したもの。服と呼べるものを身に着けていない。

（スラムの子ども達でも、もう少しまともなものを身に着けていると思うが……いや、まず言うべきことはそれじゃないな）

「俺はアベルという。お前さんが助けてくれたのだな。感謝する」

そう言って、アベルは頭を下げた。

「ああ、気にしないでください。海に打ち上げられていたのを、家まで運んだだけですから。ただ、助かったのはアベルさんだけで、他の人たちは残念ながら……」

「ああ、他にも打ち上げられてたのか。気にするな、あいつらは密売人だ」

「密売人？」

状況がよくつかめない涼は首を傾げた。

（彼らは密売人……なら一緒に打ち上げられていたこのアベルさんは……何？　密売人？　いや、自分も密売人ならわざわざそんな風には言わないよね。ぶっきらぼうな口調ではあるけど、悪い人には見えないし。ぶっきらぼうな口調……あっ、言葉通じてる。日本語

じゃなさそうなのに、なぜか言葉は通じるんだ……よくわからないけど、さすがミカエル（仮名）、できる男です）
「とりあえず、ご飯にしましょう。アベルさんの服は、そこに干してあります。多分、もう乾いているとは思いますよ。あ、そうだ、僕の名前は涼といいます、どうぞよろしくお願いします」

涼という名の命の恩人は、いろいろと変わっていた。

まず食べ物、パンは無いのだという。ただし、ライスが出てきた。中央諸国の中でも南方の地域でよく食べられる穀物で、アベルも食べたことがある。以前食べたことがある、いろいろ香辛料を利かせたドロッとした……何と言ったか、そういう料理との組み合わせは絶品だったのを覚えている。

涼が提供してくれた、香辛料を利かせた炙り肉は絶品であった。

また、ライスを固めたオニギリと炙り肉の組み合わせは、パンと肉の組み合わせよりも美味しく感じられたほどだ。

涼が着ている服、というか腰布はボア系の皮を鞣したものである。

聞けば自分で鞣したのだという。確かに、いろいろと苦労の跡がしのばれる。だがそれ以上に驚いたのは、他に服は無い、ということであった。

「他に服が無い……？」

「ええ、布とか糸とかを手に入れてないので作ってないのですよ」

「いやいや、作らなくとも買えば……」

そこまで言って、アベルは後悔した。

お金が無ければ買いたいものも買えない、当たり前ではないか。命の恩人を侮辱するような言葉になってしまったのではないか。

「この周りには町どころか、人っ子ひとり住んでいないのですよ」

アベルの想像を超える答えであった。

聞けば、ここはロンドの森と呼ばれる場所で、この辺りには人は住んでいないらしい。

「ロンドの森？　悪いが聞いたことのない地名だ。船に乗っていた時に、だいぶ南に流されたというのは、連中が言ってたのが聞こえてきたのだが……」

「ああ、そうなんですね。そもそも、アベルさんたちの船に何が起こったのですか？」

アベルは、船に起きたことをかいつまんで話した。

予定より早く港を出港したこと。そのためにアベルは降りられなかったこと。沖合に出たところで嵐に遭遇し、舵《かじ》がやられ、その時点で相当に南に流されたこと。しかも運の悪いことに、また嵐に遭遇し、そこでもさらに南に流されたこと。そして最後は、クラーケンに船を破壊された、と。

「クラーケン！」

涼の体を悪寒が走った。

「よく生きてましたね……」

「いや、まあ、運がよかったんだろうな。だから、他の連中はみんな死んだんだろう？」

「ああ、確かに」

アベルが不思議に思ったのは、涼の武装に関しても、であった。

左右の腰に、二本のナイフを挿している。武装的にはナイフ使いなのだろうが、それにしては防具が無さすぎる。腰布のみ、とは……。

ナイフ使い、あるいは斥候が軽い装備を好む、というのは知っているが、これは軽すぎであろう。

周りに街も無く、人っ子ひとり住んでいないと言っていた。だが絶品であった炙り肉はラビット系の肉である。おそらく涼が獲ってきたのだろう。

つまりそれなりに戦えるはずである、そうでなければ沖合にクラーケンがいるような土地で生きてはいけないだろうし。

「先ほどの炙り肉は絶品だった。あれはリョウが獲ってきたのだろう？」

気にはなるが直截《ちょくせつ》的に聞くのはさすがにはばかられる。遠回しに聞いてみることにしたのだ。

「ええ。ここの東の森でよく獲れるんですよ。レッサーラビットのモモ肉です」

「その……リョウはナイフ使いなのか？　ナイフだと

レッサーラビットを獲るのはけっこう難しい気もするのだが」

遠回しに聞くのは、アベルは苦手だった。結局ズバッと……聞いた。

「あ、僕は水属性の魔法使いです。このナイフは護身用というか解体用というか……」

涼はちょっと照れながら答えた。

魔法を使えるのは、『ファイ』全体で二十％程度しかいない。残り八十％の人たちは魔法を使えない。かつてミカエル（仮名）が言った言葉を覚えていた涼は、照れたのだ。

「おぉ、すごいな魔法を使えるなんて」とか「選ばれた人間だな」とか、「憧れるなぁ」といった反応を期待したのである。

だが……、

「魔法か。中央諸国でも半分の人間しか使えないからなぁ。ちなみに俺は使えないし」

「半分……」

（ミカエル（仮名）……二十％って言ったじゃん！話が違うよ！）

劇画調の「なんてこと！」な顔で落ち込む涼。

「ん？　リョウ、どうかしたか？」

「い、いや、何でもないですよ……」


「リョウ、ちょっと相談したいことがある」

炙り肉を食べ終わり、ちょっとした片付けも終了したところで、アベルは尋ねた。

「ん？　どうしました？」

「実は、俺が打ち上げられていた海岸に行きたい。ちょっと確認したいことがあるんだ。すまんが、そこまで案内してもらえないか」

「ああ、いいですよ。じゃあ、行きましょうか」

涼が身に着けているのは、いつもの腰布、サンダル、二本のナイフだけだ。もう最近では、ナイフ付き竹槍を使うことは無くなっていた。元々竹槍は、広い間合いが戦闘時の安心感を与えてくれるから使っていたものだ。

日々のデュラハンとの剣戟、片目のアサシンホークなどとの近接戦、これらを村雨でこなすうちに、広い間合いは必要なくなっていた。

そう、涼は成長したのだ。

だが、アベルにとってはそうではなかった。

「リョウ。リョウは水属性の魔法使いと言ったよな」

「ええ、そうですよ」

「魔法使いの杖は持って行かないのか？」

「え……」

アベルがいた中央諸国において、基本的に魔法使いは杖を持っている。

魔法使いの杖は、魔法伝導体で、魔法の発動と効果を補助してくれる役割があるためだ。杖無しの魔法使いだと、魔法の発動には十倍以上の魔力が必要になり、現れる効果も十分の一程度になることもある。

つまり、はっきり言って使いものにならないのだ。

だが、涼は今まで杖など使ったことは無かった……。

「あ、ああ……持ってないんです」

その答えを聞いたアベルは、ひどく後悔した。

（また失敗した……貧しい生活をしていれば杖を失ったりすることもあっただろう。命の恩人に恥をかかせてしまった。馬鹿な質問をしてしまった……。ああ、そういえば、噂に聞く『爆炎の魔法使い』とかいう奴も、杖を持たないのに化物じみた魔法を操るんだったか……。そうだな、杖を持つのが絶対、というわけではないな）

いろいろと心の中では考えたアベルであったが、失礼な言葉は言わないようにした。

「あ、うん、そういう場合もあるよな。俺は剣士だから、この剣さえあれば大丈夫だ」

そう言って、アベルは背中の剣を叩く。

「何かあったら俺が前衛に出て戦うから、リョウは後ろで見ていてくれ」

「いや、そういうわけには……」

「頼む、それくらいはさせてくれ。命を助けてもらって助けられっぱなしじゃ、俺の沽券《こけん》にかかわる」

そう言ってアベルは、ずいと顔を涼の真正面に寄せた。

「あ、はい、じゃあその時はお願いします」

涼は、そう言うのが精一杯であった。

海岸には、すでに死体は無かった。

涼がアベルを運んでから、五時間程度しか経っていないのだが、すでに二体あったはずの密売人の死体は片づけられたらしい。もちろん、片づけたのは涼ではない。おそらくは、海の中にいる何か、である。

「二人、死んでいたのですけどね。食べられてしまったか、あるいは海の中に引きずり込まれたかしたみたいですね」

特に感情の起伏も無く、淡々と説明する涼。

だが、アベルにとってはそうはいかなかった。

「つまり、リョウに引っ張って行ってもらわなかったら、俺もそうなっていたということか」

アベルの背中を冷たい汗が伝い落ちる。

「やっぱりアベルさんは運がいいですね」

にっこり微笑む涼。

「いや……そうだな、そう思うことにしよう。それとリョウ、できれば俺のことは呼び捨てにしてくれないか。命の恩人に、さんづけされて、俺は呼び捨て、というのはやりにくい」

「でもアベルさんの方が年上だと思うのですけど……。まあ、それでいいなら、わかりました。アベル」

「おう、ありがとう。仲間たちもみんな呼び捨てなんだ。そっちの方がいい」

「仲間……」

(一人になりたくて、ミカエル(仮名)に人の来ない場所で、と言ったけど……仲間というのは、少し羨ましい気がする。やっぱり二十年というのは長いんだなぁ)

しみじみと思う涼であった。

そんな涼とは裏腹に、何かを探すアベル。

(ああ、やっぱり無いか、証拠の品。海底に沈んだか。あるいはクラーケンの腹の中か。まあしょうがない、とりあえずみんなと合流してからだな)

「リョウ、ありがとう。結局探し物は無いみたいだ」

「それは残念でしたね。これからどうします？」

「とりあえず、仲間と合流したい。ルンの街まで行けば連絡はとれるはずなんだが……」

涼は首を振りながら答える。

「すいません、そのルンの街がどこにあるのかわからないです。おそらくは、ここからだと相当北の方にあるのだとは思うのですが……かなりの距離、移動しなければならないと思います。この周辺には町どころか人がいませんので」

「そうか……腹を括るしかないか」

ここでアベルは一度言葉を切った。そして、少し考えた後、涼に向かって言った。

「なあ、リョウも一緒に行かないか」

アベルの誘いは涼にとって意外なものであった、というか想定外のものであった。

確かに、この森を一人で移動するのは困難であろう。アベルが腕利きの剣士であったとしても、ソロでの移動というのは恐ろしく難易度が高くなるのだ。

最も困難さを増すのは休憩だ。二人いれば、片方が眠っている間、もう片方が起きて警戒できる。だが、それが一人だと十分な睡眠をとることはできない。常に警戒し続けなければならないからだ。警戒し続ければ疲れがたまる。

そして、疲れればミスをする。

それは、熟練者であっても逃れられない、世の理《ことわり》の一つ。

だからこそ現代地球の軍隊においても、最小単位はツーマンセル（Two man cell）、二人一組なのだ。

とはいえ、涼はこのロンドの森から出るというのは、これまで想像したこともなかった。

家の周りには水田を作り、下水道も掘り、よく行く場所へは石畳の道まで敷いた。野菜は微妙に少ないが、それでも栽培されている。結界内には多くの果物も栽培されている。野菜は微妙に少ないが、それでもここでの生活に不都合は全くない。

不都合は全くないのだが……、「一緒に行かないか」そう言われて、ほんの少しだけだが、心が動いたのも、また事実なのだ。

（不都合は無い。不満も無い。だけど、ちょっとだけ、この剣と魔法の世界の街を見てみたい気はする。でも、せっかく作った家の周りの環境、スローライフな環境を捨てるのも、もったいない気が……）

涼から反応が無いことに、アベルは少し慌てた。

「すまん、急だったな。せめて、ルンの街まで一緒に行ってくれるとありがたい。道案内というか、そう、依頼。依頼だ。行ってくれれば依頼料は払うし、もしそこで生活してみたいと思うのであれば援助もする。正直、俺は右も左もわからないここから、どうやればルンの街に行けるか想像がつかないんだ。どうだろうか」

そう言ってアベルは頭を下げた。

(ああそうか。別に、永久にロンドの森を去るわけじゃないか。少し世界を見たら、また戻ってくればいいのか。僕、あんまり歳をとらないみたいだし……。多分その間も、ミカエル(仮名)の結界は動き続けると思うし)

特に根拠も無く結界を評価する涼。ミカエル(仮名)への信頼は絶大である。

「わかりました。とりあえずいくつか準備することがあるので、明日出発ということでなら、その同行の依頼、お受けします」

「ああ、リョウ、ありがとう!」

アベルは両手で涼の手を握って、嬉しそうに上下に振った。

アベルにとって、涼はある種の希望の光だ。どこか全くわからない場所で、運よく自分一人だけ生き残ったらしいが、それも涼が見つけてくれて家まで運んでくれたおかげだ。

さすがにルンの街がどこにあるのかは知らないが、「相当北の方」とはっきりと言うからには、何かその情報の元になっている根拠があるのだろうと思えた。

そもそも、どこまで続くかわからない森を一人で行くのは困難だ。

(杖の無い魔法使いだから戦闘は難しいかもしれないが、そこは俺が担当すればいい。休む時だけでも交代してくれる人がいれば、有り難い。ああ、そうだ、最初の街に着いたら杖と服を買ってやろう。それくらいなら侮辱しているとは受け取られないだろう。そもそも、あの格好だと街に入れない可能性もあるか……)

涼は貧しいために杖も持たず、腰布だけの格好なのだと誤解しているアベル……まあ、涼が一文無しなのは事実だが。

涼は涼で、しばらくの間とはいえ、この家を空けるのであるから、いくつか準備することがあった。

家の機能はミカエル（仮名）謹製なので、涼がいじくることは何もない。結界も貯蔵庫も、涼がいなくとも問題なく機能するであろう。

水田は仕方ない。また戻ってきたら作りなおせばいい。ある程度は、籾を冷凍保管してある。そこから苗を作るもよし、戻ってきてすぐであっても、なんとかなるだろう。

庭の果物も仕方ない。雨は降るのだから、なんとか生き残ってくれることを祈るだけである。

基本的に、家に残していくものに関してはなんとかなるのだ。

問題は、持って行く品。

都合よく、異世界ものの定番、アイテムボックスのような、いくらでも亜空間に収納できる魔法……そんなものはない。それに類する機能を持ったアイテムも持っていない。持って行くものは厳選せねばならない。

とりあえず、調味料は持って行くことにした。塩とブラックペッパーだ。

巾着袋《きんちゃくぶくろ》……くらいの大きさの小型の風呂敷……カイトスネークの革を鞣したものに入れていく。腰にぶら下げておいても大して邪魔にもならないであろう。

そもそも調味料だから、大量には必要ない。だが、あるのと無いのとでは、食べ物の味が全然違う。これは旅に必須。

同じように、キズグチ草も磨り潰さない状態で巾着袋に。

後は火打石。ミカエル（仮名）のナイフと打ち合わせれば火花が飛ぶ。

水は自分で出せる。

（あれ？　これだけで大丈夫なのか。かなり少なくて済むね）

着替えというものを考慮しなければ、旅行に必要な道具というのは、かなり少なくても済むらしい。

（あとは、ご挨拶……）

晩御飯を食べ終わると、涼はアベルに少し出かけてくると告げた。

「こんな時間にか？」

さすがにアベルも訝《いぶか》しむ。

「ええ。この時間じゃないと会えないので。しばらく留守にすることを伝えてきます。少し時間がかかると思うので、アベルは家で待っていてください」

「ああ、わかった」

（この辺りには人っ子ひとり住んでいないのに……留守にすることを伝える？　いや、そうか大切な人の霊とか、そういうのもあるか。今は一人だとしても、ずっと一人だったとは限らないしな。俺が踏み込んでいい事情じゃない）

涼が来たのは北の大湿原の中央、湖のほとり。

月が中天に差し掛かる頃、いつものように首無し馬に乗ったデュラハンが現れた。いつもなら、それに合わせて涼が村雨を構え、デュラハンも構え、剣戟が始まる。

だが今日は違った。

涼は剣を構えないままデュラハンに近付いた。

「今日はお伝えしたいことがあります。明日からしばらく、このロンドの森を空けることになりました。そのため、今日が最後となります」

言葉が通じるのかどうかは分からない。

そもそも、妖精王というのがどういうものかも涼は知らない。

それでも、誠意は通じると思っている。通じずとも、これまで剣を鍛えてもらったのは事実であるし、そのことに対する感謝は伝えるのが当然だと思っているのだ。

「今まで本当にありがとうございました。あなたのおかげで、今まで生き延びてこられました。心の底から感謝しております」

気のせいだろうか、デュラハンがほんの少し寂しげな雰囲気になった気がした。もちろん首無し騎士なのだから顔は無い。そのため顔の表情はわからない。

だが、それでも、涼は寂しげな雰囲気を感じたのである。

「今夜を最後に、しばらく稽古をつけてもらえません。

最後、いつも以上に本気でやらせてもらいます」

そう言って、涼は村雨に刃を生じさせる。それに呼応して、デュラハンもいつもの剣を鞘から引き抜いて構えた。

二人の剣戟が始まった。


剣戟は休むことなく、二時間続いた。

ポイントは二対三。

涼は二発致命打を入れることができた……が、三発もらって負けた。まあ、これまでも全敗なのであるが。

だが、今日は倒れ臥しているわけにはいかない。最後の挨拶をしなければ。足元がふらつきながらもなんとか立ち上がる。

「ありがとうございました」

そして涼は、深々と頭を下げた。

そんな涼に、デュラハンは近付いてきて、手に持ったものを差しだす。

「これは……ローブとマント？　僕に？」

受け取って着てみると、当然のように完璧なサイズ。

白を基調としつつも、綺麗な縁取りがなされ、動きやすいローブ。そのローブとセットで拵《こしら》えたかのようなマントは据にいくに従い、薄い水色が映える。しかも裏地は、美しい青のグラデーション！

涼はすぐに気に入った。

「ありがとうございます！　大切に使わせていただきます」

またも深々とお辞儀した。

それを見て、デュラハンは満足そうな雰囲気を放っていた。顔は無いが、涼にはそう思えたのだ。

デュラハンは首の無い馬に跨ると、いつものように消えていった。

涼とアベル

「さて、では出発しましょうか」

忘れ物が無いか、涼は最後のチェックを行った後、アベルにそう告げた。

「ああ、では行こう」

二人とも軽装である。

そもそもアベルは難破したために荷物は持っていない。服類と財布、軽鎧と剣だけ。涼も、デュラハンにもらったローブとマント、腰布、サンダル、二本のナイフ、調味料類だけ。

森を抜けていくのだから、荷物は少なければ少ないほどいい。

「基本的に食料は全て現地調達になります。塩とブラックペッパーという調味料、それと水は僕が出すのでありますが、動物や魔物を狩ったり、生っている果物を食べたりということになります。まあ、この森は生き物は多いので、問題ないと思いますが」

「わかった」

「しばらく北に向かうと、かなり大きめの湿原があります。そこの先まではよく行ってましたので、状況は分かっています。そこまでは、たいした魔物も今はもう出ないでしょう」

そう言いながら、涼の頭に浮かぶのは、片目のアサシンホークと初めて出会った光景であった。あの時は、この北の森で出会ったのだ。

「そうか。じゃあとりあえず、その湿原まで進もう」

結界を出て、しばらくは二人とも無言であった。

涼は、長らく暮らした家に思いを馳せていたし、アベルは涼のことが気になっていたのだ。耐えられなくなって口火を切ったのは、アベルであった。

「なあリョウ。一つ尋ねたいことがあるのだが」

「ん？　どうしました？」

「その……ぶしつけな質問かもしれないから、嫌なら答えなくてもいいんだが……。昨日の夜はどこに行ってたんだ？」

逡巡《しゅんじゅん》しつつも、気になることは質《ただ》さなければずっと気になったままになってしまうアベル……。

「ああ、別に問題ないですよ。昨日は師匠のところへ、しばらく留守にするので挨拶に行ってきました」

「師匠？　そのローブとマントは、その師匠が？」

「ええ、そうです。餞別《せんべつ》にいただきました」

仕立ても良く、非常に美しいローブとマントである。

だが、アベルは違和感を覚えていた。

アベルは昔から、良品、美品に囲まれて育った。それゆえに、ある種の審美眼を備えている。その審美眼が言うのだ。

（何か魔法的な効果がある？）

とはいえ、確信はもてない。

「何か特別な効果とかあるのか？」

本来、そういうことを質問するのはタブーではあるのだが、パーティーを組んだ仲間内であればタブーにはならない。パーティーメンバーの武器、防具、あるいは得意技などは把握しておかなければ、いざという時に連携が取れなくなるからだ。

もっとも、アベルが涼に尋ねた理由は、ただ単に自分が抱いた違和感の正体を知りたかったからであるのだが。

「ん～特にないと思いますよ。師匠は何も言わなかったので」

これまでにデュラハンがしゃべったことは一度もない。まあ、首から上が無いのだから当たり前と言えば当たり前なのだが。

「そうか……」

持ち主が知らないというのならばどうしようもない。アベルとしては納得できなかったが、それ以上にどうしようもなかった。

そうこうするうちに、北の湿原に着いた。

「この湿原は左から、西の方から迂回して北に向かいます。その先は、僕もよく知らないので、少し慎重に進むことになると思います」

「おう、わかった」

アベルは頷いた。

「なんていうか、魔法使いってのは理路整然と話す奴が多いのかね。俺の仲間もそうだったけど、故郷の知り合いの魔法使いも、今のリョウみたいに話してたよ」

「そうなんですか……僕は他の魔法使いに会ったことが無いので、なんとも言えないですね……」

(他の魔法使いというか、他の人間そのものに会ったのも、アベルが初めてなんですけどね)

そう思って涼は心の中で苦笑した。


北の大湿原を迂回し、湿原の北に出ても魔物には出会わなかった。

さらに北に進み、午後を半ばすぎた頃、もうそろそろ夕方になろうかという時に、ついに魔物に遭遇した。

「レッサーボアですね」

「昨日言ったとおり、俺がやる。リョウは後ろで見ていてくれ」

そう言って、アベルは剣を抜き、構える。涼は言われるままに、後ろに控えた。

涼の脳裏には、『ファイ』に来て初めての戦闘の光景が蘇っていた。

(そう、最初の戦闘の相手がレッサーボアだった。生まれて初めて殺意にさらされて、体が動かなくなったんだったな。最終的にはアイスバーン+アイシクルランスに、竹槍のめった刺しで倒したんだったか……懐かしいなぁ)

涼が思い出している間に、戦闘が始まっていた。

レッサーボアがアベルに向かって突っ込む。

「闘技：サイドステップ」

レッサーボアの突進を、アベルは最小の動きで、そして衝突寸前で横に回避する。

そしてかわしざま、

「闘技：完全貫通」

レッサーボアの左耳に剣を突き刺す。剣は脳にまで達し、レッサーボアは何もできずに倒された。

驚いたのは涼である。その鮮やかな手並みに……ではなく、初めて知ったものに。

(闘技!?　なにそれ？　今の横への回避と、最後の耳への突きだよね。『ファイ』にはそんなものもあるの!?）

「ふぅ、これで今夜のおかずは決まりだな。ん？　どうしたリョウ」

「あ、いえ、闘技、というのを初めて見たもので……」

「ああ、そうか、魔法使いは使わないもんな。剣士とかそういう武器で戦う奴ら専用の……なんというか、技、みたいなものだな」

「なるほど……」

涼は大きく頷いた。

「それより、そろそろ夕方になるし、野営の準備でもしないか。レッサーボアは耳から貫いたから、そこから血が流れて自然と血抜きしてる形になってるが……」

「ああ、そうですね。そういえば、ちょっと戻ったところの大木に洞《うろ》がありましたから、その前で野営しましょう。焚火《たきび》をするスペースくらいはあったはずです」

涼は、最も重要なことを考え始めた。

そう、最も重要なこと、それは食事である。

「よく見てるな。じゃ、このレッサーボア、解体して食べる部分だけ持って行くか」

アベルはその場で解体しようとナイフを取り出した。

「じゃあ僕は枯れ枝を拾いながら戻って、火を熾しておきます」

涼は、火を熾すのが得意な水属性の魔法使いなのだ。

レッサーボアのモモを使った炙り肉は美味しかった。塩とブラックペッパーの組み合わせは、間違いなく至高。ただ惜しむらくはお米が無かったことか。一定の満足感を得てはいても、何か物足りなさを感じる涼であった。

アベルは特にそんなことは感じておらず、かなり満足したようである。

この辺りは、昨日まで定住していた者と、ずっと冒険者として過ごしている者との違いなのかもしれない。

まさか家を出て半日で、後ろ髪を引かれるとは……。

食事における米の重要性……失ってはじめてわかる悲哀。

（こんなことなら、無理をしてでもお米を持ってくるべきだったか……)

具体的にどうやって持ってくるつもりなのか、実現する案は全くないのだが、涼は確信したのだ。お米は大切。家に戻ったら、大切に育てようと。

◆

「じゃあ、俺が先に仮眠をとらせてもらう。深く眠ることは無いと思うが、何かあったら遠慮なく起こしてくれ」

そう言って、アベルは大木の洞の中に入って行った。

今日の月齢的に、月が中天を過ぎてから、涼がアベルを起こすことになっていた。

(さて、時間もできたし暇だから魔法制御の訓練でもしておこう)

今日は一日歩き通しで、しかも戦闘をすることもなかったので魔力は有り余っている。この後の仮眠で、どれくらい魔力が回復するのかはわからないが、多少魔法制御の訓練をした程度の消費魔力なら回復するだろう……なんとなく涼はそう思っていた。


以前は、魔法制御の訓練で、庭に、氷で巨大な五重塔や東京スカイツリーを作っていたが、最近は逆に極小の東京タワーを作るのがお気に入りだった。

たいていのものがそうであるが、大きいものを小さくするのは非常に難しい。

一口に小型化といっても、さまざまな技術が求められるのは当然として、設計から製造まで細やかな気配りが必要になってくるのだ。

この気配りが、魔法だといわば制御である。

巨大な東京スカイツリーを作るのは、消費魔力はかなり必要になる。だが、魔法制御という点で言うなら、極小の東京タワーの製造の方が鍛えられる……ような気が、涼はしていた。

まあどちらにしても、お気に入りの訓練なので、特に不満は無い。

敢えてゆっくりと、糸よりも細い氷の線で東京タワーを組み上げていく。

右手、左手、右足、左足と四体同時に。一体では、もはや訓練にもならないのだ。訓練とは負荷をかけるものである。楽しいと感じつつも、負荷がかかるような訓練メニューの作成は、いつの世でも大切なものであろう？

　涼が東京タワーを掌の上や爪先に作り上げている間にも、何頭かの魔物が涼たちの匂いに釣られて近付いてきていた。

「魔物が来たら起こせ」とアベルに言われてはいたが、まだ明日からも長い距離を歩かなければならないのだから、ゆっくり寝てもらった方がいいだろう。

　涼はそう思い、勝手に処理することにした。とはいっても、特に強い魔物でもない以上、動く必要も無い。

　魔物の右耳から左耳へ、〈ウォータージェット〉で貫くだけである。

　先ほどアベルも、レッサーボアの耳を貫いて見せていた。耳からならば、けっこう簡単に貫けるものだということは、涼も経験で知っている。

　これなら大きな音を立てることもなく、つまりアベルの睡眠を妨げることもなく、魔物を倒せるというものだ。

　倒した魔物はそのまま放置しておいても、すぐに別の魔物が持って行く。

　魔物の流した血が、他の魔物を呼び集める……などということになる前に、涼たちの近くからは無くなる。

　夜の森とはそういう場所。

　なので、翌朝の食事用にレッサーラビットを一頭だけ手元に確保し、後は森の摂理に任せておいた。お腹いっぱいになれば、わざわざ涼たちを襲ったりもしないであろうし。

　見張りを涼と交代し、アベルは焚火の前に座った。

　傍らには、涼が獲ったレッサーラビットの死体が一頭。耳から血が流れたらしい跡がある。

（耳にナイフを一突き、か？　悪くない腕だ……。いや待て、レッサーラビット相手に、耳に一突き？　しかもナイフを？　悪くない腕どころか、ちょっと意味がわからん。普通に近付いたら逃げられるだろう？　気配を殺すのが相当に上手いとか、そういうことか？　魔法使いというより生粋《きっすい》のナイフ使いの方がいいんじ

ゃないか？　さすがに、この森で一人で暮らしているだけある、といったところか）

焚火に枯れ木をくべながら、アベルは涼が準備してくれた氷の水差しと氷のコップを手に取った。

（よくわからんと言えば、これもだ。いつの間にか準備してくれたこの水差しとコップ。あいつが寝てる間に喉が渇いたら飲め、ということだったが……魔力は大丈夫なのか？　飯食う前に風呂の代わりと言って、シャワーみたいに頭から水を降らせてくれたが……これと合わせて、けっこう魔力使ったんじゃないかと思うんだが……別に魔力切れみたいには見えなかったし……う～ん、よくわからん）

洞の中で、ローブにくるまって眠っている涼をチラリと見る。

（あのローブ……やはり普通ではない……おそらく人の手で生み出せるものではない、とかそういう類のものだと思う。それを餞別として与えられたとか……いったいどんな師匠だよ。「しばらく留守にするので挨拶してくる」と言った際に、昔一緒に住んでいて亡くなった誰かの霊にでも挨拶に行くのかと思ったが……あんなものをもらったのなら霊じゃないわな……でも人でもない……いったい何だよ、ドラゴンとかそういう伝説上の生き物か何かか？　いや、人の手で生み出せるものではないということは、霊か何かから貰ったという可能性も……いやいや、しかし……）

結論など出ようはずの無い、堂々巡りの問答である。まあ、特に何かする必要も無い見張りの時間だから問題ないのだが。

そうこうしているうちに、東の空が白んできた。

時をほぼ同じくして、涼が起きてくる。

「アベル、おはよう」

「ああ、おはよう」

結局この夜、アベルは一度も魔物に襲われることは無かった。

◆

涼が獲っておいたレッサーラビットを食べると、二人は北へ歩き始めた。道など当然ない、森の中である。

辛うじて獣道らしきものはあるが、決して通りやすいわけではない。

隊列は、前にアベル、後ろに涼。

不意に魔物に襲われても、剣士のアベルならすぐに対応できるから、というアベルの申し出によるものであった。

まあ、両掌に極小の東京タワーを作りながらついていく涼としては、後方にだけ気を配ればいいので異論は無かった。先に歩けば、後ろがついてきているかという点と同時に、前方にも気を配らねばならない以上、疲労の溜まりは早いからである。

この日は、午前中から、それなりに魔物に襲われた。

襲ってきた魔物は、レッサーラビットやレッサーボア、あるいはレッサースネークといった全く強くない魔物ばかりではあったが。

「リョウ、倒した魔物はそのまま放置する。昼近くになったら、その時に倒した奴を昼飯にしよう」

「了解」

レッサーラビットやレッサーボアなどからも、心臓の辺りから魔石を採取できる。これは、錬金術などで使うのであるが、『レッサー』と名の付く弱い魔物の魔石は、ほとんど使い道のない小さくて品質の良くない魔石だ。

そのため、冒険者たちはレッサーの魔石は採取しない。そもそも買い取ってもらえないし、それなら採取の時間だけ無駄になるからだ。

これがグレーター以上となると、それなりの高値で買い取りが発生するのだが……少なくとも、涼とアベルの旅路では、未だグレーターの魔物は出てこなかった。

戦闘は全てアベルが担当した。涼は後ろでアベルの動きを見ていた。

昨日、初めて知った闘技という存在。

これは非常に気になるものだ。

涼はもちろん使えないが、剣術の稽古をつけてくれたデュラハンも使っていなかった気がする……。もちろん、涼の目が捉えられなかっただけの可能性はあるのだが……。

アベルの発動する闘技を見ていると、その発動の瞬間、体の一部が白く光る。横に回避する「闘技：サイドステップ」なら両脚、剣による攻撃力を上げるらしい「闘技：完全貫通」なら武器を持つ手と上半身が。

だが、二十年に及ぶデュラハンとの剣戟の最中に、デュラハンの体がそんな風に光ったことなど一度もなかった。

そう考えると、やはりデュラハンは闘技は使っていなかった、ということになる。使わなくともあれほどの強さに至れるのであればそれでいいのかな、という気もするのだが、それでも目の前で見たこともない技を使われていると気になるのだ。

それに、「闘技：〇〇」とか言って一発逆転したりとか……かっこいいじゃないですか！

中二心がうずくというやつだ。

一方のアベルは、涼がアベルの戦闘を食い入るように見ているのには当然気付いていた。

（剣士の戦闘に興味があるのか？　まあ、ナイフの戦闘に活かせる部分はあるだろうが……）

その程度の認識であった。


元々、アベルは人から見られるのには慣れている。子供の頃から、剣の天才と言われて育った。魔法も習ったのだが、そちらはしっくりこなかった。その分、剣にのめり込んだ。それこそ、朝から晩まで剣の稽古に明け暮れた。そして、いくつかの闘技も身につけた。

元々次男であるため、家を継ぐ必要はない。

それを幸いと、アベルは成人した十八歳になると、すぐに冒険者になった。それから八年、今では、かなり名の知れたB級冒険者である。


そろそろ昼時になろうかという頃合い。

涼とアベルは、森の少し開けた場所に出た。鬱蒼とした森の中でも、時々そういう場所がある。そう、涼が初めて片目のアサシンホークに奇襲を受けた場所のような……。

カキンッ。

アベルが剣を抜きざま、目の前を薙ぐと、剣が何かを弾いた。

何か目に見えない、不可視の……。

「アサシンホーク！」

後ろから涼が叫ぶ。

アベルが上空を見ると、一羽の大鷹が空中で羽ばたきながらこちらを見ていた。

「さっきのは風属性の攻撃魔法です」

涼が走ってきてアベルに並ぶ。

「アサシンホークか、これは厄介だな。うちのパーティーなら、走って森の中に逃げ込むかもしれん。どうする」

「残念ながらそれは無理です。後ろからノーマルボア、前方の森の中には、僕が遭遇したことのない魔物がいます」

「マジか。いきなり囲まれた？　罠か何かか」

少しだけ考えて、涼は首を横に振る。

「いいえ、おそらく偶然でしょう。まあ、ここの広場は、アサシンホークの狩場の可能性がありますけどね」

涼が初めて片目のアサシンホークに襲われた場所も、こういう開けた場所であった。こういう場所なら自分たちの優位を活かせるということを、アサシンホークは知っているのであろう。

「さて、どうする」

「前方の森にいるやつは、とりあえず無視しましょう。ここで戦えば、出てこない可能性もあります」

「おう。ということは、ここで、アサシンホークとノーマルボアを叩くわけだな」

アベルは小さく溜息をついた。どちらにしろ厄介な相手ではある。

「僕がアサシンホークを、アベルがノーマルボアをやりましょう」

その割り振りにアベルは驚く。アサシンホークのエアスラッシュと突貫は、アベルでも下手をすれば、死ぬ。

「いや、しかしそれは……」

「アサシンホークは空中ですし、剣士だとやりにくいでしょう。僕は水属性の魔法使いですから、防御は得意です」

涼はにっこり笑って続けた。

「今日のお昼は、鳥肉とイノシシ肉、好きな方を食べられますよ」

そう言いながら、涼はアサシンホークの方に向かう。

「くっ……。わかった。ノーマルボアを倒してすぐに駆けつけるから、死ぬなよ」

そう言うと、アベルは後方に駆け出した。

「アベル、焦って怪我しちゃダメですよ」

涼のそんな声が、アベルに聞こえた。


本来、アベルがパーティーでノーマルボアと戦う場合、盾役のウォーレンがノーマルボアの突進を受け止め、そこに風属性魔法使いのリンの攻撃魔法と、アベルの剣による攻撃で止めを刺す。

だが今回、ウォーレンはいない。

しかも、時間をかければ涼がアサシンホークにやられるかもしれない。

「速攻で倒す」

アベルの視界にノーマルボアが入った。

「リョウは、よくこんな遠くの魔物の気配がわかったな。いや、今はそれはいい。集中しないと俺がやられる」


自分に向かってくる人間を見て、ノーマルボアは二つの石礫を生成、発射する。

「当たるかよ。剣技：絶影《ぜつえい》」

闘技の上位、剣士専用の剣技、その中でも習得が難しいと言われる『剣技　絶影』。魔法を含めた全ての遠距離攻撃を、最小の動きでかわす技である。

『剣技：絶影』でかわしながら、ノーマルボアに向かう速度は全く落とさない。

ノーマルボアは頭を下げた。

アベルは知っている。ボア系は頭を下げた後、自ら突進してくると。いつもなら、その突進を待ち受け、衝突する直前に『闘技：サイドステップ』で横にかわす。だが今は時間が惜しいために、自分もボアに向かっている。

タイミングを計るのが非常に難しい。

「やむを得ん、サイドステップは諦めるか」

そう呟いた時、ノーマルボアの姿が消えた。

レッサーボアとは比較にならない速度での突進。

「剣技：零旋《れいせん》」

突っ込んでくる敵の攻撃を、ゼロ距離で、右足を軸に四五〇度回転してかわし、その勢いのまま敵の左側面に剣を突き刺す技である。

赤く輝くアベルの魔剣は、狙い違わずノーマルボアの左耳を突き刺した。

「ギィェェェェエェ」

響き渡るノーマルボアの断末魔の叫び。だが、ノーマルボアが倒れると同時に、アベルも片膝をついた。

剣技の連続発動、これは、いかに天才と呼ばれた剣士といえど、かなりの疲労を覚える。

だが、ここでゆっくりと回復を待つ暇はない。先ほどの場所では、涼がアサシンホークを相手に戦っているからだ。

気力で立ち上がり、深呼吸をする。呼吸を整えると、アベルは先ほどの広場に向かって走り出した。

さすがに、今のアベルにノーマルボアに向かった時ほどのスピードはない。だがかなり急いで広場に戻ったのだが、そこでは……。

涼が、アサシンホークの首をナイフで切り、血抜きをしていた。

「ああ、おかえりアベル」

「ああ……ただいま……？　倒したのか」

「ええ、今から血抜きをするところです。正面の森にいた魔物は、どうやら奥に引っ込んだようですよ」

それを聞いてアベルは膝から崩れ落ちた。

「え？　アベル？　怪我したんですか？」

その光景に慌てる涼。

「いや大丈夫だ、どこも怪我してない。ちょっと疲れただけだ」

とりあえず、二人とも無事でよかった……そうアベルは思うことにした。

◆

「さあ、お昼は鳥肉の山賊焼きと、猪ホホ肉の炙り焼きですよ」

どちらも焼肉である。

「アベル、ブラックペッパーは疲労回復の効果もありますから、がっつり食べてください」

「お、おう」

久しぶりの鳥肉に舌鼓を打つ涼。

ラビットやボアに比べると、鳥系の魔物は、なかなかに出会う確率が低いのだ。

アベルもいろいろと引っかかるものがあるとはいえ、食べられるときに食べるというのは冒険者として必須の能力でもある。まずはがっつり食べる。

しばらくは、二人の咀嚼《そしゃく》音だけが広場に響いた。

食べ終える頃になると、剣技二つで相当に疲労していたアベルも、疲労が抜けたのを感じた。涼が準備した水を飲み干し、満足の吐息が口から洩れる二人。

「もし今が夕方前だったら、もう、ここで野営をしてしまいたいくらい、満足している」

アベルの言葉に涼が苦笑する。

「アベルが、早く仲間と合流しないといけないんでしょう」

「そうは言っても、何週間とかかかりそうな道程だろう？　焦っても仕方ないさ」

「まあ確かに、どれくらいかかるのか分かりませんからねえ。とはいえ、まだ半日は歩けますから、行きましょう」

そう言いながら涼が立ち上がる。

「仕方ないか」

そう言ってアベルも立ち上がる。

「いやいや、アベルを仲間の元へ送り届ける旅でしょうに……」

「なあ、リョウ、さっきの戦闘なんだが……」

いつも通り、アベルが前、涼が後ろの隊形である。

鬱蒼とした森であり、離れるとはぐれてしまう可能性があるために、涼はアベルのすぐ後ろをついて行っている。

「ええ、どうしました？」

「アサシンホークの攻撃って、どうやって防いだんだ？　あれって、不可視の風魔法と突貫があるだろ？しかも突貫は目で見て反応とか絶対不可能な速度だし」

アベルは視線を前に向け、歩きながら涼に話しかける。

「防いだのは、水属性魔法の、〈アイスウォール〉という氷の壁を生成する魔法ですよ」

「へぇ、そんな魔法があるのか」

「アベル、後ろを向いてください」

アベルはそう言われると、後ろを振り返った。特に何もなく、手を伸ばせば届く距離に涼はいる。いるのだが……何か違和感がある。

「ん？　これは……」

コンコン。

アベルは〈アイスウォール〉に気付き、ノックみたいに叩いてみる。

「もの凄く透明だな」

「ええ、なかなか気付かないでしょ」

（なるほど、アサシンホークは、この透明な壁に突貫して自滅してしまったのか）

アベルはそう思うと、言葉を続けた。

「水魔法も凄いもんだな。俺の知り合いには、あいにくと水魔法の使い手は一人もいなかったからよくわからないんだ」

アベルの知っている魔法使いは、火、風、土、光だ。その四属性の魔法使いたちは結構いるのだが、水と闇は誰もいなかった。闇はかなり特殊なので、中央諸国全体で見ても使い手はほぼいない。水は……。

「水属性の魔法は戦闘には向きませんから、とか言ってたけど、かなり使えるじゃないか。爺《じじい》め、今度会ったら文句言ってやる」

「ん？　アベル、何か言った？」

「あ、いや、独り言だ、気にするな」

涼には気になっていることがあった。

アサシンホークと交戦した広場、その先の森にいた魔物である。少なくとも、今まで涼が遭遇したことのある魔物ではない。

涼とアサシンホークの戦闘が始まり、結局その魔物は広場に出てくることなく、戻っていった。感じからすると、それほど大きな魔物ではなかった。

実際に、その魔物がいたと思われる辺りをこうして通っているが、木が折れていたりはしていない。大きい魔物であったならば、バキバキ折れているはずである。それほど鬱蒼とした森なのだから。

（まあ、いろいろ考えても仕方ないか）

考えても無駄なことなら考えない。

涼の得意技の一つである。

◆

「前から、何か音が聞こえる」

アベルが涼に囁《ささや》いた。涼も頷き返す。

しばらく進むと、森は切れ、奥には湿地帯が広がっているようであった。そこには、人ではなく、ボアでもラビットでもない、別の生き物がいた。

身長二メートルで二足歩行、顔はトカゲで全身は鱗《うろこ》のようなもので覆われ、細い尻尾《しっぽ》が生えている。身長と同じほどの長さの白い槍を手にした……。

「リザードマン……」

顔をしかめながらアベルが言う。

リザードマンは群れで生活する。ということは、この湿地帯の奥にリザードマンの集落がある可能性が高い、ということだ。

「リザードマン……湿地帯に群れで棲みつく魔物で、成長すると尻尾が脱皮し、それを槍として使う。人間との意思疎通はできず、人間を見たら無条件に襲ってくる。なぜなら、人間の内臓が好物の一つだから」

アベルが驚いたように涼を見て言う。

「よく知ってるな。なんだ、リザードマンと戦ったことがあるのか？」

「家にあった『魔物大全　初級編』という本に書いてあっただけです。戦ったことはありませんよ」

涼は首を横に振りながら答えた。

「リザードマンは、魔法は使わないが湿地帯では相当に厄介な相手だ。しかも群れているから、必ず大人数でいやがる。ここは迂回しよう」

もちろん涼にも異論は無かった。そして二人とも、風下でもある西の方に向かった。

かなりの距離を歩き、湿地帯から離れたところで、再び北に向かって歩き出した。湿地帯がどれほどの広さだったのか、正直なところわからないが、できるだけ湿地帯から離れておきたい、というのは二人とも思っていた。

だが……その目論見《もくろみ》は脆《もろ》くも崩れた。

「アベル、どうもリザードマンに気付かれたようです」

「マジか。ここで迎撃するか」

鬱蒼とした森の中だ。少なくとも湿地帯ではないため、リザードマン単体ならそれほど厄介ではないはず。

「アベル、僕のことは気にしないで戦って大丈夫ですからね？」

「お、おう。無理するなよ。さっきの壁とか上手く使ってくれ」

アベルは、なんとなく涼は大丈夫な気がしていた。

（この森で一人で生活してたわけだし。俺が前でできる限り倒して、引きつけ、後ろに行かせなければいいだけだしな！）

そんなことを考えているうちに、リザードマンの前衛が現れる。

「敵の人数が分からない以上、闘技は節約させてもらうぞ」

自ら踏み込み、そのまま剣を横一線に薙ぐ。その一撃でリザードマンを屠《ほふ》る。さらにそのまま右の敵に向かって突き、二体目を屠る。

その後も、アベルは決して囲まれることなく、細かく移動しながら危なげなくリザードマンを屠っていった。

闘技を使わずとも、アベルは優秀な剣士だ。

（凄いなアベル。全く危なげない。あれは我流じゃなくて、きちんとした訓練を小さいころから受けてきた、そういう洗練された動き……）

涼は、素直に感心していた。

鍛錬に鍛錬を重ね、努力に努力を積み上げてきた一流の剣士の姿が、そこにはあった。

だがそんなアベルですらも、捌ききれずに二体ほど涼の方に向かってくる。

「大丈夫！」

涼はアベルに叫ぶ。

アベルはチラリと涼を見て、すぐに自分の周りのリザードマンの処理に取りかかる。

「〈アイシクルランス2〉」

涼の手元から発射した二本の氷の槍は、狙い違わずリザードマンの額に突き刺さった。

「なんか、久しぶりに〈アイシクルランス〉を撃った気がする」


そろそろ終わりが見えてきたか、と思えた頃、今までとは違うものが迫っていた。

「アベル、何か大きいのがリザードマンに交じって来ます」

「なに？」

リザードマンを屠る手を一切休めず、アベルはリザードマンがやってくる方を見た。やってくる大きいのは……。

「リザードキング！　何でそんなものまで出てくるんだよ。集落の奥で休んどけよ！」

リザードキング……それは集落に一体だけ存在するリザードマンの上位体である。

上位種のように、種の進化ともいうべき変化を成したわけではなく、あくまでまとめ役だ。人間界における、王や村長に近いであろう。

だが、リザードキングになる個体は、体も大きく何より戦闘力が高い。そういう個体がキングになるのだ。

「残り四体とキングか。ちょっと厄介だな」

「アベルはキングをやっちゃってください。僕が残りを魔法で倒しますので」

「いや、しかしリョウは杖が……」

「〈アイシクルランス4〉」

涼の手元から発した四本の氷の槍は、先ほどの二本の氷の槍と同じように、キング以外の四体の額に突き刺さった。

「は？」

唖然とするアベル。

「今、四本飛んで行ったけど……リンは連射する魔法なんて無いって以前言ってた気が……いや水属性魔法にはあるのか？　連射じゃないからありなのか？　あれ？」

「アベル、リザードキングが来ますよ」

涼の言葉で、アベルは我に返った。

「考えるのは後か。まずはキングを倒す」

一対一なら、そして湿地帯でないなら、リザードキングと雖もアベルの敵ではなかった。

だが、さすがにリザードマンの死体が山積みのこの場所では、一息入れることもできないため、とりあえず少し北側へ移動することにした。喉を潤《うるお》しながら。

「〈水よ来たれ〉〈カップよ生じよ〉」

なんとなくカッコいいから、アベルの前では詠唱っぽく水を準備する涼。

アベルは、それをジト目で見つつも、歩きながら水を飲む。

「なあ、リョウ」

「どうしました、アベル」

「昨日の夜、水差しの中に水を準備してくれた時の詠唱は、〈水よ生まれ出でよ〉じゃなかったか？」

「え……」

思わず目が泳ぐ涼。

「そ、そうでしたか？　アベルの気のせいじゃないですか？」

挙動不審な涼。何を言っても説得力は皆無である。

「まあ、いい。あと、さっきの氷の槍は何だ？」

「何だ？　と言われても……水属性魔法の〈アイシクルランス〉ですよ？」

「いや、さっき四本同時に飛んで行ったろ？」

「ええ、四本飛ばしましたね。そういう魔法なので、何だ？　と言われても……答えようがないですよ」

どんな質問をすればいいのか、アベルは少し考えた。

そして自分の知っている事実を伝えることにした。

「俺の仲間に風属性の魔法使いがいるんだが、彼女が言うには、魔法は一詠唱で一回発動、というものらしいんだ。だがさっきのアイシクルランス、とかは四つ飛んでいっただろう？　あれは変だと思うんだ」

だが涼は自信満々に答えた。

「風属性魔法は知りませんけど、水属性魔法としては、さっきのはごく普通ですよ。何も問題ないです」

「そ、そうか……」

涼のあまりにも自信満々な表情に、アベルはそう言うしかなかった。

リザードマンを屠った場所から三十分ほど歩くと、森が少し開けた場所があった。

過去の経験から、こういう場所にはアサシンホークが……と思ってしばらく待ってみたが現れる様子は無かったため、今夜の野営はそこで行うことになった。

「晩御飯ですけど……リザードマンって美味しくないんですよね？」

「ああ、もの凄く不味いな。だからさっきの死体も全部置いてきた」

「ですよね……。じゃあ、僕が何か狩ってきますので、アベルは枯れ枝と火の準備をお願いします」

もはや、涼の魔法能力を微塵《みじん》も疑っていないアベルはその提案を了承した。間違いなく、この手の狩りに向いているのは、剣士よりも魔法使いなのだから。

「わかった。何か頼む」

そう言って、アベルは枯れ枝を集め始めた。

涼も森の中に少し分け入った。

〈ふぅ……詠唱は〈水よ来たれ〉で統一しよう〉

考えていたのは、ものすごくどうでもいいことであった。

涼は、大しててこずることもなくノーマルラビットを見つけ、〈ウォータージェット〉で仕留める。しかも仕留めたところに、ビワの木を見つけたのだ。

「おぉ、デザートとして果物が追加されましたよ」

ノーマルラビットとビワの実を、両手いっぱいに抱えて涼は野営地に戻った。そこには、枯れ枝を拾ってきたアベルがちょうど戻ってきたところだった。

「アベル、今日はデザートに果物がありますよ」

「ほっほぉ。で、その果物……見たことないんだが……」

「あれ？　この辺では食べないのですかね。僕の故郷では、ビワと呼んで食べてましたよ」

「名前も初めて聞いたな。香りは甘そうだな。楽しみだ」

腕いっぱいに抱えていた枯れ枝を置き、アベルは焚火を焚き始めた。

「〈水差しよ生じよ〉〈カップよ生じよ〉〈水よ来たれ〉」

そう詠唱すると、涼はカップに水を入れ、焚火を焚いているアベルに渡した。

「さあアベル。詠唱は〈水よ来たれ〉です。聞きましたね？　それが正解なのです」

「え？　一体何を……」

「詠唱は、〈水よ来たれ〉です。いいですね？」

「あ、はい……」

押しの強さを手に入れた、涼であった。

壁

翌日、二人は順調に北に向かっていた。

難題にぶつかったのはお昼前。

「壁……だな」

「壁……ですね」

東西に切れ間が見えないほど、そして高さは百メートルはあろうかという、壁としか表現のしようがない岩の連なりが、二人の行く手を阻んでいた。

「これ、登るのは無理だよな」

「ええ、上の方は逆バンクですからね、少なくとも僕には無理ですね」

逆バンクとは、九十度、垂直を超えて、こちら側にせり出してきている状態である。素手で登るのであれば、高度なロッククライミングの技術が必要と思われる。

「くっ。風属性の魔法使いならこれくらい簡単に登れるのに！」

「いや、風属性でも無理じゃね？」

アベルは頭の中に、パーティーメンバーの風属性魔法使いリンの姿を浮かべて、彼女がこの壁を登る姿を想像する。

うん、無理。

「東西どちらかに進んで、抜け道を探すしかないだろうな」

「なんというか……どっちに行っても嫌な予感しかしません……」

根拠は何もないのだが、涼は思ったことを口にした。

「そうか？　じゃあ、ここはコインで決めよう」

そう言って、アベルは財布から一枚の銅貨を取り出した。

「表が出れば東、裏が出れば西な」

そう言うと、親指で上に弾いた。そして落ちて来たコインを受け取り、手を開く。

「表。東だな」

「わかりました、では東に向かいましょう」

涼は頷いたが、その視線はアベルの左手にあるコインに吸い寄せられたままであった。

「リョウ、このコインがどうかしたか」

「いえ、お金、初めて見たので」

そう、涼はこの『ファイ』に来て、初めてお金を見たのだ。

転生して、ずっと一人で暮らしていたために、お金に触れる機会など無かったし、必要も無かったからである。

「あ……」

だがアベルは、貧しさからお金に触れることもなかったのだと不憫《ふびん》に思ってしまった。

最初に涼に会った時の格好、腰布とサンダルだけの姿を思い出し、それらは貧しさゆえの格好なのだと誤解したのだ。

「アベル、そのコインをちょっと見せてもらってもいいですか」

アベルが涼に渡したのは、王国通貨の中でも最も価値の低い銅貨。

中央諸国での通貨単位はフロリン。貨幣は、もちろんそれぞれの国が発行しているが、通貨単位は共通している。

かつてはいくつもの通貨があったのだが、現在では一フロリンが銅貨一枚でさまざまな取引、売買に使われていた。

アベルはそう説明した。

（かつての地球、中世から近世ヨーロッパで広く使われた通貨単位、ドゥカートみたいなものか）

そういう解釈で、涼はアベルの説明をすんなりと受け入れることができた。

アベルが渡した銅貨には、表には男性の横顔、裏には何か花の彫刻がされていた。

「それは、俺が住んでいるナイトレイ王国の一フロリン銅貨だ」

「ナイトレイ！　かっこいい響きですね！」

地球に、そんな名前の女優がいたことを涼は思い出した。すごい美人さんだった！　涼のテンションは急上昇である。

「お、おう。で、その銅貨の横顔は、現在の国王スタッフォード四世陛下、裏の花が王家の花であるユリの花だ」

「スタッフォード・ナイトレイ……絶対主人公向けの名前ですよね、かっこいい！」

「ま、まあ、ミドルネームとかいろいろあるからあれだが……」

最後のアベルの呟きは、涼の耳には全く届いていなかった。

男は、いくつになっても中二病。

……国王陛下の名前を中二病というのは、不敬な気もするのだが。


アベルの住む国、つまるところ二人が向かっている国の名前がナイトレイ王国であることを知り、その響きの良さにテンションの上がった涼。

アベルとしては、もちろん、自分の国に対して良い感情を持ってくれたことに関しては嬉しいのだが、涼を見る目が、ちょっと残念な人を見る目になっていたのは仕方のないことであったろう。

嬉しそうにコインを見ながら、涼は壁に沿って東へ歩いていく。その横をアベルも歩く。

「そういえばアベル、このフロリンは中央諸国で使われてるって言いましたけど、ナイトレイ王国もその中央諸国の一つなんでしょ？」

「ああ、三大国の一つだな」

大きく頷きながらアベルは答えた。

「三大国……他の二つの大国は？」

「デブヒ帝国とハンダルー諸国連合だな」

「デブヒ……」

涼が顔をしかめながら呟いた。

「ん？　帝国に何か嫌な思い出でもあるのか？」

「いえ、名前がカッコ悪い……」

より、顔をしかめながら、涼は答えた。

「あ、ああ……リョウの価値基準だと、そこが重要なんだな……」

アベルが涼を見る目は、やっぱり残念な人を見る目であった。

だが、涼は熱弁をふるう。

「国民にとっても国の名前は大切じゃないですか！　僕はデブヒ国民です、とか言いたくないですよ……。まさか……もしかして帝国皇帝の名前は、何とかデブヒで、ふくよかな体形だったりするとか……」

アベルが首を横に振りながら答えた。

「いや、帝室のファミリーネームはボルネミッサだ。ボルネミッサ家。デブヒ帝国ボルネミッサ家のルパート六世陛下、五十歳を超えているが贅肉一つついていない、鋼のような体つきの皇帝陛下だな」

「だったら、なんで国の名前、変えないの!?」

涼は叫んだ。

決して自分の美的感覚のために叫んだのではない。悲しい名前を背負った帝国臣民のために叫んだのだ。

デブヒは無い……せめてアナグラムで並び替えて……いや〝ヒデブ〟も……無いか……。

◆

二人は、壁に沿って歩いた。

二時間ほど歩いた辺りから、段々と壁が低くなってきた。

「少しずつ壁が低くなってきてるけど、まだ登れないよね」

「難しいな。焦らなくとも、このまま行けばなんとかなるんじゃないか」

高さは三十メートルほどにまで低くなってはきていたが、それでも壁を登るのは難しそうであった。

（まるで巨大なレーザーにでも抉られたかのような感じだ。もしかしたら、光属性の魔法使いならそういう魔法を使えるんじゃないだろうか）

心の中で放たれたその疑問に、答える人は誰もいなかった。

心の外に放たれたとしても、誰にも答えようは無かったであろうが。

そのまま一時間ほど歩くと、唐突に、壁は無くなった。

「ようやく壁が終わったか」

「壁の向こうは森じゃなくて、草原ですね」

所々、一メートル程の高さの岩の塊がある以外は、涼が言うとおり、見渡す限りの草原が広がっていた。

壁に突き当たるまで、鬱蒼とした森を歩いてきたことからすると、かなりの変化だと言えよう。

「見通しはいいが……まあ、あれこれ言っても仕方ない。どうせ北に向かうしかないんだからな」

「では行きましょう」

二人が草原に足を踏み入れ、三十分ほど歩いた頃であった。

カキンッ。

前衛のアベルが、剣を抜きざま振りぬき、飛んできた何かを斬った。

「……石？」

アベルが呟く。

それを契機に、前方から親指大の石が連続でアベルに向かって飛んできた。それを避け、あるいは剣で叩き落とし、前方に目を凝らす。二メートル程の岩から飛んできているのが見えた。

「〈アイスウォール〉」

アベルの前方に、涼が生成した氷の壁が生まれる。

〈アイスウォール〉により石の心配をしなくてよくなったアベルは、さらによく目を凝らす。

「リョウ、これはやばい。ロックゴーレムの巣に入っちまったらしい」

「ゴーレムって巣があるの？」

後衛の涼もアベルに走り寄ってきた。

「ゴーレムが集団発生する場所のことを、冒険者は巣と呼んでいるんだ。どうもここは、そうらしい。俺も経験するのは初めてだけどな」

知識としては知っていても、それだけではどうしようもないこともある。

「あの、岩みたいなやつがロックゴーレム？」

「ああ、あれだ」

「ゴーレムって、もっと、こう、人間みたいに手とか足とかあるものだと思っていました……」

涼のは、地球の知識だが。

もっとも、地球に実際にゴーレムがいたという歴史的事実は存在しない。

ゴーレムとは、元々はユダヤ教の伝承に登場する動く泥人形である。まあ、土に魂を入れて動かしたり、あるいは人にしたりというのは、世界各地に神話や伝承として残っているので、もしかしたら地球にもかつてはゴーレムがいたのかも……。

「ああ、錬金術とかで動かせるやつはそういう形だな。西方の国にはゴーレム兵団を持つ国があると聞いたことがある。だが、自然発生するゴーレムは、いろんな形のやつがいるらしいから……ここのゴーレムはあんな岩だった、ってことなんだろう」

アベルがそう言った途端、後ろを振り向きざま剣を一閃させた。

カキン。

後方からも、ゴーレムの石が飛んできたのだ。

「〈アイスウォール〉」

後方にも、涼は〈アイスウォール〉を生成する。

「そういえば、僕らが通ってきたところにも、あの岩、ありましたね。起きちゃったんでしょうか」

「誘いこんでから挟撃かよ。土塊《つちくれ》のくせに頭が回るな」

「あのゴーレムって、剣で倒せるんですか？」

ちなみに、ゴーレム系は『魔物大全　初級編』には載っていなかったために、涼には知識が全くない。

「試したことないからわからん」

「ですよねぇ」

「まあ、これもいい経験かもしれん、ちょっと近くの一体を攻撃してくる。涼はここにいろ」

そう言って、アベルは前後の〈アイスウォール〉の間から外に出て、右手前に近付いてきていたロックゴーレムに向かって走った。

そう、ロックゴーレムは見た目は岩なのだが、少しずつ近づいてきていたのだ。

〈岩、ってことは普通のウォータージェットじゃ切れないんだよね。アブレシブジェットなら切れるんだろうけど……あれ、一瞬で、という感じじゃないからどうなんだろう……あとで試してみよう〉

涼がそんなことを考えている間に、アベルはロックゴーレムの一体に斬りかかった。

「闘技：完全貫通」

近付きざま、闘技を発動させて剣で突く。

ザクッ。

アベルの相棒の魔剣は、闘技の効果も相まってロックゴーレムの体を貫いた。貫きざま、そのまま横に薙ぐ。

普通の生き物ならこれで死ぬのだが……ゴーレムは斬られた場所が修復されていく。

「くそっ」

アベルは、修復中のゴーレムを足で蹴り倒してから、〈アイスウォール〉に向かった。石を飛ばすまでに少しでも時間を稼げれば、と思ったのだ。走っている時に、後ろから撃たれたら、さすがにかわすのは難しい。

ゴーレムは、転がった状態からでは石を撃つことはできないのか、アベルは無事に〈アイスウォール〉の元に戻ることができた。

「ダメだ、修復しやがる」

「ええ、見てました。今動いているゴーレムは、アベルが攻撃したのも含めて、前方に七、後方に五います」

「合わせて十二体か……走って逃げるには、ここは見通しがよすぎる」

「逃げるのは無理ですね。ん～ちょっと試してみたい攻撃があるので、それをやってみていいですか？」

そう言って涼は空を見上げる。

「どうせ俺の方は手詰まりだ。任せる」

「それでは。〈アイスウォール10層〉」

涼が詠唱すると、前方二体のゴーレムがいる四十メートル上空に〈アイスウォール〉が地面と平行に生成された。

そして落下。

耳を劈《つんざ》く轟音と、何メートルも吹き上がる土と草。

涼とアベルは、防御用の〈アイスウォール〉があったために被害は皆無だが、〈アイスウォール10層〉が落ちた場所はひどいものだった。

もちろん落ちた先にいたはずのロックゴーレムは……欠片《かけら》も残っていない。

「質量兵器って怖い」

涼が行ったのは、何も特別なことではない。上空に〈アイスウォール〉を発生させて、落としただけである。10層にしたのは、10層の方がより重いだろうと考えて……。

上空からの〈アイシクルランス〉といい、これといい、涼は上げて落とすのが好きなのかもしれない。

涼はそれでいいとして、アベルは唖然としたまま、動けなかった。再起動に五秒ほどかかった。

「りょ、リョウ……なんだ今のは」

「ほら、僕らの目の前にあるこのアイスウォール、これを上空に生成して、そのまま落としただけですよ。ものすごく単純ですけど、上手くいきましたね」

アベルを安心させるためもあって、にっこり微笑む涼。

想定以上の質量兵器的効果を生じさせたが、全て想定どおり、という顔をしておいた方がカッコいいだろう……そう涼は思ったのであった。

「今ので二体倒したみたいですけど、他のも同じように倒しますね」

そう言って、涼は次々に〈アイスウォール10層〉を上空に発生させ、落下させ、地面との間でプレスしていった。

涼は気づいていた。アベルが蹴り倒したロックゴーレムだけは、その後、動きが止まっていることに。

「アベル、とりあえず十一体は倒しました」

「十一体？　ん？　十二体いるんじゃなかったか？」

「ええ、アベルが最初に蹴り倒したあいつ、動きを止めてるんですよ」

そう言って、涼はアベルが蹴り倒したゴーレムを指さした。

「確かに……動いてないな」

防御用の〈アイスウォール〉を消し、二人は蹴り倒されたゴーレムに近付いた。

アベルが、剣先でちょんちょんとゴーレムに触れてみるが、全く反応が無い。

「何で動かないんだ……」

「アベルのもの凄い蹴り技によって機能を停止したのでしょう。アベルは、剣士をやめてグラップラーになるべきですよ！」

「グラップラーって何だよ。だいたい、そんなに凄い蹴りじゃなかっただろうが」

アベルの蹴りは、ダメージを与える蹴りというよりも、ひっくり返すための蹴りであった。足の裏で押すような……見た目だけなら、プロレスで言うケンカキックに近いと言えるだろう。

人間相手なら、鳩尾《みぞおち》に入ればダメージを与えるのだろうが、この石のゴーレムに、そんなキックでダメージを与えられはしないだろう。

「もしかして……」

涼はしゃがみ込んで、ロックゴーレムの下の部分、本来地面と接していた部分を注意深く調べ始めた。ゴーレムは、地面から、なんらかのエネルギーを供給されており、それを受け取ることができるのはゴーレムの下の部分だけなのではないか、そういう予想を立てたのだ。

元になった知識は、スマホなどの非接触充電。あの技術を家の床とか壁に備え付ければ、家電のコンセントとか不要になるのに……地球にいた頃、ずっとそう考えていたのを、ひっくり返って動きを止めたゴーレムを見て思い出したのだ。

ゴーレムには……確かに何かがあった。

「アベル、これを見てください」

涼はアベルに、その部分を見てもらう。

「これは……魔石か？」

ゴーレムが本来地面と接していた部分からは、ほんの僅かだが、黄色い魔石が見えていた。

「ゴーレムから削り出してみましょうか」

「ああ。だがロックゴーレムは硬いぞ。俺の闘技：完全貫通ならいけるが……」

「大丈夫です、少し時間はかかりますが、水属性魔法にちょうどいい魔法があります。〈アブレシブジェット〉」

ロックゴーレムを倒すのには使えないだろうと思っていた〈アブレシブジェット〉であるが、時間がかかっても問題無い解体には、ちょうどいい魔法なのだ。

埋まっている魔石がどれくらいの大きさかわからないために、慎重に周りの岩を削り落としていく。

五分ほどかかって、魔石を取り出すことに成功した。

ちょうど手のひら大の黄色い魔石であった。

「これは……かなり大きいな」

今まで多くの魔物を倒し、数えきれないほどの魔石を取り出してきたアベルですらも驚くほどの魔石。

魔石の価値は、大きさと色と濃淡《のうたん》で決まる。

大きいほど価値が高い。一般的に強い魔物ほど大きな魔石を持つ。

色は、魔法で言う属性である。火なら赤、水なら青。

そして濃淡は、だいたいにおいて、その魔物が生まれてから今までどれくらい生きてきたか、その長さと経験によって変わる。多くの経験を積んでいれば濃くなり、濃ければ濃いほど価値が高くなる。

「大きさは、俺が見てきた中でも最大。色は黄色だから土属性。その濃さも驚くほど濃い。多分、ここで長い間、入り込んだ魔物を倒してきたんだろう」

アベルがゴーレムの魔石を見ながら言う。

「おぉ、今回の戦利品ですね。それはアベルが持っていてください」

「俺が？」

「ええ。僕の服にはポケットがありませんから」

「お、おう」

涼が〈アイスウォール〉で潰したロックゴーレムも見て回ったが、見事なまでに魔石は粉々になっていた。

「この方法は失敗でしたね」

肩を落とし、落ち込む涼。

「いや、倒さないと俺たちがやられていたんだから……生き残るためには仕方なかったんだ。そもそも、魔石が採れるなんて知らなかったんだしな」

「確かに。まず生き残ること、儲けるのはそれからだ、ですね」

毎年、年俸数千億円以上を手にし、イングランド銀行を潰した男の、そんな言葉を涼は思い出した。そして涼は大きく頷いた。

「動いていない奴も、少し離れたところにはいるみたいだが……どうする」

涼たちを襲ったのは、この辺りにいたロックゴーレムだけであり、離れた場所、方角的には西の方にはまだ結構な数の岩の塊が見える。

「ああ……正直、藪蛇《やぶへび》になるのは怖いから、あまり手を出したくないですね。それにアベルのポケット、全部この魔石ばかりになっても大変でしょう?」

「まあ俺のポケットはともかく、藪蛇は同感だな。さっさと北へ向かうか」

そう言うと、二人は北へ歩き出した。

「僕たちが壁に沿って歩いてきたところ、壁の上はこのロックゴーレムの巣だったってことですかね」

「位置的にはそれっぽいな。なんでそんなことになってるのかは知らんがな」

「何か特別な魔力が地面から出ているのか……あるいは、何者かが設置した罠か」

涼が名探偵っぽい感じで言う。

「何者かがって……こんなところに人がいるとは思えないんだが」

「人とは限りませんよ?」

涼の目がキランッという感じで光った。

「エルフとかドワーフとかか?」

「ふぅ……」

そう言って、涼はアベルを横目で見ながら、やれやれという感じで、両手を上に向け、肩をすくめた。

「おい、俺を、残念な人を見るような目で見るな」

「人ではなくて、悪魔とかそういうのですよ」

「アクマ……って、何だ?」

「え? あれ?」

『魔物大全　初級編』の最後の部分に、『特級編』としてミカエル(仮名)がわざわざ付け加えたらしい項目があった。

そこには、ドラゴンと悪魔が載っていた。わざわざ書いてあるくらいだから、『ファイ』に生きる人間にとっては、ごくごく常識的な知識だと思ったのだ。

アベルは、中央諸国について説明した時も、かなり詳しい知識を持っていた。少なくとも、この『ファイ』という世界で生きる人たちの平均以上の知識を持っている人間だと、涼は思っていたのだ。

だが、そのアベルが悪魔を知らないと言う……。

「アベル、ドラゴンは知っていますか？」

「当たり前だろ。もちろん見たことは無いが、伝説上の生き物としてだが、知っている」

実在するのだが、それは、涼は言わないことにした。なんとなく、言わない方がいい気がしたのだ。

「じゃあ、デビルとかデーモンとかは聞いたことないですか？」

「デビルならあるな。神と天使の敵対者だろ」

（なるほど、デビルとして知られているのか）

だが、涼はかすかな違和感を覚えていた。それならなぜ、ミカエル（仮名）は『悪魔』ではなくて『デビル』と書かなかったのか、と。

しかも悪魔の説明は、『天使が堕天したもの……ではない。どこから来たのか、不明』。

（やっぱり、なんかひっかかりますよね。まあ、思い悩んでも仕方ないか）


「じゃあ、リョウは、このロックゴーレムは、デビルが設置したというのか」

「可能性として、無いとは言えないでしょう？」

もちろん、何の根拠も無く適当に言っただけだ。

「そういえば、アベルはさっき、エルフとかドワーフとか言いませんでしたか？」

「ああ、言ったな。どこかの水属性魔法使いに、思いっきり馬鹿にした目で見られたがな」

アベルは涼をジト目で睨んだ。

「アベル、そんな細かいことにこだわっていては立派な剣士になれませんよ」

「お前に言われたくないわ！」

何度かの死線を潜り抜けて、二人は戦友のようになっていた。

旅の仲間としては、いいことである。

「まあ、とにかく、エルフとかドワーフについて聞かせてください」

アベルの怒鳴り声も気にすることなく、涼は自分の興味を優先させた。

「……。ドワーフは街にもよくいる。なんといっても鍛冶《かじ》の腕がいい奴が多い。いい鍛冶師の三分の一はドワーフだろう。あとは冒険者にもけっこうなってるな。腕っぷしが強いから、前衛に多い」

「なるほど。イメージどおりですね」

「どんなイメージだよ……。エルフの方は、すげー少ない。街中で見かけることはほとんどないな。俺らが活動拠点にしているルンの街でも、冒険者に一人だけいたんだが、多分ルンの街にいるエルフはそいつだけだ。多くは森の中に集落を作って、あまり出てこないな。ナイトレイ王国だと、王国の西の森に集落があって、そこに集まり住んでいる」

「なるほど、そっちもイメージどおりですね」

「だから、どんなイメージだよ！」

怒った感情と呆れた感情が半々といった感じのアベルであった。


ロックゴーレムの巣を抜けてから、二人はけっこう歩いていた。できるだけ早く、危険な巣から離れておきたいというのと、森ではなく草原なために、自然と足を速めることができたのだ。

陽が傾き始めた頃、二人は川に出た。

「今日はこの辺で野営をしよう」

「わかりました。晩御飯は川魚の塩焼きですね」

「ああ、いいなそれ。じゃあ、俺が魚を調達しよう」

いつもなら、レッサーラビットなどの調達になるために、魔法使いの涼が狩りに出ることが多いのだが、今日はアベルが調達係を買って出た。

「大丈夫なんですか？」

「おい、こら、その、もの凄い疑いの目で見るのはやめろ。だいたい、仲間と活動してた時も、魚は俺が調達してたんだぞ」

「わかりました。じゃあアベルにお任せします。僕は枯れ枝を拾ってきますね」

そういうと、涼は柴《しば》刈りへ、アベルは川へと向かった。

「まったく……魚の調達は得意だっつーの」

そう言うと、アベルは靴を脱ぎ、ズボンの裾をまくり上げ、腰から剣を引き抜いた。そして膝辺りまで川に入る。

川に入って何事かを静かに待つ。

そしておもむろに、剣で川面を突く。引き上げた剣先には、見事に魚が突き刺さっていた。

「よし」

同じような調子で、アベルは晩御飯を調達していくのであった。


久しぶりの焼き魚。基本、塩だけの味付けなのだが、美味《うま》い。

涼もアベルも、肉は大好きなのだが……。

「たまには魚もいいいな。美味いわ」

「ですね。アベルがきちんと食材調達に成功したからですよね。お見それしました」

そう言って、涼は頭を下げた。

「いや、まあ、分かってくれりゃあいいのよ」

ちょっとだけ照れるアベル。

「やっぱり川魚はいいですね。海とは違う、海とは」

「何だ、俺を助けてくれたのも海辺だっただろ。海は嫌いなのかよ」

「ええ、昔、ちょっと殺されかけましてね……」

「リョウほどの水属性魔法を使えるのに殺されかけるとは……一体何に？」

「クラーケンです」

そう言うと涼は、いつか倒しますよ、クラーケン、と固く心に誓ったのである。

「は？　リョウもクラーケンに襲われたのか？　でも船とか無かったよな……ああ、その時クラーケンに壊されたとかそういうのか」

「いえ、海の中でクラーケンと一対一をして、負けてしまったのです」

「うん、何を言ってるかよくわかんねえや」

「もちろん僕だって、やりたくてやったわけではないのですよ？　男には避けられない戦いというものがありますよね、あれです」

そう言うと、涼はいいことを思いついた、と言わんばかりに一つ頷いて言った。

「あの時はソロだったからやられましたけど、今ならアベルもいるのでクラーケンでもいけるはずです！　海に出たら、クラーケンと戦いましょう、海中で！　リベンジマッチです！」

「ああ、うん、リョウ頑張れ、俺は陸上で応援してい るからな！　応援なら任せろ、こう見えても得意だ！」

「逃げた……ひどい……」

「当たり前だ！」

こうして、ロンド亜大陸の夜は更けていった。


翌早朝。

昨晩の見張りも、前半が涼、後半がアベルであった。朝、涼が目を覚ますと、焚火の前にアベルはいなかった。

少し離れたところで、剣を振っていた。

その姿は、剣舞と言われても違和感が無いほど、洗練されて見えた。ゆっくりと、だが一瞬の遅滞もなく、動きを確かめるように剣が振るわれる。

涼の剣道、あるいは日本の剣術をベースとした動きとは、全く違う。だが、『ファイ』の剣術は完全に門外漢の涼ですらも、その動きには魅了された。


基礎、基本を全く手を抜くことなく、一つ一つを丁寧に積み上げてきて到達した剣。天賦《てんぷ》の才と努力の結晶、両方ともに手に入れるというのはこういうことなのかもしれない。

おそらくアベル自身は、「努力してきたんだ！」などとは思っていないだろう。「それが当たり前」「普通のこと」……そう思って剣を振るってきただろう……それは、傍《はた》から見れば努力していると見えるのだが。

努力したからといって、欲しい結果が、欲しいタイミングで手に入るとは限らない。だから、「努力しても報われない」という人がいる。

悲しい話である。

だが、涼は思うのだ。努力は裏切らないと。

欲しいタイミングで欲しい結果が得られるとは、確かに限らない。だが、努力した結果は、いずれ必ず返ってくる。

とはいえ、それを何度言っても通じない人がいるのもまた事実。結局、自分が経験したことが無いことを、人は理解できないのかもしれない。人は、信じたいことを信じる……そういう生き物なのかもしれない。

アベルのような人を間近で見れば、少しは変わるんだろうけどな～と、涼はそう思いながら、アベルの『剣舞』を見ていた。魅了され、感心しつつも、アベルの動き一つ一つを、涼は無意識のうちに分析しつつ記憶していた。

「お、リョウ、起きたか」

一連の動きが終わり、アベルが涼に声をかけた。

もちろん、アベルはだいぶ前から涼が見ていることには気付いていた。まあ静かに見てくれているし、自分ももう少し体を動かしておきたいと思ったので、そのまま剣を振り続けたのである。見られることそのものは、昔から慣れているので、そこは全く気にならなかった。

「すごいですね。アベルの剣は綺麗だと思っていましたけど、本当に洗練されていて美しいです」

涼は心の底から、手放しで称賛した。

「よせやい。昔からやってるから体が覚えているだけだ。ちょっと川で汗流したらすぐそっち行くから」

(ああ、川があるから朝練したのか。川で水浴びれば、僕の〈シャワー〉をわざわざ出す必要も無いから。アベルもいろいろ考えてるなあ)

朝食も、アベルが水浴びのついでに獲ってきた魚を焼いて食べた。

朝食は大切。これは古今東西、変わらぬ真実。

「この川は、だいたい北の方から流れてきているみたいだし、川に沿って上流に向かってみるか？」

「ええ、僕もそれがいいと思っていました」

(もしかしたら……)

涼はそう思い、アベルに情報を開示することにした。

「アベル、我々がいるこの土地は、東南西の三方を海に囲まれています」

「ああ、だから北に向かえばいい、ということだったのか」

「ええ。ただ、北には山脈があるそうなのです。東西に横たわるものと、それと繋がったもう一つの山脈。それらによって、北からロンド亜大陸は蓋をされている形なのだと。そして人間が住んでいるのは、その山脈を越えた先、山脈の北側なのだそうです」

それを聞いて訝しむアベル。

「リョウ、疑っているわけではないのだが……それは誰からの情報なんだ」

「それは聞かない方がいいでしょう。ただ、人知を超えた存在からの情報である、ということだけ」

そう言って、涼はアベルをまっすぐ見据えた。こういう時は、目が口ほどにものを言うのだ。目を逸らしてはいけない。

その涼を見て、アベルは一つ頷いた。

「わかった、リョウが言うことだ、信じよう。どっちみち、他に頼るべき情報は無いしな」

「ありがとうアベル」

そう言って、涼は頭を下げた。

「いや、感謝するのは俺の方だ。このタイミングで言い出したってことは、この北に続く川が、その山脈から流れてきている可能性がある、ってことだよな？」

「そうです。ただ、あくまで可能性です。とりあえずは、北に進みますし、いずれは山脈越えをしなければいけない、というのを頭の片隅に置いておいてください」

「わかった」

二人は川沿いを、北に向かって歩いて行った。

しばらく歩くと、ホーンバイソンが水を飲んでいるのに出会った。昔、涼が家の近くの川で、ワニに角を突き刺しているのを見た、あの牛の魔物だ。

このホーンバイソンは、アベルによって容赦なく狩られ、その日の昼食となった。

そのホーンバイソンに出会った時に涼は思い出したのである。ワニに角を突き刺していたけど、そういえばあの川にはピラニアがいた、と。

でも、この川にはどうも、そんな凶悪な魚はいないらしい、と。いたら、昨夕の時点でアベルはピラニアに食べられていただろうと。思えば恐ろしいことを頼んだということに、涼は今更ながらに気付いたのであった。

「なあ、リョウ」

「え、あ、アベル、どうしました？」

「何か、俺に不都合なこと、隠してるだろう？」

（エスパーか！）

涼の心の中には、劇画調の顔で驚愕の表情を浮かべた自身の顔が映っていた。

だが、ここはごまかすに限る。

こういう場合、目は口ほどに物を言うのだ。目を逸らしてはいけない。

「な、何のことを言っているのか全く分かりませんね」

「ああ、目はしっかりして見えるけど、汗が出てるし、言葉もぶれてて、嫌でもわかるぞ？」

アベルは完全にジト目で涼を見ていた。

その後も必死にごまかそうとした涼であったが、しばらくすると、諦めてホーンバイソンとピラニアの件をアベルに話した。

「そんな恐ろしい魚がいやがったのか……」

「もちろん、分かっていてアベルを生贄《いけにえ》に差しだしたわけではないんですよ？」

「当たり前だ……まあ、昨日も今朝もそんな魚はいなかったから、この川にはいないのかもしれないが……。リョウ、他にも俺に伝えておいた方がいいことがあるんじゃないか？　もう、俺の命に関わるような情報を隠蔽してたりはしてないか？　大丈夫か？」

「大丈夫です。全ての情報はアベルに与えてあります」

もちろん嘘である。

ドラゴンのことも、デュラハンのことも、何一つ伝えていない。

だが、まあ伝えない方がいいだろう、と涼が判断したうえでのことなので、完全に忘れていて伝えなかったピラニアのこととは別物なのだ。

涼は勝手にそう判断していた。

その日の夕方、川での食料調達時、アベルが昨日よりも慎重に川に入ったのは言うまでもなかった。

怪獣大決戦

涼とアベルは、困難な状況に立たされていた。

「アベル、あれは何ですかね……」

かなり前方なのだが、何か巨大な生き物が、川べりに寝転がっている。

「巨大な……カバ？」

「確かに巨大なカバだが……。俺も見るのは初めてだが、おそらく、ベヒモスだと思う」

涼もアベルも、囁くような声で会話している。

もちろん、常識的に考えて、普通にしゃべっても到底聞こえる距離ではないのだが、それでも声を潜めて話した方がいい、そう思えたのである。

もし何かの手違いで襲ってでも来たら……。

「アベルは狩りたそうですね」

「そんなわけあるか！」

全長百メートルをゆうに超える巨大な魔物。

しかも本当にベヒモスであるなら、それはドラゴンほどではなくとも、ここ百年以上、人が接したという報告は無い。少なくとも、ナイトレイ王国では、そんな報告はされていない。

「あの巨体だと、ロックゴーレムにやったみたいな〈アイスウォール10層〉の自由落下でも、楽々受け止めそうですよね」


冷や汗を流して声を潜めていたアベルに比べると、涼は若干楽しそうでもあった。

涼にしてみれば、地球にいた頃には絶対に見ることもできなかった光景。そして、地球上には存在していなかった生き物なのだ。確かに、命の危険があることは理解してはいるのだが、同時に、少しワクワクしている自分がいることも認識していた。

「まず、効かなそうだな。リョウ、絶対、試すなよ？」

「嫌だなぁ、アベル、僕を常識外れな人だと思っていません？」

「ああ、思っている」

大きく頷くアベル。

それを見て愕然とする涼。

だが、そこで涼は気付いた。北の空から、何かが近付いてきていることに。

「アベル、向こうの空から何か来ます」

言われて北の空を見るアベル。

かなり視力のいいアベルでさえも、何かが近付いてきているのはわかるが、はっきりとは見えない。

はっきりとは見えないが、そもそもこの距離で、何かが飛んできているとわかるということは、少なくとも鳥などではない。

「ドラゴン……?」

「いや、手が翼になっているから、正確にはワイバーンだな」

「おお、ドラゴンの下位互換!」

酷い言いぐさである。

「ワイバーンが六頭……」

ワイバーンは、中央諸国でも目撃例は多い。トカゲのような頭、長い首、長い胴に長い尻尾。鉤爪《かぎづめ》を持った二本の脚に、腕が羽のようになっている。ドラゴンは、腕が羽とは別に存在しており、そこがワイバーンとの見た目における明確な違いだと言われている……らしい。そもそもドラゴンは、一般の認識としては、すでに伝説上の生き物になっている。

そんなドラゴンとは比べるべくもないとはいえ、冒険者や騎士団が数人でどうにかできる相手ではない。もちろんワイバーン一頭に対してでもだ。


それが六頭……。

「あのワイバーンたち……やっぱり狙いは……」

「ああ。ベヒモスだろうな」

「これは、怪獣大決戦が見られますね!」

「いや……ベヒモスが圧倒的に厳しいだろう……」

アベルは自分の見解を述べた。

アベルは、これまでにも何度か、ワイバーン討伐に参加したことがある。そのため、ワイバーンの強さ、そして厄介さは身を以《もっ》て知っていた。

「ベヒちゃんが、そんなに簡単に負けるとは思えません!」

いつの間にか涼の中では、ベヒちゃんになっていた。

まあ、確かに、その巨大さを考慮しなければ、つぶらな瞳のカバに似ているため、愛らしいと言えなくも……ない……ない……ないかな?

「たった一人を寄ってたかって襲うなんて、ドラゴン道の風上に置けないですよ」

「ドラゴン道……。いや、まあそうは言っても、やはり空中から攻撃できるというのは圧倒的に有利だ。ワイバーンという奴らは、風属性魔法を使う。特に不可視の攻撃魔法エアスラッシュ、それと上位魔法のソニックブレードは厄介だ」

「ソニックブレード！　三体分身からのソニックブレード、同時に突貫攻撃！」

涼がこだわる、ブレイクダウン突貫とかいうロマン戦術である。

「分身とかはさすがに……。ソニックブレードとの同時突貫とかも聞いたことは無いが？」

涼の妄言《もうげん》に真面目に答えるアベル。いい奴である。

寝転がっていたベヒモスも起きだし、自分の身に迫った脅威に対処し始めた。具体的には、起き上がって、四つん這いになっただけだが。

地上のベヒモスと空中でホバリングしている六体のワイバーン、お互いの距離は四十メートルほど。

まず仕掛けたのはワイバーンであった。

翼を羽ばたかせることで、エアスラッシュを撃ちだしたらしい。らしい、というのは、涼たちがいる距離からでは、さすがにエアスラッシュが移動時に起こす、僅かな空気の歪みは視認できないからだ。音が聞こえる距離でもないし……。

だが、ベヒモスはエアスラッシュを、放たれた数と軌道まで全て把握したのであろう。ベヒモスの周りに瞬時に、人の頭大の石礫が六個生じる。生じると同時に石礫は放たれ、正確に全てのエアスラッシュを迎撃した。

「おぉ」

「さすがベヒちゃんです！」

「おそらく次は、範囲攻撃のソニックブレードだ」

過去のワイバーンとの戦闘経験から、アベルがワイバーンの次の動きを予測した。

「ソニックブレードの厄介なところは、発射後、複数個に分かれることだ」

「数の力で飽和《ほうわ》攻撃ですか。風属性魔法は酷いですね！」

着弾前に分裂するような魔法は、迎撃する側からすれば、これほど厄介なことは無い。

アベルが想定したとおり、六体のワイバーンから六本のソニックブレードが放たれた。ソニックブレードは、エアスラッシュと違い、目に見える風属性攻撃魔法だ。ベヒモスに向かった六本の風の剣は、距離半ばで数十の小剣に分裂した。

だがそれはベヒモスの想定内であったのかもしれない。

ベヒモスは石礫での迎撃ではなく、自分の前面に巨大な石の壁を大地から生じさせたのである。全てのソニックブレードを防ぐ石の壁。

「ベヒモスは大地の魔物、と聞いていたが、確かに土属性魔法をかなり操るな」

「取っ組み合いの決戦を想定していたのですが、まさかの魔法戦でした」

「だがどちらにしても、決定打に欠ける」

一か所に集まって攻撃していたワイバーンたちが動きだし、ベヒモスを中心に包囲する形になった。

「全方向からの攻撃なら、さっきの石の壁では防げまい、ということか」

「くっ……頑張れベヒちゃん」

包囲が完成し、ソニックブレードが放たれようとした時、涼は違和感を覚えた。

ベヒモスの周りに、違和感を覚えたのだ。

理由も原因も、もちろんわからない。

わからないから、違和感なのだ。

だが、以前感じたことのある、違和感。

急速にその違和感はベヒモスの周りから広がり、ワイバーンたちも、その違和感の範囲内に入る。入った瞬間、発射間近であったソニックブレードは掻き消え、ワイバーンたちは墜落した。

ホバリングした状態から、一瞬にして浮力を失ったかのように、墜落した。

「麻痺か？　しかも全方位に？」

「いえ……そうではないでしょう」

アベルが涼を見ると、涼の顔は少し青ざめていた。

「あれはおそらく、魔法無効化です」

そう、涼が以前感じたことのある違和感、それは、あの片目のアサシンホークが進化した後に身に付けたらしい、魔法無効化であった。

おそらくワイバーンは、魔法の力を使って飛んでいる。そうでなければ、あれほどの巨体をホバリングさせるのは不可能だからだ。滑空するだけならともかく、空中で静止するホバリングは無理だ。

そしてその魔法を、ベヒモスによって封じられ、墜落した。

魔法を封じられ、飛べなくなり、風魔法で攻撃することもできなくなったであろうが、麻痺でないならば動くことはできるはず。

そう思って見ていると、墜落したワイバーンの中には、起き上がり、まだ戦う姿勢を見せるものもいた。

「魔法無効化？　魔法を使えなくしたってことか？　そんなことが可能なのか？　人の魔法使いはもちろん、魔物でもそんなの、聞いたことが無い。ありえないだろう」

「見てください。落ちたワイバーンたちは、起き上がっています。麻痺なら落ちた後も動けないはずでしょう？」

「なるほど、確かに。だが、魔法無効化……そんなことが……ダンジョンの罠とかならあるらしいが……」

「ダンジョン！」

まさに、ファンタジーの定番！

「ナイトレイ王国にはダンジョンがあるのですか？」

「ああ、あるぞ。中央諸国唯一のダンジョンが」

それを聞いてテンションの上がる涼。

「素晴らしいですね！　そこのダンジョンの罠にあるのですね、魔法無効化」

「いや。王国のダンジョンでは、聞いたことないな。西方諸国にあるダンジョンの中に、そんな罠があるらしい。魔法無効空間の部屋」

「ほっほぉ。ダンジョンにあるのなら、魔物ができても不思議じゃないですね」

「いや、十分不思議だと思うが……」

顔をしかめ首を横に振るアベル。

「涼は、ダンジョンに興味があるのか？」

「当然です。いつかは潜ってみたいですね」

「なら、ちょうどいいかもしれないな。その中央諸国唯一のダンジョンがあるのが、俺たちが向かうルンの街だ」

　それは涼を驚かせるには十分な情報であった。

「なんですって……。なぜアベルは、今までそのことを黙っていたのですか！」

「いや、そう言われても……涼がそれほどダンジョンに興味があったなんて知らなかったしな……」

　二人が話している間も、戦場では戦闘が続いていた。

だが、もうそれは戦闘と言うよりも、一方的な蹂躙《じゅうりん》であった。

　空中という圧倒的に有利な位置を失い、攻撃魔法も使えず、飛ぶこともできないワイバーン。

　かたや、その巨体だけで十分な脅威であるベヒモス。

　ワイバーンがどんな物理攻撃を行っても、ベヒモスには傷一つつかなかった。しかも、ワイバーンは魔法が使えないのだが、ベヒモスは問題なく使えるのだ。

　一方のワイバーンを足で踏みつぶしている間に、後方のワイバーンに石礫をぶつけて逃げるのを防いだりしている。


　その蹂躙劇は、五分もしないうちに終わる。後には、ワイバーンの六つの死体が転がっていた。

「恐ろしいものを見てしまいましたね」

「ああ、ベヒモス恐るべしだな」

　戦闘前はワイバーンが圧倒的有利だと思っていたアベルであったが、まさかここまで一方的な展開になるとは想像していなかったのだ。

　絶対に、あんなのとは戦いたくないものだ、アベルは固く心の中で誓った。

「さて、第二ラウンドは、アベル対ベヒちゃんですね」

「ふざけんな！」

　二人は、一心不乱にワイバーンを食べているベヒモスを大きく迂回して、移動するのであった。


　ベヒモス対ワイバーンの戦場を、大きく東に迂回して、二人は北を目指した。

　しばらく歩くと、アベルが涼に話しかける。

「なあ、リョウ、俺の見間違いでなければ、前方にものすごく高い山の連なりが見えるのだが」

「奇遇ですね。僕にも、ものすごく高い山の連なりが見えます」

まだ、かなりの距離があるのだが、雲の上にまでそびえる、雪を被った山脈が見えた。地球の単位で言うと、六千メートル、あるいは七千メートル級の山々といったところであろうか。

「あれが、蓋をしている山脈……だよな」

「おそらくそうでしょうね」

涼も、まさかこれほどとは思っていなかった。

「山越えをする前に……麓《ふもと》にいる間に、乾燥肉を準備しておいた方がよさそうですね。途中まではいいかもですけど、半ば以上は生き物を狩ってその日の食事に、というのも難しそうですから」

「ああ……雪被ってるとそうなるかもな」

「まったく……風属性の魔法使いなら、あんな山、魔法でひとっとびなのに！」

涼のその言葉で、アベルの頭の中には、パーティーメンバーの風属性魔法使いのリンが、あの山脈をひとっとびで越えようとして、全然越えられない絵が浮かんでいた。

「いや、それは無理」

涼の妄想を否定するアベルであった。


そのまま北に、二人は林の中へ進んでいく。

「そう言えばアベル。アベルはワイバーンを倒したことがあるんですか？」

「ん？　討伐には何回か参加したことはあるが。なんでだ？」

「いえ、ベヒちゃんのところに現れたワイバーンたち、北の山脈の方からやって来てたじゃないですか」

それを聞いて、横を歩いている涼に、ギギギギという音が出るかのようにゆっくりと頭を向けるアベル。

「まさか、この先にワイバーンがいると……？」

「ええ、まず間違いなくいるでしょうね」

アベルの愕然とした表情とは対照的に、明るいとさえ言える涼の表情。

実際、涼としてはワイバーンをもう少し近くで見てみたいという思いはあった。ベヒモスとの戦闘は、かなり離れた所から見ていたからである。

「ワイバーンは、二人やそこらでどうにかなる相手じゃないぞ。実際、ワイバーン討伐の時は、少なくともC級冒険者以上が、最低でも二十人は駆り出される。しかもそこまで揃えても、冒険者側に犠牲者が出るんだからな」

　ワイバーン討伐で、何度も冒険者たちが傷付き、場合によっては死んでいく姿を見てきたアベルとしては、できれば避けたい相手だ。

「討伐の時は、どうやって戦うのですか？　空中にいるから、アベルの闘技とか届かないでしょう？」

「ワイバーンみたいなのが相手の時は、俺ら剣士は、囮《おとり》役と地上に落とした後の止めを刺す役だ。かと言って、ワイバーンクラスになれば弓矢も効かないから、攻撃の主力は魔法使いになる」

「おぉ、魔法使い万歳」

　そう言って、万歳する涼。

「いや、そうは言っても、魔法使いが一人や二人でどうにかなるもんじゃないぞ？　生きてる間は、ワイバーンはその表面を風魔法でガードしているらしく、火属性の攻撃魔法を当てても、ダメージはほとんどない」

　アベルは、討伐時の記憶と、注意点を思い出しながら涼に説明していった。

「火属性の魔法使いも大したことないですね」

　水属性の魔法使いとして、対抗心も露わに、なぜか火属性をけなす涼。

『ファイ』に来て一度も、火属性の魔法使いに会ったこともないのに。もちろん、生まれてこの方、自分以外の魔法使いに会ったことは無いのだが。

「それでも、攻撃力という点では、火属性魔法が一番強い。そもそも、ワイバーンは風属性魔法を使うから、風属性の魔法使いの魔法ではダメージを与えられないな」

「そうなんですか？」

「ああ。エアスラッシュとかを放っても、当たらないらしい」

　涼の頭には、海の中で出会ったベイト・ボールやクラーケンが思い浮かんでいた。

（魔法制御を奪われた、ああいうやつなのかな。やはり同系統の魔法だと、制御を奪われるとかそういうことなのかもしれません……）

「だから、火属性の魔法使いが、ファイアボールやファイアランスなどをひたすら撃ち込む。そうやってワイバーンの持久力を奪っていくことになる」

「なんというか……ものすごく洗練されていない印象を受けるのですが……」

「仕方ないさ。ワイバーンを確実に狩れる方法なんて確立されちゃいないんだ。火魔法を当てて、持久力を削って、風の防御が薄くなったところに運よくいい魔法が入れば、地面に落とせる。だが、その火魔法で攻撃されて、怒り狂ったワイバーンの突進で犠牲が出ることは非常に多い」

肩をすくめながら答えるアベル。

「うん、もう人間は、ワイバーンには手を出さない方がいいと思いますね」

「そうは言っても、隊商が通るルートに現れて、貿易が滞《とどこお》ったりしたらやっぱりまずいからな。領主やら国王やらが、討伐を冒険者ギルドに依頼するんだよ」

そこまで言ったところで、アベルは急に身構えた。

（何かが変だ）

涼も、アベル同様、違和感を覚えていた。

「植物が……何か変です」

涼がアベルに囁く。

つまり動物系の魔物ではない。周りにある植物が、違和感の原因となっている、と。

だが、何かが襲ってきたりもしない。何も襲ってこない……目に見える範囲では。

不意にアベルが片膝をついた。

「アベル！」

「大丈夫だ、毒か何かだが、すぐ元に戻る」

そう言うと、すぐに毒から回復したかのようにアベルは立ち上がって、次は剣を抜いて構えた。

涼は、半径二十メートル以内の、空気中に漂う水蒸気状態の水分子を、全てイメージとして捉える。そして唱えた。

（〈アクティブソナー〉）

瞬間、余りに膨大な情報量が頭に入ってきて頭がくらくらする。だが、今は仕方ない。

自分から発した『刺激』が、周りの水分子を伝って波紋のように拡がっていく。鏡のような水面に石を落とすと、波が拡がっていくように。

その途中で、漂う異物を捉える。

（この感触は、麻痺毒）

異物で反射して戻ってきた『刺激』を基に、過去の経験から異物の特定を行う。

（濃度の濃い方向は……右……何も見えないが……いや、わずかに揺らいでいる）

「〈スコール〉」

暴力的なまでの雨によって、空気中の麻痺毒の成分を地面に叩き落とす。

「〈氷棺〉」

麻痺毒の発生元を、まるごと氷漬けにした。

以前は、生き物の体表十センチ付近までは、水魔法の制御下に置くことはできなかったが、相当な努力の結果であろう、周りの空気ごと氷漬けにすることができるようになったのだ。

「あの氷の塊は……」

「あの植物が、麻痺毒をばらまいていました。丸ごと氷漬けにすれば、毒が飛び散ることもありませんからね」

「しかし……なんだこいつは……」

アベルも初めて見る魔物に驚いていた。

氷漬けされて屈折率が変わったからであろうか、その植物の魔物、外見はラフレシアそっくりの魔物の姿を見ることができた。

「鏡のように反射して、周りの景色に紛れる能力があるのでしょう」

「だから見えなかったのか……」

アベルも、周囲に違和感を覚えてはいたが、その原因を特定することはできなかった。それも、見えない魔物であれば当然だったと言えよう。

「で、この氷の塊はどうするんだ？」

「このままにして、僕らが十分に遠く離れたら解凍してあげましょう。植物の場合は、解凍すればまた生き続けることができます。僕らとは関係の無いところで、幸せに生きてもらいましょう」

「植物以外の場合は……どうなるんだ？」

「死んじゃうんですよね。氷の中でも心臓と血液の循環を行わせたり、あるいは逆に瞬間完全冷凍みたいにして仮死状態に、とかを試してみたのですけど……まだなかなか上手くいかないですね。もっと頑張りましょう」

「そ、そうか……」

ごくりと唾を飲み込んだアベル。

そう、アベルは自分も氷漬けされる可能性を考えてしまったのだ。

もちろん、涼がそんなことをするわけは無いのだが、そんなわけが無くとも『可能か不可能か』で考えると可能なわけだから……そこは考えてしまっても仕方がないであろう。

そこに突き刺さる涼の声。

「アベル……何を考えているか丸わかりですよ！」

「な、なに……」

さすがのアベルも動揺を隠せない。

「夏場なら、氷棺は冷たくて気持ちいいんじゃないかな、でしょ？　全く……困ったものです」

「ああ……。いろいろ安心したよ」

がっくりしながらも、なぜかちょっとだけ嬉しくなったアベルであった。

◆

晩御飯を食べ終わり、まったりとした時間である。

旅とはいえ、常に緊張しっぱなしでは神経が持たない。緩める時には緩め、締める時に締める。それが大切。

「麻痺毒を吐く植物の魔物……しかも見えないとか……初めて聞いたぞ、そんなやつ」

昼間出会ったラフレシアもどきは、冒険者として、それなりの経験を積んだアベルでも、聞いたことのない魔物であった。

「僕が住んでいた辺りは、そういえば植物の魔物自体がいなかったですね」

「植物の魔物は、発生する地域がかなり偏っているし、動物の魔物みたいに移動することが少ないからな。なかなか出会わないかもしれない。だが、中には植物の魔物ばかりを狩る冒険者もいたりする」

「ほっほぉ。何かいい素材を落とすんですか？」

「ああ、錬金術の材料とか、錬金道具の素材とかだな」

「錬金術とか、すごく興味があります！」

涼は目をキラキラさせながら、未だ見ぬ錬金術への憧れを口にした。

「一人前になるにはかなり大変らしいぞ、錬金術」

「望むところです！　石の上にも三年です！」

アベルには、石の上にも三年の意味はよく分からなかったが、スルーすることにした。

「そういえばリョウは、あの魔物の麻痺毒、どうやって防いでいたんだ？」

そう、アベルには不思議だったのだ。アベルは、実は身に着けているアイテムで、状態異常を回復することができる。普通の毒程度であれば、すぐ解毒される。

今回の麻痺毒は、わずかとはいえ、片膝をつくほどには身体に影響を与える強力なものであった。だが、涼は毒の影響を受けたようには見えなかったのだ。

「いや、特に何もしてないですよ」

そう、涼は何もしていなかった。

かと言って、これまでに毒への耐性をつけるような修行をしたことも無い。そもそも、涼の家の周りでは、解毒草を見つけることはできなかったのだから。

（本当に、どうして何ともなかったのだろうねぇ。水の妖精王の加護、とか……いや、そんなのがある世界とは思えないし……もしかしたら……）

「このローブの効果ですかね？」

なんとなく思いつきで言ってみた。どうせ検証のしようは無いし、とりあえずは、くれた人に感謝するだけである。

（師匠、ありがとう）

「ああ、その可能性はあるのかもな。そのローブは間違いなく普通じゃない」

「アベル、あげませんからね」

「欲しがってないだろうが」

「先ほど心の中で、これをくれた師匠に感謝したところでした」

「ああ、それがいい。感謝の気持ちは大切だからな」

それを聞いた瞬間、涼の顔が驚愕に満ちた。

「アベルがまともなことを……」

「おい、こら、俺はいつもまともなことを言ってるだろうが！」

「そう思っているのは本人だけ、というパターンですね」

「お前にだけは言われたくない！」


次の日から、二人は山越えのための干し肉作りを始めた。

「アベル、ボアも狩りましょう。お肉はラビット系が美味しいですけど、ボアも狩りましょう。一番おっきいグレーターボアが理想です」

何の肉で干し肉を準備するかを、アベルが問うと、涼は、そう即答したのだ。

「ボアは構わんが……グレーターボアは厄介だぞ？しかもでかすぎないか？」

「大は小を兼ねるです。ちまちま、小さい輩《やから》を大量に狩るよりは簡単でしょう？　そもそも、ワイバーンを狩る可能性が高いと言っているのですから、その前のグレーターボアくらい、ちょちょいと狩れなくてどうするのですか」

「いや……ワイバーンが仕方ないのは理解している。納得はできんがな。だが、グレーターボアだって、そんな簡単に狩れる相手では……」

「やる前からそんな弱気とは！　アベルの名が泣きますよ！」

「アベルって、いったいどんな名前なんだよ……」


涼とアベルの間で激論が交わされ、結局ラビット系五頭、ボア系五頭……そのうち、最後の一体はグレーターボアを狩ることに決まった。

ちなみに激論の結果アベルが得た結論は、『リョウは絶対に譲らない』であったとか……。

◆

順調にレッサーラビット五頭、レッサーボア四頭を狩り、肉を切り出して、とりあえず涼が冷凍保存する。

そして最後の一頭。

涼の〈パッシブソナー〉で、グレーターボアの発見は簡単であった。

「リョウ、手はずどおり、例の氷の壁と氷の槍で足留めを頼む」

「弾け〈アイスウォール5層〉、貫け〈アイシクルランス4〉」

涼は、ものすごく適当な詠唱をつけて唱えた。

アベルはもはや何もつっこまない……涼の詠唱が適当なもので、あってもなくても変わらないということを理解しているからだ。

ただ、小さく首を振るだけである。

とはいえ、適当な詠唱であっても、涼の魔法はイメージしたとおりに氷の壁を生成する。

ガキンッ。

石礫も飛ばさずに、自分から走って突っ込んできたグレーターボアは、激しい音を立てて氷の壁に激突して、止まった。


そのグレーターボアの四本の足に、間髪を容れずに突き刺さる四本の氷の槍。

「グギャァアァアァアァ」

響き渡るグレーターボアの悲鳴。

だが、悲鳴は長くは続かなかった。

悲鳴を上げた瞬間に、抜き身の剣を持ったアベルは、すでにグレーターボアの頭の左側面に出ていた。

「闘技：完全貫通」

うっすらと赤く光る魔剣を、グレーターボアの耳から突き刺す。

グレーターボアは、一瞬だけびくりと震えた。

そして、すぐに力を失い、地に臥した。


「ふぅ……」

アベルは小さく息を吐いた。

とった行動は、グレーターボアの左側面に回り込んで、耳から闘技で剣を突き刺しただけなのだが、やはり緊張はするのだ。

グレーターボアの爪なら、一撃で人間は紙切れのようにちぎれ飛ぶ。

氷の槍で磔《はりつけ》にしてあるとはいえ、腕の届く範囲に入り込むのは、やはり神経を使う。

「うん、アベルお見事でした」

涼は素直に褒めた。

一撃で倒したのはさすがだと思ったからだ。

しかも、傷をつけたのは、四肢の先と耳だけ。

この後の目的のためにも、これは素晴らしい成果！

「さて、アベル、このグレーターボアの皮は慎重に剥ぎ取ってください」

「なに？」

「この皮で、干し肉を入れる鞄と、僕の服と、アベルのマントを作ります。鞣すと、レッサーボアよりグレーターボアの皮の方が頑丈だし、手触りもいいんですよね」

「ああ……だから、このでかいグレーターボアがいいと言ったのかよ。先に教えてくれよな」

アベルは小さく首を振りながら言った。

確かに、グレーターボアのサイズであれば、一頭の皮だけで、鞄二つと服とマント、全ての材料にするのに足りそうである。

肉はもちろん干し肉にするとして、皮も利用できれば、それは確かに一石二鳥だ。

「先に教えておくと、アベルは何をするかわかりませんからね。言わないのが吉です」

「何をするってんだよ……」

「僕に意地悪をするために、あえて剣で突きまくって穴空き皮にしてしまう可能性があります！」

「なんでだよ！　涼の中で、俺はいったいどんな鬼畜な奴なんだ」

「アベルはきっとこう言うのです。涼にはもっと高い次元に鞣しの技術を上げてもらおうと思って、あえて穴空きにしたんだよ、って」

涼はそう言うと口を真一文字に結んで、何度も首を振った。

「それは意地悪を通り越して……人としてどうかと思うぞ」

「そう！　アベルは人としてどうかと思う存在なので

す！」

涼はいかにも、その言葉を待っていた！　とでも言うかのように、ビシッとアベルを指さして言った。

「……」

指をさされたアベルは無言。

何度か目を瞬《またた》く。

そして言った。

「まずは血抜きだな」

涼の、渾身の指摘は流されたのであった……。

「くっ……。それでも、僕は負けない！」

などという涼の呟きはアベルには聞こえない。

◆

十分な血抜きが行われた後。

「皮は俺が剥ぐ」

アベルはそう言った。

冒険者として、ボア系の解体はかなりの数をこなしてきた。

その自負があるからである。

「そ、それは僕よりも解体が上手いという自信からですか！」

「いや、さっき、皮は慎重に剥ぎ取れって言ったのリョウだろ……」

「……言った気がしないでもないです」

「間違いなく言ったから」

アベルは小さくため息をついてそう言った。

涼は口をへの字にして、あえて不満を面に出しながら言う。

「時々思うのです。アベルは意地悪な人だと」

「なんでだよ！」

「間違いました。よく思うのです。アベルは意地悪な人だと」

「だから、なんでだよ！」

「再訂正します。いつも思うのです。アベルは意地悪な人だと」

「リョウの方が意地悪だと思うんだが……」

さすがに三回目ともなると、アベルも否定するのが疲れてくるらしい。

「俺は、真面目に皮を剥いでいるんだが」

「ああ……。そういう点は凄いと思います。そう、アベルのその真面目な部分は素晴らしいですよね。そこは素直に称賛します」

「お、おう」

突然、涼に褒められたからであろう、アベルは少し照れながらそう答えた。

「アベルの剣を見ていると、元からの天賦の才におぼれることなく、毎日の努力を実直に積み上げて、遥か高い頂に到達した、というのを感じます」

「そ、そうか？」

さらに照れて顔を赤くするアベル。

「努力し続けるというのは、誰にでもできることではないと思うんです。必ず何らかの見返りが手に入ることが分かっていて、あるいは成功が約束されているならともかく。剣の道はそうではありませんものね。努力し続けるのは当然。だが、成功は保証されていない。それでも、君は努力し続けることができるか……というやつです。それをアベルはずっとやり続けてきたわけですから、凄いですよ」

「そ、それほどでも……」

皮を剥ぎ続けているが、アベルの顔はもはや真っ赤である。

「まあ、でも、真面目ではあっても、性格の悪さはどうしようもないですよね」

「だから、なんでその結論なんだよ！」

二人はそんな無駄口をたたきつつも、手は休めていない。

アベルはひたすら皮を剥ぎ、肉を削ぐ。

涼は切り出された皮と肉を氷のテーブルに並べる。

全ての皮と肉が切り出されて、ようやく皮の鞣し作業に入る。

まずは、剥いだ皮を丁寧に洗う。

「ほら、アベル、遊んでないでちゃっちゃと洗ってください」

巨大な氷の桶に水を溜め、その中で皮を洗えと指示する水属性の魔法使い。

「なんで俺が……」

「昔から肉体労働は前衛の仕事と決まっています！」

「いや、決まってねえから……」

文句を言いつつも、ズボンの裾をまくりあげて桶に入り一生懸命皮を洗う剣士。

アベルは、基本、いい奴なのである。


次に、真皮を剥がす。

「ほら、アベル、手でびりびりって剥いじゃってください」

巨大な氷のテーブルの上に広げられた皮を指さし、真皮を剥げと指示する水属性の魔法使い。

「また俺か……」

「アベルならやれると思っているから任せているのです！」

「いや、わざわざ任せなくていいんだが……」

文句を言いつつも、ある程度の大きさにカットされた皮から真皮を剥ぎ取っていく剣士。

アベルは、やはり、いい奴なのである。


そして、草や葉を燃やして煙まみれにする……燻煙《くんえん》である。

「ほら、アベル、もっと枝とか葉とか集めてきてください」

氷でできた物干し竿にかけられた皮を背に、燃料をとってこいと指示する水属性の魔法使い。

「やっぱり俺か……」

「アベルにしかできないことだから割り振っているのです」

「いや、そんなわけないだろ！　リョウだってできるだろうが」

文句を言いつつも、枯れ枝や葉を集めてきて火にくべる剣士。

アベルは、とっても、いい奴なのである。


半日煙まみれにしたあと、水で洗い、最後に〈氷ローラー〉で薄く均一に伸ばす。

「〈氷ローラー〉は、仕方がないので僕がやります。

ほら、決して僕だって遊んでいるわけではないんですよ？」

「お、おう」

反論するのも疲れたのであろうか。

アベルは言葉少なである。


だが、すぐに顔を上げて言う。

「リョウ」

「ええ、魔物が近寄ってきていますね。ノーマルボアとカイトスネークです。ノーマルボアはすぐですけど、カイトスネークは会敵まで一分ほどですか」

「カイトスネークは厄介だな。移動も速いし尾の攻撃もヤバい。最悪なのは毒霧だ」

「僕もロンドの森で狩ったことがありますけど、面倒でした」

涼は、初めてカイトスネークと戦い、苦戦した記憶を思い出していた。

何度、〈アイスウォール〉を割られたことか。

だが……！


「あの頃の僕とは違うというところを見せてやります！」

「き、気合入ってるな」

「もう皮は十分ありますからね。好きなように倒しちゃっていいですよ。そもそも蛇革は、今回は必要ありませんから！」

「……結局、俺が倒すんだな」

アベルはそう言うと、小さく首を振った。

「見てのとおり、僕は皮をローラーにかけるのに忙しいので、〈アイスウォール〉で調整を行います」

「調整？」

「アベルが、常に一対一で戦えるように、もう一方を捕らえておきますよ」

「ほぉ、それはありがたいな。じゃあ、まず俺は……」

「ええ。ノーマルボアからお願いします」

「心得た」

そう言うと、アベルはノーマルボアに向かって行った。

◆

涼の視界には、まだカイトスネークは入らない。

だが〈パッシブソナー〉で、カイトスネークの位置と動きは正確に把握できる。

「あれは、近づけるとかなり厄介だし、せっかく作っている革製品がめちゃくちゃになるのだけは避けないと」

涼はそう呟くと、唱えた。

「〈アイスウォールパッケージ〉」

カイトスネークの上から氷の箱を被せる形で動きを止めようとしたのだが……。

「動きが速い！」

涼の〈アイスウォールパッケージ〉はゼロコンマ数秒というレベルで生成されるのだが、それでも捕らえきれない。

蛇ということで、人間の視覚とは別の感覚で周囲の変化を捉えているのかもしれない。

本来の蛇なら、いわゆるピット器官という赤外線を感知する器官がある……そう考えると、カイトスネークは、氷のような冷たいものに対しては鋭敏な気がしないでもない……。

とはいえ、カイトスネークを捕らえると約束した以上、捕らえなければならないのだ！

「以前倒した時は……〈スコール〉で濡らして、それを熱湯……。殺しちゃうなぁ」

あくまで捕らえるだけにして、アベルにとどめを刺させることにこだわる涼。

アベルが聞けば、「いや、リョウが倒していいだろ！」と絶対に言いそうではあるが。

「よし、なら逆をやってみよう」

涼はそう呟くと、唱えた。

「〈アイスウォール5層　全周　パッケージ〉」

カイトスネークを中心に、半径二十メートルほどの距離に囲うように〈アイスウォール5層〉を生成する。

さらに氷の屋根も生成して、壁の上を跳んで逃げ出せないようにする。

以前、カイトスネークが跳び上がって〈アイスウォール〉を越えたことを覚えていたのである。

「〈アイスウォール収縮〉」

〈アイスウォール5層〉が同心円状に小さくなっていく。

半径二十メートルから十五メートル、さらに十メートル、最後は五メートルに。

ガキン。ガキンッ。

捕らえられたことに気付いたカイトスネークが、尾を打ち当てて氷の壁を破ろうとしているのだ。

「追加で。〈アイスウォール5層〉」

もしものことを考えて、さらに〈アイスウォール5層〉で囲う。

「さて、そのうえで。〈スコール〉」

アイスウォールに捕らわれたカイトスネークの全身が涼の水で濡れる。

「〈氷棺〉」

カイトスネークに付着した水が凍り、その周囲に漂う水蒸気も凍り……。

カイトスネークは、水の壁の中で、完全に凍りついた。

「よし、成功！」

ノーマルボアを倒して戻って来たアベルは、氷漬けになったカイトスネークを見て言った。

「俺が止めを刺す必要、ないだろ」

◆

レッサーラビット五頭、レッサーボア四頭、そしてグレーターボア一頭。二人分の干し肉には多いほどである。

干し肉を作るのに絶対に欠かせない塩。これは、それなりの量がある。

本来は醤油などに漬け込みたいのだが……手元には無い。

仕方が無いので、切り出した肉に塩とブラックペッパーをまぶして、三日ほど乾燥。

以上。

「結構、簡単なんですね」

「ああ、冒険者が現地で作る、簡単な干し肉作りだからな。酷い時には、塩だけで作るから、ブラックペッパーがあっただけでも相当にラッキーだろう」

「ロンドの森にコショウがあって良かったですよ」

うんうんと頷きながら言う涼。

涼が作った氷の竿に干し肉を刺して、乾燥させながら、二人は北へ、山脈へと向かっていた。

ちなみに切り出された肉以外、つまり皮は襲ってきた障害を乗り越えて鞣され、予定どおり、アベルのマントと涼の服、そして二人分の鞄となった。

マントがあるだけで、かなり防寒の効果は上がるのだ。

そして涼の服……見た目、貫頭衣……長くなめしたグレーターボアの革の中央に頭を出す穴をあけ、すっぽり被る。

元々、涼はデュラハンにもらったローブを着ているため、マントは必要ない。代わりに、ローブの中に着る貫頭衣を作ったので、温かさは倍増。

これで二人とも、防寒能力は飛躍的に向上した。

「なあ、リョウ、マントと一緒に作ったその鞄ってあれだよな……」

「ええ、干し肉をこれに入れて持って行くんですよ」

肩掛け鞄としては、標準的な大きさと言えるだろう。

「これ以上大きいと、アベルとか戦闘の時に大変でしょう？」

「ああ、まあそうなんだが……だが、二人の鞄を合わせても、干し肉が全然入りきらないように見えるんだが」

「ええ、もうそれは仕方ないでしょう。入りきらない分は……」

「ああ、仕方ないか」

捨てるのはもったいないがやむを得ない。アベルはそう思った。

「入らない分は、手に持って行きましょう」

「……はい？」

「毎日食べるのだから、進めば進むほど減っていくでしょう？　そのうち手に持っている物は食べ尽くしますよ」

目が点になっているアベル。

「いや、手に持ってると、俺、戦えない……」

「その間は、僕が戦います」

いかにも悲壮な覚悟で臨む、的な雰囲気を出しながら、重々しく頷く涼であった。

実際の所、完成した干し肉を鞄に詰め込んでみると、手に持つのは一日分程度で済んだ。

その程度で済んだことに、アベルが安堵したことは言うまでもなかった。

山越え

涼とアベルの前にそびえる巨大な山の連なり。

涼が最初に見た時に思ったのは、ヒマラヤ山脈であった。インド亜大陸とユーラシア大陸とを隔てる山稜《さんりょう》。

世界最高峰エベレスト、チベット語でチョモランマと呼ばれる神々の山嶺《さんれい》。

そこに、地球だったならば、恐ろしく困難である無酸素での登頂を行おうというのである。しかも碌な装備も無く。だが、地球においても、エベレスト山頂で三十二時間滞在したネパールの高僧は、そのうち十一時間を酸素ボンベ無しで過ごしている。

それならば……『ファイ』で鍛えられた人なら無酸素での登頂は難しくないはずだ……多分。

アベルには不思議なことがあった。それは、涼の体力だ。

アベルはB級冒険者の剣士である。持久力を含めた体力は、全人類の中でもトップクラスであることは間違いない。

それに問題なくついてくる涼は、魔法使い。一概《いちがい》には言えないとはいえ、基本的に魔法使いという職業の者たちは体力が無い。仮にも冒険者であるならば、一般人よりは体力があるだろうが、それでも剣士に比べれば相当にひ弱だ。

実際、アベルのパーティーメンバーである風属性魔法使いのリンなど、酷いものだ。特に持久力の低さは、同じパーティーメンバーで神官職の者と比べても相当に酷い。

それなのに、である。

それなのに、涼ときた日には、アベルの移動ペースに問題なくついてきて、汗一つかかない。そのまま戦闘に入っても、何の問題も無い。魔法使いとしては、ある意味、異常だとさえ言えるのかもしれない。

「なあ、リョウ」

「どうしました、アベル」

まだまだ麓と呼べる高度である。特に会話を減らして酸素を大事に、などということはない。

「リョウは、魔法使いにしては体力あるよな」

そう言われた涼は、「フフフ」と不敵な笑みを浮かべながら答えた。

「よく気付きましたねアベル。僕は、一人で暮らしていた間に、かなり持久力をつけました。五時間くらいは連続戦闘をこなしても、全然問題ないはずですよ」

「いや、それは、魔力が尽きるだろ」

お前は魔法使いだろうが、とつっこむアベル。

「まあ、体力には自信があるので、僕のことは気にせずに、アベルのペースで進んでもらって大丈夫ですからね」

「おうおう、えらい自信だな」

「当然です。その辺のB級冒険者な剣士など、相手にならないですよ」

なぜか挑発する涼。

「おもしれえ、喧嘩《けんか》なら買うぜ！」

その挑発に乗るアベル。

「ふふ、両手に干し肉を持って凄《すご》んでも、全く怖くないですね」

「それはお前もだろうが！」

そんな馬鹿話をしながら、二人は山に向かって歩いていった。


太陽が中天に差し掛かろうという頃、二人は異常なプレッシャーを感じた。

「何だ」

左右を見回すアベル。

だが、それ《ヽヽ》は上空から二人の前に舞い降りた。

「グリフォン……」

それだけ言って、アベルは完全に固まった。

涼も、グリフォンの威圧、あるいは存在感にあてられ、全く動けなかった。

グリフォン。

天空の覇者、大空の死神、空を統《す》べるもの……いくつもの二つ名を持つ、空の支配者である。地上に君臨するのがベヒモスであるなら、空を支配するのはグリフォンと言えるであろう。鷲《わし》の翼と上半身、ライオンの下半身を持つ恐るべき魔物。全長は十メートルほどであろうか。だが実際の大きさなど意味をもたない……その、圧倒的存在感の前では。

そんな魔物が、二人の前に舞い降り、じっと二人を見ているのだ。

二十秒ほど経って、ようやく涼は我に返った。

そして、ふと思い立って、右手に持った干し肉をグリフォンに向かってゆっくり放った。

パクッ。

飛んできた干し肉を見事に嘴でキャッチし、器用に食べるグリフォン。

そこで、アベルもようやく我に返った。

涼は、左手に持った干し肉も、同じようにグリフォンに放った。今度は、口を開け、そのまま口内でキャッチして咀嚼するグリフォン。

食べ終えると、グリフォンの視線は、明確にアベルが持った干し肉に向かった。

「アベル、干し肉」

涼は、ぎりぎりアベルに聞こえる声で囁いた。

それに促されるかのように、アベルは、右手、左手と干し肉をグリフォンに放る。

アベルが放った干し肉を食べ終えると、満足したのか、一つ大きく羽ばたいて飛び上がり、グリフォンはいずこともなく去っていった。

二人はしばらく動けなかった。

ようやく声を出せるようになったのは、グリフォンが去って、優に五分は経った後である。

「アベル、僕ら、生きててよかったですね」

「全く同感だ」

二人は、近くの大木の根元に座り込み、一息ついた。

「それにしても、よく干し肉を放ったな」

涼が、最初に干し肉をグリフォンに放った判断を褒めたのだ。

「とりあえず、我々は敵じゃないですよ、というのをアピールしようと思ったら、手に持っていた干し肉を思い出したのです。グリフォンが肉嫌いなわけはないと思いましたからね」

「ああ、素晴らしい判断だ」

アベルの手放しの称賛に、涼は照れた。

「しかし……すごい存在感だった」

「ええ、あれはやばいですね。ベヒちゃんも凄かったですけど、何分、遠かったですからね。それが今回は目の前……」

「あれが敵に回らなくて良かった」

「さすがにあれを敵に回したら、勝つのは無理でしょう」

うんうん頷きながら涼は言った。

「あんなの、人間が戦う相手じゃないだろ……」

「グリフォンを相手にするくらいなら、ワイバーン六頭を相手にした方がましですね」

「いや、それはどっちも嫌だ」

とりあえず、お昼時でもあるので、鞄の中に入れてある干し肉を取り出して食べることにした。ただ、取り出す際に、周りを見回したのは言うまでもない。

また、いきなりグリフォンが現れたらとんでもないから……。

「それにしても、ベヒちゃんといい、グリフォンといい、いろんな魔物がいますね」

人心地つき、涼は呟くように言った。

「ベヒモスもだが、グリフォンもここ数百年、人が出会ったという報告は無い。この土地が、相当に異常なんだと思うぞ」

「異常とは失礼な。人の努力不足じゃないですか？」

「何の努力だよ！」

ようやく冗談を言い合えるくらいにまで、二人の精神状態は回復した。

「あの北の山脈が、人の地にベヒモスやグリフォンが来るのを防いでくれているんだろうな」

「まあ、この辺りは、食べ物には困りませんからね。

わざわざ山を越えて向こう側に行こうとは思わないでしょう」

「あれを越えるのはグリフォンでも大変そうだしな」

「それなのに、その山を越えて行こうとしている剣士がいるそうです……」

ふぅ、とこれ見よがしにため息をつく涼。

「悪かったな！　仕方ないだろ。海から流されてきたけど、海を通って戻る気にはならないからな」

そう、海にはクラーケンがいるのだ。

「陸にベヒちゃん、海にクラーケン、そして空にはグリフォン……陸海空揃ってますね」

「揃わなくていい！」


グリフォンと遭遇した日の午後、二人はまたも厄介な目に遭っていた。

二人とも、大岩に身を隠しながら、ちょっとだけ頭を出して、前方に目を向ける。二人が見る先では、二頭のワイバーンが、ボアだったらしきものを啄《ついば》んでいた。

「アベルが望んだから、ワイバーンが向こうからやってきましたよ」

「俺は望んでねぇ！」

囁き声で言い合う二人。

「迂回するにも道が無いし、ここであいつらの食事が終わるまでやり過ごすか？」

「その前に気付かれそうですよね。あるいは三頭目が来ないという保証は無いですし」

「リョウ……まさか戦おうってのか？」

こいつ何言ってるんだ、という顔で涼を見るアベル。

そんな顔をするのも当然であろう。

普通、ワイバーン討伐を行う場合、C級以上の冒険者が二十人は必要なのだ。しかも攻撃力のある火属性の魔法使いが何人も。多ければ多いほどいい。それを……剣士と水属性魔法使いのたった二人で……しかも二頭も？

ただの自殺志願者である。

「多分、この先も、ワイバーンは結構いると思うんですよ。戦闘は避けられないと思います。それなら、二頭しかいないここで、経験しておくのは悪いことではないと思いますよ？」

「二頭しかいない、じゃなくて、二頭もいる、だと思う……」

そうは言ったが、アベルにも涼が言っていることは理解できる。

ベヒモスを襲ったワイバーンは六頭もいたのだ。それに比べれば二頭くらい……。

そこまで思って激しく頭を横に振った。

「二頭でも大変な相手だ」

変な思考になりそうだったのを、あえて声に出すことで矯正する。

「だが……」

そう、「だが」である。

この山脈を越えて街に帰ると決めた以上、いずれはワイバーンとも戦うことになる。

ベヒモス戦でも見たし、目の前にもいる。この山脈に、ワイバーンがかなり生息しているのはどうも間違いなさそうなのだ。

「仕方ないいか」

アベルは腹をくくった。

「あの二頭をやるにしても、どうやる？」

「ワイバーンって、地上に磔にした場合、やっぱり厄介ですか？」

「いや、地上にいれば、羽から発生させるエアスラッシュは放ってくるが、ソニックブレードはない。もちろんあの鉤爪も厄介だし、体には風魔法の防御もあるから剣も通らない。だが、目には風魔法の防御は無いから、地上にいればそこを狙える。剣が届かない空中にいるのに比べれば、かなり楽な相手だと言えるだろう」

それを聞いて、ちょっとだけ涼は考えた。そして一度大きく頷いた。

「水属性魔法に、ちょうどいい魔法があります」

アベルは剣を抜いていつでも飛び出せる体勢をとった。

「では行きますよ、アベル」

アベルは頷いて、二頭のワイバーンを見た。ワイバーンたちはまだ何も気付かずに、ボアを食べている。

「全てを貫きし氷の槍よ　天空より来たりて敵を射貫け〈アイシクルランス4〉」

上空に、無音のうちに発生させた四本の〈アイシクルランス〉。もちろん、必要も無いのに、カッコいいからという理由で適当詠唱付きである。

生成されると同時に、落下し、ワイバーンの羽を一枚ずつ貫き、そのまま地面に縫い付けた。

「ギィシィィィイィィッィ」

ワイバーンの悲鳴が響き渡る。

アベルは、涼が「〈アイシクルランス4〉」と詠唱するのと同時に、岩陰から飛び出した。目の前のワイバーンたちの羽に、極太の氷の槍が空から降ってきて突き刺さっている。槍は突き刺さったまま消えない。

そのため、ワイバーン達は羽ごと地面に縫い付けられ、エアスラッシュを放つこともできず、鉤爪で近付いてくるアベルを払うこともできない。しかも、氷の槍で地面に張り付けられ、狙い処の目もジャンプすれば手の届く高さにある。

「一撃で決める。闘技：完全貫通」

手前のワイバーンの左目に、赤く輝く魔剣を突き刺した。剣は眼球を貫き、ワイバーンの脳にまで届く。

ワイバーンは断末魔の悲鳴を上げることもなく、崩れ落ちた。

アベルは、だが崩れ落ちるワイバーンには一顧《いっこ》だにせず、もう一頭のワイバーンの右目にも、赤い魔剣を突き立てる。

「グギィィ」

こちらは、最後に絞り出すような声を出し、息絶えた。

終わってみれば完勝であった。

「アイシクルランスからのアベル突貫。うん、この連携は使えそうですね」

「確かに、びっくりするほどあっけなかったな」

「アベルは不満、と。やはり、血湧《ちわ》き肉躍《にくおど》るような、魂を削り合うような、そんなギリギリの戦いを所望《しょもう》、と。覚えておきます」

涼は、手元にメモをするふりをする。

「いや、待て、そんな戦闘はいらん。今日ので完璧だった。素晴らしい。次もこれで行こう」

慌てて、涼の両肩を掴み、大きく頷いて褒めるアベル。

「まあ、アベルがいいのなら、これで行きましょう」

「ふぅ。あ、そうだ、今までの魔物は大したのじゃなかったからスルーしたが、ワイバーンはさすがに魔石を採った方がいいと思うぞ。驚くほどの高値で引き取ってもらえる」

　そう言って、アベルはさっそく片方のワイバーンの心臓付近にナイフを入れる。

「なるほど。じゃあ、もう一体の方は僕が取り出しましょう」

　そう言って、涼はもう一体のワイバーンの方に向かった。

　久しぶりにミカエル謹製ナイフが火を噴くぜ！　とか涼が思ったのは、内緒である。

（そういえば、ミカエル（仮名）が準備してくれた『魔物大全　初級編』には、ワイバーンは載ってなかった……。ベヒちゃんやグリフォンが載ってないのは当然として、ワイバーンも『初級編』のカテゴリーには入らないんだろうなぁ）

◆

　涼はそんなことを考えながら、ワイバーンの魔石をとりだした。

「けっこう大きいですね」

　ゴーレムの魔石ほどではないが、握りこぶし大の、綺麗な深い緑色の魔石だ。

（もしこれがエメラルドだったら、数千万円はしそうだなぁ）

　もちろん、涼の適当見積価格だ。

「ああ、これはかなりのものだな。大きさといい、色の濃さといい、驚くほどの値が付くな」

「街まで辿り着ければですけどね」

「うっ」

　涼の一言が、ぐさりと心に刺さったアベル。

「いちおう、一個ずつそれぞれ持っておきましょう。僕にも鞄がありますしね」

　こうして二人は、ワイバーンを安全に、手早く狩る手段を手に入れたのであった。

七千メートル級の山々、とはいえ、必ず七千メートルの地点まで登らなければ山脈を越えられない、というわけではない。雪解け水が流れる場所は削られて低くなるし、そういう場所は麓まで連なっていることもある。

だが、それでも、最低でも四千メートルを超える高度までは登る必要があるだろうと、涼は思っていた。四千メートルなら……ギリギリ高山病にはならない高度……な気がする。

そんな涼たちに、次々と襲い来る者たちがいた。

そう、ワイバーンである。この山脈は、ワイバーンの巣と言ってもいいほどに、大量に生息していたのだ。

麓で二頭を狩ったことによって、アベルは対ワイバーンにおいて、タガが外れていた。目の前にいるワイバーン全てを、戦闘で倒す、そう言い切ったのだ。

「やはりアベルは戦闘狂……」

「うるさい！　どうせ邪魔するんだから、今倒そうが後で倒そうが一緒だ。それに、襲ってくる奴らを全滅させたって、この広い山脈一帯にいるんだろうから、多少減る程度だろう。ガンガン狩りながら進むぞ！」

襲い来るワイバーンを、涼が〈アイシクルランス〉で羽ごと地面に縫い付け、アベルが剣で、目から脳を貫く。この連携で、相当なワイバーンを屠っていった。

倒すよりも、魔石の回収の方が時間がかかったのは言うまでもない。

それぞれの鞄は、干し肉の消費スピードとほぼ同じスピードで、ワイバーンの魔石が空きスペースを埋めていった。

高度が三千メートル辺りになると、ワイバーンの襲来は無くなった。代わりに襲ってきたのは寒さであった。

だが、ボアから調達したマントなどのおかげで、二人はそれほどダメージを受けることも無く、尾根に達し、ついに山脈北側の大地を目にした。

連なりの中では低い方の尾根に達し、二人が北側の大地を見たのは、最初の二頭のワイバーンを狩ってから、ちょうど七日目のことである。

「なんとか尾根まで来ましたね」

「ああ、晴れてるからか、見晴らしが良いな」

アベルが言うとおり、それはある種、絶景であった。少し仰ぎ見れば抜けるような青空。視線を戻せば、大地の緑と空の青とが交わる地平線。

そんな中、視界の右端に動くものが見える。

涼がそちらを見ると、上半身裸の女性が……飛んでいた。

でも、腕が羽になっている。そして足も、鷲とか鷹のような……。

「アベル……変な女性が来ます」

「は?」

涼が右の方を指さしながら言うと、アベルもそちらを向いた。

「あれは、ハーピー……」

そう、二人に向かってきていたのは女性ではなく、ハーピーという、れっきとした魔物。そんなハーピーが群れで……。

「アベル、向こうからも……」

涼が左の方を指さしながら言うと、そちらからもハーピーの群れが。

「リョウ、前と後ろにも、見えないか……」

アベルは辺りを見回して囁くように言う。

「見えますね……」

二人は、いつの間にか囲まれていた。そのうちの一羽がアベルに飛びかかる。

抜剣一閃。

アベルは鞘から剣を抜き、その勢いのまま飛びかかって来たハーピーを斬り捨てる。斬り捨てると、すぐに涼の側に移動する。

「〈アイスウォール5層パッケージ〉」

すかさず涼は氷の壁で二人を囲んだ。アベルも、涼が氷の壁で囲むことを想定して移動したのだ。この一月余りの旅で、二人の連携は上がっていた。

「ハーピー、足の爪でガンガン蹴ってきます……」

少し空に浮きながら、猛禽《もうきん》類の足で氷の壁を蹴る……それが主たる攻撃方法らしい。だが、アベルは、それ以外の光景に目を奪われていた。先ほど、自分が斬り捨てた一羽のハーピーの成れの果て。

「死んだ仲間を……食べているな……」

「ええ……。啄んでいますね」

できるなら、あまり見たくない光景であるが、それが涼に一筋の光明を指し示す。

「〈アイシクルランス8〉」

氷の壁の外に、氷の槍を生成し、まとわりついていたハーピーを八羽、行動不能にする。すると、行動不能になったハーピーたちに、他のハーピーが襲い掛かった。どうも、お腹が空いているらしい。

「ものすごくおどろおどろしい光景が繰り広げられています」

「それを現出した魔法使いが、なぜか、我関せずな口調であるのが謎だがな」

「気のせいですよ」

涼の第三者的傍観者な言葉に、アベルは呆れながらも視界の端で同族食いを見ている。さすがに正視するのはちょっと遠慮したい光景だ。

「これを繰り返して行けばいけるか？」

アベルがそう呟いた時であった。

「キィィィィイイイ！」

ひと際鋭い鳴き声が辺りに響き渡った。すると、これまで死んだ仲間を啄んでいたハーピーたちが、一斉に死体から離れる。

しばらくすると、ハーピーたちは地上に降り、氷の壁の中にいる涼とアベルを中心に、円状に囲んだ。その数、約四十羽。まだまだ多い。

そんなハーピーたちの列が割れ、奥から一羽のハーピーが出てきた。

体は、上から下まで黒。唯一目だけが赤い。だが、それ以上に目立つのが羽。その羽は、黄金を振りかけたかのように金色に輝いていた。

「いかにもなボスキャラです」

涼が小さく呟く。だが、隣のアベルは大きく目を見開いたまま無言である。

「アベル？」

「あ、ああ。あれは多分、ハーピークイーンだ。俺も、噂でしか聞いたことないが……」

アベルがそう言った瞬間、ハーピークイーンは、右の羽を動かした。

涼もアベルも、無言のまま伏せる。それは理性ではなく、感覚による動きであった。

ジャリッ。

エアスラッシュのような、不可視の攻撃魔法が〈アイスウォール〉を斬り裂き、伏せた二人の上を通過して行く。

「一撃で〈アイスウォール5層〉を貫くなんて」

涼は驚きと悔しさがない交ぜになった表情でハーピークイーンを見る。

「リョウ……」

アベルは心配そうに涼を見る。当然であろう。四十羽からのハーピーとハーピークイーンに囲まれているのだ。しかもハーピークイーンの一撃は、氷の壁すら破ると来れば、打つ手がない。

「でも、攻撃した瞬間こそが、反撃のチャンスです。〈アイスウォール5層パッケージ〉」

涼が再び自分たちを囲う氷の壁を生成すると、ハーピークイーンは明らかに訝しんだ表情を見せた。それは、先ほど撃ち抜いたであろうと。

「すでにチェックメイトです」

涼がそう呟いた瞬間、無音の氷の雨が辺り一面に降り注いだ。

「ギィィャァアアァアァア」

周囲に響き渡るハーピーたちの断末魔の声。現れる阿鼻叫喚の地獄。

ハーピークイーンのエアスラッシュもどきを避けると同時に、二百五十六本の〈アイシクルランス〉を空中高く生成。そして自由落下。

新たに生成した〈アイスウォール5層パッケージ〉は、ハーピーの攻撃を防ぐためのものではなく、この自由落下に巻き込まれないためのものだったのだ。

全てのハーピーが地に臥し、立っているのはただ一羽。漆黒のハーピークイーン。だが、クイーンですら、その黄金の羽は傷つき、再び飛びあがるのは難しそうだ。

その表情は、憎悪に歪んでいた。

「とどめは俺が刺そう」

アベルは、クイーンから目を逸らさずにそう言い切った。その憎悪を自分が引き受けようというのだ。

アベルの言葉を受けて、涼は一つ頷き、〈アイスウォール〉を解除する。アベルは、剣を手にしたまま、ゆっくりとクイーンに近付いた。ゆっくりと……人によっては、無造作に歩いているように見えるかもしれないが、決して油断はしていない。

なぜなら……。

クイーンと涼のちょうど中間地点にアベルが着いた時。クイーンのその動きは、本当に微小であった。アベルが油断していなかったからこそ、感じることができたのである。

「剣技：絶影」

アベルは小さく呟いた。その瞬間、アベルの身体がぶれた。

クイーンが放った不可視のエアスラッシュもどきをかわす。かわしざま、一気に距離を縮め間合いに侵入。

横薙ぎ一閃。

クイーンの首を斬り飛ばした。


「お見事」

涼は一つ頷くと、そう言ってアベルを称賛した。


その後は特に問題なく、二人は山を降り始めた。

戦闘そのものは長いものではなかったが、短い戦闘でも疲労は溜まる。自分の命が危険にさらされると、それだけで人は疲労を蓄積させるものなのだ。

「とりあえず、その木の辺りで休むか」

さすがに体力無尽蔵な二人と雖も、適度な休憩は必要である。

「さて、明日には山を降りきれるだろうが……方角がな……」

「そうですね。とにかく、近くの街なり村なりに行って確かめないと、ここがどこなのかわかりませんからね」

「ああ。ナイトレイ王国内ならいいんだが、違う可能性もある」

「まさか、デブヒ帝国！」

涼がものすごく嫌そうな顔で言う。

「いや、帝国は王国よりさらに北側だから、それはない」

アベルがそう言うと、涼は安心して、水を一杯飲んだ。

「よかったです」

「なんでそこまで帝国を嫌う……」

「アベルよ、誤解してはいけません。僕は決して、帝国を嫌っているわけではありません。僕が嫌っているのは、帝国の名前です！」

「あ、ああ、そうだったな……」

アベルが涼を見る目は、残念な人を見る目であった。

「まあとにかく、明日山を降りたら、そのまま北に向かってみよう。街や村が無くとも、街道はあるだろうし、街道に出れば、最悪どっちかに行けば街か村はあるわけだしな」

翌日の大まかな行動方針を決めて、二人は交代で休んだ。


翌日。

朝早いうちに、二人は山を降りきった。降りる途中で地平線を見てみたが、見える範囲には街などは無い。そのため、決めていたとおり、街道に出るまで北に進むことにした。その間、魔物にも全く出会わなかった。

「アベル、暇そうですね」

「魔物を全く見かけないからな。山の向こうと全然違うな」

「あれが普通です。こちらが異常なのです」

「いや、それは違うと思うんだ……」

小さく首を横に振りながら否定するアベル。

「一歩進めばワイバーンが襲ってき、遠くにはベヒちゃんを臨《のぞ》み、油断すれば目の前にグリフォンが舞い降りる」

「まったく、どんな人外魔境だったんだよ、山の向こう……。俺、よく生きて帰ったな」

「アベル、家に帰りつくまでが遠征です。まだ油断してはダメです」

「お、おう……そうか、遠征……あれは遠征だったのか」

アベルは、遠い景色を見る目になっていた。

元はと言えば、密輸船に潜入したのが始まりであった。あれからけっこう経った気がするのだが……。実際には一月程度しか経っていない。

「アベル、あれは街道では？」

涼の声に、アベルはハッとした。

見ると、確かに街道らしきものがある。

この時代、中央諸国の主要な街道と雖も、舗装はされていない。せいぜい、土を固めて馬車でも通れるようにしてある程度だ。

それでも、街道があるということは、文明の領域に戻ってきたことの証明でもあった。

「ああ、間違いない。街道だな」

思わず、アベルの声は震えていた。

ようやく、人類の生息域に戻ってきた、その実感によって。

街へ

「さて、この街道を……右？　左？」

「左、西の方へ進もう」

涼の問いに、アベルは、ある種の確信をもって答えた。

アベルは山を下り、東西に走る街道に接したことで、下ってきた山を自分たちが何と呼んでいたのか推測できていた。

（あれは恐らく、魔の山。場所によっては、麓にもオークやオーガが生息する山だ。冒険者ですら、余程のことが無い限り近付かない。つまり俺たちは、魔の山を越えて戻ってきたわけだ……ほんと、よく生きてたな）

中央諸国の人間たちが魔の山と呼ぶ、南にそびえる山の連なり。そこを越えた者はいないといわれ、普通の住民が近付くことは絶対にない。冒険者ですら、依頼以外では近づかないし、魔の山行きの依頼は、長い間放置される傾向にある。

かつては、別の名前があったらしいが、もう誰もその名前を知らない。ただ、魔の山と呼ばれる。

「そういえば、アベルはB級冒険者ですよね」

「ああ、そうだが？」

「冒険者ギルドに登録するメリットって、何があるんですか？」

涼は疑問に思っていたことを聞くことにした。

一人でスローライフを楽しんでいるのであれば、冒険者ギルドのことなど全く必要のない情報なのだが、こうして街に出てきたからには、少し聞いておきたかったのだ。冒険者ギルドといえば、何といっても異世界ものの定番であるし。自分が登録するかどうかは別として、情報として知っておいても損はない。

「そうだな、冒険者ギルドに所属していると、国内の全ての街への入市税が免除される。どこの街でもフリーパスだ。ギルドカードが身分証明の役割を果たすからな。あと、冒険者ギルドで、魔石や魔物の素材を比較的高値で買い取ってもらえる。少なくとも、市街で売るよりは、間違いなく高い」

「ほっほぉ、それはいいですね」

「それと、ギルドが余剰金を預かっておいてくれる」

「余剰金？」

「ああ。普段使わないお金だな。まあ、冒険者なりたての頃とかは、入ってきた分、全部出ていく感じなんだが、ある程度ランクも上がって稼ぎもよくなってくると、受け取る報奨金も高くなってくる。そうすると、使い切れない金が出てくる。ギルドはそういうのを預かっておいてくれる。依頼先まで、全財産持って出かけるのは物騒だろ？」

（銀行みたいなことをしているのか。ちょっと驚きです……）

「その預けたお金は、他の街でも引き出せたりするんですか？」

「国内のギルドなら、どこからでも引き出せる」

「なんか凄いですね」

涼は驚いていた。その仕組みを考え出した人は、恐らく相当な天才だと。

当然、冒険者から預かったお金は、ギルドがさまざまな分野に投資しているはずだ。ただ預かっておきます、で終わる世界などどこにも存在しない。銀行にしろ保険会社にしろ、お金を預かる一番の理由は、投資資金としてだ。

ヨーロッパ最古の銀行サン・ジョルジョ銀行が一一四八年創立であることを考えると、この『ファイ』に銀行のようなものがあったとしても決して不思議ではないが……。

「アベル、さっき、国内のギルドならどこからでも引き出せると言いましたけど、そもそも冒険者ギルドというのは、国に属する組織なのですか？　多くの国に跨って存在し、国の支配を受けない独立した組織、とかそういうのではないのですか？」

多くの異世界ものでは、ギルドは世界中に支店を持ち、国の支配を受けないと書かれていた作品が多かった気がする。

「あくまで俺の知識は、中央諸国での知識だが……いちおう国から独立した組織ではあるが、それはあくまで建前であって、現実にはどこのギルドも国と共存しているな。それでも、中央諸国の中なら、どこの国のギルドカードであっても通用するから、国をまたいでの移動は問題なくできる。ああ、あと、戦争の時には傭兵として国に雇われる場合もあるらしいぞ。特に王国は、冒険者の数が多いからな。国からギルドに、そういう依頼が出るらしい」

「戦争……。まあ、騎士を戦わせるよりは安上がりなんでしょうね」

肩をすくめながら涼は言った。

「嫌な言い方をするな……。きちんとした依頼だから、参加しない冒険者もいる。その辺は自由らしい。とはいえ、もし自国が占領されてしまったら、ギルドに預けてあるお金はどうなるかわからんしな……強制的に占領国が持っていく可能性があることを考えると……戦うしかないだろうな」

「くっ、お金を人質にするとは……ギルドも国も、そしてアベルも酷いですね！」

「なんで俺も巻き込まれるんだよ！」

なぜか巻き込まれるアベル。涼と戦友になった時点で、すでに不可避なのだ……。

一日歩き続け、夕方になる頃、遠くに街が見えてきた。

「アベル、街が見えますよ」

「ああ、ようやくだな。恐らくあれは、カイラディーの街だ」

涼は驚き、思わずアベルを見て言う。

「なんで、そんなことがわかるんですか？」

驚くのも無理はない。看板があるわけでもなく、歩いてきた街道に標識があったわけでもなく、誰かとすれ違ったわけでもない。山を下りてきた場所も、相当に人里離れた場所なはずであり、街を特定できる理由が、涼には思いつかないからだ。

「いちおう冒険者として、いろんな街に行ったしな。特に王国の街なら、だいたいわかる」

ちょっと照れたように言うアベルであった。

「ということは、あれはナイトレイ王国の街……」

「ああ、そうだな」

「デブヒ帝国じゃなくて良かったです」

「だから帝国は北の方だと何回言えば……。あのカイラディーの街は、王国の最も南東にある街だ。規模はそれほど大きくないが、あそこから北西に一日程度歩けば、目的のルンの街に着く」

アベルは少しだけ遠い目になって、カイラディーのさらに向こうを眺めた。

「ルン……アベルが目指している街でしたね」

「ああ。リョウ、もし冒険者登録するのなら、カイラディーではなくルンで登録するほうがいいぞ」

「え？　そうなんですか？」

「ルンは辺境最大の街だから、多くの人材と物資が集まってくる。以前言ったとおり、中央諸国唯一のダンジョンがあるのも、人と物が集まる理由の一つだな。所属をルンの街にしておけば、けっこう街中でも融通が利いたりするから。建前上、平等にといわれていても、やっぱり地元の冒険者の方が優遇されるのは、どの世界でもあることだ」

それを聞いて、涼は頷いて言った。

「なるほど。あ、でも、あのカイラディーの街に入る時に身分証明とか……」

「それは、俺が保証人になれば大丈夫だ。B級冒険者だし、入市税に銀貨一枚必要だが、それも俺が出しておくから」

「ああ、アベル、アベルはなんて善い人なんでしょう。もちろん、僕はずっとそう思っていましたよ。本当ですよ？」

そう言う涼を、胡乱《うろん》なものを見る目で眺めるアベル。

だが、すぐに気を取り直して言った。

「そうだリョウ。カイラディーの街は一泊するだけだが、お勧めの食べ物があるんだ。リョウにはぜひそれを食べてもらいたい」


二人がカイラディーの街の東門に着いたのは、完全に陽が落ちる前であった。

涼は、アベルのアドバイスに従って、鞄を肩から掛けた上から、ローブを羽織っていた。外から鞄を見えにくくしたのだ。アベル自身も、鞄はマントの内側にあった。二人の鞄の中には、大量のワイバーンの魔石が入っている。人目につくと、何かと面倒になりそうな物だ。

そのおかげか、街へは、トラブルなく入ることができた。

B級冒険者であるアベルが涼の身分を保証し、入市税銀貨一枚を払った。それだけであっさり入れた。

衛兵が横柄な態度をとり、トラブルが発生し、そこに衛兵の上司がやってきて……みたいな展開をちょっとだけ期待した涼にとっては、少しだけ、ほんの少しだけ残念に感じた。

少し、ほんの少しだけですよ？

宿は、アベルが依頼でカイラディーの街に来るときに定宿としている所であった。

「ここは一階に食堂があるんだが、そこで、例の飯が食えるんだ」

二人は宿の手続きを済ませ、そのまま一階の食堂で席に着いた。

「いらっしゃいませ。何になさいますか」

地味めだが、愛嬌のある少女が注文を取りに来た。

「俺とこっちに、カァリーを」

アベルが、やけにかっこいい発音でカァリーと言う。

「はい、かしこまりました」

少女は注文を取ると、厨房に戻っていった。

「足りなかったら、追加で別のもん注文するなりしてくれ。ここでの飯も俺の奢りだ」

「アベル！　アベルはなんて善い人なんでしょう」

奢ってくれる人は善い人です。

少なくとも、奢ってくれない人よりは、奢ってくれる人の方が善い人でしょう？

二分ほど待っただろうか。

何やら厨房の方から、懐かしい、だが香《こうば》しい、そして食欲を刺激する蠱惑的《こわくてき》な匂いが漂ってきた。

（まさか、この匂いは……）

涼がそう思っていると、先ほどの少女が両手に大皿を持ってくる。

「お待たせしました、カレーでございます」

そこに現れたのは……白いご飯の上にかかった黄色い……香辛料たっぷりの……どろりとしたとろみのある汁……。

「まさか、カレーライス……」

そう、涼の目の前に、日本人の国民食の一つ、カレーライスが出てきた。

（カレーといえば、転生ものの定番……でもそれは、主人公が苦労に苦労を重ね、多くの時間をかけ、世界各地を歩き回ってようやく再現に成功するという……そういう意味での定番。それがすでに『ファイ』には存在しているなんて……）

「リョウがロンドの森で、ライスを出してくれた時にカァリーを思い出してな。さあ食べよう」

「う、うん……」

涼は、誰にも分からないくらい微細に、唇を震わせながら、スプーンですくったカレーを口に運んだ。

一口。

そう、それは紛れもないカレーライス。

しかも、恐ろしく再現度の高いカレーライス。日本の食卓に出てきても何の違和感もない。

涼にしてみれば、二十年ぶり（涼の体感）のカレーライスだ。

ゆっくりと、だが決してスプーンを止めることなく食べる涼。

「リョウ、気に入ったのならおかわりしてもいいぞ」

「！」

アベルのその一言は、涼にとってまさに福音《ふくいん》。

「おかわりお願いします！」

「き、気に入ってもらえてよかった」

涼のその迫力に、若干引き気味になったアベル。

その後、アベルもおかわりをし、二人とも非常に満足した夕飯となった。


「アベル、先ほどのカレーですが、ルンの街にもあるのですか？」

そう、その確認は非常に重要なこと。このカイラディーの街でしか食べられないとなると、拠点はルンではなくこの街に……。

「ああ、ルンでも食べられるぞ。あの、上にかかった黄色いスープ、あれに使う香辛料のいくつかがこのカイラディーの周りでしか採れないから、多少高い店もあるが。まあ、ルンは辺境最大の街だからな、多くの店がしのぎを削っているから、食のレベルも高い。カァリーは、王国の南の街ならたいていい食べられる」

「おぉ。それは素晴らしいですね！」

「リョウは、かなり気に入ったようだな」

涼は大きく頷いた。

「ええ、とても美味しかったです」

いつか、ロンドの森に帰ったら、そこでもぜひ再現しよう……涼は、そう固く心に誓ったのであった。


次の日、朝早く二人はカイラディーの街を発った。

「アベル、昨日のカレーは、本当に素晴らしかったです。ちょ～ファインプレーです」

「お、おぅ……喜んでもらえたようでよかった……」

「アベルは、カレーの情報を隠していたわけですが、まだ他にも、重要な情報を隠しているんじゃないですか？」

「いや、別に隠していたわけじゃないんだが……」

「アベルは、凄くたくさんの秘密を隠し持っていますよね。僕は知っていますよ！」

「え……」

涼は、眼鏡クイッのジェスチャーをしながらアベルの方を向く。冷酷な検事の気分らしい……。一方のアベルは、いくつも思い当たる節があるため、背中を冷や汗が流れている。

「実は甘いもの好きですよね！　さあ、街の甘いものの情報を渡すがいいです！」

ビシッという音が出そうなほどに右手を伸ばし、アベルの顔を指さす。

「あ、うん、まあ、考えておく……」

「えぇ……」

アベルは少し呆れながらも、ちょっとだけホッとして言った。一方の涼は、がっくりとうなだれた。


そんな会話を繰り広げながらも歩く二人。健脚揃いの二人であるため、普通なら丸一日かかる距離であるが、お昼過ぎには、ルンの街一帯を見ることができる小高い丘の上に着いた。

「これは……」

そこから見える景色は、想像を絶していた。

丘の下から視界の果てまでが黄金色に染まる。もうすぐ収穫を迎える小麦畑。

そして、中央に鎮座する巨大な都市。

街というより、間違いなく都市と呼ぶべき規模。街を囲む城壁も、高く巨大。

おそらくは、城壁の中だけでも数十万人が住んでいるであろう。さらに、城壁の外にも、農家だろうか、多くの家があるのが見える。

「街の外にも住んでいる人がいるのですね」

「ああ。農地は街の外にあるからな。元々は、農民も城壁の中に住んでいたらしいんだが、農地への移動も馬鹿にならないということで、今では街の外に家を建てて住んでいる。そういうのもあって、ルンの街は夜になっても城門を閉めないんだ」

これにはさすがに涼も驚いた。

多くの異世界ものはもちろん、地球においても中世の頃であれば、都市の城門は、夜間閉じられるのが常識だからだ。

「それって、防犯上どうなんですか？」

「他の街に比べても警邏《けいら》で回っている連中は多いからな。そういうのもあって、この規模の街にしては治安も悪くない方だと思うぞ」

ひとしきりルンの街を眺めた二人は、丘を下りて街の南門に向かった。

お昼過ぎという、街に出入りするにはかなり中途半端な時間ということもあって、南門には衛兵以外誰もいなかった。

「あれ？　アベル？」

アベルを知っているらしい衛兵が、驚いた表情で問う。

「おお、ニムル。久しぶりだな」

「久しぶりじゃねえ……お前、行方不明になったって……」

「うん、まあ、なんとか生きて帰った」

そう言って、アベルは笑った。

「そ、そうか。で、そっちの連れは？」

衛兵のニムルは、涼の方を向いて尋ねた。

「俺の命の恩人だ」

「おぉ！　いや、アベルを助けてくれて、ありがとうな」

そう言って、ニムルは涼の手を握り、ぶんぶんと上下に振り回した。

「とはいえ、入市税は払ってもらわないといけないんだが……」

「それは俺が払う」

そう言って、アベルは自分のギルドカードと、涼の入市税銀貨一枚をニムルに渡す。

「はい、確かに」

ニムルは確認してそう言うと、今まで以上の、それこそ弾けるような笑みを浮かべてアベルに言った。

「おかえり、アベル」

一言も発することなく見ていた涼であったが、ちょっとだけアベルが羨ましかった。

帰ってくる場所がある。そして、おかえりと言ってくれる人がいる。

それは、長らくロンドの森で、一人で生きてきた涼には無縁のものだ。

特に、これまで何とも思わなかったが、アベルとそれを迎えるニムルの様子を見て、少しだけ寂しさを感じたのは事実だった。

（よかったですね、アベル）

そして、それは旅の終わりを告げる光景でもあった。

アベルが涼に依頼した内容は、ルンの街までの護衛。

そして、ここがルンの街。

二人して門をくぐった瞬間、依頼は達成された。


「リョウ、このままギルドに向かおう。冒険者登録、するだろう？」

「ええ。冒険者にはなってみたいですからね。どうせなら早いうちに登録した方がいいでしょう」

「今なら俺がいるから、ランクアップ登録ができるぞ」

首をかしげる涼。

「ランクアップ登録？」

「ああ、話してなかったか。冒険者ギルドってのは、最初はF級で登録されるのが普通なんだが、B級以上の冒険者の推薦があると、E級かD級での登録ができる。で、俺がリョウを推薦するからD級での登録ができるはずだ」

「D級で登録すると、何かメリットが？」

「高ランクの依頼を受けられる。高いランクであればあるほど、報奨金は多いからお勧めだぞ。まあ、涼はお金に困ることは無いと思うがな」

アベルは涼の鞄を見ながら言った。

「ああ、ワイバーンの魔石ですか？　これ、そんなに価値が？」

はっきり言って、涼には全く価値がわからなかった。

そもそも、一頭あたりアイシクルランスを二発放つだけなのだ。苦労も何もない。それで手に入れることができた魔石が、かなり高価な品物だと言われても、ピンと来ない。

だが、アベルは大きく頷いて言った。

「一頭討ち取るのに二十人は必要なんだぞ？　それほど厄介な魔物の魔石だ……まず、普通は市場に出回らない。つまり値段のつかない物なんだ」

「なるほど……でも、けっこうな数がありますから、これが市場に出たら値崩れを起こすのでは？」

希少性《きしょうせい》というのは、とても大切な価値だ。

「そこは任せろ。ギルドもその辺は上手くやれるから」

そこまで話したところで、二人は目的地に着いた。

それは、ルンの街の冒険者ギルド。

辺境最大の街であるルン。中央諸国で唯一のダンジョンを擁《よう》し、ダンジョンに潜るために他国の冒険者すらも集まってくる街。そんな街の冒険者ギルドも、やはり辺境最大であった。

石造り三階建ての、極めて立派な外観。

その巨大な入口をくぐって、二人は中に入った。さすがに時間が時間ということで、中は閑散としている。依頼を受ける朝、依頼を終えて報告・換金を行う夕方、この二つの時間帯はまさに戦場かというほどにごった返しているのだが、今はお昼過ぎ。

だが、響き渡った一言が、その場の静寂を打ち破る。

「アベルさん！」

声を上げたのは受付の女性であった。

歳は二十歳ほど、茶色の髪の毛をポニーテールにし、身長は涼よりも頭一つ低い。スレンダーな体形で、趣味の良い服を着ている。

「やあ、ニーナ」

ニーナが上げた声に反応して、隣接して設置されている食堂から、冒険者たちが顔を出す。

「うぉ、マジでアベルじゃねえか」

「おかえり～アベル～」

「死んだんじゃなかったのかよ」

驚きに満ちた、十人を超える冒険者たちが、アベルの元に来て無事の帰還を祝った。アベルが行方不明になったということは、ルン所属の冒険者はみんな知っており、かなり心配していた。

ルンほど巨大な街においても、B級冒険者というのは非常に希少な存在であり、その中でも、アベルをパーティーリーダーとする『赤き剣』は、非常に人気のあるパーティーなのだ。

実力は、既にA級と言われる天才剣士アベル。

絶対防御すら使うと噂される、光の女神の神官リーヒヤ。

王国中の盾使いの頂点とさえ言われる、『不倒《ふとう》』ウォーレン。

三人に比べればまだ若いが、実力は宮廷魔法使いに匹敵するリン。

四人は、多くの冒険者の憧れと言ってもいいだろう。そのリーダーが帰ってきたのだ。冒険者たちも取り囲もうというものだ。

涼は、城門の時同様に、その光景を少し眩し気に見つめていた。

(アベル、本当に人気があるんだなぁ。仲良くしておけば、何か恩恵があるかもしれないな)

涼は、たまに打算的になる。


しばらく冒険者たちに囲まれていたアベルであったが、頃合いを見て、涼の方に近付いてきた。そして涼の傍らに立ち、話し始めた。

「こいつはリョウ。俺の命の恩人だ。リョウがいなかったら、俺はルンの街に戻ってくることはできなかった。そしてリョウはこれから、この街で冒険者登録をする。俺らの仲間になる。だから、皆も仲良くしてやってくれ」

驚いたのは涼である。

そんなの打ち合わせしてないでしょ! そういう目で横のアベルを見た後、正面を見直した。他の冒険者たちが、涼が何か言うのを待っているようだ。

「あ、涼です。よろしくお願いします」

涼はそう言って、頭を下げた。

「おお、よろしくなリョウ」

「アベルを助けてくれてありがとな」

そんな声と共に、涼の肩は激しく叩かれた。いずれも、涼への歓迎と、アベルの帰還を助けたことへの感謝の証であった。


「ニーナ、リョウの冒険者登録を頼む」

そう言うと、アベルは涼を伴って受付の前に行った。

さすがにこの頃になると、アベルの帰還を祝った冒険者たちも、食堂の食べかけのままにしていた料理の元へと戻っていく。

そして受付の周りは、受付嬢ニーナとアベル、そして涼の三人だけになっていた。

「ニーナ、リョウの登録だが、俺が推薦人でD級での登録を希望する」

　それを聞いたニーナは驚いた。

　もちろん、推薦でのランクアップ登録の制度はある。ルンの街でも、一年に一回程度は起きることだ。だが、これまでアベルを含めた『赤き剣』のメンバーが推薦人となったことは一度も無い。

「もちろん、それは構いませんが、この制度を使う場合は、推薦に値する証拠の提示をお願いしております。それはどうされますか」

「ああ、承知している。その件も含めて、ちょっとギルドマスターに相談したいことがあるんだが……今から会えるか？」

「大丈夫だと思います。お昼も、お部屋で書類と格闘しながらうんうん唸《うな》っていらっしゃいましたから」

　そう言ってニーナは微笑んだ。

「ギルドマスターを呼んでまいりますので、お二人は奥の応接室へどうぞ」

　ニーナは、まず二人を奥の応接室に通すと、すぐにギルドマスターの部屋に向かった。


　その後、すぐに、応接室にも濁声《だみごえ》が聞こえてきた。

「なんだと！」

　そしてドタドタと走ってくる音。勢いよく扉が開き、強面巨漢《こわもてきょかん》の男が入ってきた。

「アベル……良かった……」

　そう言って、巨漢は膝から崩れ落ちた。

「ギルマス、心配かけてすまなかった。何とか戻ってこられた」

「まったく……アベルが行方不明になったと聞いて、生きた心地がしなかったぞ」

　巨漢は立ち上がり、彼専用らしいかなり大きくて頑丈そうな椅子に座った。

「おっと、その前にだ。そちらの……魔法使いは？」

　巨漢は涼の方を向いて尋ねた。

「こいつはリョウ。俺の命の恩人だ」

「そうか、俺はルンの街のギルドマスター、ヒュー・マクグラスだ。アベルを助けてくれて感謝する」

　そう言って、ヒューは立ち上がり、涼に頭を下げた。

　アベルが「ギルマス」と言ったのは、「ギルドマスター」の略らしい。

「あ、いや、たまたまですから。お気になさらずに」

涼も思わず立ち上がって、頭を下げる。

「それでだ、ギルマス。リョウはこの街で冒険者登録をするんだが、俺の推薦でランクアップ登録を希望しているんだ」

そう聞いて、ヒューは、ドアの近くに立ったままのニーナを見た。

ニーナは頷き、

「それについて、アベルさんがギルドマスターにお話があるそうです」

きちんと伝える前に、ヒューが走り出したために、アベルの面会希望理由は全く伝わっていなかった。

「ああ、そうだったのか。それで、リョウといったか、ランクアップ登録をするにはそれに値するという証明が必要なんだが……」

そこまで言うと、ヒューはドアの近くのニーナを見た。それが人払いのための視線であることをニーナは理解した。

「それでは、私は失礼します。受付におりますので、何かあったらお呼びください」

そう言って一礼すると、ニーナは出ていった。

最初に口を開いたのはアベルである。

「まず、リョウは俺よりも強い」

その言葉は、ヒューと涼の二人を驚かせた。

「おいおい……」

「アベル……お昼に食べた干し肉で、お腹でも壊したんですか?」

ため息をつくアベル。

「まあ、こういうふざけたやつだが、力があるのは事実だ。あと、ルンまで戻ってくる間に、俺とリョウとで倒した魔物から採ってきた」

そう言うと、アベルは自分の鞄から、ワイバーンの魔石を取り出し机の上に並べだした。その数、実に二十五個。

「何だ、この魔石は……。緑だから風属性というのはわかるが……恐ろしくでかい上に、色も濃い。こんな魔石が……いや、まさか、これはワイバーンか?」

「そうだ、ワイバーンの魔石だ。これとほぼ同じほど、リョウも持っている」

アベルがそう言うと、涼も鞄を机の上に置いた。

「馬鹿な……。これほどのワイバーンをいったいどこで……。いや、これは総力を挙げて対処しなければ……国が滅ぶような規模だ……」

ヒューは、絞り出すように言った。ほとんど囁くような声で。

「その点は心配しなくていい。このワイバーンを狩ったのは、魔の山の南の大地だ」

「魔の山？　あの魔の山か？　なんでそんな場所に？」

「船が流されて……流れ着いたのが、魔の山のさらに南に広がる大地だったんだ。で、そこから魔の山を越えて戻ってきたんだが、その魔の山の南側にはワイバーンがいっぱいいた、まあそういうことだ」

アベルは肩をすくめながら説明した。かなり端折《はしょ》ったが。

とりあえず重要なのは、これらワイバーンが今すぐ人類を襲ってくる恐れは無いということと、この先そう簡単に、これだけ大量のワイバーンの魔石を手に入れることはできない、ということが説明できればいいのだ。

「なるほど。で、これらを市場価値が暴落しないように、ギルドのネットワークを使って売りたい。そう理解していいんだな」

「さすがギルマス、話が早くて助かる」

全てを、ここルンの街で売れば、一気に市場価値は暴落する。さらに、どこで手に入れてきたのかということも探られる。だが、ギルドのネットワークを使って、他の街や王都、場合によっては他国への貿易品にして売りさばけば、下手に勘繰られることは無いであろう。

そういうことであった。

「了解した。少し時間はかかるが、俺が責任をもって売りさばく。王家にも買ってもらうとしよう」

そう言った瞬間、アベルはほんの少しだけ顔をしかめた。

「恐らく、一個は、すぐに領主様が買い取るだろうから、二、三日の内にはその売り上げは入金できるだろう。で、お前たちの利益の分は、半々で入金すればいいのか？」

「いや、四対六で。俺が四、リョウが六で頼む」

「アベル、それはダメです。山分けで」

涼の言葉を聞いて、アベルは首を横に振った。

「リョウ、俺はリョウに助けてもらったお礼もロクにしていない。それにこれは、俺をここまで送ってくれた依頼の報奨金でもあるんだ。俺の顔を立てて受け取ってくれ」

「アベル……」

そう言って、アベルは座ったまま頭を下げた。

「リョウ、アベルがここまで言ってるんだ。男を立てて受け取ってやれ」

ヒューもアベルを後押しした。

「……わかりました。ありがたく受け取らせていただきます」

魔石の大きさ、個数を記録し、ヒューが執務室の金庫に保管し終えたところで、廊下から走る音が聞こえてきた。

それと共に、

「みなさん、待ってください。まだそこはお話し中で」

というニーナの声も聞こえてくる。

先ほどの、ヒューが走っていた音に比べると大分軽いドタドタという音が聞こえ、勢いよく扉が開く。そこに立っていたのは、黒いローブを着て、左手には大きな杖を持った、背の低い女性の魔法使いであった。

「アベル……よかった……」

そう言うと、魔法使いは膝から崩れ落ちる。

（どこかで見た光景だ）

涼は失礼なことを思った。

「リン、心配かけてすまなかったな」

アベルのパーティー『赤き剣』の風属性魔法使いのリンであった。

その後からも、白い神官服を纏った女性と、巨大な盾を背負った巨漢の男が部屋に入ってくる。

「アベル……」

神官女性の、鈴を転がすような綺麗な声が涼にも聞こえた。

「リーヒャ、ウォーレン、ただいま」

「ええ……お帰りなさい、アベル」

涙ぐんだリーヒャと、完全に泣いているリン、無言だが安堵した表情のウォーレン。三者三様の姿に、苦笑するアベル。

その光景に、どんな表情をすればいいのか困ったのは、涼だけではなかった。

「アベル、まあ、積もる話もあるだろうから、この部屋を使え。リョウとニーナは、ちょっと向こうで手続きをしよう」

そう言うと、ヒューは涼とニーナを伴って応接室を出た。


そしてギルドマスター執務室。

そこの応接セットにどっかりと腰を下ろしたヒュー。

「ふぅ。ああいう雰囲気は、俺の性には合わないんだよな。リョウもそこに座ってくれ。ニーナ、リョウはD級で登録するから、悪いが登録セット一式をこっちに運んでくれ」

「承知いたしました」

そう言うと、ニーナは準備のために部屋の外に出ていった。

強面巨漢のギルドマスターと二人、部屋に取り残された涼。

「D級登録、よろしいのですか？」

「ああ、かまわん。あんな大量のワイバーンの魔石を見せられたら、納得するしかないわな」

そう言って、ヒューは豪快に笑った。

「まあ、とどめはアベルが刺してくれましたから」

「アベルの実力は知っている。あれは間違いなく天才だ。だが、そうはいっても、剣士だ。その実力を知っている以上、奴一人でワイバーンを倒せないということも知っている。ということはだ、お前さんの実力が相当にあり、アベルに加勢すればワイバーンを倒せるほどに底上げしてくれる、そういう魔法使いってことだ。間違いなくD級登録できる実力さ」

そう言って、ヒューは豪快に涼の肩を叩いた。

骨がきしむ……。

「お？　リョウ、お前さん魔法使いらしいが、体も結構鍛えてるな？」

勢いよく肩を叩いたときに、ヒューは気づいた。

「一人で狩りとかしてましたから。スタミナが尽きて戦えなくなりました、とかじゃ困りますので」

それを聞くと、ヒューはうんうんと何度も頷いた。

「そうなんだよ、ほんっとそうなんだよ。どんだけすげー技やら魔法やら持っていても、体力が尽きたらお終いなんだよ。だが最近のわけー奴はそれが分かってねえ」

そこからしばらく、最近の若い者に対する愚痴と、その辺りをギルドとしてももっと広めていかなければという方針のお話であった。そんなことを言うヒューも、まだ三十代半ばなのだが。

しばらく、愚痴が続いた後、扉がノックされた。

「入れ」

「失礼します。ギルドマスター、登録道具をお持ちしました」

先ほど出て行った受付嬢のニーナが、お盆に大きい水晶などを持って入ってきた。

「おお、じゃあ、リョウの手続きを頼むわ。リョウは、ニーナの説明通りにやってくれれば大丈夫だから。俺は書類と格闘だ」

そう言って、ヒューは自分の机に向かった。

「改めまして、リョウさん、私はルン冒険者ギルド職員のニーナです。よろしくお願いいたします」

「これはご丁寧に。涼です。こちらこそよろしくお願いいたします」

二人は挨拶を交わした。きちんとした挨拶、これ大事。

「では、まず聞き取りを行います。私が質問しますので、それに答えてください」

「わかりました」

(普通、紙を渡されて名前とかを書くパターンが多いと思うのだけど……で、「代筆が必要ですか」とか聞かれて、「いえ、大丈夫です」みたいなやりとりが……。そういうのが多いから、もう最初から、データ

の記入はギルド職員がすることになってるのかな)

涼の知っている異世界ものとは違うらしい……。

「お名前はリョウさん、と。ご職業は、魔法使いでよろしいでしょうか?」

「はい、魔法使いで」

「魔法の属性は?」

「水属性です」

「お住まいは……まだ決まっていませんよね」

「はい、着いたばかりですので」

「登録から三百日までは、ギルド併設の宿舎に住むことができますよ。生活が軌道に乗ったら出ていく、という感じで。あとは登録したばかりの、つまり若手同士の知り合いを作る、的な意味合いもあります」

ニーナは、宿舎説明の紙を涼の前に差し出した。

「三百日までの間でしたら、いつでも入居できますし、退居もいつでもできますので、生活場所の候補の一つとしてご考慮ください」

「考えておきます」

(この紙……活版印刷とかがあるとは思えないのだけど……でも同じ内容の説明書きがいっぱい準備されてる感じだよねえ。また謎が一つ増えた)

『ファイ』に来て、謎ばかりが増えていく涼。

「それと、リョウさんはダンジョンに潜られたことは無いですよね?」

「はい、ないです」

「ギルドでは、毎月、ダンジョン初心者講座を開いています。ダンジョン未経験者を対象に、ダンジョン内での注意すべき点や、採取できるもの、あるいはそれらの換金額、それにダンジョン以外での、冒険者としての初心者講座的な内容も含んでいます。そういったものを無償で学ぶことができます。もし、ダンジョンに潜るご予定があるのなら、受講されることを強くお勧めします」

「ぜひ、受けたいです!」

涼は食いついた。

「今月の講座は、明後日開講です。五日間、毎日異なる内容の講座ですので、五日間とも出られるとよろしいでしょう」

そう言って、ニーナはにっこり微笑んだ。それはとても魅力的で、ヒューが、その様子を自分の席から見ながら頷いていたのは、内緒である。

「では、リョウさんの講座申し込みはこちらでしておきますね。明後日、朝九時までにこのギルドの三階講義室においでください」

「九時？」

地球と同じ、九時？

「はい。広場に時計塔がありますので、それで時間を見てください ね。ルンの街は、九時、十二時、十五時、十八時に時計塔の鐘が鳴ります」

どうやら地球と同じ、九時らしい。

「聞き取りは以上となります。後は、リョウさん自身の登録をしていただきます」

「僕自身の登録？」

「はい。この水晶に手を当てていただけますか」

涼は言われた通り、ニーナが運んできた水晶に右手をかざした。

「登録」

ニーナが呟くと、水晶が光りはじめた。そして少しだけ、ほんの少しだけ、涼から魔力が抜けた感じがした。水晶の光は、集束し、ニーナが持ったカードに入り、弾けて消えた。

「リョウさん、手を放しても大丈夫ですよ。ありがとうございます」

そう言われて涼は水晶から手を放した。涼自身には、何も変化は起きていない。

ニーナは、光が弾けたカードを確認している。そして一通りのチェックが終わったのであろう。涼にカードを差し出した。

「どうぞ、これがリョウさんのギルドカードとなります。身分証の代わりとなることもあるので、紛失した場合はすぐにギルドに届け出てください。再発行には一万フロリン、つまり金貨一枚かかりますので、お気を付けください」

涼はカードを受け取ると、書いてある内容を確認した。名前、冒険者ランクDというのと、ナイトレイ王国ルン所属。

それだけであった。

「何か質問はございますか？」

「すいません、一つだけ。アベルから、ギルドはお金を預かってくれる、それは国内ならどこのギルドからでも引き出せると聞いたのですが……」

「はい、その通りです。窓口で言っていただければ、別室にて手続きしていただけます。先ほど登録に使用した、この水晶で本人確認をする形になります」

「つまりその水晶は、国内全部と繋がっていると……？」

なんということでしょう。

まさにファンタジー、まさに魔法。

地球では、現代においてようやく実現したオンラインシステムが、すでに『ファイ』では実現している！

「そうですね。そういう認識でよろしいかと思います」

ニーナは一つ頷いた。

ちょうどその時、扉がノックされた。ニーナがギルドマスターで部屋の主、ヒューの方を見る。

「入れ」

ヒューは書類から顔も上げずに言った。入ってきたのは、アベルら『赤き剣』の面々。

「ギルマス、応接室を使わせてくれて助かった。もう終わったから帰るわ」

アベルがヒューに報告した。

「おう。気にすんな」

「ギルドマスター、ニーナ、今日十八時から黄金の波亭で、アベル帰還感謝祭をやるから、ぜひ来てね」

そう言ったのは、魔法使いのリンだ。

「もちろん、リョウは主賓だから強制参加だ」

アベルはそう言うと、ニヤリと笑った。

「え……」

固まる涼。

「黄金の波亭は俺らの定宿なんだ。リョウの部屋も用意しておくから、酔いつぶれても大丈夫だぞ」

「それは大丈夫とは言わない……」

「まあとにかく、リョウは参加だ。で、その前に、ちょっとリョウを連れていきたいところがあるんだが」

アベルはそう言うと、ニーナの方を見た。

「冒険者登録は終わりました。リョウさんの質問がなければ、これで終了となります」

「ああ、何か質問があったら俺が答えるから。よし、じゃあリョウ行くぞ」

そう言ってアベルは涼を立たせた。

「では、私たちは先に宿に行って、準備をしておきますね」

神官リーヒャがそう言うと、リーヒャ、リン、ウォーレンの三人は部屋を出た。

「じゃあ、ギルマス、リョウをもらっていくぜ」

「あ、ギルドマスター、ニーナさん、いろいろありがとうございました」

涼は、そう言って頭を下げた。

「おう。これでリョウはルンの街の冒険者だからな、これからもよろしくな」

ヒューはそう言って、片手を上げた。ニーナも、涼に向かってお辞儀をした。

そしてアベルは涼を連れ出した。

「ではギルドマスター、私も窓口業務に戻ります」

「おう、ありがとうな」

ニーナも窓口に戻っていった。


一人執務室に残ったギルドマスター、ヒュー・マクグラス。

「あああ、よかった～～～」

声は、外に聞こえないように小さかったが、まさに万感の思いが込められていた。

「アベルが行方不明、って報告した時の空気ときたら……あれは、もう二度と経験したくねえ。マジで帰ってきてくれてよかった……。まったく……流れ着いた先が魔の山の向こう側とか……。どう考えても絶体絶命じゃねえか……アベルも俺も」

そこまで言うと、自分の執務机に突っ伏した。

「もう、ほんっと、密輪の調査依頼なんて受けなくていいから、マジで。そう、せめて地上にいてくれ。剣で解決できる範囲なら、あいつが後れを取るなんて滅多にないんだから……。ダンジョンでも、多分何とかなる。でも海の上とかやばいから。うん、ほんとに。

そうか、だとしたら連れ帰ってくれたリョウにも感謝だな。マジ助かったわ……。もし戻ってこなかったら、間違いなく俺、命無くなってるだろうし……。あ、戻ってきたこと、報告するか」

そう言うと、ヒューは、戸棚の中に設置してある通信用錬金道具を起動するのであった。

「アベル、どこに連れていくんですか」

ギルドを出ると、涼を連れたアベルは、大通りを北に歩いていった。

「いや、実は護衛依頼の報酬をな……」

「ん？　それは魔石の分でいただくことになっていましたよね？」

「ああ、それとは別でな。最初、リョウにルンまでの護衛を依頼した時……街に着いたら、リョウに服と杖を報酬として買ってやりたいと思っていたんだ……」

こっそり涼の反応をうかがいながら、アベルは切り出した。

「あ、いや、リョウはそのなめした革の服とサンダルを気に入っているのかもしれないから、別にそれを否定するわけではなくてだな……」

「気を使ってくれなくても大丈夫です。サンダルはともかく、さすがにローブの下のこの格好が、街中だと受け入れられないだろうということぐらいはわかりますよ」

涼は苦笑しながら言った。確かに『ファイ』に来て、ずっと一人暮らしではあったが、地球では、普通に十九年生きていたのだから。

「この革も、別に気に入っているとかじゃなくて、ロンドの森で糸を手に入れることができなかったから服を作れなかっただけであって……服を買ってくれるのなら喜んで付いていきます」

「そうか！　ああ、じゃあ普段着とちょっといい服と、二、三着見繕《みつくろ》ってもらおう」

アベルはホッとして言った。

涼の服を馬鹿にしていると受け取られたりしたら、厄介なことになると思っていたから、思った以上にスムーズにいったことに安堵したのだ。

「でもアベル、服はわかりますけど、杖、ってなんですか?」

「いや、リョウって魔法使いなのに、杖、持ってないよな?」

「ええ、魔法使いですけど、杖、持っていませんよ。杖無くても、魔法使えますよ?」

首をかしげながら涼はアベルに答えた。

「いや、杖があると、魔法の威力が上がる……と俺は聞いたのだが……」

そう言いながらアベルは涼の魔法を思い出していた。

(あれより威力が上がる? 今でも、十分以上の威力がある……か)

「そうなんですか。でも、僕は杖、使わないですしね。近接戦が必要な時は、剣ですし」

それを聞いて、アベルは驚いた。

「剣? リョウって剣が使えるのか? 腰のナイフじゃなくて?」

「あれ? 言ってませんでしたっけ? 風属性の魔法使いだったら、三体分身からのソニックブレードと自身の突貫ができるのに、って言ったじゃないですか。剣での近接戦ができないと、突貫できないでしょう?」

「お、おう。ブレイクダウン突貫とか言ってたやつだな。完全に、ただの冗談だと思っていたぞ」

「ひどい……」

そう言っているうちに、目的の服屋に着いた。決して豪奢な造りではないけれども、趣味のいい服が並んでいる店だ。

「ここは、それほど高い服屋じゃないが、仕立てもいいし趣味もいい、けっこうな人気店なんだ。俺の服もここで仕立ててもらっている」

「アベルの服って、耐久力高いですよね。結局、ロンドの森からルンまでもったわけですし」

「た、耐久力……まあ、普段の活動用の服だから、破れにくいのは確かだな」

結局二時間ほどかけて、今日このまま着ていく服と、仕立ててもらう服三着を頼むことができた。

服屋を出て、二人は、黄金の波亭に向かい始めた。

「なあリョウ、本当に杖はいらないのか？」

「ええ、いりませんよ。使い慣れていませんし、さっきも言ったとおり、使うとしても剣ですからね」

「そうか、まあ、それでいいなら……」

そこまで言って、アベルはふと立ち止まった。

「アベル、何止まっているんですか。置いていきますよ」

「いや、黄金の波亭の場所知らないだろうが。そうじゃなくて、リョウ、剣持ってない……よな？」

アベルは、涼の腰回りや背中を見ながら言った。

「ああ、これですよ」

涼はそう言って、デュラハンからもらった刃が生成されていない村雨をアベルに見せた。

「え。いや、それは……えっと……剣……なのか……いつも腰に差してるナイフ……あれ？」

どこからどう見ても、ナイフである。

確かに柄の部分が非常に長い、あまり見たことのないバランスではあるが、ナイフである。

少なくとも、これを剣だと言うのは涼以外にはいないであろうほどには、ナイフである。

「そんなことより、僕はアベルに質問があるんです。アベル、ニーナさんに、代わりに自分が質問に答えておくって言ってましたよね？」

「ああ……そういえば言ったな。何か聞きたいことがあるのか？」

「実は、根本的なことを、いろいろ知らないことに気付きました」

「根本的なこと？」

「ええ。一日がどれくらいの長さだとか、それ以外の単位だとか、いろいろです」

アベルの表情は固まった。

「アベルは、僕のことをとても常識のある奴だと思っていたでしょう。その期待を裏切ってしまって申し訳ないですけどね」

「いや、常識が無い奴だと思っていたから大丈夫。でも、想像以上に常識が無かった……」

「なんたる言い草！　世の中には、無知の知といって、自分が知らないこと自体をきちんと知るのはいいことです、という言葉があるのです。いわば僕のは、そんな無知の知です！」

「お、おう……。なんというか……無知の知というより、無知ばかりな気がするが……」

なんだかんだ言いながら、アベルは説明を始めた。

やはりアベルはいい奴なのだった。


基本的に、いろいろなものが、ほぼ地球と同じ。

一日は二十四時間、一週間は七日間、月の単位も三十日前後……二月が二十八日とうるう年まであったのは、さすがに想定外であったたが。

長さの単位も、メートルやキロメートル、グラムなど、非アメリカ的であれど地球と同じ。

逆に重さの単位がガロンとかだったら、涼も驚いたであろう。

とはいえ、さすがにここまでくると、カレーライスの件といい、過去に転生者または転移者による改変があったとしか思えない。

予感が確信に変わった、というやつだ。


「まあ、いっぺんに理解しろと言われても難しいだろうが、いろんな単位とかは徐々に覚えていけばいいんじゃないか？」

アベルはそう言った。

「いえ、すべて完璧に覚えました」

「天才かよ……」

完璧に覚えたのは当然である。地球の単位と全く同じなのだから。

「あと、ギルドに登録して三百日までなら、ギルドの宿舎を利用できると言われました」

「ああ、あれはけっこう便利だぞ。俺らも、最初の頃、利用してたしな」

アベルは懐かしいものを思い出すかのように、空を見上げた。

「そうですか。それじゃあ、僕も明日から利用させてもらうことにします。明後日から、ダンジョン初心者講座とかいうのにも申し込みましたから」

「ここ三年くらいでできた講座だよな。でもそれで、初心者の死亡率が相当減ったらしいから、実践的な内容なんだろうな。リョウは、魔法の実力はともかく、知識というか常識はないだろうから、いいんじゃないか？」

「アベル……自分が常識に欠けるからって、僕まで同じだと思うのはやめてほしいですね」

そう言うと、涼は肩をすくめてやれやれといった感じでため息をついた。

「待て、リョウは全然常識なかっただろうが、実際。俺は、リョウよりは常識があるぞ？」

「酔ってない人に限って、俺は酔ってないぞ、っていうあれと同じ原理ですよね。困ったものです」

「なんかリョウに言われるのは、すごく腹が立つんだが……」

いかにも納得いかないという表情で、小さく首を振るアベル。

「昔、ある人が言いました。定義するということは、限定するということだと」

「う、うん？」

「常識に縛られていると、想像力も限定されるのです」

「う、うん……」

「常識がないというのは、必ずしも悪いことではないということです。良かったですね、アベル」

「なんで俺なんだよ！　絶対、リョウの方が常識ないだろうが」

アベルはそう言うと、さらに言葉を続けた。

「まあ……常識のない奴と一緒にいると、すごく疲れるよな」

アベルはそう言うと、涼をジト目で見る。

「何で僕を見て言うんですか。僕は、常識ありますから！」

「酔ってない人に限って、俺は酔ってないぞ、というやつだな」

「くっ……。アベルもやるようになった……」

涼は、決して称賛する表情ではなく、いかにも無念という表情でそんなセリフを吐くと、いきなり話題を転換した。

「そうそう、他にも聞いておきたいことがあったんですよ。この街、図書館ってありますか？」

いきなりの転換に若干引きつつも、アベルは少し考えて答える。やはりアベルは善い奴なのだ。

「大きな図書館が二つある。南の方は一般人向けというか、幅広い分野の分かりやすい本が多いな。基礎的な知識を手に入れたいなら、南図書館だ。ギルドの一ブロック南側にある。北の方は専門書ばかりの図書館で、一般人向けではないが……ある程度、専門的な知識がある領域に関してなら、そっちがいいかもしれんな」

「その、南の図書館って、利用するのにお金とか資格とかいりますか？」

「南は誰でも利用できるな。お金は、入る時に二千フロリン、つまり大銀貨二枚を保証金として受付に預ける。で、帰る時に、問題無ければその半分の千フロリンが戻ってくる。本を破ったりしたら、保証金は没収、さらに追加でお金を請求される場合もあるらしい」

そんな話をしているうちに、二人は黄金の波亭に到着した。


翌朝、涼が起きたのは、九時の鐘によってであった。

アベルたち『赤き剣』が借りておいてくれた黄金の波亭の部屋だ。

何度も酔い潰れ、アベルの肩にもたれながら、この部屋に入れられた記憶が、何となくある。

「二日酔い……頭痛い……」

二日酔い……地球にいた頃には経験したことはなかった。そもそも、未成年だったため、お酒を飲んだことがなかったから。それでも、知識くらいはある。

『ファイ』に来て、初のお酒。

最初に飲んだのが、エールと呼ばれた、ビールっぽいものであったのは覚えている。だが、その後はいろんなお酒を飲まされたらしく……何を飲んだか、記憶は定かではない。

アベル帰還感謝祭は、人気者のアベルの無事の帰還を祝うとあって、入れ代わり立ち代わり、かなりの人数が参加した。

そして、その主役アベルの命の恩人ということで、涼は主賓として、多くの人から歓迎された。それはもう大変な人気で……途中、アベルの件を感謝しに来たアベル以外の『赤き剣』の面々、リーヒャ、リン、ウォーレンも、思ったほどには涼と話すことができずに去っていったほどに。

涼は、魔法で生成した水を飲み、身支度を整え、荷物をすべて持って部屋を出た。昨日、アベルに聞いたとおり、ギルド宿舎に移るためだ。

一階に降りると、死屍累々《ししるいるい》……とはさすがになっていなかった。黄金の波亭も、宿泊客用の朝食や、朝食のみの客などが朝早くから利用するために、昨晩寝転がっていた冒険者たちは、強制的に排除された後だった。とはいえ、外に叩き出されたわけではなく、食堂の隅の席に、形の上では座らされていた。実際は、机に突っ伏して寝ているのだが。

「つわものどもが、夢のあと……」

そう呟くと、涼は受付の女将さんのところに向かった。

「リョウさん、おはようございます。朝食、すぐ準備しますね。お好きな席にどうぞ」

「あ、お願いします。あと、この後ギルドの宿舎に移りますので、お会計も……」

「アベルさんがお支払いされていますので、いりませんよ」

女将さんはそう言うと、にっこり微笑んで厨房の方に入っていった。

(アベル……善い人です)

奢ってくれる人は善い人です。

少なくとも、奢ってくれない人よりは善い人です。


白いパン、シチュー、それとチーズという、簡素だがおかわり自由で非常に美味しい、満足いく朝食を食べ終えた涼は、早速ギルドに向かった。

着いたギルドの中は、嵐が去った後といった感じの、荒《すさ》んだ、だがそれでいて峠を越した安堵感、みたいなものがない交ぜになった、なんとも複雑な空気であった。朝の、依頼争奪戦が終了し、今日、依頼を受ける者たちが出払った後の光景なのだ。もちろん、ルンの街にはダンジョンもあるため、ギルドで依頼を受けずに直接ダンジョンに向かう冒険者も多い。

とはいえ、未だに朝の修羅場と化したギルドの状況を見たことのない涼にとっては、よくわからない複雑な空気と表現するしかないもの。

当然、受付嬢たちも疲れている。だが、そこはさすがプロ。涼が近付いていくと、微笑みを浮かべた。涼が近付いた窓口は、ニーナである。

「リョウさん、おはようございます。今日はどうされましたか？」

涼としてはどこの窓口でもよかったのであるが、全然知らない受付嬢よりは、昨日手続きをしてくれたニーナの所が良いだろうと思って、選んだのだ。

「おはようございます。昨日、ニーナさんが説明してくださったギルドの宿舎に入ろうと思いまして、伺いました」

「わかりました。今、宿舎を使っているのは三十人ほどです。ダンジョンに潜っている人たちもいますけど……普通は毎日潜るわけではありませんので、何人かは宿舎に残っていると思います。寝室は六人部屋、談話室はご自由にお使いください。窓口も空きましたし、ご案内しますね」

そう言うと、ニーナは受付から出てきた。

ニーナはギルド入口から外に出て、裏に回った。涼もその後ろをついていく。

「そういえばリョウさん、昨日のアベルさんの感謝祭はお疲れさまでした。ずっと、ラーさんに捕まって飲まされていましたよね」

そういうと、ニーナはクスクスと笑った。

「ラーさんは、アベルさんを実の兄みたいに慕っていますから……リョウさんのこと、すごく感謝していましたね」

ラーというのは、C級パーティー『スイッチバック』を率いる剣士だ。

そう、アベルを慕うラーは、アベルの命の恩人ということで、涼に、あまりにも過剰といえる感謝の気持ちを伝えたのだ……飲み会の間ずっと。もちろん、主賓である涼の周りには、アベルの命の恩人ということで多くの者たちが酒を注ぎ、また食べ物を持ってきてくれたりしたのだが、ラーはその間もずっと涼に感謝し続けていた。

「感謝されるのは嬉しいのですが……正直飲みすぎました」

涼は苦笑しながら答えた。

「ギルドの購買部には、解毒用のポーションもあるので、二日酔いが酷いなら後で購入されるといいと思いますよ」

「二日酔いって解毒用ポーションで治るんですか……」

日々、涼の知識は増えていく。

「ええ。私は試したことないのですけど、冒険者の方々の間ではよく知られているみたいです」

ギルド用宿舎は、ギルド本館の裏手にあった。ギルド本館同様、こちらも石造りの立派な建物で、二階建てだ。

「宿舎の規則みたいなものって、あるんですか？　閉館時間とかそういうのは」

「いえ、一日中、毎日出入り自由です。それだけに、私物の管理は、すべて各自の責任となっています。設備は、六人部屋の寝室と、共用トイレ、共用シャワー室、炊事場付きの談話室です。管理人などもいませんので、全てが自己責任です」

「それもまた……けっこう思い切ってますね」

「以前は管理人がいたのですが、いろいろあって、現在は置いていないのです。お掃除だけは、外部に発注しています。元冒険者の方が経営されている商会で、そこはギルドを含め、けっこう手広く街の清掃を請け負っているんですよ」

（なるほど。冒険者を引退した後は、そういうお金の稼ぎ方もありなのか。現役の間に、街のいろんなところと顔を繋いでおけば、仕事を回してもらえるだろうしね）

「リョウさんのお部屋は十号室になります。現在は、二人、ニルスさんとエトさんですね。お二人でパーティーを組んで、ダンジョンに潜っていらっしゃいます。こちらの部屋です」

そう言うと、ニーナは扉を示した。扉の横には、『ニルス』『エト』という二つの木札が掛かっている。

「入居者は、ここに名前の札を掛けるんです。リョウさんの札もここに用意してきましたので、掛けておきますね」

そういうと、ニーナは『リョウ』と書かれた木札を掛けた。手際がいい。ニーナはかなり仕事ができる女性らしい。

そして扉をノックした。

「はい、どうぞ」

部屋の中から声が聞こえる。

「あら、今日はいらっしゃいますね」

そう言うと、ニーナは扉を開けて中に入った。

「失礼します。ギルド職員のニーナです。ニルスさんもエトさんも、いらっしゃるのですね」

中には、腕立て伏せをする茶髪、逞《たくま》しい体躯《たいく》の二十歳ぐらいの男と、書類を読んでいる、白い神官服の上からでもわかる華奢《きゃしゃ》な男がいた。

「に、ニーナさん。こここっここ、こんにちは」

逞しい男性がしどろもどろになりながら答えた。

「ちょうどよかったです。こちらのリョウさんが、今日から、この十号室に入居されます。お二方ともよろしくお願いしますね」

「リョウです、よろしくお願いします」

そう言うと、涼はお辞儀をした。

「ああ、俺はニルス。こっちのがエト。よろしくなリョウ」

ニルスは立ち上がって、涼に握手を求めた。エトの方は、席に着いたままだが、涼の方を向き、片手を挙げ、頭を下げた。

自己紹介を確認すると、ニーナは一つ頷いて言った。

「では、私は受付の方に戻りますね。リョウさん、明日の講座は申し込んでありますので、遅れないように……って、ここからなら遅れないですね」

にっこり微笑みながらそういうと、ニーナはギルド本館の方に帰っていった。

「う～ん、ニーナさん、やっぱり綺麗だよなぁ」

ニーナが去ると、ニルスが呟いた。

「またかい、ニルス。ニーナさんもそうだけど、受付嬢の方々は競争率高いから、ニルスには無理だってば」

クスクス笑いながら、エトが言った。

「わ、わかってるわ！　けど、いつかビッグになっていい女と結ばれたい、ってのは男の夢だろうが！」

　男女平等が進んだ現代地球ならば、多くの方面から叩かれるかもしれない発言だが、『ファイ』においては、問題とはなっていないようである。

「貴族様と結ばれる受付嬢の方もいるんだよ。普通の冒険者は相手にされないんだから」

　男女平等どころか、冒険者より受付嬢の方が、圧倒的に社会的地位が高いらしい……。

「そんなことよりも、リョウ、だったね。同じ部屋の冒険者同士だし、呼び捨てでいいかな。うちらも呼び捨てでかまわないから」

「ええ、呼び捨てで構いません」

「うん、よかった。どんな人が同室になるかとか、けっこう不安だったんだ。六人部屋に二人だけでしょ？　必ず新人が入ってくるのは間違いなかったから……リョウみたいにまともそうな人で良かったよ」

「だな。これが一号室のダンみたいなのだったら大変だったぞ」

　エトとニルスは、うんうんと何度も頷いていた。

「ああ……やっぱり、そういうの、あるんですね……」

　いつの時代でも、どこの世界でもある……あるあるである。それは地球だけではなく、異世界においてもあるあるらしかった。

「そうだ。俺は剣士で、エトは神官なんだが、リョウはやっぱり魔法使いか？」

「ええ、魔法使いです」

「見た目通りだな」

　そういうと、ニルスは豪快に笑った。

「さっきニーナさんが、明日からの講座、って言ってたから、リョウはダンジョンの講座を受けるんでしょ？」

「はい、五日間の初心者講座を受けます」

「ああ、あれはありがたかったよな。あれのお陰で、俺らはまだ生きている」

　そういうと、またニルスは豪快に笑った。

　それから、涼は、街の事などを二人から聞いた。

話し始めて三十分が経ったころ、再び扉がノックされた。

「どうぞ」

ニルスが言うと、再びニーナが入ってきた。

「すいません、みなさん。実は、新しく冒険者ギルドに登録された方が、宿舎への入居を希望されまして」

そう言うと、ニーナの後ろから、十代半ばに見える男の子が入ってきた。

「アモンです。よろしくお願いします」

「俺はニルスだ。そっちがエトでこっちがリョウ」

「アモンさんも、明日からのダンジョン初心者講座に参加されます。リョウさんと一緒にご参加ください」

そういうと、ニーナはギルド本館に戻っていった。

「う～ん、ニーナさん、やっぱり綺麗だ……」

な？　言ったとおりだろ？　という視線を涼に送るエト。確かに。と頷く涼。二人のアイコンタクトを見て、不貞腐れるニルス。

「いいだろ、別に。そうそう、アモンは若いな。絶対、まだ成人前だろう？」

中央諸国における成人は十八歳。

「はい、十六歳になったばかりです。ただ、家族が亡くなりまして、食べていくために冒険者になろうと思って、ルンの街に来ました」

「まあ、みんな似たようなものだよ」

エトがそう言った。

（神官も食い詰めるの？　少しだけ気になります……）

涼は疑問に思ったが、さすがにその辺りを聞くのはまだ早いかと思って、口をつぐんでいた。

「リョウも、さっき入居したばかりで、明日からの講座を受けるらしいぞ」

「そう、五日間受けますので、アモン、よろしくお願いします」

「こちらこそ、よろしくお願いします」

「それじゃ、俺らダンジョンに潜ってくるから。リョウとアモンも講座、頑張ってな」

そういうと、ニルスとエトは、ダンジョンに潜りにいった。

朝食は、みんなでギルド併設の食堂で食べた。味は、黄金の波亭に比べても遜色《そんしょく》なく、かなり美味しい。しかも、格安であるのがありがたい。

さらに、おかわり自由。

黄金の波亭の朝食といい、ギルドの食堂朝食といい、朝食がおかわり自由というのは、涼にとってはとてもありがたい。地球のビジネスホテルにおける、朝食ビュッフェに通じるものがある。

朝食は、とっても大切だ。

涼とアモンは、しっかり食べて、ギルド本館の三階にある講義室に向かった。講義室は、大学の講義室のように、後ろに行くほど高くなる階段状の部屋であった。あと五分ほどで九時の鐘が鳴る時刻なのだが、中にいるのは十人ほど。二人は前から二列目の席に座った。

（思ったより少ない）

だが、始まる間際の五分で、二十人近くが入ってきて、結局三十人前後の受講者が席に着いた。

こうして、五日間にわたるダンジョン初心者講座が始まったのだった。

「そんなの、あるわけないじゃない！」

涼が同室のアモンと初心者講座を受けている頃、ギルドに併設された食堂に、『赤き剣』の面々の姿があった。

元々は、明日以降のスケジュールについての話し合いだったのだが、アベルの帰還の話になり、そこから涼の水属性魔法の話になっていた。

「いや、あるわけないと言われても……実際あったわけだし」

アベルが涼の魔法について説明したところ、風属性魔法使いのリンに、言下《げんか》に否定されてしまったのだ。

「確かに、アイスウォールという魔法は水属性魔法にあるわよ。でも、あれって、風のエアスラッシュでも切り裂くことができるほど薄いのよ。まあ、それはまだいいとして、アイスウォールを空中に生成して、そこから落としたとか……無理に決まってるでしょ」

リンが、フォーク片手に力説する。

「いい？　魔法ってのはね、術者の周りにしか生成できないの。それは、水属性魔法だろうが、風属性魔法だろうが、あるいは火属性魔法だろうが変わらないの。だから、術者から離れた場所に、魔法を生成、あるいは魔法現象を発生させることはできないの」

「あ、はい……」

リンの迫力に何も言い返せないアベル。

「まあまあ。リンも少し落ち着きなさい。少なくとも、アベルにはそういう風に見えたのでしょうから」

リーヒャが苦笑しながら、興奮しているリンをなだめる。

「リーヒャだって知ってるでしょ。魔法は術者の近くにしか生成できない。常識中の常識よ。それなのにアベルときたら……」

「そうね。光属性魔法も、術者の近くにしか生成できないし、回復を行うにも、すぐ側にいる対象にしか使えないものね。離れた場所にいる人を回復できたら、それはものすごく便利だとは思うけど……無理ですものね」

リーヒャも首をかしげながら考えている。


「そうか……。まあ、そういうこともあったんだ。この黄色い魔石は、その時ゴーレムから手に入れた物ということだ」

そう言って、アベルは、ロックゴーレムから採取した、黄色い掌大の魔石の説明をした。

「それにしても、本当に大きい魔石ね。それ、どうするの？」

「リョウには、俺が倒したやつだから好きにしていいと言われたんだが……」

アベルが蹴り倒して動けなくしたロックゴーレムから採取した魔石なので、アベルが倒したのは確かである。

「アベルはリョウに申し訳ない、と思っているのね。でも、それほど大きなものだと、王家が欲しがるでしょう？　売って利益を半々に、というわけにもいかないでしょう？」

「そうなんだよなあ」

リーヒャの指摘に、アベルはうなだれた。

「ん？　王家に献上すればお金がもらえるんでしょ？　その半分をリョウにあげればいいんじゃないの？」

何が問題なのかわからない、という感じでリンが口を挟む。

「金はもらえるが、誰に金を渡したか報告しなきゃいけないだろ。そこでリョウの名前を出す羽目になる……。確かにリョウはルンの街の冒険者ギルドに登録はしたが、ナイトレイ王国に忠誠を誓っているとかじゃない。あれだけの逸材、国王陛下はともかく、周りの奴らは王国に取り込もうとするだろう」

「アベルが言ってた内容が、話半分だったとしても、取り込もうとするだろうね。でもそれって、ダメなの？」

リンはうんうんと頷きながら疑問を呈する。

「話半分って……俺に対する信頼とか無いのか……。いや、まあ、取り込もうとして、もしリョウにその気が無かったら……あれほどの人材が、ルンの街から出ていって、そのまま外国に流れ出る可能性がある……」

「ああ、なるほど、ルンの街にとっての大いなる損失。ひいてはルンの街を領するナイトレイ王国にとっての損失でもある、と。流れた先が帝国とかだったら、最悪だしね」

「いや、帝国は無い」

そこだけは自信をもって断言できる。アベルはそう思った。

「どうして帝国はないのですか？」

「そうそう、王国に対峙するなら、帝国が一番じゃない」

リーヒャとリンが揃って疑問を呈する。

「帝国の正式名称は、デブヒ帝国だ」

アベルの説明に、うんうんと頷くリーヒャとリン。

「リョウは、デブヒという国名はカッコ悪い。だから帝国は嫌だと言っていた。だから帝国には流れないだろう」

「……はい？」

そう、リーヒャもリンも理解できなかった。

国名がカッコ悪いから流れない。

（理解できないけど、でもリョウ的には絶対に譲れない部分なんだろうな～）

なんとなく、アベルはそう思った。

「アベルがいない間は、ダンジョンには潜らないで、地上の依頼をいくつかこなしたわ。まあ、どうしても断れない依頼をやっただけですけどね」

「ああ、すまなかったな、みんな」

アベルは座ったまま頭を下げた。

「無事に戻ってきてくれてよかったわ。それで、その時の報奨金は四等分して、それぞれの口座に入れてあるから。後で確認しておいて」

「いや、俺はいなかったし迷惑かけたんだから、三人で分けてくれればよかったのに」

「何言ってるの。そういうわけにはいかないでしょ」

「そうそう」

リンも頷く。ずっと口を開かずに聞いているウォーレンも、やはり無言のままだが頷く。

「そうか。ああ、そういえば俺も収入があるんだ。戻ってくる途中に倒した魔物は、魔石とか素材とか回収できなかったんだが、ワイバーンの魔石だけは手に入って。それはギルマスに売りさばくのを依頼してあるから。口座に金が入ったらみんなに渡すから」

「……は？」

「……ワイバーン？」

「……」

三人とも、よく理解できなかった。

当然だろう。

C級冒険者二十人以上を揃えて、ようやく討伐が可能になる魔物なのだ。そんな魔物を倒したとか……。

「アベル、途中でワイバーン討伐の手伝いでもしたの？」

リーヒャが、当然の疑問を投げかける。

「いや。さっき言ったとおり、魔の山を越えて戻ってきたんだが、あの魔の山は、南側がワイバーンの巣になっていたんだ。それで倒しながら戻らざるを得なかったのさ。で、さすがにワイバーンを倒して魔石の回収をしないのは、あまりにももったいないってことで、ワイバーンだけは魔石を回収してきた」

「つまり……アベルとリョウの二人で、ワイバーンを倒したってこと？」

さすがにその光景を想像して、リーヒャの顔もリンの顔も青ざめた。

「ああ。リョウが氷の槍で羽を撃ち抜いて、落ちてきたところを、俺が目に完全貫通くらわしてな」

「羽を撃ち抜いてって……ワイバーンって、風の防御膜が全身を覆っているから、魔法は弾くでしょ……」

リンは信じられないという顔をしながら、声を潜めて言った。自分自身に問いかけているかのようである。

「ん？　そういえばそうだったな。ん～だが、貫いたんだよなぁ」

アベルも首を傾げた。

「そんな威力の魔法なんて……イラリオン師匠でも無理よ」

リンが頭を横に振りながら否定する。

「そうね。そんなことが可能な人なんて、それこそ噂に聞く、爆炎の魔法使いくらいかしら」

「そう、帝国の……爆炎の魔法使い」

リーヒャもリンも、本当に噂でしか聞いたことが無いのだが。

曰く、一撃で王国軍一千人を焼き殺した。

曰く、一撃でワイバーンを爆散させた。

曰く、一撃で反乱軍が立てこもる街を消滅させた。

正直、そんな魔法使いがいてたまるか、というのがリーヒャとリンの感想なのだが……少なくとも王国軍一千人を焼き殺したのは厳然たる事実である以上、恐ろしい魔法使いであるのは確かだ。

「爆炎の魔法使いか……絶対に、戦場では会いたくない奴だよな」

アベルは涼と一緒に行動して、しみじみと思ったのだ。魔法使いは、敵に回してはいけないと。

正直、今までは、そこまで思うことは無かった。パーティーメンバーのリンは、王国でもハイレベルな魔法使いだと言ってもいいだろう。だが、そのリンを敵に回したとしても、アベルはそれほど苦労せずに倒す自信があった。

王国最高の魔法使いの一人である「爺《じじい》」ことイラリオンを相手にしても、苦戦は免れないだろうが、最後には自分が立っているだろうと思っていた。

だが、涼は厄介だ。

まず、詠唱せずに魔法を生成できる。

何のためかわからないが、あえて詠唱してから魔法を生成していたことがあったが、詠唱が適当であることはアベルでも気づいていた。

(多分、カッコいいからとか、そういうものすごく適当な理由に違いない)

正解である。

とはいえ涼は、詠唱せずに魔法を生成し、しかもその生成スピードは尋常ではない。あのアイスウォールを生成されたら、アベルの闘技：完全貫通でも破壊できるかどうか、正直分からない。しかも、自分はアイスウォールの向こう側にいながら、氷の槍で攻撃できるのだ。

そんなの、反則以外の何物でもない！

まず、この段階で、どうやって倒せばいいのか、アイデアが全く思い浮かばない。

しかも、涼はこの街に着いてから言ったのだ。「近接戦もできます」と。

(いや冗談じゃないぞ。魔法使いの部分だけでも勝てるビジョンが無いのに、近接戦もこなせるとか……。

うん、やはり規格外だな。リョウという存在自体が、規格外という結論だな)

そして、帝国にいると言われる、もう一人の規格外な魔法使い。

爆炎の魔法使い。

そう……やはり、魔法使いは敵に回してはいけないということだ。

ダンジョンへ

ダンジョン初心者講座の五日目、最終日。午前中は講義室で質疑応答を行い、午後は受講生全員で、実際にダンジョンの第一層に潜ることになっている。

四日目までで、ダンジョンに潜るために必要な、基本的情報は伝えられていた。ダンジョンの構造、注意すべき罠、注意すべき敵、探索に必要な道具など。

ちなみに、この五日目午後の実地研修では、探索に必要な最低限の道具、例えばポーションや解毒剤などがギルドから支給されることになっている。これはダンジョン初心者には、非常にありがたいことであった。

ダンジョン初心者は、総じて冒険者としても初心者が多い。

他国や他の街から来た冒険者はともかく、ルンの街で冒険者として登録した者は、まずダンジョン上層で腕を磨く。ダンジョン産の魔石や素材をギルドに卸してお金と実績を重ねつつ、冒険者レベルを上げるために地上の依頼も受ける。

そうやって、ダンジョンと地上依頼と両方をこなしながら、冒険者レベルを上げていくのが、ルンの街の冒険者活動の主流だ。例えば、涼と同室のニルスとエトは、月水金でダンジョン、火木で地上依頼、土日休み、というスケジュールで活動している。

否応なしに、ダンジョン内では実戦経験を積むことになる。それを早いうちから繰り返しこなすため、ルンの街の冒険者は、他の街の冒険者よりも戦闘の腕がいいと言われていた。

そして、ある程度の冒険者レベルとなり、地上で報酬のいい依頼が多く回ってくる立場になると、あまりダンジョンには潜らなくなる。ダンジョンに深く潜らなくとも、地上で報酬のいい依頼が来るのだから、わざわざ危険を冒す必要はなくなる。

その結果、ダンジョンの奥深いところは探索されていなかった。

記録が残っている到達最深部は、第三十八層。三十層を越えると、B級パーティーでも苦戦し始めることを考えるなら、これ以上はなかなか探索が進まないのも仕方のない事であった。

「いよいよ午後からダンジョンですね。緊張してきました」

アモンが小さな声で涼に話しかける。

「まだ朝ですよ。アモン、今から緊張していたら午後には疲れ切っちゃいますよ」

苦笑しながら答える涼。

「分かってはいるのですが……」

小声で会話している横でも、質疑応答が続いていく。

受講生たちが、これまでの講義では触れられなかったが疑問に思っていること、その質問に、元冒険者である講師のギルド職員が、答えていく形式。

だが、涼が知りたい情報を質問する者はいなかった。

(ん～　自分で尋ねるか。恥ずかしいけど……聞くは一時の恥、聞かぬは一生の恥)

「他に誰か質問はあるか」

そこに挙手する涼。

「うん、リョウ、何かあるか」

「はい、ルンの街のダンジョンには関係しないのかもしれないのですが、一度クリアした階層までの転送機能、みたいなものは無いのでしょうか」

その質問をすると、講師以外の全員がポカンとしている。涼の隣で、アモンもポカンとしている。

うん、想定内の反応だ。

「おお、リョウ、よく知っているな。そういうダンジョンも確かにある。リョウの質問を補足すると、例えば十階層までクリアしていれば、次に潜った時に十階層から探索を進めることができる、そういうダンジョンが存在するんだ」

それを聞いた受講生たちは一様に驚いた。当然だろう。そんな機能があれば、毎日帰宅して、リフレッシュしたらまた続きから探索、ということができるのだから。これほど、ダンジョン冒険者にとって便利な機能はない。

だが……。

「だが、残念ながら、ここルンのダンジョンにはその機能は無い。西方諸国のダンジョンにはあるらしいが……俺も聞いた話だから、仕組みとか詳しい部分とかは知らん」

「いえ、ありがとうございました」

(やはり、ルンのダンジョンにはそういうのは無いんだな。まあ、ダンジョンはちょっと潜ってみたい、という程度で、攻略を目指しているわけではないからいいんだけど)

そう思っていると、アモンが囁いてきた。

「リョウさん、凄いこと知っていますね！　さすがD級冒険者です」

そう、同室の三人、ニルス、エト、アモンには、リョウがD級冒険者として登録されていることは、宿舎に入居した日に話してある。とはいえ、当然の事であるが、冒険者としての先輩はニルスとエトなので、二人の顔をつぶすようなことはしていない。

「いや、ちょっと聞きかじっただけだから……」

アモンのキラキラした目が、涼には、逆にプレッシャーになっていた。

午後、受講生は全員でぞろぞろとダンジョンに移動した。

ルンの街のダンジョンは、街の中央にある。正確には、ダンジョンを中心にして街が造られた。街はぐるりと城壁に囲われているが、ダンジョン入口の周りも、巨大な二重防壁に囲われている。

「数年に一度、ダンジョン内で魔物が大発生することがあるというのは、講義の中で説明したと思うが、それは地上にまで出てくる場合が多い。それを街の中に出さないで、ここで迎撃するために、この二重の防壁が造られた」

街の城壁は、外からの攻撃を防ぐためだが、ダンジョン入口の防壁は、ダンジョンから溢れた魔物を閉じ込めておくためのものらしい。

ダンジョンの入口脇には、冒険者ギルドの出張所がある。ダンジョンに入る際、名前と日時が記録される。あまりにも長く出てこない場合は、生死不明としてギルド内では処理されるのだ。

また、ダンジョンから戻ったら、この出張所で魔石や素材の買い取りもしてもらえる。

「今日は、受講生は全員すでに記録済みだから、このままダンジョンに潜るぞ」

講師の声が聞こえ、受講生の間に緊張が走った。

それは、涼とアモンも例外ではなかった。アモンは特に、ガチガチである。

「アモン……もう少しリラックスしたほうがいいと思うよ。ほら、深呼吸」

スーハー。スーハー。

「す、少しよくなりました」

あんまり変わっていない……涼は、そう思ったが口には出せない。

「あ、うん。まあ、みんなもいるから大丈夫」

「はい」

そう言って、二人は受講生集団の最後尾についていき、ダンジョンの二重扉をくぐって、中に入っていった。


「かなり広いですね」

扉をくぐり、百段ほどの階段を下りた先が、ダンジョン第一層。そこは、かなり大きな広間となっていた。向こうの壁が見えないほどに。

「講義でも話したとおり、この第一層にたいした魔物は出ない。各自で動いていいが、この広間が見える範囲で動けよ。二時間後には外に出る。その時に戻ってきていなかったら、置いて帰って、ギルドに救助要請を出す。そんなことになったら、しばらくダンジョンには潜れないと思え！」

涼とアモンは、ペアになって広間を歩いていた。

アモンは剣士であるが、それこそ昨日、村から出てきたばかりなため、腕に覚えはない。村で、引退した冒険者に稽古をつけてもらってはいたらしいが、それもまだ半年程度。そのため、移動は、剣士前衛ではなく、二人並列であった。

「ん？　何かいますね」

涼がアモンに囁いた。

「え？　どこですか？」

そう言うと、アモンはきょろきょろと辺りを見回す。

「いや、前方ですけど、まだ距離はあります。一分後くらいに遭遇する。僕が、水属性魔法でそいつの足を止めますから、その後にアモンは剣で攻撃してください」

「は、はい、わかりました！」

アモンは、傍から見てもわかるくらいにガチガチに緊張している。

(まあ、完全に相手の動きを止めてしまえば問題ないでしょう)

そして一分後、ついに魔物を視認できた。

「ソルジャーアント。兵士蟻《あり》。他のアント系と違い、蟻酸《ぎさん》を吐くことは無い。首の付け根を斬り落とすのが一番らくちん」

ミカエル（仮名）がくれた『魔物大全　初級編』にも載っている、初級レベルの魔物だ。全長は一メートル程。ダンジョンにも登場するらしい。

「はい、わかりました」

アモンは、まだ緊張しているらしく、ぎこちなく頷いた。

「では、足を止めますね。氷よ　その冷徹なる力にて敵を貫け〈アイシクルランス８〉」

涼の左手から、八本の氷の槍が発射され、弾道を描いて上空からソルジャーアントに突き刺さった。

「ギィィィッィイイィィィィ」

ソルジャーアントの悲鳴が響き渡る。

八本の氷の槍は、ソルジャーアントの六本の脚、腹、胴を貫き、地面に縫い付けた。

「アモン、横から近付いて、ソルジャーアントの首を斬り落としてください」

「はい！」

剣を抜いたアモンは、時計と反対回りの弧を描いてソルジャーアントの側面に回ると、気合いと共に上段から剣を振り降ろした。

「ハッ！」

ジャキンッ。

見事に、ソルジャーアントの頭は胴から切り離され、息絶えた。

「お見事！」

涼は拍手をしながら、アモンに近付いた。

「ふぅ、ふぅ、ふぅぅぅ」

アモンは、まだ少し興奮している。

だが、深呼吸を繰り返すうちに、落ち着いていった。

「やりました、リョウさん」

「うん、お見事でした。素材は難しいけど、魔石は持って帰りましょう。アモンの、ダンジョンの初獲物記念ですからね」

涼は微笑みながら言った。

「え？　いいんですか？」

「僕らは冒険者です。ダンジョンでは、稼いでナンボですよ」

そういうと、涼はミカエル謹製ナイフを、斬り落とされたソルジャーアントの頭に突き立てた。動物系の魔物は心臓付近に魔石があるが、昆虫系の魔物は頭に魔石があることが多い。ソルジャーアントは頭に魔石があると、魔物大全には書いてあった。

ほどなくして、小指の先ほどの小さな魔石を取り出す。

「〈水よ出でよ〉」

水で洗い、綺麗になった魔石は、薄い黄色。土属性らしい。

涼はその魔石をアモンに渡した。

「記念品ですね」

「はい」

それをもらったアモンは、少し泣きそうになっている。特に思い入れがある敵でもなく、苦戦したわけでもないのだが、なぜか涙腺が緩んだのだ。だが、泣くのは何とか我慢した。

「では、ゆっくり集合場所に戻りましょうか。ダンジョン内だと、この死骸はスライムが片づけてくれるんですよね。便利ですねえ、ダンジョン」

涼はそういうと、嬉しそうに魔石を眺めながら歩いているアモンの横についた。

（自信をつけるには、成功体験を重ねるのが一番）

ダンジョンに潜った時にはガチガチだったアモン……だが、もう、そんな様子は微塵も無かった。

「それでは、リョウとアモンの講座終了を祝して、乾杯！」

ギルド併設の食堂では、宿舎十号室四人による祝賀会が開かれていた。

とはいうものの、食堂ではアルコールは提供していないし、持ち込みも不可だ。そもそも、アモンはまだ未成年の為、アルコールは飲めない。というわけで、四人ともジュース。ニルスと涼は、まるでリンゴなりンドーを絞ったジュース、エトとアモンはオレンジジュース。どちらも体にいいため、男女ともに冒険者には人気がある。

「それにしても、講座の見学で潜った初ダンジョンで、ソルジャーアントを狩ってくるとは……やるねぇ、二人とも」

エトが、ニコニコしながら言った。

「いえ、私はとどめを刺しただけで。リョウさんが動きを止めてくれたお陰です」

アモンが、山賊焼きのような鳥肉を片手に照れている。

「アモンが、きちんと刃を立てて斬ったから倒せたのであって、卑下《ひげ》する必要は全くないですよ」

リョウは、牛肉らしきもののステーキを食べながらアモンを褒める。

「いやあ、どっちにしても、魔石を採れたのはめでたいからいいじゃねえか」

両手に骨付き鳥モモ肉を持ち、ガハハと豪快に笑うニルス。

ギルド食堂の料理は美味い。そして量も多い。冒険者だけではなく、ルンの街の住民も普通に利用できる施設だが、利用者のメインが冒険者であるために、やはり基本的な量が多いのだ。

「うちのパーティーは、明日、明後日はお休みなんだけど、二人はどうするの？」


それぞれ料理を食べ終え、おかわりをしたジュースを飲みながら、エトが涼とアモンに聞いた。今日は金曜の夜。土日は、ニルスたちのパーティーはお休みだ。

「私は、ちょっと潜ってみたいのですけど……。一人だとちょっと……。野良パーティーとかを探した方がいいですかね？」

アモンは、今日の感覚を忘れたくないこともあって、やる気であった。

「アモン、やる気だな！　やっぱ前衛はそうじゃないとな！」

剣士のニルスは、剣士見習い的なアモンを、同じ前衛として気にかけているようだ。

「気持ちはわかるけど、野良は当たり外れが大きいからなあ……」

エトは、野良パーティーはお勧めしなかった。

「なら、僕と潜りますか？　第三層くらいまで、ちょっと見てみようと思っているので」

「ホントですか！　ぜひ、お願いします！」

涼の提案に、アモンは一も二も無く乗った。

「ちょっと、第一層に蟻がいたのが気になるんですよね」

「ああ、本来、一層はコウモリだもんな。そういえば、俺らも一層でソルジャーアントに出くわしたこと、あったな？」

「そうそう。ギルドに聞いたら、ここ半年ほど、たまに一層や二層でソルジャーアントとの遭遇の報告があるみたい」

エトが、ギルドに確認していたみたいだ。

「何で、いないはずの蟻がいるんでしょうねぇ」

「それは、蟻が縦穴を掘って一層までやってきているからだ」

「！」

突然の乱入者に、ニルス、エト、アモンは驚いて、声の方を見た。

「アベル、ベテランさんが新人に絡むのは感心しませんねぇ」

涼だけは、アベルが近付いてきた気配に気づいていたために驚くことはなかった。

「絡むって……新人の疑問に、的確に答えただけだろうが」

渋い顔をしながらため息をつくアベル。そして言葉を続ける。

「お前さんたちがリョウのルームメイトだろ？　俺はアベル。リョウは強さは悪くないが、性格に難があるから構ってやってくれな」

「アベル、喧嘩なら買いますよ？」

挑発するアベル。受けて立つ涼。もちろん、ただじゃれ合っているだけだ。

「あ、アベルって……赤き剣のアベルさんですよね！　自分、剣士やってます、ニルスです。まだルンに出てきたばかりのＦ級冒険者ですが、憧れてます！　もしよければ握手してもらえると……」

カチンコチンに緊張したニルスが、立ち上がって直立不動の姿勢でアベルに自己紹介をした。

「おう、もちろんだ」

そういうと、アベルはニルスの手を握って言った。

「頑張れよ。だけど、絶対無理はするなよ。冒険者は、ダンジョンでは特に、生き残ることが一番重要だからな」

（こういうことをさらっと言えて、さらっと握手できるのが、アベルの人気が高い理由なんだろうなあ）

涼はそう思った。

「それにしても、どうしてこんな時間に、アベルがギルドにいるのですか？」

もう時刻は、午後八時近いはずだ。

ギルドへの報告は六時くらいまでに終わらせ、その後は家に帰るなり飲みに出かけるなりする冒険者が多い。そう考えると、食事以外で八時近くにギルドにいる理由は、あまり想像できない。

「ああ、依頼された案件がかなり長引いてな。ようやく、さっき戻ってこられたわけだ」

アベルがそこまで言ったところで、アベルの後ろから声が響いた。

「あ～！　アベルこんなところにいた！」

アベルのパーティーメンバー、魔法使いのリンであった。

「アベル、ギルドマスターへの報告があると言ったでしょ。逃げないで」

神官のリーヒャが、その後ろからさらに声をかけた。

「いや、ほら、ベテランとして新人くんたちにいろいろと指南を……」

「リョウたち、ごめんね。アベルをもらっていくね。ウォーレン、アベルを抱えて」

リンが言うと、盾使いのウォーレンが、軽々とアベルを肩に担ぎ上げる。アベルも身長百九十センチほどと、かなりの高身長なのだが、二メートルを超え、まさに巨漢といえるウォーレンにかかると軽々と持ち上げられてしまうのだ。

「いや、待て、こらウォーレン、自分で歩くから。ちょっ、降ろせってば」

その光景を見て、周りからも笑い声が上がる。

「リョウ、ごめんなさいね。私たちギルドマスターに報告しないといけないから、アベルをもらっていくわね」

相変わらず、鈴を転がすような声のリーヒャ。

「ええ、もちろんです。赤き剣のリーダーですから、煮るなり焼くなりお好きに」

「リョウ、この裏切り者！　だからウォーレン、降ろ

せってば」

赤き剣は、嵐のように去っていった。

「なんか、すごい光景でしたね……」

アモンがとても冷静な一言を発した。

「ああ、リーヒャさん、まさに天使……」

エトが何か呟いている。

「アベルさん、まじカッコいいっす」

ニルスが世迷いごとを言っている。

今のどこに、カッコいい要素があったのか……。


涼とアモンは、ルンのダンジョン第二層にいた。ここは、レッサーウルフなどの狼系魔物がいる階層だ。

「氷よ貫け〈アイシクルランス4〉」

二頭のレッサーウルフそれぞれの後ろ脚を、氷の槍で縫い付けて飛び上がれなくした。アモンが、そのうちの一頭に対して攻撃を仕掛ける。レッサーウルフも、無事な前脚と口で応戦する。アモンは、攻撃とバックステップを繰り返し、自分が傷を負わないようにレッサーウルフのダメージを蓄積させていく。

(足の止まった相手には非常に有効ですね。足が止まっていない相手に対してはどうやって戦うのでしょう……)

アモンは、数度の攻撃で、レッサーウルフの両前脚を使えないようにした。

「ハッ」

最後に喉に突きを入れてとどめを刺す。

後ろ脚を氷の槍で止められているもう一頭に対しても、同じようにしてアモンは倒した。

「お見事です」

「はい、ありがとうございます」

アモンは顔を紅潮させて答えた。昨日ほどではないが、倒した直後は興奮するようだ。

涼は、アモンが先に倒した方の魔石を回収する。

第二層に入って、六頭目のレッサーウルフたちであった。先の四頭は、昨日の蟻同様に、涼が氷の槍で脚全てを地面に縫い付けた状態で、アモンがとどめを刺した。今の二頭は、後ろ脚を氷の槍で地面に縫い付けた状態で、アモンには戦ってもらった。

「アモン、どうですか？　次は、一頭だけ……ノーダメージは厄介な相手なので、前脚の片方にダメージを負った状態の狼と戦ってみますか？」

ダンジョン探索というより、完全にアモンの戦闘訓練と化している。

「お願いします！」

「いい返事です」

誰でも、やる気に満ちている若者、素直な若者は好きなものだ。涼も例外ではない。もっとも、涼は見た目、十代後半なので、十分に若者なのであるが……。

「でも、リョウさん、いいんですか？」

「ん？」

「ぼくは、ダンジョン探索と戦闘訓練と、両方やってもらってすごくありがたいのですけど、リョウさんは物足りないのではないかと……」

アモンが、レッサーウルフから取り出した魔石を水で洗いながら問いかける。本来、水はダンジョンにおいて貴重なものであるが、水属性魔法使いがいるので、無制限に使い放題だ。

「そんなことは気にしなくていいのです。ルームメイトが強くなるのに手を貸すのは、当然なのですから。そういえば、アモンの剣術というか動きというのは、アベルの剣術に似ているのですが、村の元冒険者から習ったのでしたよね？」

「アベルさんに……！　あ、はい。キーロ爺さんという方に教えていただいたのですが……爺さんとは言っても、立派な体格で畑仕事もバリバリやられているのですけど。剣術は、王都の大きな道場で学んだそうで、なんとかいう有名な流派……ヒューム派だったかな、の剣術らしいです」

あんまり覚えてなくてすいません、とアモンは恐縮した。

「なるほど。基礎がしっかり身に付けば、きっと、すごく強くなれると思いますよ。アベルがそんな感じでしたから。では先に進みましょう」

そう言って、二人は並んで歩きだした。昨日同様に、二人並列である。

「リョウさんは、魔法使いだと思うのですけど、剣も詳しいのですか?」

「昔、師匠に稽古をつけてもらっていたのですが……

元々が我流なので、剣に詳しいとは言えないですね」

そういうと、涼は遠い目をした。頭の中には、久しぶりに妖精王たるデュラハンの姿が浮かんでいた。

「すごいですね! 魔法使いの上に剣術もとは……。あれ? でも普段は剣とか持ってませんよね」

(つい最近、そういうやり取りをした記憶が……)

涼はそんなことを思いつつ答える。

「僕の剣はこれです」

そう言って、村雨をベルトから取り出すと、氷の刃を生じさせた。

「な、な、なんですか、それ……」

アモンの、思いっきり開かれた目は、面白かった。とはいえ、氷の刃を生じさせた剣、というか反っているから刀の方が近いのだが、そんなものを初めて見れば、誰でもアモンのようになるであろう。

「師匠がくれた、水属性魔法使い用の剣です」

「氷の刃……ああ、確かに、水属性の魔法が使えないと、刃を生じさせることもできないのですね。でも、こんなの、初めて見ました」

そこで、涼が反応した。

「レッサーウルフが二頭、前方から来ますね」

「あ、はい!」

村雨を見て、ちょっと浮かれていたアモンは剣を鞘から抜き放ち、気を引き締める。

「では、先ほど言ったとおり、一頭、前脚にダメージを与えますので、戦ってください」

「はい!」

「〈アイシクルランス2〉〈ウォータージェット〉」

二本の氷の槍が、一頭のレッサーウルフの両後ろ脚を貫いて地面に縫い付ける。そして、もう一頭のレッサーウルフの左前脚を〈ウォータージェット〉が撃ち抜く。

「キャァァイン」

前脚を撃ち抜かれたレッサーウルフが悲鳴を上げた後、三本の脚で立ち、向かってくるアモンに相対した。

レッサーウルフの魔石は、小さな緑色の魔石であるため、魔物としては風属性なのだろうが、エアスラッシュのような遠距離攻撃魔法は使えない。突進においても、同じ風属性の魔物であるアサシンホークのような、魔法を使った音速の突貫はない。

レッサーであり、第二層に出る魔物なのだから、それほど強くはない。それでも、F級冒険者として登録したばかりのアモンにとっては、一対一なら強敵と言える。

いちおう、涼とアモンの表面には、極薄の〈アイスアーマー〉の魔法がかけられている。戦闘の動きには全く影響しないので、アモンはすでに、その事は意識の外にあるのだが。

訓練ならその方がいい、涼はそう思った。

アモンの戦い方は、先ほどの後ろ脚を地面に縫い付け、足を止められたレッサーウルフに対峙した時と、基本的には同じであった。出入りを多めに、ヒットアンドアウェイ。ただし、レッサーウルフが前脚を撃ち抜かれながらも突っ込んでくることがあるので、斜め後ろへの回避が多めだ。

（なるほど。大ダメージは受けにくい戦い方です。心配なのはスタミナ切れかな。まあ、スタミナは、真面目に走れば誰しもが身に付けることができるものだから、なんとでもなるし……。そういえば、最近走ってない……）

ロンドの森にいた頃は、毎日午前中は走っていた……というか走りながら魔法制御の訓練をしていたが、森を出てアベルと旅をし始めてから、そういうのをしていないなぁ、と涼は思い出したのだ。でも四人部屋だと、他の人起こしちゃったりしないかな、とかいろいろ考えている間に、アモンがレッサーウルフを倒した。

「お見事です」

だが、かなり疲労したのであろう、剣を支えにして立っていた。

「アモン、座って休憩しましょう」

涼は、後ろ脚を縫い付けられているレッサーウルフの首を、村雨で一刀のもとに斬り落とした。そして、ミカエル謹製ナイフで魔石を取り出す。アモンが倒したレッサーウルフの方も魔石を取り出すと、アモンの元に戻ってきた。

「〈アイスウォール全方位〉」

四方向＋天井に〈アイスウォール〉を張り、五メートル四方の安全エリア立方体ができ上がった。

「この氷の壁は、簡単には突破できないので、ゆっくり休みましょう」

「すいません」

アモンはそう言うと、大の字に寝転んだ。まだ息が荒い。

(万全を期すなら、この床にも〈アイスウォール〉を張るべき……いや地面はでこぼこしているから、〈アイスウォール〉じゃダメか……〈アイスバーン〉なら、ある程度の耐久性もあるし、いけるか……ただ、アイスだから冷たいよなぁ……地面から五ミリくらい下に張れば冷たくないかな……ていうか、地中に〈アイスバーン〉を生成できるのかな……これは地上に戻ったら実験しよう)

涼が、そんな〈アイスバーン〉の生成について考えていると、ある程度息が落ち着いたアモンが起き上がった。

「すいません、多少動けるようになりました」

相当無理をしながら言っているのは、涼にも分かる。

「いや、無理をするような場面じゃないので、ゆっくり休みましょう。まずは、水を飲んでおくといいですよ」

アモンは言われるがまま、水筒から水を飲んだ。

何かがあって、お互いはぐれてしまう可能性もあるため、それぞれでダンジョン探索用の道具は持っている。例えば水筒、ポーション、解毒剤などを。

「ふぅ」

文字通り、アモンは一息ついた。

「それにしてもこの氷の壁、すごいですね。完全に透明ですよね。透明の氷って、見たことないです。いっつも、白くなっているじゃないですか」

「それは、水の中に含まれる不純物と空気のせいですね。それらを完全に排除すると、魔法じゃなくても透明な氷になりますよ。これは、魔法だから完全に透明ですけどね」

涼はそう言うと笑った。

現代の地球においても、ほぼ完全に透明な氷は作られている。家庭の冷蔵庫や、業務用であっても製氷機では作ることはできないが、手間をかけて、四十八時間以上という時間をかけて、プロの手によって作られている。

例えば、氷彫刻で使われる氷は、そういうところで製造されたものだ。

地球では、それほどの手間と時間をかけて作るものが、『ファイ』では一瞬で作れる……魔法って偉大！

「水属性魔法ってすごいんですね！」

アモンが、涼と氷の壁を尊敬の眼差しで見た。

（よしよし、少しずつですが、水属性魔法使いの地位向上に貢献していますね）

涼は心の中で頷く。

「それにしても、動く相手の戦闘だとこれほど消耗するんですね……」

微妙にアモンは落ち込んで言う。

「村にいた頃は、魔物との戦闘はしなかったのですか？」

「数人で一頭を、という形でしか経験していないです」

一対一で戦うのと、複数でボコるのとでは、神経のすり減り方が全く違う。

「アモンの戦い方は、疲労しやすいでしょうからね」

ヒットアンドアウェイというと響きはいいが、出入りが多いということである。それは、絶えず足を動かすことに繋がり、結果、疲労しやすい。

「そうですか……」

やはり微妙に落ち込むアモン。

「ですが、極めれば、大きな怪我をしにくい戦い方だと思います。要は持久力さえ付ければいいわけです。そして持久力は、誰でも身に付けることができます」

「ホントですか！」

目を輝かせて涼を見るアモン。

「ひたすら走る。ただこれだけで、誰しもが持久力を身に付けることができます。疲労しにくい体を作る。これはどんな場面においても役に立つ、万能の力ですよ」

「なるほど！」

「あとは、腕や肩など上半身の筋肉にも持久力をつけるのには、素振りが役に立ちます。村でも習ったでしょう?」

　素振りや型の練習をしなくていい、などという剣術は、世界中探しても存在しない。

「はい。毎日やる型などを習いました」

「それをきちんと続けることが上達への道だと思います。僕はアベルとしばらく旅をしましたが、アベルですら、早朝に型の稽古をしていました」

「アベルさんも!」

「アベルは剣の天才ですが、天才でも努力するのです」

「私は……剣の才能は無いのだろうと思っています」

　アモンは微妙に低いトーンで言った。まだ、少しネガティブなようだ。

「アモン、僕が知っている最強のキシは、才能とは何かと問われて、こう答えていました。『才能とは続けられること』であると。継続は力なりですよ」

　勢いよく顔を上げ、アモンは涼を見つめた。

「アモン、あなたは努力し続けることができないのですか?」

「いえ……やります! やってみせます!」

　やってやります! と隣で叫んでいるアモンを見ながら、涼は頷いていた。

（モチベーターというのはなんと難しいものか……。人を煽る……ぜひ欲しい能力です）

　アベルを煽るのは得意な涼……世界はいろいろと難しいらしい。


次の日は日曜日。

　さすがに、二日連続でダンジョンに潜るのはやめた方がいいということで、アモンは早速鍛えていた。

　早朝、朝食前に剣を振り、朝食後、冒険者ギルドの屋外訓練場を、午前中いっぱい走る。もちろん、まだそれほど体力があるわけではないため、ゆっくりと走る。だが、決して止まることなく、歩くこともあるが、とりあえず動き続ける。昔、涼がロンドの森でやっていたことでもあった。

　一番若手の、やる気のある姿は、先輩たちにも良い影響を与えた。アモンの走っている姿を見て、ニルスとエトも走り始めた。もっとも、体力のない神官エトはすぐに脱落していたが……。

ちなみに、その中に涼の姿は無かった。

涼の底無しの体力を見たら、逆にやる気を削ぐかもしれない！　などと仲間思いなことを考えたわけではなく、単に、他にやりたいことがあっただけだ。

それは、錬金術について調べることであった。

レオノール

ルンの街には、南北に一つずつ、大きな図書館がある。

冒険者ギルドにほど近い南の図書館は、一般向けや、入門者向けの書籍が多い。涼はそう聞いていたので、まずは南図書館に行ってみることにした。

図書館前は大きな広場になっており、隣接してかなり大きめな本屋があった。

（貸し出しが禁止されている図書館だからこその商売。図書館で本を探して、隣の本屋で買う……地球では考えられない商売のスタイル）

涼は大きく頷き感心した。

南図書館は、外観からして、非常に大きかった。立派な石造り、五階建てほどの高さであろうか。入口扉も、人の背丈の三倍ほどの、重厚な木製扉。図書館の入場料は二千フロリン。何も問題を起こさなければ、出る時に半分の千フロリンが返ってくる。

中は……驚くほど広い。かつて地球にいた頃に連れていってもらった、ドーム球場並みの広さであろうか。入口から一段下がった広大な空間に、数えるのも馬鹿らしくなるほどの、大量の開架式書棚が並んでいる。

「これは……一人で探すのは無理な気が」

一度カウンターに戻り、錬金術の入門書関連の場所を聞いた。

「どうぞこちらへ」

そう言うと、カウンター付近で仕事をしていた司書らしき女性が、案内してくれることになった。カウンターから、だいぶ遠い場所にあるらしい。

ゆうに五分以上は歩き、ようやく着くことができた。

「全くの初心者ということであれば、この本と、こちらの本を最初に読まれることをお勧めします。あと、初級のレシピとしては……これがよろしいかと思います」

そういうと、女性司書は涼に三冊の本を探し出してくれた。

『錬金術の初歩の初歩』
『初めての錬金術』
『錬金術　最初のレシピ集』

著者はいずれも、ニール・アンダーセンとなっている。

涼は礼を言うと、空いている席にその三冊を持って移動した。空いている席といっても、利用者はかなり少ない。千フロリンというお金は、庶民にとっては、決して安い金額ではないのだ。

――錬金術とは、魔法陣または魔法式を用いて、魔法現象を発現する錬金道具を製作することを、目的としている。

――全ての錬金術に通じること、それは、必ず魔法陣か魔法式を使用するという点である。

――魔法陣ならびに魔法式を描く材質に、制限はない。

――描き終えた魔法陣に魔力を通して、初めて魔法陣が起動する。その際、魔法陣に通す魔力属性に関係なく、魔法陣に記された魔法現象が発現する。

――魔石と魔法陣、魔法式との相性は非常に良く、連結することによって、人からの魔力供給を受けることなく、魔法現象が発現可能となる場合がある。

――理論上、錬金術を極めれば、錬金道具を通して、あらゆる魔法現象の発現が可能となる。

などなど。

地球における錬金術は、卑金属から貴金属を生成したり、仙人になろうとしたり、ほとんど万能ともいえる『賢者の石』を作り出そうとしたり……それらが目的であったが、『ファイ』における錬金術は、少し違うらしい。賢者の石を錬金道具と捉えれば、通じる部分はあるかもしれないが……。

『ファイ』における錬金術は、錬金道具を作ることが目的である……例えばポーションなども、この錬金道具と捉えれば、理解しやすいかもしれない。そして、入門としては、魔法陣の使い方から学ぶのがいいようだ。

「どちらにしても、この世にない物を作り出せる、というのは憧れます」

涼の心は、魔法を使えると知った時と同じような、そんな高揚感に満たされていた。

『錬金術の初歩の初歩』と『初めての錬金術』は、初心者向けということで、錬金術がなぜ可能になるのか、どんなことが得意でどんなことが苦手なのか、そういう事を理屈面から説明していた。

『錬金術　最初のレシピ集』はレシピ集ということもあって、錬金術に使える簡単な魔法陣が載っている。レシピ集の後ろの方には、いくつかのポーション用のレシピと魔法陣も載っている。

ただし、注意書きがある。

『魔力切れを起こす可能性が高いため、熟練魔法使い未満は執り行わないこと』

（ああ、だからポーションの自作をする人が少ないのか……）

熟練魔法使いというのが、どれほどの魔力を持っているのか涼は知らないが、ポーション一本の作成に相当の魔力が必要というのであれば、冒険者としては「買った方がはやい」となるのは当然なのかもしれない。

（まあ、錬金術の練習としては、必要ないものを作るよりは、冒険とかで必要になるものを作るほうがいいよね）

他にも、解毒剤のレシピが載っていたのは嬉しかった。普通のポーションも、製造方法は数種類あるらしく、中にはダンジョンで簡単に揃う材料で作れるレシピも載っている。

（地上では手に入れにくいけど、ダンジョンなら五階層までで揃う材料とかある。これはラッキーかも）

すでに涼の中では、図書館を出たら、隣の本屋で『錬金術　最初のレシピ集』を買うことは決定事項となっていた。だが、せっかく二千フロリン払って図書館に入ったのだから、もう少し調べておきたい。

結局、涼が図書館を出たのはそれから二時間後であった。そのまま隣の本屋に行き、『錬金術　最初のレシピ集』が売っているのを見つける。

だが……お値段が十万フロリン……金貨十枚……。

(高い……いや、本だからこれくらいはするものなのかな……でも、手持ちのお金では足りない)

困ったものだ、どうしようかと考えていると、ふと思いつくことがあった。

(ギルドマスターは、ワイバーンの魔石、一個は領主が買い上げるだろうから、その分のお金はすぐに入金されると言っていた……もう、入っているんじゃないのかな)

そう思うと、涼は冒険者ギルドに向かって歩いた。

わずか一ブロック北に行くだけだ。

結論から言うと、ワイバーンの魔石の売上金として、ちょっとびっくりするくらいのお金が涼の口座には入っていた。かなりの間、お金のために働く必要は無さそうなほど。お金のためにあくせく働く必要が無い……なんと素晴らしい言葉であろうか！

好きなことをして生きていていい……ワイバーン万歳！

とりあえず、金貨十五枚ほどを持って、涼は本屋に向かった。

だが、ギルドを出たところで気づく。

(あれ？　なんか暗くない？)

太陽は出ている。出ているが……少しずつ暗くなっている気がする。

(日食ってやつか……)

通りにいるルンの街の人々も、少し不安そうに空を見上げている。

涼が図書館前広場に着くと、太陽は、完全に月に隠れた。

そして、世界の景色が変わった。

世界が反転した。

涼には、そうとしか表現できなかった。

周囲にあった人の気配は、全て消えている。だが、景色はそのまま。例えば、足元はルンの街の石畳のまま。

（亜空間に入り込んだとかそういう感じ？　さすがファンタジー……）

だが、何かヤバい感じだけはビンビンにしている。この空間には、涼以外の何かがいる。何かがいるのは感じるが……いったい何がいるのかはわからない。

（何がいるのか探るために、こっちが動けば、嫌でも相手に気づかれてしまうけど……仕方がないか……）

涼はひとつ深呼吸をすると、イメージした。

（〈アクティブソナー〉）

その瞬間、涼を中心に、周囲の空気中を漂う水蒸気を伝って『刺激』が拡がっていく。

（みつけた。前方約二百メートル、大きさは人間とほぼ同じ、でも、反射の反応が異様……）

そこまで分析したところで、前方からの異常を感じた。

（〈アイスウォール10層〉）

ソニックブレードのような、直前で分裂する火属性魔法が氷の壁に当たり弾ける。

（なんという威力……）

これまで、多くの魔物の攻撃を〈アイスウォール〉で受けてきたが、その中でも圧倒的に高い破壊力。

「ふむ？　人間を取り込んでしまったか？」

声は、そう遠くない場所から聞こえた。〈アクティブソナー〉での反応は二百メートル程離れていたはずだが、声はもっと近くから聞こえたのだ。

そして、声は段々と近付いてきて……涼はその姿を見た。

身長は百七十五センチの涼とほぼ同じ。二足歩行。腕は二本。

外観は、一見、服を着た人間であるが、よく見ると、細い尻尾がある。そして何やら、ツノらしきものもある。

体は、人間の基準で言うと女性。胸が、男性よりは大きいから。

顔は……美女。美女なのだが……涼は全く魅かれなかった。その存在を認識して、最初に抱いた感想、それは……。

（……悪魔？）

『魔物大全　初級編』に、ミカエル（仮名）がわざわざ書き加えたらしい悪魔の箇所があった。

備考：出会わないことを祈る。

（うん、出会っちゃったのかもしれない……しかも普通じゃない空間で……）

その悪魔（仮）の存在感は、半端ないものであった。ベヒちゃんやグリフォンクラス、と言えばいいだろうか。この出会いが普通の空間であれば、涼は脱兎のごとく逃げ出したであろう。そう、それは間違いなく後ろを振り返ることなく、正真正銘の逃げ出すウサギのごとく。

だが、ここは逃げられそうもない空間。

現状、涼の背中は冷や汗が止まらない。

「まあいいか。消してしまえば問題無かろう」

悪魔（仮）は一つそう呟いた。その手元に膨大な魔力が収束していく。

（ヤバいヤバいヤバい！〈積層アイスウォール10層〉）

涼の前に〈アイスウォール10層〉が、重なるように次々と生成されていく。十重《とえ》二十重《はたえ》と、悪魔（仮）に向かって。

悪魔（仮）から放たれた業火《ごうか》が、積み重なるように生成されていく〈アイスウォール10層〉に激突し、ほとんど勢いを落とすことなく、氷の壁を削り続けながら涼に向かってくる。

（止まるのか、これ）

涼はさらに冷や汗を流しながら、積み重なった〈アイスウォール10層〉に魔力を込めて強化を図る。

半分まで喰われた。スピードを少しは落とせた。

さらに半分まで喰われた。スピードをかなり落とせた。

最後の〈アイスウォール10層〉……ようやくそこで、悪魔（仮）の業火が消えた。

（止まった……）

涼は、そこで安心した。

涼は、そこで安心してしまった。

その瞬間……。

一瞬にして、最後の〈アイスウォール10層〉が割れる。直感に従い、必死に体をねじって心臓に向かってきた風の槍をかわす。

だが遅かった。

心臓への直撃は免れたが、左肩に突き刺さっ……刺さらずに、風の槍は砕け散る。しかし、槍の威力に押され、涼の体は回転しながら後方へ吹き飛ばされた。

「風槍が刺さらなかっただと……」

悪魔（仮）は驚いて呟いた。

「業火を防ぎ切ったのも驚きだったが、風槍も、とは……いや、貴様のそのローブ……妖精王のローブか！」

悪魔（仮）は目を細めて、自分の風槍を防いだ涼のローブを見る。

「まさか、妖精王のローブとは……。道理でな。ならば、直接斬るしかないか」

涼は、吹き飛びはしたが、体をねじって受け身をとったため、ダメージはほとんどない。

（〈アイスアーマー〉）

どれほどの効果があるかわからないが、ないよりはましであろう。

「まあ、とにかく、お前は死ね」

悪魔（仮）はどこからともなく現れた剣を手にすると、涼までの距離を一気にゼロにして突っ込んできた。

涼も村雨を手に、迎え撃つ。

袈裟懸け、横薙ぎ、さらに切り上げ……悪魔（仮）は、一瞬の遅滞もなく、多彩な連続攻撃を繰り出す。

そんな、悪魔（仮）の剣を受ける涼。丁寧に一つ一つ、受け、かわし、流す。そして、横薙ぎと突きを中心に反撃する。とはいえ、涼の反撃は、あくまで牽制。

パワーはともかく、スピード差が大きい。

剣速にそれほどの差はないが、悪魔（仮）の移動が想定以上に速い。

（足さばきだけではなく、風魔法を使って移動している？）

涼は受けながら分析する。だが、そのことを深くは考えない。深く考えすぎて思考が囚われれば、それが足を引っ張ることになる。

分析は最低限。

思考のほとんどは、受けることに割り振る。

受けに徹する。

受けに徹した涼は、簡単には破られない。

かつて、進化した片目のアサシンホークとの接近戦も、受け潰して勝ったといえる内容であった。妖精王たるデュラハンとの稽古でも、受けに徹すれば簡単に抜かれることはない。

それほどに、剣における涼の受けは鉄壁。

そして、持久力は無尽蔵。

何十合も続く、悪魔（仮）の攻撃、涼の防御。

いつまで攻撃してもその防御を抜けないことに、さすがに、悪魔（仮）も苛立ちを隠せなくなっていた。

苛立たしく呟く。

「その剣も妖精王の剣……貴様、いったい何者なのだ……」

悪魔（仮）が、右手一本で剣を握って攻撃しつつ、左手に僅かな魔力を集める。

だが……。

（〈アイシクルランス〉）

悪魔（仮）の魔法が完成する前に、中空《ちゅうくう》から生じさせた〈アイシクルランス〉をぶつけ、相殺《そうさい》する。

「なんだ、その生成スピードは……この化物め」

「お前が言うな」

化物と言われて、涼は思わずつっこんでしまった。

「む……言葉が通じるだと？　やはりお前は厄介だな。殺す」

「さっきから殺そうとしているでしょうが……」

さらに激しさを増す剣戟。

だが涼には、最初に比べて多少の余裕が出てきていた。それは、悪魔（仮）の剣筋に慣れてきたからだ。

しかしそれは、悪魔（仮）の方でも気づいていた。

そのため、いったん距離をとって仕切り直そうとする。

（ここだ！　〈アイシクルランス32〉）

悪魔（仮）が下がったのに合わせて、正面から三十二本の氷の槍を放つ。

さらに唱える。

（〈アイシクルランス64〉〈アイシクルランス２５６〉）

最初の三二本の氷の槍を、悪魔（仮）は手を横に振るうだけで全て消し去った。

さらに追加で、扇のように拡がり、途中から急速に

悪魔（仮）に向かって収束していく六十四本の氷の槍。

それですら、手を振るうだけで全て消滅させる。

「その程度か？」

悪魔（仮）がそこまで言ったところで、主攻《しゅこう》の二百五十六本の氷の槍が、悪魔（仮）の直上から降ってくる。

意識を前方に引きつけておいてからの、死角からの無音攻撃。さすがに、これには悪魔（仮）すらも反応が遅れた。

「くっ」

だが、その程度の氷の槍で倒せるとは思っていない。

〈〈アイシクルランス32〉〉

意識を上方に向けさせたところで、またも前方から氷の槍での直接攻撃。

悪魔（仮）は土の壁を生成してこれを防ぐ。

〈〈アブレシブジェット256〉〉

そして本命、悪魔（仮）が生成した土の壁の向こう側に、氷研磨材入り二百五十六本の水の線が生み出され、乱数軌道で動く。

乱舞する水の線が、悪魔（仮）も壁も、まとめて切り刻む。

悪魔（仮）が生成した土の壁は、〈アブレシブジェット〉に切り刻まれて崩れ落ちた。

そこに、村雨を構えた涼が突っ込む。

しかし……。

ほんのわずか、一秒いやコンマ一秒、遅かった。

確かに、一度は〈アブレシブジェット〉で、ある程度のダメージを与えられたらしい悪魔（仮）であるが、涼が突っ込んだ時にはすでに再生が終わりかけていた。

「再生がはやい!?」

「舐めるな、人間！」

涼は正面から最速の面打ち。

悪魔（仮）は、剣を上げてそれを受ける。

深追いせずに、涼はバックステップし、剣を構えなおした。

悪魔（仮）の体は、表面がジュウジュウ言っている。

（再生した部分か？　正面攻撃では倒せなかった……ジュウジュウ？　ならば）

「〈アイシクルランス32〉〈スコール〉」

三十二本の氷の槍を、あえて正面から放つ。それを隠すかのように悪魔（仮）の周囲で、局地的な豪雨が発生する。

悪魔（仮）は豪雨など関係ないかのように、腕を振って氷の槍を全て消し去る。その間に、悪魔（仮）の体は、水で濡れた。

もちろん、三十二本の氷の槍は陽動だ。本命はスコール！

「〈お湯沸騰〉」

かつて、カイトスネークを熱湯で丸煮えにした〈スコール〉＋〈お湯沸騰〉の合わせ技。一気に、悪魔（仮）の表面に付いた水が、熱湯になる。

「ガァアアアァァァ」

悪魔（仮）の口から出る叫び。焼けただれる皮膚。

だが……。

「この……土よ！」

その瞬間、悪魔（仮）の体全面を土が覆う。覆った土が、体表面に付着していた水を吸い取り、〈お湯沸騰〉は破られた。

すぐに悪魔（仮）の体が再生していく。さらに……。

「潰れろ、人間！」

水を吸い取った土が、一気に固まり、壁のようになると、涼に向かって飛んできた。

同時に、涼の背後にも土の壁が生成される。

そして……。

ドゴンッ。

前後の壁がぶつかり、重い音が辺りに響いた。舞い上がる土煙。

その間隙を縫うかのように、あるいはそれを目くらましとして……。

氷の槍が降り注いだ。

しかし、それを悪魔（仮）は予期していたのだろう。一気に二十メートル以上後退し、距離を取って回避する。

不時着のように、空から降りてくる涼。

足裏からの〈ウォータージェット〉で一気に飛び上がって土の壁を回避し、空中で、生成した〈アイシクルランス〉を降り注いだのだ。

だが悪魔（仮）は油断しておらず、その攻撃全てをかわした。涼に対する評価を、その戦闘の中で上方修正していた。

涼と悪魔（仮）の距離は二十メートル以上。

涼には、その距離を一瞬で縮める方法はない。

悪魔（仮）には、その距離を一瞬で縮める方法がある。

（これは、また魔法戦？　魔法の威力は向こうが上……不利だよね）

そこまで考えたところで、悪魔（仮）の声が聞こえた。

「ふぅ……。残念ながら時間切れだ。これほどの戦闘、いつ以来来か。なかなか楽しかったぞ、人間」

「さっさと帰ってほしい……」

それを聞いて、ククククと悪魔（仮）は悪魔的に笑った。

「楽しそうに戦っていたではないか。我も、もう少し戦いたいが、今回の封廊は特殊な空間。我にもどうにもならぬ制約ゆえ、仕方あるまい。我が名はレオノール・ウラカ・アルブルケルケじゃ。その方の名は？」

答えるべきかどうか、涼は迷っていた。

名は体を表す……あるいは言霊の国で育ったがために……。悪魔（仮）に名前を言えば、囚われてしまうのではないか、などと考えていた。

「なんだ、人間は、名乗ることもできぬのか？」

おかしそうに笑う悪魔（仮）、いやレオノール。

「僕の名は涼だ。悪魔よ」

それを聞いて、レオノールは目を見開いて驚いた。

「悪魔……我らの正体を知っているとは……無理をしてでも殺しておくべきであったか……」

だが首を横に振る。

「時間も足りず、そもそも簡単に倒せる相手でもないか。やむをえまい。ではリョウよ、また会おうぞ」

「いや、二度とごめんなのだが……」

そういうと、またレオノールはククククと笑った。

「そう言うな。それだけの力を持っていれば、嫌でもまた出会うことになるだろうさ。我か、我らの誰かとな。我以外の者に殺されるなよ。リョウを殺すのは我だ。次会う時は、我も今より強くなっておろうよ。では、またな」

そういうとレオノールの気配は消えた。

そして、世界は色を取り戻した。

「何とか生き残った……」

戦闘で死にかけたのは……片目のアサシンホークとの戦闘以来だろうか。

図書館前広場で一人立ち尽くしていると目立つため、とりあえず広場のベンチに腰掛ける。

（片目のアサシンホーク以来……そういえば、あいつは魔法無効化を使っていた。ベヒちゃんは魔法無効空間だった。そして今の悪魔、レオノールは手を振るうだけで〈アイシクルランス〉を消し去っていた……。三十二本だろうが、六十四本だろうが一瞬で……）

「痛っ」

左肩に痛みが走った。レオノールの風槍が当たった場所だ。骨は折れていない。おそらく打撲であろう。先ほどまでの戦闘が、決して夢などではなかったという証拠。

だがそれよりも、ローブに傷一つついていないことが驚きであった。

（このローブじゃなかったら、肩におっきな穴、開いてただろうなぁ……師匠に感謝）

涼は、心の中にデュラハンを思い浮かべ、感謝して頭を下げた。

（レオノールの魔法……あれ魔法だよね？　とんでもない威力だったけど……でも、それよりもなによりも、あの移動速度……一瞬で突っ込んでくるスピード、一瞬で後退するスピード……多分、空間転移とかではなくって、風属性魔法的な何かだと思うんだよね……ブレイクダウン突貫的な……くっ、おのれ風属性魔法め！）

なぜか、風属性魔法への風評被害に繋がりそうな涼の反省会。

（そういえば、時間切れって言ってたけど……）

日食は、すでに終わっていた。恐らく日食が関係するのだろうと、涼は勝手に結論付ける。

周りに多くの人がいるのに、あの空間にいたのはレオノールと涼だけだった。

（分からないことだらけだ。分からないことは、今は考えない！　とりあえずやるべきことは、錬金術の本を買って帰るのと、帰った先で悪魔について情報収集……。いや、でもアベルすら知らなかったしなぁ）

ルンへの旅の途中で、涼はアベルに悪魔について知っているか尋ねたことがあった。だが、アベルの答えは、デビルは知っているが悪魔は知らない、であった。

（多分、アベルは貴族の三男とかその辺りなんだろうけど……そんな、いわゆる知識階級にいた人も知らないのだとすると、簡単には情報とか集まらないよね）

涼は、一つ大きなため息をつくと立ち上がって言った。

「とりあえず、本買って帰ろう」

宿舎十号室には、誰もいなかった。

十号室の窓からは、冒険者ギルドの屋外訓練場が見える。

「あれ？　もしかして、まだ訓練してる？」

訓練場に何人かいる中に、十号室の三人がいた。

「疲れてなけりゃ、てめえらなんかボコボコにしてやるんだが……」

ニルスは悔しそうに言った。

そこにいるのは、打ち倒されたニルス、エト、アモンの三人と、それを見下ろす五人の男たち。

「ハッ！　負け惜しみも、そこまでいくといっそ清々しいな」

五人とも、宿舎一号室の冒険者達だ。模擬戦か何かをして負けたのだろうか。

「不意打ちしておいてよく言う……」

エトが苦々しく言う。

「おいおい。じゃあお前らは、ダンジョンで魔物たちに、襲ってくる前に、ちゃんと一言言ってくださいとでも言うのかよ。今は、疲れているのでやめてくださいとでも言うのかよ。舐めたこと言ってんじゃねえよ」

一号室の男、ダンが馬鹿にしたように言う。

「全くその通りです。油断する方が悪い」

その声が訓練場に響き渡ると同時に、馬鹿にしていたダンを除く一号室四人の鳩尾に、氷の槍が突き刺さった。もちろん、先を丸めてあるので、怪我はしていない。四人とも悶絶《もんぜつ》しただけだ。

「なっ……」

「何が起こったか？　四人のお腹《なか》に氷の槍が当たりましたね」

そう言うと、涼は訓練場に姿を現した。

「リョウ！」

地面に転がったままの十号室の三人が、異口同音に涼の名前を呼ぶ。

「貴様……」

「油断しちゃダメですよね。さっき、あなたは良いことを言った。襲ってくる前に一言言ってくださいとでも言うのかよ……言うわけないですもんね。全く……ニルスたちもたるんでますよ」

そう言うと、涼はまずエトにポーションを飲ませた。神官のエトを回復しておけば、残りの二人も回復してくれるだろうと。

「面目ねえ……」

ニルスが小さい声を出す。

「まあ、朝からずっと走りっぱなしで、体力の限界だったのでしょうから仕方ないでしょう。これから土日は、もっと体力強化をしないといけませんね」

「えぇ……」

三人の中で、最も体力のなさそうなエトの口から声が漏れる。

実際は、村から出てきたばかりのアモンの方が体力は無いはずなのだが……アモンは気合でなんとかしそうである。

「それで、そこで立ったままのあなた……」

「そいつは一号室のダンだ」

ニルスが涼に教えてやる。

「ああ、あなたがダン。どうします？　仲間を不意打ちでやられて、尻尾をまいて逃げますか？」

「ふざけるな！」

そう言うと、ダンは剣を抜く。そして、勢いよく涼に斬りかかった。

（遅すぎる……）

大きく振りかぶっての唐竹《からたけ》割り。

涼は、左足を左前方に一歩踏み込み、重心をその左足に移動することによってかわす。左手で、刃の出ていない村雨の柄を逆手《さかて》に握り、ベルトから抜きざま、そのままダンの右わき腹に叩き込んだ。

ボクシングで言えば、リバーブロー……肝臓《かんぞう》への一撃。

しかも、きちんと下方から、足のひねり、腰のひねりを乗せて威力を増してある。ダンの革の鎧では、衝撃を吸収できなかった。

「……グハッ」

ダンは崩れ落ち、地面に転がって悶絶した。

(鎧着てるから素手は痛いだろうと思って村雨の柄で叩いたけど……ボクシングのとはやっぱり違うなぁ……手首のかえしが違うだけで、こんなに変わるのか)

涼は、悶絶するダンなど気にせず、パンチの検証をする。

「あれはつらい……」

ニルスが、さすがに哀れんだ目で、地面に転がるダンを見て呟いた。

「さっき、僕、ちょっと死にかけまして……まだその興奮が冷めてなかったみたいですね」

それを聞いて驚く十号室の三人と一号室の四人。ダンは、そんな言葉は耳に入らない状態……。

「そうだ、エト、ついでに僕の肩も治療してもらえますか」

涼はそう言うと、エトに左肩を見せた。

「これは酷い！　骨は折れていないけど……すごい衝撃を受けたのがわかる……というか、心臓だったら危なかったでしょ、これ」

そういうと、エトは回復魔法をかけた。

「母なる女神よ　その癒しの手を差しのべたまえ〈レッサーヒール〉」

またたく間に打撲の痕は消えていき、同時に痛みも消えた。

「心臓に向かってきた攻撃をギリギリかわして、こうなったのです……生きててよかった」

「何と戦ったの！」

ニルス、エト、アモンは同じ疑問を叫んだ。

魔法使いのくせに、体術で剣士を圧倒する涼が死にかけた相手……。

「今度、機会があったら話しますよ」

涼はにっこり微笑んで、話を打ち切った。

（レオノールには追い詰められ、F級冒険者には一方的な力を見せつける……カッコよくないですね……）

地面には、一号室の四人と、悶絶しているダンが転がったままであった。


ニルス、エト、アモン、そして涼の四人は、いろいろあって非常に汚れたので、みんなで公衆浴場に向かっていた。

さすがに各家庭に風呂は無いが、街中に公衆浴場が数十か所ある。民間経営の日本の、銭湯《せんとう》みたいなものだ。

これも、街の北側に大きな川があり、そこから引いてきた水を使った上水道、さらに歩道の下を通る下水道が整備されているからこそできることだ。

完全に中世というより近世都市を超えている……地球の歴史分類を思い浮かべた涼はそう思っていた。

「リョウありがとうな。お前さんが来なかったら、ダンたちに馬鹿にされたまま終わるところだったわ」

ニルスが、苦笑いしながら涼に感謝した。

「それにしてもリョウさんの動き、凄かったですね！　魔法使いなのに」

「アモン、最近の魔法使いは、これくらいできるものなのです」

「いや、そんなわけないだろ」

アモンが感心し、涼がボケて、ニルスがつっこむ。それをクスクスと声を押し殺して笑うエト。

涼が図書館前広場で悪魔と遭遇したことなど、何かの間違いかと思えるほど、平和な日曜の午後であった。

エピローグ

そこは、白い世界。

ミカエル（仮名）は、今日もいくつかの世界の管理を行っている。

手元には、いつもの石板《タブレット》。

「三原涼さんは、ついにスローライフを終えましたか。果たしてそれが良かったのか悪かったのか……。ああ……これは、いわゆる修羅《しゅら》の道というものでは……確か、そんな言葉を使う世界があったはずですね。この予測ですと……この人間は厄介な相手になるのでしょうか……オスカー・ルスカ……爆炎の魔法使い。水と火だと相性も悪そうですね……。三原涼さん、死なないといいのですが……。さらにその先まで見ると……おや？　予測が歪む？　これはいったい……？　ああ……これは困りました……。オスカー・ルスカの相手だけでも大変だと思うのですが……はてさて……」

ミカエル（仮名）は、石板を動かして、オスカー・ルスカの過去を見てみる。

「三原涼さんの未来も大変そうですが、このオスカーさんの過去も、これはまた壮絶な……。こういう人が敵に回ると大変なんですよね……うん、わかります」

ミカエル（仮名）は何度か頷いてから、石板を机に置いて呟いた。

「予測はあくまで予測。未来は確定していませんが……。三原涼さんの未来に幸多からんことを」

外伝　火属性の魔法使いⅠ

フォスト村

　これは、後に『爆炎の魔法使い』と呼ばれる男、オスカーの物語である。


　オスカーは、燃えるような赤い髪の少年であった。

　彼は、全部で八戸しかない村、というよりも集落で生まれた。彼らは、自分たちでフォスト村と呼んだ。

　オスカーはそのフォスト村で、六歳になるまで、何不自由なく……もちろん、貧しい村であったし、基本的に自給自足であるため、物理的には多くの物が不足していたが、精神的には十分充足していた。

「オスカー、融かしている鉄を明日叩くから、手伝うか？」

「うん。手伝う」

「よし、じゃあ、父ちゃんにそう言っとけ。朝からやるからな」

「わかった」

　村は自給自足であるため、ナイフや包丁から農機具まで、村唯一の鍛冶師ラサンが作っていた。

　このフォスト村の自慢は、すぐ近くの山から、岩塩と鉄鉱石が産出することであった。その二つと、水量豊かな川があったからこそ、ここに村を作ったともいえるが。

　そんなラサンの一番弟子にしてただ一人の弟子が、六歳のオスカーである。

　もちろん、鍛冶仕事は毎日あるわけではない。合計八戸の村に、そこまでの需要はない。

　だいたい三カ月に一度、鉄鉱石から鉄を取り出して、そこから鉄製道具を作る。

　三カ月の間で使えなくなった物や、村人が新たに望んだ道具をラサンが作るのだ。

　それ以外の時期は、畑を耕したり、森に狩りに行ったり……村の男たちは、協力して仕事をしていた。

　ただでさえ少ない人数なのだ。いがみ合ったりする余裕はない。

そのため、村人の仲はとてもよかった。

そして子供たちも、小さい頃から大人たちの手伝いをするのが当たり前で、多くの経験を積んだ。

特に狩りでは、オスカーも弓を持って参加していた。小さいながらも、当たりさえすれば殺傷能力のあるものだ。

村では、現在のところオスカーが最も若い。

一昨年、村長のシューラストのところに赤ちゃんが産まれたのだが、死産だった。オスカーは、弟分か妹分ができるかと喜んでいたのだが、そうはならなかった。

村長シューラストは、一番自分が悲しいであろうに、落ち込むオスカーの頭を抱きしめて慰めてくれたのだ。

本当に、村人の仲は良かった。

「父ちゃん、母ちゃん、帰ったよ」

「おう、オスカー、おかえり」

オスカーの声に、表で薪割りをしていた父スナが反応した。

「父ちゃん、明日、ラサン師匠が鍛冶をするから手伝ってくる」

「そうか、じゃあ、狩りはオスカー無しだな」

狩りにおいて、オスカーもきちんと戦力として計算されている……それは少年オスカーにとってはとても嬉しく、誇らしいものであった。

「オスカー、そろそろ母ちゃんが晩飯の準備をするみたいだから、手伝ってやってくれ」

「わかった」

オスカーはそう言うと、土間に回った。

そこでは、晩御飯の準備が進められ、あとは竈に火を入れるだけになっていた。

「ただいま母ちゃん。火を点《つ》けるよ」

「おかえり、オスカーお願いね」

母スコーティがそういうと、オスカーは頭の中で火を思い浮かべて言った。

「燃えろ」

すると、竈に火が燃え始めた。

オスカーは、この村にたった一人しかいない魔法使いであった。

翌日。

オスカーは朝から、鍛冶師ラサンの工房に行った。

そこには、鉄鉱石から鉄を取り出すたびに毎回作られるレンガの『煙突』があり、地面から二メートルの高さの煙突の上からは、炎が噴き出していた。

簡単に言うと、木炭と鉄鉱石を潰した物を煙突の上から入れ、火を点け、空気を送り続け、高温で燃やし続ける。何時間燃やすかは、材料によっても違うのだが、現在ラサンは十二時間燃やし続ける手法をとっていた。

本来、純粋な鉄は柔らかな金属である。

だが、鉄鉱石に熱を加えると、鉄の原子の間に木炭の炭素が入り、原子構造的に硬くなる。

これが鋼鉄と呼ばれるものだ。

レンガの煙突からとれる量は、はっきり言って多くはない。とはいえ、八戸の村で使うには十分な量であり、場合によっては、街に行ったときに売ったりもする。

フォスト村から最も近い街までも、片道二日かかるため、街に行くのは年に三回程度。

基本的に自給自足の村であり、買ってくる物も、布生地や糸など、縫製関係の品ばかりであるため、行く頻度も少ないのだ。

街での、フォスト村産鉄製品の評判はかなり良く、持って行けばいつも全部売り切れた。

レンガの『煙突』の下から、鋼鉄の素が出てくる。まだ、多くの不純物を含んでいるため、これを叩く。

そこにオスカーも加わる。

けっこう大きめのハンマーで、『優しく』『軽く』叩く。叩くたびに火花が散る。この火花に不純物が含まれているのだ。

そのため、叩くたびに小さくなり、最終的な大きさは、本当に小さなものになる。

オスカーが叩いている間に、鍛冶師ラサンは『煙突』を取り崩し、下から引き出せなかった鋼鉄の素も取り出していた。

これも叩いて、道具の材料にする。

十二時間、空気を送り続けてへとへとのはずのラサンであるが、オスカーの目から見ても疲労の欠片も見えなかった。

本当に楽しそうに、常に笑顔で作業を続けているのだ。

「良い物を作り出すためには、常に努力し続けないといけない」

鍛冶師ラサンの口癖である。だから、ラサンの作る道具に手抜きは一切ない。

村人の誰もがそのことを知っているため、その道具への信頼は絶大なものであった。


村人は動物を狩る。

時には魔物と戦うこともある。

ごく稀に、盗賊が襲ってくることもある。

そのための武器も、もちろんラサン製である。今回の製造は、その武器が主であった。

時々、オスカーの火属性の魔法によって、弱くなった火力を上げたりする。


さらに、炉から出る煙を、強制的に方向を変えて、オスカーやラサンがいない方向に流したりもしていた。

工房において、オスカーは、非常に役に立っているのだ。

叩いては延ばし、先に延ばしたものと重ね合わせて叩き、『煙突』とは別の、工房の炉の中で熱し、出したらまた叩き……。

日本刀の製造でも何度も叩くが、基本は同じだ。ただし、叩く強さが違うのだが……。


地球の西洋において、中世から近世にかけても、同じようなことがなされていた。

実際、博物館に残る西洋鎧も、一枚の鋼鉄の板を延ばした物ではなく、叩いて何層も溶接されたものである。

鉄などの金属を叩いて頑丈にするのを、鍛造《たんぞう》というが、地球においては紀元前四千年より前にすでに存在していた手法。紀元前十八世紀あたりのヒッタイトが、鉄製武器で世界を席巻したのは有名な話であり、高校世界史では必ずテストに出てくる。

そんなに昔からある技術だということを、まず現代人は認識していない……とはいえ、そんなことはオスカーは知る由もないのだが。

ただ、何度も叩く……それも、『優しく』『軽く』叩く……そうやって頑丈な鋼鉄製の道具を作る。

そんな基礎的な部分を、オスカーは学んでいった。


何度も熱し、何度も叩く。

その度に、鋼鉄は小さくなっていく。不純物が出て行くからだ。

だが、同時にそれは、硬くなるために必要なことでもある。

何でもそうなのだ……時間を掛けてコツコツとやり続けて、初めて、いい物が出来上がる。

最後に焼入れをして、鋼鉄を硬くする。鋼鉄を熱して、炭素の少ない部分に追加で炭素が入るようにする。

そして、急速に冷やしてその炭素を固定するのだ。

だが、ここで終わると、確かに硬いのだが割れやすい物ともなってしまう。

だから、再び熱し、少しだけ軟らかくして、硬くしなやかな鋼鉄にする。

数日かかって、ようやく三本の剣と包丁ができた。

「スナ、もしお前さんが許すならだが、この一本はオスカーにあげてくれ」

鍛冶師ラサンは、オスカーの父スナにそう言って、三本のうちの一本を渡した。

「いいのか？」

「もう、オスカーも六歳だ。もうすぐ七歳になるだろ？　剣の練習もやっているし、そろそろ持たせてもいいと思うんだ。いちおう、大人用より少し短く細くして、軽くなってもいる」

その日、オスカーは、初めて自分の剣を持った。

それは、フォスト村のある北部辺境においては、男として認められたという通過儀礼の一種でもある。

男なだけで、大人ではないのだが、それでも誇らしい気持ちになる、儀式のようなものであった。

オスカーの心の中で、ようやく村の一員になれた気がした。

次の日、村人の半分が参加しての大捕物《おおとりもの》があった。

獲れたのは大きな猪。魔物のボアではなく、動物の猪。

秋のこの時期に獲れる猪や熊は、冬の間の貴重なタンパク源として重宝される。

そのため、男衆だけではなく、女衆も三分の一近くが参加し、弓矢を射る。

狩りをする者と、村で宴会の準備をする者に分かれる。

村の者たちの腕は良く、狙った獲物は外さないのだ！

「獲ってくる！」と言ったら、必ず大物を獲ってくる……こういう場合の遠征部隊のリーダーを務めるオスカーの父スナは、有言実行を地で行く男であった。

夜、村の広場では宴会が開かれていた。

オスカーも、初めて捕り物に矢を射ることに成功し、多くの村人から褒められていた。

だが端の方では、村長シューラストとスナが深刻な話をしていた。

「シュー、それは本当か？」

「ああ。バッサが見かけたそうだ。おそらく盗賊の物見だろうと」

話をするシューラストもスナも、顔をしかめている。

辺境において、魔物同様に厄介なのが盗賊である。

その多くが、兵士か冒険者が身を持ち崩した者たちであるため、その辺の農民たちよりも戦闘能力は高い。

それだけに、襲われる側にとっては厄介であった。

「以前襲われたのは……もう五年以上前か」

「ああ。オスカーが産まれてすぐだったからな」

シューラストとスナが、以前村が盗賊に襲われた時のことを思い出していた。

「あの時の盗賊は、規模も小さかったし、手練《てだ》れもいなかったからな。簡単に返り討ちにできたが……」

「今回は物見を放つほどの規模で、慎重な奴が率いていると……おそろしく厄介だな」

基本的に、盗賊のほとんどは行き当たりばったりで、計画性の「け」の字も無い者たちが多い。

だからこそ、盗賊に身を落とすのであるし……。

だが、今回の盗賊は違う。

村の規模、備えなどを下見して、情報を集める慎重さと賢さを持っている。

「とはいえ、逃げる場所があるわけではないし、助けが間に合うわけもない……結局、自分たちで戦うしかない」

「まあな」

シューラストの言葉に、スナは頷いた。

二人は幼馴染で、小さい頃からよく協力してさまざまな問題に立ち向かってきた。

今回の盗賊の件は、決して小さな問題というわけではないが、これまでに経験した問題も楽に解決できたわけではないのだ。

この村の建設だってそうである。

困難の連続であった。

今さら退《ひ》けない。

翌日、村人全員で会議が開かれ、盗賊の件が話し合われた。

全員の賛成により、盗賊を迎え撃つことが決定した。

その日から、村人総出で矢の増産に取り掛かる。

村の防衛において、最も有効な武器は弓矢である。

特にフォスト村においては、男も女も老人も子どもも、全員弓を射ることができる。もちろん、百発百中とはいかないが、それでも十分な戦力だ。

子どもの放った一本の矢が、壮健な男の命を奪うこともある。

特に今回のように、襲ってくるまで相手の規模が分からない場合は、こちら側に被害の出る可能性が高い近接戦はできるだけ避けたい。

避けるのが無理であっても、近接戦への移行はできるだけ遅らせたい。

そのためにも、「矢が尽きた」などという状況は絶対に避けねばならなかった。

フォスト村の最大の特徴は、山で豊富な岩塩と鉄鉱石が採れることにある。

岩塩は村の自立を保証し、鉄鉱石は村の防衛を保証する。

その鉄鉱石を活かして、矢の先には、小さな鉄製の矢じりをつけるのが、フォスト村の矢の特徴であった。

辺境の村で使われる矢は、矢の先を削って尖らせただけの物も普通に使われているのだが、フォスト村の矢には小さな鉄製の矢じりを被せていた。

これは、大量生産の鋳造品ではあるが、あるのとないのとでは、飛距離、命中率など全く別物となる。削って尖らせるのに比べても、被せてハンマーで叩いて抜けないようにするだけなので、逆に手間もかからないくらいなのだ。

これは、フォスト村の者にとっては大きな武器であった。

フォスト村の周囲は、丸太を組み合わせて作った柵というか障害物がぐるりと置かれている。

これは、五年前の盗賊襲撃後に設置したものだ。

その時の襲撃は、問題なく撃退できたが、その時以上の規模で襲撃された場合でも抵抗できるように、村人総出で作られたものである。

これには、渋柿からとった汁……現代地球で言う所のタンニンが塗られ、腐食防止もされた何気に丁寧なものであった。これによって、入ってくる者たちの侵入ルートを固定することができる。

そうなれば、射手の配置も計算しやすくなるわけだ。

襲撃は、間違いなく夜。そうであるなら、各家から近くて移動しやすい場所に配置を考える必要がある。

襲撃日が分かっているとか、二、三日中に来るというのであれば、寝ずの番でやれるかもしれないが、そうではないのだ。

いつ襲ってくるかわからない以上、仕方がない。

そう思われていたのだが……。

「バッサが、盗賊を発見したそうだ。おそらく襲撃は今夜だろうと」

「さすが元冒険者の斥候だな」

村長シューラストとスナは頷き合い、村人の配置にかかった。基本は、以前策定した各家近くである。だが、襲撃日を特定できたことで、もっと効果的な場所に配置することにした。
バッサは、襲撃日の想定と共に、嬉しくない情報も掴んできたのだ。
それは、盗賊の規模。五十人を超える、大規模な盗賊団であると。
五十人というのは、フォスト村全員の数よりも多い。
もちろん、この情報は村人全員で共有されている。
敵が多いからといって逃げ出すような者はいない
……逃げる先などないのだから。
盗賊の数の多さは、より強い覚悟を決める動機になっただけである。
なんとしても撃退すると。
フォスト村の、最も長い夜が始まる。

◆

盗賊団『闇夜の狼』のリーダー、ポーシュは、違和感を感じていた。

最初に感じたのは五日前。

団の物見が、誰かに見られた可能性があるという報告をしてきた時だ。辺境の村であっても、元冒険者などが引退して住んでいることもあるため、ポーシュは慎重な下見を欠かさない。

その結果、物見が村人に見られることも当然あった。

今回もそれかと思ったのだが、「見られた可能性はあるが、どんな奴かは分からない」と言う。

盗賊団の物見だって、かなりの経験を積んだ者ばかりだ……それが、相手を確認できないというのも珍しい。

(村の斥候がそれほど凄腕だと?)

ポーシュは、全く表情を変えずに報告を聞きながら、心の中ではそう考えていた。

襲うべきではない村かもしれない……そんな考えが一瞬脳裏をよぎった。

だが、これから冬を迎える。

盗賊団だって、一年中襲い続けることはできない。やはり、雪が積もる冬は行動に制限がかかるのだ。食べ物と酒を中心に、できる限り備蓄しておきたい。

迷いつつも、ポーシュは五日後の夜の襲撃を指示した。

そして襲撃日の昼。

再び、物見から、「誰かに本隊を見られた可能性がある」という報告を受けた。

それは仕方ない。今夜、襲撃をするためにさまざまな準備をしている。報告されても、襲撃する方針に変わりはない。


だが、最終的な違和感を抱いたのは、襲撃をかけた、今、今夜だ。

昼間、自分たちを見た可能性があるのに、村は静まり返っている……全員が寝ているかのように。

昼間、盗賊団が準備しているのを見れば、見張りをいつも以上に多く立て、かがり火も多く灯《とも》すだろう？

もしや、昼間見られたとかいう報告は、ただの勘違いか？

違和感と疑心暗鬼がない交ぜになった中途半端な感情のまま、ポーシュは中止の決断を下すことができず、団は予定通り、二方向から村に襲撃をかけた。

◆

（来た！）

オスカーは身構えた。

身体はガチガチに固くなり、いつもの自分ではない気がした。

だが、そんなことは構っていられない。

「負ければ死ぬ」

昼間、父スナは、オスカーの目を見て、はっきりとそう言い切った。六歳児に言うには、あまりにも早い過酷な言葉である気もするが、辺境においては決して遅くはない。

どれだけの美辞麗句を並べようと、弱ければ死ぬ。

ガチガチになったオスカーの肩に、父スナと母スコーティがそれぞれ手を乗せた。

何も話さない。

だが、それだけでオスカーの余計な力は抜けていった。

そこへ、馬の走る音と人の走る音が聞こえてくる。

スナが弓に矢をつがえた。

それを見て、スコーティとオスカーも矢をつがえた。

狙いはすでにつけてある。

何も言わずにスナが矢を放つ。

その勢いは、まさに強弓。

馬上の盗賊がつけた鎖帷子《くさりかたびら》を貫き、心臓を射貫いた。

それを合図に、村の各処で矢が飛び交い始める。

スコーティとオスカーも、狙いをつけた相手に矢を放つ。

スコーティの矢は、徒歩で鎖帷子をつけていない下っ端盗賊なのだろう、その下っ端の首に突き刺さり、一撃で息の根を止める。

オスカーの矢は、その隣の下っ端盗賊を狙ったのだが、僅かに狙いを逸れてしまった。

だが、落ち込む暇も見せず、第二射をつがえる。

盗賊たちは、混乱しているが、それすらオスカーの意識の中には入ってこない。

つがえ、狙い、放つ。

つがえ、狙い、放つ。

何も考えず、教えられ、これまで繰り返し身につけてきた動作を、そのまま行い続けた。

相手が完全に油断した状態への第一射目に比べれば、第二射目以降は、一撃で倒せる確率は落ちていく。

誰も火を灯さない、完全に月の光だけに照らされた戦闘。

闇夜に音も無く襲い掛かる矢は、盗賊たちにとっては恐怖そのものであった。だが、数射も受ければ、さすがに彼らも自分を狙う矢が、どの方向から飛んでくるのかは見当がつき始める。

方向がわかれば、身を隠すことができるというものだ。

とはいえ……八戸しかない村……。

いくつかの倉庫や共同の建物があるとはいえ、身を隠す場所もそう多くはない。

盗賊の間から、「接近して戦え!」という号令が聞こえた。

その声が聞こえると、スナが小さく舌打ちをした。

(やはり率いている奴は、冷静な奴だ……弓矢でどれ

だけ削れたかわからんが、仕方ない）
スナは、傍らのスコーティとオスカーに合図を送る。二人が頷いたのを確認すると、スナを先頭に、三人は移動し始めた。
盗賊たちは、どの方向から撃ってくるかわかったわけだから、そちらに向けて接近する。
動かねば、場合によっては包囲されてしまう。

いち早く移動したオスカーら三人は、中央の村長シューラスト夫婦と合流した。

その時には、すでに村の各所に剣戟の音、あるいは断末魔の叫びが響き渡っている。

合流地点から、北の方で、鍛冶師ラサンが三人を相手に戦っているのが見えた。

スナはそれを確認すると、瞬時に矢をつがえ、一瞬の遅滞も無く放った。

狙いは過たず、盗賊団一人の心臓を貫く。それに驚いた盗賊の一人の喉を、ラサンが剣で貫く。

最後に残った一人は、慌てふためいて逃げ出した。


ラサンが合流し、六人となったオスカーたち。

村長夫婦、スコーティとオスカーには、村長宅に備蓄されていた槍が渡されていた。

槍は、対上級剣士では間合いに入られ、逆に難しい戦闘になることが多いが、そうではない者が相手であれば、間合いの広さが持ち手の心を安定させる。

また、集団になればなるほど、その力が強くなる。

対盗賊の近接戦なら、かなり有効だろうと思われた。

正直なところ、オスカーは、もらったばかりの剣を使いたかったのだが、さすがにわがままを言える状況ではない。

「剣戟の音が、西の方だけになったか……？」

村長シューラストがそう呟く。

「盗賊共も、向こうに集まったのかもしれん。シュー、ここは任せていいか？　俺とラサンで、行ってくる。バッサがいるから、俺らが行くまで持ちこたえているとは思うんだ」

「わかった。気を付けて行けよ」

スナとシューラストは、お互い一つ頷いた。

スナはオスカーを見て言った。

「オスカー、母さんたちを頼んだぞ」

「わかった」

オスカーは頷いて答えた。

「スコーティ、行ってくる」

「はい、あなた」

スナはそれだけ言い、スコーティも全てこころえた表情で頷いて言った。

そんな六人を陰から見る視線には、誰も気付かなかった。


スナとラサンが離れて、一分ほどであった。

一本の強弓が四人を襲った。

「ゴフッ」

その、恐ろしく速く、強い矢が突き刺さったのは、村長シューラスト。

口から血を吐き出し、倒れるシューラスト。

「きゃあああああああ」

悲鳴を上げるその妻……。

突然のその光景に、オスカーだけでなく、スコーティすらも動けなくなる。

そんな三人の前に出てきたのは、弓を捨て、すでに巨大な剣を抜き放った巨漢であった。

身長は百九十センチほどか。体重も九十キロはあるだろう。

全身筋肉。そんな表現がぴったりな男。

残忍さの張り付いた表情は、見る者に不快な印象を与えるが、それ以上に印象的なのは、右頬にある大きな傷跡であった。

耳の下から顎まではっきりと残る、剣で斬られた傷跡。

治癒魔法やポーションのあるこの世界では、巨大な傷跡というのは非常に珍しいものだ。内臓系の修復は、下級ポーションでは難しい場合もあるが、少なくとも皮膚の修復は、どんな下級ポーションでも可能だからだ。

もちろん、傷口が塞がり、時間が経ってしまえば魔法でもポーションでも修復はできない。

魔法もポーションも無い状況で戦い続ければ、そういうことになることもある……つまり、その男は、そんな状況で戦い続けたことがある強者であった。

「男一人残ってたからな。そいつさえ先に殺せばいいんだから、こいつはラッキーだ」

傷の男はそう言うと、一気に三人に向かって走ってきた。

動けなくなっていたスコーティであったが、男の言葉で我に返った。

そして、近付いて来る傷の男に対して槍を突き出す。

その間合いの広さから、対盗賊の近接戦には、槍は有効である……はずだった。だが、その男は違った。

スコーティが突き出した槍先に対して剣を出し、槍の軌道を逸らすと、そのまま間合いに侵入。

一刀で、スコーティの首の頸動脈《けいどうみゃく》を切った。

月明かりの下、噴き上がる血。

傷の男は、その噴き出す血を浴び、歪んだ笑みを浮かべた。

それは……とても、禍々《まがまが》しい光景。

両手を軽く広げ、噴き上がる血をシャワーでも浴びるかのように、男は受け続ける。

そんな光景を前に、オスカーは全ての動きと思考が停止していた。

一分であったか、それとも数秒であったか。

ふと我に返る。

母ちゃんが殺された……その事実を、ようやく脳が受け入れたのだ。

その瞬間、オスカーの中で、何かが弾けた。

「燃えろ！」

オスカーの手から炎が迸《ほとばし》る。

これまで、せいぜい竈に火を点ける程度の炎しか出したことはなかったのだが、頭の中のリミッターが外れたのであろうか、一見して強力な炎であった。

距離にして五メートルも無い場所からの、強力な火属性魔法による攻撃。

だが……。

噴き上がる血を浴び、恍惚《こうこつ》の表情を浮かべていた男は、その表情のまま襲い来る炎を剣で払った。

しかし、オスカーは止まらない。

手に持った槍を男に投げつける。男は、再び剣を閃かせて投げつけられた槍を弾く。

その時には、抜き身の剣を手にしたオスカーが間合いに侵入していた。

横薙ぎ一閃。

カツンッ。

「えっ……」

傷の男の脇腹に入った剣は、男が服の下に着こんでいた鎖帷子に弾かれたのだ。

「残念だったな坊主。そいつはいい剣だが、お前さんの腕が全然見合っていなかったな」

男はそう嘲笑《ちょうしょう》すると、緩慢《かんまん》に剣を振るった。

オスカーは、後ろに跳んでそれをかわす。ギリギリ、男の剣が肩に掠《かす》った。

男の緩慢な動作は、オスカーにかわさせるためである。わざとゆっくり剣を振るったのだ。

それは油断であった。

目の前の子どもは、いい剣を持っているが腕はまだまだ。

矢で殺された男に泣きついた女は、未だ泣いたまま。

傷の男が油断するのは当然だったかもしれない。

だが、ここは戦場。

目の前の者だけが敵ではなかった。

傷の男は、目で認識する前に直感だけで身体を逸らした。

ズサッ。

後ろからの殺気を感じ、反転しながら身体を逸らしたのだが、振り下ろされた剣が鎖帷子ごと男を斬ったのだ。

「うおっ」

それは驚くべき経験であった。

確かに、鎖帷子を剣で切り裂くことは可能である……可能ではあるが、それは物理的に可能なだけであって、その辺の騎士程度ではできることではない。

そんなことが、こんな辺境の村で起こるなど、男の想像外であった。

そんな男の目の前には、鬼の形相《ぎょうそう》となったスナが立っていた。

両手で持つ剣……間違いなく逸品。

オスカーが持っていた剣も素晴らしい物であったが、スナが持つ剣も素晴らしい物だ。

魔剣や聖剣といった類の物ではない。純粋に、腕のいい鍛冶師が打った、傑作。

そんな素晴らしい剣と、怒り狂った男を相手にするのは、正直厄介であったが、傷の男は何の躊躇も無くスナに襲い掛かった。

もはや、オスカーには目もくれない。


剣の腕では、傷の男の方が圧倒的に上であった。

だが、覚悟が違った。

命を賭して、妻の仇をとる……その怒りに満ちたスナと、人を殺すことに喜びを感じる、ただそれだけの傷の男では、この剣戟にかける覚悟が違ったのだ。

その覚悟と気迫に、次第に押されていく傷の男。

だが、何かに気付いたのであろう。

大きく打ち合った後、バックステップしてスナから距離をとった。

その瞬間、四本の矢がスナを襲う。

一本をかわし、一本を剣で切り落としたが、二本がスナに突き刺さった。

右足と右腕。

傷の男が、そんな絶好のタイミングを逃すはずがない。

スナの動きが止まったのは、本当に一瞬である。だが、その一瞬で、傷の男は間合いに侵入し、スナの右腕を斬り飛ばし、そのまま何の躊躇も無くスナの胸を剣で貫いた。

「ゴフッ」

口から血を吐き出すスナ。

それをただ見つめるオスカー。

動けなかった。

喋れなかった。

何も……できなかった。

傷の男は、斬り飛ばしたスナの右腕を拾うと、右腕が握っていた剣を手に取って眺めた。

そんな男に鋭い声が飛ぶ。

「ボスコナ、撤収だ」

「あん？　ポーシュ、まだ早いだろ」

「急げ、やつらが来る」

「ちっ」

傷の男ボスコナは鋭く舌打ちをすると、立ったまま呆然《ぼうぜん》とする、燃えるような赤い髪の坊主を一瞥し、身を翻した。

盗賊団『闇の狼』はフォスト村から去って行った。

村にとって、そしてオスカーにとって、大きすぎる損失を与えて。

だが……フォスト村の最も長い夜は、まだ終わらなかった。

走って来た鍛冶師ラサンは、その光景に愕然とした。

村長シューラストが矢で射られ、彼の妻がそれに泣きついている。

スナとスコーティが血まみれになって地面に倒れ、それをオスカーが呆然と見ている。

しばらく見て、ようやく理解できた時、ラサンの足から力が抜けた。

そして両膝を突き、しまいには正座の状態になって地面に座り込んでしまった。

盗賊団は去って行った。

備蓄していた糧食の類も持って行かれずに済んだ。

だが、失われたものの大きさは、あまりにも大きかった。

村長シューラストは、もちろん村の中心であり頭脳でもあった。

オスカーの父スナは、シューラストの幼馴染であり、村の精神的支柱で、狩りの中心的人物でもあった。

この二人は、鍛冶師ラサンと共に、最初にこの村を立ち上げた者たちだ。

街にいた頃、新婚の妻と死別し、完全に抜け殻となっていたラサンを村の立ち上げに誘ってくれた。

シューラストは、鉄鉱石のとれる場所を中心に、村の設置を決めてくれた。

スナは、一人息子オスカーをラサンに弟子入りさせて、生きる希望を与えてくれた。

ラサンにとって、この村とシューラストとスナは、全てだったのだ。そのシューラストとスナが、今、目の前で亡骸《なきがら》となっている。

そう理解した時、立っていられなくなった。座り込んでしまった。何かの間違い、あるいは夢であってほしいと思った。

妻が亡くなった時、もう二度と、こんな喪失感を味わうことはないだろうと思っていた。

それは間違いであった。

あの時のような……もしかしたらそれ以上の、巨大な喪失感に襲われていた。


しばらくの間、二人の亡骸から目を逸らせなかったラサンだが、ふと視線を横に動かした。

そこには、抜き身の剣を持ったまま、呆然として佇むオスカーがいた。


ラサンは思ったのだ。

気付いたのだ。

全てが失われたわけではないことに。オスカーを守らなければならない。

村は、その頭脳と精神的支柱を失い、この襲撃で村人の半数が殺されてしまった。

だが、生き残った者たちはいるのだ。

自分も、そしてオスカーも。

生き残ったからには、生き続けなければ……。

それが、死んでいった者たちへの弔《とむら》いになるはずだ。

だが……。

坂を降りてくる足音に気付くのが遅れた。


ラサンが気付いた時には、はっきりと、それが何か分かる距離にいた。

「ウォーウルフの群れ……」

それは狼に似た魔物。

狼ではない。明確に、魔物である。

一匹いっぴきは、魔物にしては強くない。

猪型の魔物、レッサーボアなどに比べて、戦闘力も高くはない。

だが、集団となったウォーウルフは、あまりにも厄介だ。

目や耳以外の何かで連絡を取り合っているかのように、完全な集団戦を行い、確実に獲物をしとめる。そして、その獲物の中には、もちろん人間も入っている……。


厄介なウォーウルフに対する前に、ラサンが真っ先にやらなければならないことがあった。

呆然と立ち尽くしたままのオスカーの正面に回り、肩を揺する。

「オスカー！　目を覚ませ！」

激しく揺すり、怒鳴りつける。

だがオスカーは反応しない。

ラサンは右手を挙げ、音高くオスカーの頬を張った。

「師匠……？」

ようやくオスカーが反応した。

「オスカー、よく聞け。血の匂いで魔物が来た。逃げなければならない」

「もう……」

「ダメだ、まだお前は死んじゃダメだ」

「父ちゃんも母ちゃんももういない。死にたい……」

オスカーの目から、初めて涙がこぼれた。

それは、ラサンにも痛いほどわかる感情。

だが、今は同調してはいけない。

「オスカーは生きなきゃいかん」

「どうして！」

「スナとスコーティが、オスカーに生きてほしいと願っているからだ！」

それは、かつて、新妻を失い抜け殻となっていたラサンにスナが言った言葉であった。

「そんなこと分からないじゃないか……」

「分かる！　俺には分かる。だから、オスカーは生きるんだ」

その頃には、村の別の場所から、断末魔の叫びが上がっていた。

村にいる人間は村人だけである……つまり、村人が犠牲に……。

そして、オスカーとラサンの前にも……。

ラサンはオスカーを突き飛ばし、剣を一閃させる。

ウォーウルフを一体切り裂いた。

一気に、周囲のウォーウルフの視線がラサンに集中する。それがラサンの狙いであった。

「オスカー、川に逃げろ。狼は水が嫌いだ」

「師匠……」

「行け！」

そう叫ぶと、ラサンは、目の前のウォーウルフに斬りかかった。

それを見て、オスカーは川に向かって走り出した。

フォスト村は、水量豊かな川のほとりに立っている。川まですぐではあるが……ウォーウルフの数が多かった。

河原に着いたところで、二頭に襲われる。

一頭は剣を振るって噛みつかれるのを防いだが、もう一頭の前脚がオスカーの背中をひっかいた。

「ギャッ」

思わず、オスカーの口から悲鳴が漏れる。

傷の男との戦闘で、肩を斬られた時には無我夢中であったため痛みなど感じなかったが、今回はそうではなかった。その痛みに、目が眩《くら》みそうになる。

六歳の子どもには過度な痛み。

だが、オスカーは二頭を正面に見ながら、時に後ろ向きに歩きながら川に近付く。

もう少しで川に……。

そのタイミングで、ウォーウルフは二頭同時に噛みつくために飛び込んできた。

左右から同時に。

オスカーは、左腕は捨てた。

右から来たウォーウルフを剣で払う。

左から来たウォーウルフは、あえて左腕に噛みつかせた。

その状態で川に飛び込んだ。

川に飛び込んだ瞬間、確かにウォーウルフは狼であった……水に入ったために一瞬怯《ひる》んだのが噛みつかれたオスカーには分かった。

その瞬間、右手に持った剣で、ウォーウルフのむき出しになっていた首を刺し貫いた。

そうして、オスカーは意識を失った。

◆

「どうした、コーン」

「親父、あれ、人じゃないか？」

荷車を押しながら、河原を見ていたコーンが言った。

「ああ……。コーン、急いでお屋敷に行って、ベルロックさんかご隠居《いんきょ》様を呼んでこい。俺は河原に下りる」

「わかった」


心臓は動いていた。意識はないが、呼吸はかすかにしている。

まだ六歳か七歳くらいの男の子で、燃えるような赤い髪で、腕には大事そうに剣を抱えている。

コーンの父であるラタトーは、とりあえず持っていた空の麻袋などを、男の子に被せた。

服が濡れているため、温めたほうがいいと思ったのだ。

そうこうしているうちに、コーンがお屋敷の執事であるベルロックを連れて走ってきた。

「ラタトー、どんな具合だ？」

「心臓は動いています。呼吸も少しだけあります」

ベルロックの質問に、ラタトーは答えた。

専門的な知識などない以上、答えられるのはそれくらいである。

だが、ベルロックには十分であった。

「よし、生きているのならなんとかなる。急いで、お屋敷に運ぼう」


こうして、オスカーは第二の人生を歩み始めることになるのだった。

ご隠居様

オスカーは目を覚ました。

見たことのない天井、見たことのない部屋、見たことのない……寝床？

オスカーは、ベッドというものを知らなかった。

フォスト村で生まれ、フォスト村で育ち、まだ六歳ということで、街への買い出しに連れて行ってもらったこともなかったのだから仕方ないだろう。

だが、とても寝心地が良かった。だから、再び眠りに落ちた。


オスカーが二度目に目覚めた時、すぐそばに人の気配を感じた。

ベッドに寝たまま、頭だけそちらを向いた。

「お、気が付いたか」

その人物は、豊かな白髪《はくぜん》と白髭をたくわえた、優しそうな目元の老人であった。

「あ、あの……」

オスカーは口を開きかけたが、何を言っていいのかわからず、そこで言葉が止まった。

それを見て、老人が口を開いた。

「ここはマシューという街の近くにある、シュク村じゃ。お主が河原に打ち上げられていたのを、村人が見つけての。ここは安全じゃ」

それを聞き、オスカーは、当初何も反応はしなかった……だが、五秒後、ポロポロと涙を流し始めた。

その間、老人は何も言わず、オスカーの涙がこぼれるに任せていた。


オスカーは泣き止むと、頭を下げた。

「助けていただき、ありがとうございます」

「うむ。それは気にせんでよい」

老人は、微笑んでそう言った。

その時、扉がノックされ、男性が入って来た。

歳の頃は五十代半ばほどであろうか。

髪は白髪が交じり始めているが、髭は綺麗に剃られ、どこからみても清潔感に溢れた人物だ。

「ご隠居様、食事の準備ができました。いちおう、ダイニングに準備しましたが、こちらにお持ちしますか」

「ふむ……少年、いやまず名前を聞いておらんかったな。わしは、ルーク・ロシュコーじゃ。今は隠居の身じゃから、ご隠居と呼ばれておる。で、今入って来たのが身の回りの世話をしてくれておるベルロックじゃ」

「あ、ぼくは、フォスト村のオスカーです」

オスカーは、できる限り丁寧に挨拶をした。

いつ役に立つかわからないからと、村長シューラストが仕込んだのである。

「ほぉ、きちんと挨拶できるとは、素晴らしいな。しかし、フォスト村か……隣のハント領の新たな開拓村の一つにあったたな……」

「はい。街から離れているため、基本的に自給自足。ただ、よき鍛冶道具を売りに来ると聞いたことがございます」

ご隠居様が思い出しながら言い、それをベルロックが補足した。

「なるほど、オスカーが大事そうに抱えていたというその剣じゃな」

そういうと、ご隠居様は、ベッドの傍らに立て掛けられたオスカーの剣を見た。

「あっ」

その時、オスカーは初めて気付いた。

剣があることに。

そして、再び涙がこぼれた。

「師匠が、打ってくれた剣です」

こぼれた涙は数滴であった。

師匠であった鍛冶師ラサンは、生きろと言った。

泣いていては、生きていることにはならない。ただ、それは死んでいないだけだ。

そう思い、オスカーは涙を拭った。

「ふむ。いろいろあったようじゃが、まあ、それはおいおいな。どうじゃ、まずは食事を摂らんか？　何をするにも、食べておくのは必要なことじゃ」

「ぼくも？」

「もちろんじゃ。三人で食べようぞ」

「はい」


それは、オスカーが初めて食べる料理ばかりであった。

もちろん、村での食事が不味かったとか、不満があったというわけではない。生まれた時からずっと食べてきた料理である。不満も何もない。それ以外知らないのだから。

今日、初めて、村以外の料理を食べたのだ。

それは、とても美味しかった……。

オスカーは一心不乱に食べた。

何日、食べていなかったのかはわからない。だが、かなり空腹であったのは事実で、かなりの量を食べた。

その多くが、消化の良い形にベルロックによって調理されていたことは、未だオスカーの考えの及ぶところではなかった。


食後。

ご隠居様と、リビングのソファーに座りながら、コーヒーというものを初めて飲んだ。

一口目は苦かった。

それを見て、ご隠居様は白い粉を勧めた。

一口、その粉を舐《な》めてみると、驚くほど甘い！

「サトウというてな。テンサイから採れるのじゃ。昔々、偉い他国の王様が広めてくれた甘い調味料じゃよ」

結構な量のサトウをコーヒーに入れると、とても飲みやすくなった。

オスカーは嬉しそうに飲んだ。


「さて、オスカーや」

「はい」

ご隠居様の問いかけに、素直にオスカーは返事をした。

「どこか、行くあてがあるか？」

「え？」

「いや、なんとなくなんじゃが……もし、行くあてがないのならば、うちで過ごさないかと思うてな」

ご隠居様は、強制的にならないように、もしオスカーが行きたいところがあるならそちらに行っていいという含みを持たせながら問いかけた。

おそらく、フォスト村の家族は、もう生きていないだろうと推測していたのである。

たっぷり十秒ほど黙った後に、オスカーは口を開いた。

「ご隠居様は、ぼくの両親は、もう死んでいると思っていらっしゃるのですね」

「！」

「いえ、そのとおりです」

慌てて否定しようとするご隠居様に対して、首を振りながらその推測が正しいことをオスカーは言った。

「父ちゃんも母ちゃんも、目の前で……」

「オスカーは、運ばれてきた時は傷だらけであった。いくつかはウォーウルフの爪と牙……じゃが、肩の傷は剣……」

ご隠居様は、言うべきか言わざるべきか迷いつつも、そう口に出して言った。

目の前の子どもは、想像以上の経験をしてきた……ただの子どもではなく、尋常でない経験を潜り抜けた者として接するべきだと考えたのだ。

「肩の傷は、父ちゃんと母ちゃんを殺した奴に……」

そこでオスカーの言葉は途切れた。

下を向いている。

だが、もう涙は流れなかった。

それは、生きると決めたから。泣いていては、生きることにはならないから。

だから、もう泣かない。

「ご隠居様。ぼくは、他に行くべきところは、もうありません。こちらのお屋敷に置いてください。何でもします。鍛冶は師匠に習いました。まだ、打つのは満足にはできませんけど、研ぎはできます。あと、竈に火を点けることができます」

「竈に火？　もしや、オスカーは火属性の魔法使いか？」

「火属性？　魔法使い？　よくわかりませんが……」

「おお、そうじゃ、そこの暖炉《だんろ》に火を点けてくれるかの」

ご隠居様はそう言うと、そばにある暖炉を示した。

ちょうどそのタイミングで入って来たベルロックが、

心得たとでも言うように暖炉に薪をくべる。

それに対して、オスカーが唱えた。

「燃えろ」

瞬間、オスカーの手から小さな炎が迸り、暖炉の薪に移り、燃え始めた。

「おぉ」

「これは……」

ベルロックも、ご隠居様も一様に驚いた。

「詠唱せずに……」

「やはりか」

「やはり？」

ベルロックが無詠唱での魔法に驚き、ご隠居様が何かに納得して頷き、その反応にオスカーは首を傾げた。

「いや、オスカーの髪を見た時にな。『赤い髪の伝承』を思い出したのじゃ」

「赤い髪の伝承？」

「燃えるような赤き髪　火の神が愛すその証」

抑揚《よくよう》をつけて、ご隠居様は唱えるようにそう言った。

「燃えるような赤き髪の者は、火の神の寵愛《ちょうあい》を受けて産まれてきた者じゃというな。かなり昔の伝承じゃよ……すでに神殿にも伝わっておらぬな……」

そこで、ご隠居様は少し思案した顔になる。

だが、それはほんの数秒。

「よし、決まりじゃ。ベルロックよ、オスカーは屋敷に置くことにする。オスカーよ、この屋敷に住むからには一般的な教養は必要じゃ。明日から毎日、午前中は読み、書き、計算の勉強を受けてもらうぞ」

「え……」

村生まれ、村育ちのオスカーにとって、初めての『お勉強』が始まろうとしていた。

基本的な、読み、書き、計算はベルロックが教えることになった。

そして、中央諸国における歴史や、諸国の動静、地理、などをご隠居様が。

午前中が、それらいわゆる座学で、午後にはベルロックが先生となって、剣を使った訓練が行われた。これは、オスカーが望んだからだ。

「強くなりたい」と。

オスカーには、一緒に授業を受ける者がいた。

オスカーが河原に転がっているのを見つけたコーンだ。

これは、ご隠居様が、「学友がいた方がいいだろう」ということで、手配したのだ。

コーンの父ラタトーは、お屋敷のあるシュク村で商店を営む商人である。

コーンはそこの四男坊であり、お屋敷で必要なものを商店から届ける役目を担っていた。

常日頃から、「大きくなったら冒険者になる」とコーンは言っており、それについては、父親のラタトーも賛成していた。

四男では、商店を引き継がせたり、のれん分けをしたりとはならないからだ。

そんなコーンに対して、ご隠居様は、目端《めはし》が利くため将来性を高く買っていた。

そこで、ご隠居様自らがラタトーに交渉したのだ。


「オスカーの学友という仕事を、コーンに請け負わせてもらえないか」と。

将来冒険者になるのであれば、読み、書き、計算はもちろんできた方がいいし、ランクが上がれば貴族と接することが出てくるのが、冒険者である。教養は、持っておいて損はない。

さらに、剣の訓練もできる。

しかも、『仕事』なので、お代も出る……。

ラタトーにとってもコーンにとっても、断る理由などない。それどころか、あまりにもいい申し出に、ラタトーは恐縮したくらいである。

そして、コーンは、やる気に満ちて叫んだ。

「俺の時代が来た！」

その後、ラタトーにげんこつをもらったのは内緒である。

この時、コーンは十二歳。

本当に一生懸命勉強した。

生まれて初めてというほどに、真面目に取り組んだ。

家に帰っても、その日の復習を頑張った。

おそらく、同じ年代の子供たちと比べても、はるかに彼は優秀だった。

だが……六歳のオスカーと差がつかなかった。

単純に、オスカーが、さまざまなことに対して天才的だっただけである。

読み、書き、計算は一度習えば全て身につけた。中央諸国の歴史、各国の動静、地理……乾いた砂が水を吸収するように、考えられない速度で身につけていった。

教えていたご隠居様自身が、目を見張ったくらいである。

隠居する前は、それこそ多くの天才、秀才たちを見てきたご隠居様であるが、そんな者たちと比べても、全く遜色ないほどの頭脳を持っていると認識した。

コーンは、不憫だった。

だが、コーンは真面目に、愚直に、一生懸命に取り組んだ。

共に学ぶオスカーが天才だからといって、コーンが歩みを止める理由にはならない。コーンは冒険者になると決めているのだ。そのためには、ここで学べるものを全て学んでおくのがいい……だから真面目に学ぶ。

ただそれだけだ。

目標があり、それがぶれない者ほど強い者はいない。

共に学ぶオスカーも、愚直に、一生懸命に、そして全くぶれずに進むコーンから何かを感じたのだろう。

最初は全く関わりを持とうとしなかったが、半年が過ぎる頃には、とても仲の良い関係になっていた。


午後は、基本的に剣術の訓練だが、週に二日、自由時間がある。

たいていは、オスカーは火属性魔法を訓練し、コーンは学んだことの復習をしている。

だが、最近、オスカーが、その時間、屋敷から消えることにコーンは気付いた。

そして今日、ついに発見したのである。オスカーを。

オスカーは、屋敷の隣……とはいっても、五百メートル程は離れているが……にある鍛冶工房跡で刃物を研いでいた。

「オスカー、何やってるんだ？」

「コーン？　見てのとおり、屋敷の刃物を研いでいます」

「お、おう……」

オスカーは、ハンドサイズの砥石《といし》で包丁を研いでいた。

工房内には、回転式の大型の砥石もあるのだが、整備されていないために綺麗に回転しないようだ。

「そもそも、この工房って、バサン爺さんのだろ……去年亡くなった」

「そうらしいですね。引き取り手がいないとかで、村の共同工房らしいですよ。ご隠居様から、使ってもいいと言われたので、刃物研ぎはここでさせていただいてます。砥石、きめの粗いのから細かいのまできちんと揃ってて、すごく使いやすいんです」

そういうと、オスカーは、研いだばかりの包丁をコーンに見せた。

「おぉ、綺麗だな……オスカー、うめぇな」

「昔、鍛冶師の師匠に教えてもらいましたから」

少しだけ懐かしい表情になりながら、オスカーは二本目に取り掛かった。

「オスカー、鍛冶ができるのか？」

コーンが、恐る恐るという感じで聞く。

「いえ……師匠がやるのを見てはいましたけど……なんで？」

「ああ、さっきも言ったけど、ここの爺さんが亡くなってから、村では鍛冶をやれる奴は誰もいないんだ。まあ、だから共同工房になってるんだけどな。んで、半日の距離に大きな街マシューがあるから、どうしてもって場合には街に買いに行ったりするんだが……やっぱ、村に鍛冶の爺さんがいた頃とは全然違うらしくてな……ほら、オスカーがやってる研ぎだって、みんな下手なんだよ……ずっと、爺さん頼みだったから」

「なるほど……」

オスカーもずっと不思議に思っていた。

何でもできるベルロックが、刃物の研ぎだけは決して上手ではないことが。

今のコーンの話を聞いて納得していた。

ずっと、この村の鍛冶と研ぎは、この工房のバサン爺さんとかいう人が担っていたのだ。

「そうですね……ご隠居様の許可がいただけたら、鍛冶も少しずつ練習してみます」

「おぉ！　期待してるぜ！」

コーンは素直に喜んだ。オスカーも、頼られて嬉しくなったのは事実である。

人は誰しも、頼られるのは嬉しいのだ。

もちろん、頼られっぱなしになると疲れるのだが……未だ、オスカーにその経験はなかった。


オスカーは、鍛冶工房に行くこともあったが、基本的に剣術の訓練の無い午後は、魔法の訓練をしている。

ベルロックは、土属性の魔法を使えるが、もちろん詠唱が必要である。

ご隠居様は、魔法は全く使えない。

というわけで、家庭教師が来てくれていた。そもそも、その家庭教師が来られない時に、オスカーは鍛冶工房に行っていた、とも言えるのだが。

その家庭教師とは、隣街マシューに住む魔法使いアッサー。

「アッサー先生、よろしくお願いします」

「はい、オスカー君、今日も頑張っていきましょう」

アッサーは、五十歳程の、陽気な男性だ。

魔法使いなんて陰気な奴ばかりだ、と勝手に思い込んでいたコーンは、陽気なアッサーを見て驚いていた。

「では、前回の復習から。障壁を展開してみましょう」

「はい」

オスカーは返事をすると、魔法障壁と物理障壁を両方重ね合わせ、前面に展開した。

それを、アッサーが拳でコンコンと叩いたり、小さな火属性の攻撃魔法を当てたりして、強度を確認する。

「はい、結構。ちゃんと毎日練習してたようですね。前回より固くなっています。素晴らしい」

アッサーは、その進歩を褒めた。

オスカーは嬉しかった。

村にいた時には、せいぜい竈に火を点けるくらいしか、自分の魔法は役に立たなかった。

特に火属性の魔法など、まず狩りの役には立たない。

なぜなら、下手に使えば対象を焼き尽くしてしまうからだ。肉や革を手に入れたいのに、全て灰にしては全く意味がない。

だから、村にいた頃は、魔法よりも弓の腕を磨くことに一生懸命になっていた。

だが、ここでは違う。

まだ、『火』は使い勝手が悪いが、『無属性』はそんなことはない。

そもそも、村では誰かに、きちんと魔法を教わったわけではなかったし、誰かが魔法の知識を持っていたわけでもなかったため、魔法使いが最初に教わる無属性魔法の障壁など知らなかった。

だが、そのことを知ったアッサーは、最初に二つの障壁を教えた。物理攻撃を防ぐ物理障壁と、魔法攻撃を防ぐ魔法障壁である。

「障壁は、いわば盾です。攻撃魔法の剣と共に、オスカー君の命を守り、仲間を守るものですからね。これからも毎日練習した方がいいですよ」

アッサー自身は、火属性の魔法使いであるが、中央諸国一般の魔法使い同様に、詠唱をして魔法を生成する。

そのため、最初に話には聞いていたが、実際にオスカーが無詠唱で魔法を生成するのを見て、心底驚いたのだ。

そして、この出会いに感謝した。

オスカーの魔法生成の過程、さらにその強弱など話を聞き、実際に展開するのを見て、確信した。

「心で描いた魔法を生成しているのだ」と。

アッサー自身も試してみたが、それは上手くいかなかった。そのことは嘆かわしいことだが、オスカーの魔法の力を伸ばすのは決して難しくないことを理解していた。

アッサーが生成した、実際に完成した形のものを見せる。

そして、それと同じようになるように、オスカーに心の中に描かせる。

詠唱無しで。

実際、それによって、オスカーは二つの障壁の生成を、短時間のうちに習得した。

火属性、無属性など、関係ない。

しかも、習得した魔法を、何度も何度も繰り返し生成すれば、より短時間に、より強力な形で生成されることも分かった。

これほど、教えるのが楽しくなる生徒もいないであろう。

アッサーは幸せだった。


これまで、アッサーは多くの魔法使いを育ててきた。

彼は、引退する前は、マシュー領の主席魔法使いだった。その立場上、多くの部下、弟子を育ててきたが、その中には詠唱無しで魔法を生成する者はさすがにいなかった。

それでも、各々にさまざまな特徴、得手不得手があり、それぞれに合った指導法を見つけて指導すれば伸びも早いし、合わない指導法ではなかなか伸びないということも知っていた。

だからこそ、指導の大切さを知っていたのである。


「火属性の魔法は、どうしても防御面が弱いです。なぜなら、火を固くすることができないから。そのために、この二つの障壁を上手く使う必要があります。詠唱だと、どうしても物理障壁が弱いのですが、オスカー君の魔法なら大丈夫」

「はい、先生」

ご隠居様もそうだが、アッサー先生も、褒めて伸ばすタイプの教育者だった。


「それにしても、きな臭いのぉ」

ご隠居様は、書類を見ながらそう呟いた。

「お隣のハント領ですか」

ベルロックがコーヒーを淹れながら、ご隠居様に言う。

「うむ。今すぐにどうということはないじゃろうが……連合の拡大も絡んでくると、うちもどうしても巻き込まれてしまうかもしれぬの」

ご隠居様は、首を振りながら小さくため息をついて言った。

「戦争などやっとる場合じゃないのじゃが」

コーンとオスカーは、マシューからの帰りは、いつもこんな話をしながら帰っていた。

そして、あの時こうすればどうか、こうしていればどうなったかなど、反省会的なことをしながらお屋敷に戻っていた。

移動して、即訓練、そしてまた移動。

嫌でも持久力はついていた。

お屋敷に来て四年も経ち、ベルロックによる読み書き、計算の授業はもう卒業していた。

そして、ご隠居様の教養の授業も、昨年で卒業していた。

その上で、お屋敷で二人に剣術を教えていたベルロックを、確実に二人の腕が越えたために、騎士団で稽古をつけてもらうようになったのだ。

コーンが異変に気付いたのは、シュク村にほど近い場所に来た時であった。

「おい、オスカー。あの煙、変だぞ」

それは、シュク村の方から立ち上る煙。

◆

オスカーがお屋敷に来て、四年が過ぎた。

十歳のオスカーは、週に一度、隣街であるマシューの街に通っている。

マシューの街は、ロシュコー男爵領の都であり、騎士団がある。その騎士団に、剣の訓練に通っているのだ。

火曜日の朝にお屋敷を発ち、お昼過ぎにマシューの街に着く。そのまま騎士団の演習場で訓練、騎士団詰め所で一泊し、水曜日のお昼にマシューの街を発って、夕方にお屋敷に着く。

そんなスケジュールである。

もちろん、訓練のために、途中の移動は歩きだ。

そして、当然のように、十六歳になった学友たるコーンも一緒であった。

「さすがにグロウンさんは強いな……未だに一太刀も入れられん」

「騎士団長だからね。グロウンさんもだけど、精鋭の『朱の鎧』は、みんな強い」

枯草を焼いたりするため、農村ではよく煙が上がる。

だが、草や木を燃やすため、白っぽい煙がほとんどだ。

今見えるような、どす黒い煙は、何か別の物まで燃やした場合……。

「コーン、走ろう」

オスカーはそう言うと、走り出した。

コーンも慌ててそれを追った。


村の役所の方でも煙が上がっているようだが、それは二人には関係ない。

まずはお屋敷だ。

お屋敷の入口付近では戦闘が行われていた。

「うぉー！」

オスカーがあえて声を上げながら近づく。

それを聞いた賊たちが、一瞬躊躇。間髪を容れずに躊躇した賊の一人をベルロックが斬り捨てる。

さらに、賊が浮足立つ。

そこからは、一瞬であった。一気に飛び込んだオスカーが、ベルロックを囲んでいた二人の片方の首を刎ね、もう片方の胸を剣で突き刺した。

それを見て安心したのか、ベルロックが前のめりで倒れる。

「ベルロックさん！」

慌てて駆け寄るオスカー。

この時になって、ようやく遅れていたコーンも到着する。

ベルロックの傷は、かなり深く、しかも複数であった。

オスカーたちが着くまで、かなりの激戦を繰り広げていたと見える。

だが、ベルロックは、まだ気を失ってはいなかった。

「オスカー……中にご隠居様が……」

「わかりました。ぼくが行きます。コーン、ベルロックさんを頼む」

オスカーはそう言うと、一気に屋敷の扉を開け、中に入り、一気に階段を二階に駆け上がった。

剣戟の音が、二階の広間から聞こえていたからである。

オスカーが中に入った瞬間であった……。

オスカーの目が捉えてしまった。

賊の剣が、ご隠居様を貫いた瞬間を。

一瞬立ちすくむオスカー。

だが、次の瞬間、頭が真っ白になった。

ご隠居様の体が、床に崩れ落ちていく光景を見た
……確かに見た。

だが、冷静な思考は、欠片も残っていなかった。

「貴様ー！」

オスカーは剣を抜き、叫び、賊に向かって突進した。

賊は一人であったが、オスカーの思考は完全に止まっており、相手が一人であることすら、理解していなかったかもしれない。

何も考えていないオスカーの剣閃は、速かった。

体が覚えてきた動きを、何の躊躇もなくそのまま体現していたからである。

相手を子どもと侮ったのか、賊はのけ反ってオスカーの剣をかわそうとしたのだが、左頬に、かなり深い傷を負った。

それは、男を激昂《げっこう》させた。

「この餓鬼《がき》！」

基本に忠実な、だが、それだけであるオスカーの剣を難なく流し、オスカーの脇腹に深々と剣を突き刺した。

「ゴフッ」

内臓が傷付き、口から血を吐くオスカー。

さらに、男は、背後からオスカーの背中に袈裟懸けに斬りかけた。

すでに、脇腹への傷で姿勢を維持できなくなっていたオスカーは、背中からの袈裟懸けで、血だまりの中に崩れ落ちた。

「いい剣だが、腕が伴ってねぇな」

そう言って、オスカーにとどめを刺そうとした賊に、扉から入って来た別の賊が声をかけた。

「急げボスコナ、騎士団が来る。撤収だ」

「焦りすぎだろ、ポーシュ」

(ボスコナ……ポーシュ……)

薄れゆく意識を懸命につなぎながら、オスカーは自分を倒した男を見た。

その時、初めてオスカーは男の顔に気付いた。

耳から顎まで、右頬に大きく走る傷……そして、右手に持った、師匠が打った父の剣……。

(まさか……そんな……)

気付いたオスカーの目から、数滴、涙がこぼれた。

実の父と母を殺したやつが、ご隠居様も殺したのだ。

そして、自分は、仇をとることができないばかりか、その男に腑甲斐ない負け方をした。

その、後悔の涙。

それを最後に、オスカーは意識を失った。

◆

ベルロックの命は助かった。

コーンが、マシューの街に行くときには必ず持つようにとご隠居様に言われて持っていたポーションが役に立ったのだ。

だが、オスカーの方の傷は深かった。

シュク村が襲撃されたという狼煙《のろし》を受けて、マシューー騎士団が急行したのだが、同行した神官はエクストラヒールは使えなかったのだ。

というより、この近辺にエクストラヒールが使えるような、高位の神官はいない……。

とりあえず、ヒールを連続使用して、内臓の傷を治したが、それまでにかなりの血が流れたからであろうか。オスカーが目を覚ましたのは三日後であった。

季節的な理由もあり、ご隠居様の葬儀はすでに終わっていた。

ご隠居様の正式な名前は、ルーク・ロシュコー男爵。

前マシュー領主である。

現在のマシュー領主の奥さんがご隠居様の長女なのだ。

そういう関係上、オスカーの目覚めを待っての葬儀とはできなかった……ベルロックが申し訳なさそうにそう説明するのを、オスカーは上の空で聞いていた。

さらに、ハント領が、盗賊を雇って周囲の国を荒らしているという話があることを、以前、ベルロックはご隠居様と話したということをオスカーに言った。

おそらく今回の襲撃は、それであろうと。

それら全ては、オスカーの耳には届いていたが、全く反応がなかった。

目覚めてから、何度も何度も、両親が殺された場面がオスカーの脳裏に浮かぶようになった。

これまで、このシュク村に流れ着いてから、ただの一度も思い浮かばなかったあの場面がだ。

同時に、ご隠居様が殺される場面も夢に見るようになった。

オスカーは見るからにやつれていき、闊達《かったつ》さも無くなり……何よりも髪が白髪になった。

それまで、まさに『燃えるような赤い髪』であったその髪の毛は、完全な白髪となった……。

もちろん、周囲の人間は、そんなオスカーを心配した。

ベルロックも、アッサー先生も、そしてコーンも。

だが、誰の言葉もオスカーの心には届かなかった。

決して、オスカーの行動が荒れていたわけではない。

言葉遣いが悪くなったわけでもない。

これまで習慣的にこなしていたことをしなくなった……わけでもない。

ただ……全く笑わなくなった。

それどころか、喜怒哀楽全てが抜け落ちてしまったかのように……。

目覚めて一カ月後、オスカーの姿が、お屋敷から忽《こつ》然《ぜん》と消えた。

もちろん、村人総出で探し回った。

マシューの街でも、騎士団総出で探し回った。

稽古に来ていたし、亡くなったご隠居様が、オスカーを可愛がっていたことは、騎士団の誰もが知っていたからである。

だが、その行方は、杳《よう》として知れなかった。

盗賊を狩る火属性の魔法使いの噂が広まったのは、それから二年後のことであった。

あとがき

はじめまして、久宝　忠です。

このたびは、「水属性の魔法使い」をお手に取っていただき、ありがとうございます。

本作品は、水属性の魔法使いとして転生した涼の物語で、第一巻は、その序章の中のさらに序章にあたる部分です。涼の世界が、少しずつ広がっていき、変化していく様を、楽しく読んでいただけたら嬉しいです。

主役たる涼、準主役たるアベル、そして仲間たち、敵たち、どちらかに分類不可能な者たち……などなど、多くのキャラクターが出てくる物語の、第一巻なのですが……当初、この第一巻は、十六万字程度の予定でした。外伝を入れても、です。

ですが、いろいろな事があり……最終的に、二十三万字に！

なかなかのボリュームです。それだけに、読んでくださる皆様には、充実した内容をご提供できるのではないかと思っております。

さて、本作は、異世界転生ものと呼ばれる物語です。

なぜ、異世界転生ものを書くのか？

そういう問いを、時々見かけることがあります。その問いの真意はおそらく、「わざわざ転生させる必要性があるのか？　異世界ファンタジーでいいではないか」といったところではないでしょうか。

確かに、世界中に、多くの異世界ファンタジーの物語があります。多くの作者によって生み出され、多くの読者によって読み広められ、人の歴史の中に燦然と輝く一つのジャンルとして確立した感すらあります。

では、そんな異世界ファンタジーと比べて、異世界転生ファンタジーであることの優位性、あるいは存在意義とはなんでしょうか。

私は、小説はフィクションとノンフィクションを織り交ぜることによって、面白いものになると考えています。そのノンフィクション部分に、現代の、つまり地球における知識、あるいは教養を入れて、フィクションたるファンタジーと融合させることができる……それが異世界転生の強みではないかと思っています。

本作が、その融合に成功したかどうか……それは正直わかりません。成功か失敗かを決めるのは、常に読者の皆様だからです。

最終的に面白かった、楽しかったと思っていただければ、融合の試みは成功したと言えるのかもしれません。

とっても面白かった……その言葉こそが、いつの時代、どんな世界においても、作者にとって最上のご褒美であることに変わりはありませんから。

Character References

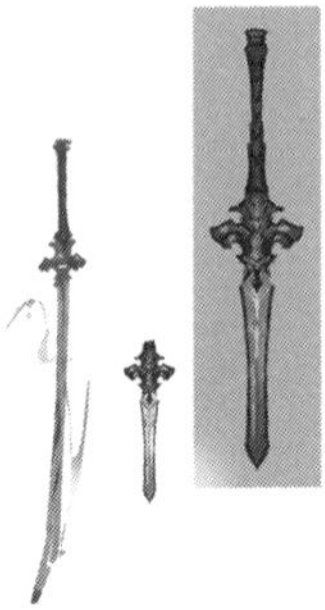

【名前】三原 涼
【年齢】19 歳
【身長】175cm
【プロフィール】地球から「ファイ」に転生してきた青年。転生時に水属性魔法の才能と不老の隠しスキルを与えられている。不老なので永遠の19歳。大学時代は史学科で西洋史学を専攻していた。お笑いが好き。自分が不老なことに20年近く気が付かないなど、少し抜けたところもある。
【特性】水属性魔法の適性、不老《ふろう》
【持ち物】《妖精王の剣「村雨《むらさめ》」》……柄はおよそ24cm。普段は柄が長いナイフのような形状だが、魔法によって刃を発現させることで刀のような細身の剣になる。／《妖精王のローブ》……ロンドの森を離れる際にデュラハンから貰ったローブ。レオノールの「風槍」に耐えるほどの強度を誇る。／《香辛料の入った袋》……涼お手製。塩とブラックペッパーが入っている。

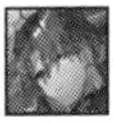
涼の剣は氷の剣だよな

ええ。村雨といいます。アベル、あげませんからね?

いや、欲しがってないだろうが……

まあ、アベルでは刃も生じさせられないでしょうけど

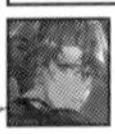
悪かったな! どうせ俺は、魔法使えねえよ!

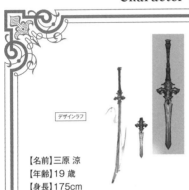

Character References

デザインラフ

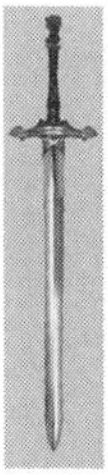

【名前】アベル
【年齢】26歳
【身長】190cm
【プロフィール】ルン所属のB級冒険者。剣士。パーティ『赤き剣』のリーダー。口調がぶっきらぼうなところもあるが仲間思いで面倒見がいい。実は読書好き。涼に何か秘密があるようだが……?
【特性】《闘技》……一部の近接戦闘のプロフェッショナルが使える技。使える人は少なく、研究もあまり進んでいない。/《剣技》……闘技のさらに上位概念で、剣士のみが使える技。
【持ち物】《魔剣》……たまに赤く輝く謎の剣。

【名前】デュラハン
【年齢】数十万歳
【身長】185cm
【プロフィール】首なし騎士の見た目をしているが水の妖精王。ルウィン曰く好奇心は旺盛らしい。涼に村雨やローブを贈るなど、弟子想いな一面もある。

アベルの剣は魔剣ですよね

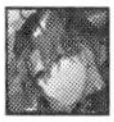
ああ。やらんぞ?

僕の村雨と打ち合ってみましょう! 勝った方が総取りです!

いや……魔法が使えない俺がリョウの貰っても……。
俺にメリット、ないだろ

愛弟子のために
本気の氷槍
第5巻
2022年夏
発売予定
!!!
TOブックス
オンラインストア
限定
キャンバスアート
ボード
好評発売中
!!!

見せちゃいます!!
戦争に巻き込まれた
ゲッコー商会の子どもたちを救うため、
王子《アベル》と共に連合軍へいざ夜襲！
著：久宝 忠
イラスト：めばる
水属性の魔法使い
第一部 中央諸国編V

水属性の魔法使い　第一部　中央諸国編Ⅰ

2021年4月　1日　第1刷発行
2022年3月25日　第4刷発行

著　者　久宝 忠

発行者　本田武市

発行所　TOブックス
〒150-0002
東京都渋谷区渋谷三丁目1番1号　PMO渋谷Ⅱ　11階
TEL 0120-933-772（営業フリーダイヤル）
FAX 050-3156-0508

印刷・製本　中央精版印刷株式会社

ISBN978-4-86699-168-9